请为我驻足
**原著**

蓝宫调
**改编**

# 重生之胖妞逆袭

扫码加入『胖友圈』，
与万千读者一起逆袭

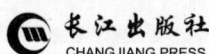
长江出版社

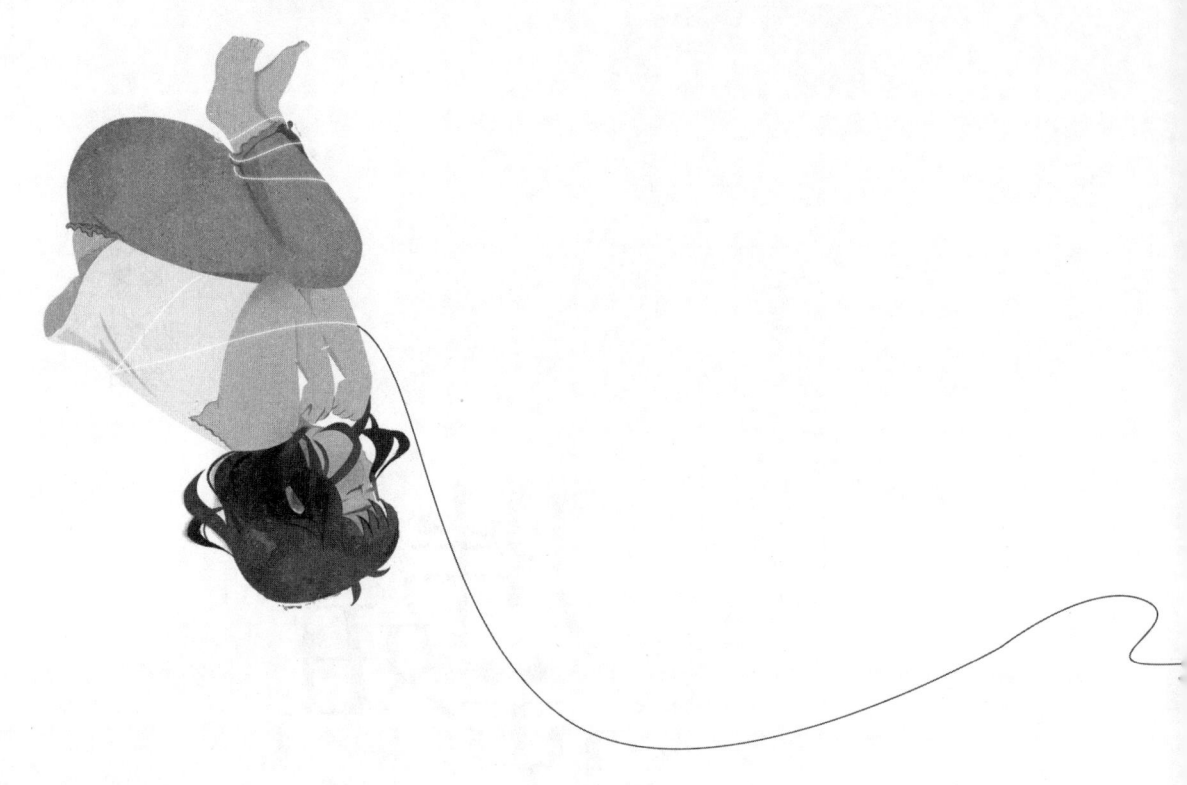

长江·晓风堂书系

愿平凡的我们，拥有不平凡的人生。

请为我驻足

# 目录 CONTENTS

**高中篇**

第一章　/ 001
因为我胖，就不配喜欢他吗？

第二章　/ 019
庆华高中，逆袭开始的地方！

第三章　/ 040
校花不好当！

第四章　/ 055
令人措手不及的桃花运

第五章　/ 078
进军演艺圈

第六章　/ 093
噩梦重演

第七章　/ 115
毕业季

扫码获取健康食谱，
科学规划健康减肥

第一章 / 140
大学，绽放青春的地方

第二章 / 159
社会，没那么简单

第三章 / 183
你努力奋斗的样子真美

第四章 / 209
另一种爱情

第五章 / 226
我们就这样走散了

第六章 / 240
失恋大过天？不！

第七章 / 253
这该死的误会

第八章 / 274
因为有你，我不惧风雨

第九章 / 295
从未想过的完美人生

大学篇

## 第一章
## 因为我胖,就不配喜欢他吗?

我一直以为自己得不到所爱之人的青睐,症结都在于胖。

直到生命倒转的那一刻,回想一生,我才清醒而懊恼地意识到,我从不曾努力过,不曾坚持过,不曾咬牙奋斗过,不曾低眉隐忍过……我只是蜷缩在自己阴暗、潮湿的小格子间里,抱怨世界的不公,抱怨人生的不平,恨不得快点结束生命,再不要承受那些犀利又带着怜悯的目光。然而当真正离开原有的生命后,我才终于意识到,并不是胖子不能有爱情,而是懒惰无能、毫无斗志的失败者不配有人生。

为什么像我这种易胖体质偏偏投胎到了以瘦为美的时代呢？

昔日杨贵妃一身冰肌玉骨雍容华贵，三千宠爱在一身，哪像我，因为胖从小被排挤嘲笑，长大了也没有给胖子们争口气，真是"同胖不同命"。

再过几个月我就要迈进"30+"的大军中了，这么多年来除了一身肥肉我一无所有，如今还在脏乱差的出租屋苟且度日。我这种人，就是生活在高速发展的社会中的"拖油瓶"，是拉低人均收入水平的穷光蛋，是升级版的"X无人士"，无房无车无存款、没闺蜜没男友还……没父母。

已经活成这样了，却连死一死的勇气都没有，真是自己都厌恶自己啊。快点回家大睡一觉吧，也许做个好梦能平复我忧伤的心情。

可老天好像也在和我作对，这郊区的路况也太折磨人了吧。公交车一到路口就急刹车，之前吃进肚子里的山珍海味已经颠到了嗓子眼。

好想吐啊，忍住啊叶芊凡！

来的时候已经丢过人了，回去的时候千万要忍住啊！

忍住！想点美好的东西转移一下注意力，一定不能吐！

可惜给自己的心理暗示不是很成功，在我想到厉净轩的同时，程夕夕那张志得意满的脸也出现在记忆画面里——呕！胃里那些翻江倒海的山珍海味再也不受我的控制，甚至周边的叫骂声传到我耳中也变得很缥缈，我还在车上吗？还是在做梦？

晕过去的一刹那，我看到一道光，温暖如春风，将我紧紧包裹住。

前尘往事加速在眼前掠过。

## 1 & 胖还出来丢人，是我的错

一天前，晚九点。

"叶芊凡，明天晚上七点鸿都酒店同学会，你也来吧。"

收到这条信息的时候我正窝在自己的小格子间里绞尽脑汁地码字，试图让被分手的女主重新蜕变，这种桥段我已经写了无数次，但每次写到自己故事里的女主角成功逆袭开启新的人生，我都会有种欣慰又嫉妒的复杂心情，然后惆怅地打开一包薯片，开始思考人生。

我什么时候能像她们一样呢？

可惜电脑屏幕上足以和猪头媲美的模糊影子，无时无刻不在提醒着我，一个二百斤的胖子是没有幸福可言的。

就像现在，收到多年未见的同学的邀请短信，我心中一点都不开心。人缘不好又丑又胖的女生被邀请参加同学会，向来只有一个理由：作为衬托其他女生美貌与成功的陪衬物。

这种套路我小学的时候就体会过了。

"真不巧，我最近在外地出差……"我木然地拿起手机回复，事业女强人的形象还没搭建完毕，对方又发来一条短信。

"常敏也会来，她说昨天还在公园见过你的，还说你一定要来哟。"

常敏——小敏——

原来昨天我真的没看错，那个看起来没什么变化的身影，真的是她。

我已经七年没有见过小敏了，她就像是扎在我心里的一根针，光是听到她的名字，我的心脏就已经不受控制的剧痛起来。曾经我们是最好的朋友啊，如果没有那件事,她应该……她说让我一定要去,是不是她终于愿意相信我了,要和我和好?

"哦,对了。厉净轩也会来。就算常敏叫不动你,为了厉净轩你也会来吧?毕竟,你很少看到他吧。"像是不希望我拒绝,对方又加了一条理由,可言辞之中的嘲讽之意,连冰冷的电子屏幕都无法隔离。

厉净轩……

又是一个让我心脏无法负荷的人。

光是看到他的名字,就可以激起我体内汹涌的荷尔蒙。脸上的热度和心脏加速跳动的频率争先恐后袭来,就连我早已麻木的灵魂也跟着悸动起来。原来,我还是没有忘记他吗?

呵,胖女孩暗恋王子,被她们笑了多少年了?为什么自己就是不争气忘不掉他呢?

厉净轩是我心里的白衣少年,是我惨淡人生里仰望的阳光。哪怕离开学校,窝在出租屋里不见天日,他也依旧是我小说里唯一的男主角,靠着强大的YY,我在故事里将他扑倒再吃干抹净……如果真有这样一个想象的世界,我应该也会得到幸福吧。

"好,我去。"鬼使神差地回复了过去,放下手机,我的心脏依旧扑通扑通地跳。

一夜春梦,早上醒来感觉自己的脸色比平日红润了不少,以前觉得狰狞的猪头,今天竟然感觉有点可爱了。我把衣柜里所有的衣服都拿出来,一件件的试,却悲伤地发现有一大半去年才买的衣服现在已经穿不得了。最终我选了件妈妈生前给我买的连衣裙,款式清新可爱。我翻出临近过期的化妆品画了个淡妆,美美的在镜子前转了个圈。

时间也差不多了,我对着镜子比了个耶的手势,出了门。

这是我这个月第一次出门,平日里像我这样的死肥宅是特别厌恶出门的,但今天不一样,今天我要去见厉净轩。

穿着妈妈送我的衣服,一定会有好运吧!

公交车来的有点慢,S市的夏末空气闷闷的,没一会儿我就感觉到有汗水沿着额头往下掉。再看看旁边一脸胶原蛋白、干净清爽的大学生，我不禁伤感，原来自己不仅胖，还已经老了。

等了许久，公交车总算慢慢悠悠地开了过来。几个小姑娘蹦蹦跳跳地上了车。我自觉地等在最后上车，还是有人目露嫌弃，生怕我挤到了他，罢了，我习惯了。

"喂，你这么胖，应该投两个人的票吧！"没想到我刚上车又被司机刁难。司机这么一说，大家都朝我看过来，车厢里响起此起彼伏的闷笑声。

这就是我讨厌出门的原因，这个世界对胖子总是怀有深深的恶意。

面对这种羞辱，我只能捏紧拳头，低头祈祷对方放过我。

司机迟迟不启动车子，后面渐渐传来不耐烦的催促声，他瞥了我一眼，啐了一声真倒霉才踩油门发动了车子。我心里暗暗松了一口气，低着头小心地往后面移动。

"不好意思，请让一下。"

我艰难地在人群中穿梭，不等我找到一个安稳的位置，车厢突然剧烈晃动起来，接踵而至的失重感让我浑身的寒毛都耸立起来，下一瞬，我狼狈地跌倒在车厢里。

我一连撞到了许多乘客，车厢里怨声四起。

"长不长眼睛啊！"

"我去，这么胖，我的脚差点就被她坐成肉泥了。"

"扑哧……真丑。"

"对不起，对不起……"我一边道歉一边双手撑地，试探着想要站起来却连连失败。

周围的人害怕被我撞到，站得老远，冷漠而又嘲笑鄙夷地看着我。我突然就不想再起来了，沮丧的情绪铺天盖地席卷而来。我有气无力地想着，就这样坐着吧，等到站车停了再起来算了。

一只手突然出现在眼前。

明明被司机嘲讽的时候没有哭，摔倒被嘲笑和厌恶的时候没有哭，可是这只手伸过来的瞬间，我的眼眶却莫名地红了。

些微的雾气并不影响我看清楚这个善良人的模样。

真帅。

"谢谢你。"我感激地道谢。就在我准备好好看一眼这个善良又帅气的男生时，却听到他扑哧一声轻笑："小熊内裤？哈。"

这一回，饶是早就没有娇羞本能的我也终于尴尬恼羞地红了脸。

"你——"真变态三个字怎么也说不出口，我只能低头羞愧自嘲。一个大帅哥帮胖妞，自然是为了取笑她啊，我难道还期待什么吗。

没想到我还没站稳，一个漂染着黄色头发的男人，突然从车厢后面冲过来，一下子撞在我的背后，"死胖子，给爷让开。"我赶紧躲开，差点摔倒，胳膊上多了一只手将我扶正。

"哪来的小混蛋！"刚刚帮助我的人一只手拽着我的胳膊，一半身子突然越过我看向那个叫嚣着的黄发男人，"什么时候你这种货也能称爷了？"

他挽起袖子将胳膊上的文身在黄发男人眼前晃了晃。黄发男人立马怂了，紧接着就在这一站下车了。

又被救了一次。

在这趟公交车上，我垂危的尊严，被这个有些变态的男人救了两次。

这一刻，我没有半分畏惧他的文身或奇怪的身份，我对他充满了感激。

"谢谢。"我忍不住又一次道谢，比上一次更加真诚。

他别过头去，淡淡地说了句："我只是无聊而已，你不用想太多。"

从郊区到鸿都酒店，拥挤的公交车整整开了一个小时十五分钟。不断有人下去，又有人上来，帮助我的男生不知什么时候已经下车了。我看着窗外发呆，如果这是仙女送给公主的南瓜车该多好，上来的是二百斤的胖子，下去参加聚会的是蜕变后的白天鹅……

车到站了，我站在酒店街对面，看着辉煌大气的酒店，捏紧了手中干瘪的钱包，不知道这次聚会是有人请客还是AA，如果AA的话也不知道钱包里这点钱够不够。

酒店内的灯红酒绿，对我来说和海市蜃楼没有什么区别。那里和我的世界天差地别，就像我只敢悄悄将厉净轩变成梦中的情人、小说里不变的男主，却永远没有资格站在他面前直视他浩如星空的眼，和他说上几句话。

现在回去，应该还来得及吧……昨晚答应来就是一时冲动，我不来她们也不会去找我吧？

对！回去！

我转身却撞到了一个结实的胸膛。

"是你。"一道低沉带着些微淡漠却又魅力十足的声音传来，"站在这里做什么，还不进去。"

我猛地抬头，看着那个最不可能出现在我面前、和我偶遇的人。

厉净轩！

竟然会是厉净轩！

他怎么会一个人在这？我竟然单独在大街上碰到了厉净轩！如果我没有这么胖，如果我是一个……我是不是就有勇气对他笑，勇敢地告白，甚至有机会任性地将他拖走，放同学聚会鸽子呢？

"还不进去？等什么呢？"

他略带疑惑地看了我一眼，我紧张得无法呼吸，赶紧点点头："进……进去。"

他没有再看我，直接朝前走去。我小跑着追上他，跟在他身后。

我刻意让脚步落后厉净轩半拍，因为只有在他身后的时候，我才有几分勇气抬起头仔细去看他，哪怕是背影。

他好像又高了，身材也更坚实了，充满了安全感。这个男人，是大家公认的男神，高贵如他，却从来没有看不起我。每次和我说话，他的眼神都平静而礼貌，不会像其他人那样嫌弃。虽然我也知道，这是因为在他眼里我和其他人没有区别，但这种"没有区别"就是对我最大的安慰了。

真希望这条路再长一些，如果没有尽头就更好了。可惜前面就是包房的门了。

厉净轩伸手轻轻推开包厢门，侧身示意让我先走。我受宠若惊，脸色绯红，一句谢谢也说不出来。

他真是完美不可挑剔到只应天上有啊！这样的男人，要什么样的女人才能配得上他呢？

我进房间的时候，没什么人注意到我。厉净轩在我后面走进来，他进来的那一刻，包厢里响起此起彼伏的惊呼声，其中徐萱的声音尤其刺耳。

"快看，美男与野兽！"

几乎不用想也知道她嘴里的野兽是在说我，但有什么办法呢，我从来没有勇气反驳她。我本能地退后一步，站到靠近角落的地方，目光搜索着，很快看到了坐在桌边的常敏。常敏察觉到我的目光，轻哼了一声，转过头和坐在她身旁的同学兴致勃勃地聊天。反倒是和常敏聊天的人附和了她几句后站起身朝我走过来。

见到来人的面孔，我感到一阵窒息。

竟然是她！程夕夕！

"芊凡，好久不见。你还是老样子，没什么变化呢。"

我知道，她在嘲讽我。

程夕夕就是那种嘲讽和挖苦都可以做得很隐晦的人。如果不是我被她害过，还不知道她是这样的人。

她笑着朝我伸手，这是我进来后第一个要和我握手的人。可我半点都不想回应。程夕夕也不尴尬，她笑得更艳丽了，上前朝我走近，拍了拍我的肩，错过身去和别人说话了。

依旧是温婉大气的样子啊，只有我看到她拍过我后悄悄拿出纸巾擦了擦手。

"她能有什么变化，胖得跟猪一样。"常敏终于说话了，可惜并不是我期待的和解，"要是我，早就死了算了。"

常敏，你真的这么讨厌我吗？

其他人的嘲笑我都可以不在乎，可是常敏……我们曾经是最好的朋友啊。

"好了，芊凡难得来参加一次同学聚会，你们俩别欺负她了。"程夕夕马上出来打圆场。

听了程夕夕的话，常敏哼了一声，转头去和徐萱聊天了，而我依旧低着头站在原地。旁人会觉得程夕夕人很好吧，但她的热心帮助我一点都不想接受。我可不会忘记常敏和我的误会都是她一手造成的。更不会忘记她害我失去实习机会时居高临下的笑容。然而还不等我平静下来，就听到徐萱拔高了声音喊我：

"对了，芊凡，你还不知道吧？夕夕已经和厉净轩订婚了，他们最晚年底就要结婚了。"

我猛地抬头,看到程夕夕挽着厉净轩的胳膊,她的目光直勾勾地朝我看过来,脸上笑得那么明媚。我只觉得天旋地转,站也站不稳了。偏偏徐萱讥讽的声音一直没有停下来:"芊凡,你怎么了?难道说你还喜欢——"她的声音拖得长长的,就在我害怕她说出什么让我难堪的话时,她却故意停顿在那里,啼笑皆非地看着我,"你替不替夕夕开心啊?"

我替程夕夕开心?怎么可能!

可是我能说不开心吗?我又有什么资格不开心呢?厉净轩脸上的表情是他少有的温柔,他应该也是开心的吧。

"开心……祝福你们天长地久,幸福美满。"我强扯着嘴角,努力挤出一个微笑。

"咱们大家好不容易聚一聚,夕夕你们就别再撒狗粮了,咱们喝酒!"身边一个好心的同学拉了我一下,我就在靠边的空位坐了下来。

开席后大家的话题依旧围绕着"男才女貌"的程夕夕和厉净轩,大家都或恭维或祝福着他们,只有我,低着头,余光偷偷追随着厉净轩。

"这道菜很清淡,你多吃点。"程夕夕给厉净轩夹了一点儿青菜。

厉净轩偏过头对着程夕夕笑,听话地吃完碗里的菜。

看着眼前刺眼的幸福,我第一次,对着琳琅满目的豪华盛宴食欲全无。

"芊凡,对着这么一大桌子好肉好菜,你装什么矜持啊。"徐萱并不准备就此放过我,她一边说一边伸手转动桌子,最终桌子上量最大的那份肘子到了我的面前。如果换作平时,面对这道菜,我一定狼吞虎咽……可是,看着程夕夕虚伪得意的面孔,我只想吐。

我不知道这场宴会是怎么结束的,在听到徐萱说完"今天就到这吧"这句话的下一秒,我第一个冲出了包厢。我无视酒店人员诧异的眼光,飞奔了出去,直奔车站。

我要回家。

我怕在这里再多待一秒,我就要失控!

在站牌底下站稳后,我大口大口地呼吸,夜里清凉的冷风让我稍微镇静了些。

"叶芊凡，你都多大岁数了，竟然还在等公交？难道买不起车还打不起车吗？呵呵……在鸿都酒店门口等公交的人我还是第一次见。看你落魄的样子，我竟然都有点可怜你了。"

我环顾四周，除了程夕夕那张令人作呕的脸，再无他人。心中了然，也只有这样，程夕夕才能说出内心真实的想法吧，这才是真正的程夕夕。想到这样的她竟然得到了厉净轩，我心中努力压制的悲愤再次上涌。

胆小如我，竟是第一次有了几分勇气，也借着这无人的好环境，用尽所有情绪反驳道："我再落魄也比你这样伪善好，装了这么多年，你一定都忘了自己真实的模样有多丑陋，多让人恶心了吧。"

"你一个胖子居然说我丑陋？哈哈哈。"她捂嘴娇俏地笑了起来，"净轩可是说过觉得我很美呢！"

我还要再说什么，厉净轩的车开了过来，程夕夕马上换了一副面孔，微笑道："不和你说了，我未婚夫来接我了。"她像是示威般，扬着伪善的笑脸，坐上了副驾驶位，隔着车窗朝我挥手，"芊凡回家注意安全哦，下次再见！"

"叶芊凡，需要送你吗？"厉净轩朝我看过来，他眉头微蹙，语气淡淡的。

我好想对他说，不要喜欢身边那个伪善的女人，不要和她结婚！但我说了又有谁会相信呢？最终，我什么也没说，只是摇了摇头。

他不再看我，发动汽车离开。

目送他的车子消失，我浑浑噩噩地上了公交车。夜幕犹如被墨水浸染，愈发暗淡，我的心中只剩下一件事——我的男神订婚了。

★ ☆
## 2& 原来上天并未将我遗忘

"芊凡，醒醒——"

"啊——"

模糊又熟悉的呼唤将我从梦中叫醒，我下意识地尖叫一声，用尽所有残存的意识让自己睁开眼睛。

又是这个梦！不能再睡下去了！

那么熟悉又恐怖的梦，再也不想梦到！

我瞪着没有聚焦的双眼，呆呆地望着头顶大片大片的朦胧，只觉得身体像是从冰水中捞出来的一般，随着身上越来越清晰的触感，我再也忍不住地拉起被子将自己蒙了起来。

那些被我刻意遗忘的记忆再次回到脑海中。

那天不过是个平常的日子，妈妈如同之前的每一天一样轻轻走进房间。我缩在被子里装睡，不想那日的妈妈和平时很不一样，她没有像往日那样叫我起床，只是静静坐在我床边。当我悄悄睁开眼看过去的时候，却见她脸色苍白，眼眶红红的，身体不停地颤抖着。

"妈，出什么事了？"

"芊凡——你爸爸他——因为疲劳过度，施工的时候……从、从楼上……摔下来了。"

"爸爸伤得严重吗？我们去看他！"那时的我怎么也没想到事情会那么严重。

"芊凡，你爸爸他没了！"

一阵阵眩晕感朝我袭来，耳边不断地传来妈妈凄厉的哭喊声。

"别……别说了！"

我大声喊出来。

温热的手探向我的额头，鼻息间甚至能够闻到妈妈身上的肥皂水味，让我依恋又令我痛苦。

"芊凡，你怎么了？不会是生病了吧。"

梦中的母亲一边询问着一边拉我的被子。

不！不要抢走我的被子，我就只有它还能够依靠了——不要！我在和心中的梦魇对峙，偏偏我的双手提不起半点儿力道，被子被拉开，我看到妈妈微微皱眉看着我。

"芊凡，今天可是初中升高中最重要的考试了，你若是再不起来，就真的要迟到了！"

中考？这是怎么回事？

我从来没有梦到过中考！

当年我最怕的除了体育课便是考试，想想当初中考的成绩……如果不是自己考得太差，又一定要去庆华上高中，爸爸也不会为了给我攒赞助费而在那个假期出事。如果爸爸没有出事——回忆再次被打断，耳边继续传来妈妈念叨的声音。

"芊凡，你是不是装睡！就算你平时基础不好，考上庆华高中的希望不大，但你也不能放弃啊！你快点起来！再不起来我揪你了！"

耳朵上的疼痛让我不由自主地大喊起来，这一喊原本混沌的大脑也清醒了几分，当看到妈妈微怒的表情在眼前放大的时候，我的脑海中突然闪过一个不切实际的想法，我伸手抓住她的胳膊，真实的触感让我惊讶："妈？妈！妈！"

"叫什么？还没醒吗！"妈妈抽回胳膊，瞪了我一眼，"快点出来，早饭都给你做好了，别迟到了。"

看着推门出去的妈妈，我回不过神来。

昨晚……我上了公交车……后来发生了什么事？我怎么记不清了？这是怎么回事？妈妈不是已经……环顾四周，这里是我以前的房间，书桌上还放着当年正火的言情杂志。我拿起了书桌上的小镜子。

镜子中的脸是青涩的带着些许青春痘的少女的脸。那是我自己的脸，准确地说是我十六岁时候的脸。

我忐忑地伸手再次掐在自己的脸上，锥心的疼痛让我哀号一声，惹得妈妈在外面再次催促："快点出来！"

怀着满腹的心事走出了房间，一眼就看到桌子上妈妈准备的早餐，虽然简单，但却都是我喜欢吃的。

"快点坐下吃啊，愣着干什么！"

我愣愣地点头，将妈妈剥好的鸡蛋塞进嘴里。这是新的梦吗？还是说以前才是梦？现在是现实？今天是中考,那爸爸是不是……压下心中涌起的狂喜，我紧张又忐忑地问道："妈，爸呢？"

听到我的问话，妈妈脸上神色有些僵硬。

我追问道："爸爸呢？"

妈妈沉默了一会儿，抓住我忍不住颤抖的手，坚定地看着我说："你爸出去找他一个在工地上的老乡，运气好的话最近就能多一份收入了。芊凡，你只管安心去考试就行了，我和你爸都商量好了，一定会让你去庆华念书的。"

老乡！工地！

我手里的勺子啪的一声掉在桌子上："妈，你快打电话让爸回来！"我紧紧地攥着妈妈的手，哪怕这可能只是一场梦，并不是我暗自窃喜的重生，我也要努力挽回自己的错误。

"妈，我一定会用自己的能力考上庆华的！我不用你和爸掏巨额赞助费去送我读书！"

妈妈耐不住我的央求，犹豫再三给爸爸打了电话，让他先缓一缓找兼职的事早点回家。听到爸爸在那边答应下来，我的一颗心才慢慢缓过劲来。为了避免妈妈过多追问，我胡乱吃了几口便拎着书包冲出去了。

有多久没有见到爸妈了？六年？七年？八年？我不敢回忆他们最后的模样，那一年分崩离析的生活让我跌进了自责和懊悔的深渊，无论怎么挣扎，都无法上岸。

我自私、懦弱、胆小，哭着喊着要上庆华，爸爸为了那高昂的赞助费，在工地上因为疲劳过度而从操作台上摔了下来，而我，却连爸爸最后的遗体都没有勇气去看上一眼。

那么……现在发生的一切，到底是梦，是死后的世界，还是时光真的倒流，上天眷顾，给我机会从头来过呢？不论是什么，我都想抓住这个机会！

空气里弥漫着夏天浓郁的香气，熟悉又陌生。走过的店铺、公园，每个都是当年的模样。

而我，虽然不再是年近三十那个二百斤的胖子，但依旧是个胖妞。只不过这似梦非梦的突发状况，让我心头那些郁结的失意、懊悔通通消散了。心中竟莫名升起了一股管它今夕何夕，只笑对生活的豁达念头。

难道这就是经历过生死之后的顿悟吗？

愚钝如我，也能够参悟人生这么复杂的功课吗？

一切疑问都在见到小敏的那一刻退去。

小敏穿着校服，站在学校门口朝我招手："叶芊凡！你怎么这么慢，快跑几步啊，马上就要开考了！"

中考！

差点忘了现在最重要的事！

想起妈妈早上的念叨，还有自己慌乱中的承诺。我的信念更加坚定了，不管现在是真是幻，自己将它当作真的就是了。逆袭中考——凭借自己的能力考上庆华。只有这样，爸爸才不会为了钱多打一份工出事，只有这样，妈妈才不会在爸爸去世后，也早早离世。

"叶芊凡，都说了让你快点，你怎么还站在这不走！"

小敏一脸怒气，瞪大眼睛看着我。然后，我感觉自己的手被她握住，真实的触感让我倒吸了一口气。

小敏拉着我一路狂奔往考场冲去。

直到坐在考场，看着试卷上那些熟悉的题目，我才终于镇定下来。将全部的注意力都放在了眼前的这份考卷之上。熟悉而又有几分陌生的初中习题，脑子里好像有什么东西破蛹而出。拿着笔的手，倒不像是被我控制一般自由发挥着。

当年高考失利后，不得不在培训班兼职，每天晚上负责检查改正那些初中生的作业。可能正是因为那段经历，如今我面对中考试卷上的知识点完全不觉得困难。现在的我就像是被打通了任督二脉一样，终于开窍了。

看来过去的我也不是完全没有用嘛，那段帮人补习的时间是自己狼狈的八年时光里少有的明媚的日子。只可惜后来……程夕夕突然出现，因为家长们莫名的指责和投诉，我被迫离开了那里。

考试结束，我站在学校门口仰头深深看了一眼我的中学。

当年，我不曾这样留念和缅怀过。

★☆★
### 3 & 这一次，我们的爱情都要成功！

重生第一天，我纠结于虚幻与现实。

重生第二天，我沉浸在和亲人团聚的喜悦之中。

重生第三天，我忐忑这份幸运什么时候会被猝不及防地收回。

……

都说一件事坚持二十一天便会成为习惯。上一世没有任何毅力去实践这个真理，没想到从头来过后，竟然首先实践了这句话——当安然无恙地在家里度过第二十一天后，我心中那点纠结和担忧，便全都烟消云散了。

我开始计划着剩下一个半月的假期用来做什么。

跑步、仰卧起坐、瑜伽……这些上一世从来没有坚持下来的减肥运动，这次再也不会放弃了。

至于老妈准备的那些大餐——

"妈，你的女儿我现在就已经是猪界的重量级选手了，要是你还每天给我吃大鱼大肉，以后我就真的要和猪一起混了！"

"这些鸡鸭鱼肉还是你和爸吃吧，我已经决定了！以后每天要吃低热量食物，比如水煮青菜，水煮青豆，水煮……"

在我的坚持下，老妈总算暂时搁置了她那颗汹涌的爱女之心。

饭桌上的绿叶食物越来越多，虽然我的体重没有什么明显的变化，但脸上那些泛滥的青春痘却消了不少。果然油腻的食物真的影响肠胃消化，导致新陈代谢失调，是青春痘的元凶啊！

重新来过，我才发现上一世那些觉得自己怎样也做不到的事其实也没有想象中那么困难。甚至当你真的坚持下来后，内心的激动和喜悦，一点都不比偷偷喜欢一个人带来的悸动少。

重生第三十三天，在公园跑上四圈已经不再气喘吁吁了。原本走路都觉得承受雷霆之力的双脚，也变得轻盈了很多。

我从公园侧门跑出来，准备抄小路回家，顺便买一碗刘阿婆的绿豆汤解暑。不想，刚走到公园后面的桥上，就看到桥对面那抹熟悉的身影，正朝我走过来。

厉净轩！

初中生厉净轩，少年厉净轩！

"喂！"脚上的动作要比大脑快得多，我激动地朝厉净轩跑了过去。

这时候的厉净轩比我高上几厘米，身材偏瘦，但已经无法掩盖棱角分明的俊脸。他微微蹙眉，像是有些疑惑，又像是努力回忆，想要想起脑海中是否有和我有关的回忆。最后他狐疑地看着我："你是？"

看着眼前还算得上是正太的厉净轩，我这个阿姨的灵魂突然忍不住恶趣味大发。我朝着他咧嘴一笑，伸手捏了捏他的脸蛋，一副痞样地说："记住了，我是你未来的老婆！"

缩小版男神厉净轩脸色爆红："我没……没有那个……"

呜——小时候的男神好可爱啊，连老婆两个字都不好意思说，我捂嘴偷笑。厉净轩眉头皱得更深，迅速打量了我一眼，转身疾走。

就这么走了！

被我吓到了？

厉净轩消失得非常迅速，只留下我这个体内装着大龄剩女灵魂的恶趣味胖子站在原地嘿嘿傻笑。不过话说回来，厉净轩他不是S市的吗？为什么会出现在我们这个小地方？

上一世好像没有在初中暑假的时候见到厉净轩，这是不是说明命运的轨迹已经发生改变了？

重新开始，我一定要解救男神，不能再让他这朵祖国珍贵的花朵落到老巫婆的手里！唔，还是留在我身边比较好，我一定会好好呵护他的。

我迫切地想要找人分享心中的喜悦。想到小敏好几次叫我出去玩都被我拒绝了，我果断放弃了原来想喝绿豆汤的计划，打电话给小敏准备喊她出来见面，庆祝我今天偶遇男神，而且还调戏成功！

拿出手机正好看到小敏的来电提示。

心有灵犀啊！

"喂，小敏！"

"你终于接电话了！你都消失一个月了，咱们班搞了五次同学聚会你都没来！"

"消消气，消消气！我正打算给你打电话来着。你也知道我家的情况，我一直在图书馆做兼职呀。"

常敏那边哼了一声，不过听她已经缓和的语气，我知道她已经不生气了。

"之前的事就原谅你了！不过今晚的聚会你一定要来！"

"今晚？"

"叶芊凡！你不会不来吧？你要是敢不来我一定会跟你绝交的！"

常敏的话让我想起了前世和她形同陌路后的那些日子，我心里一痛连忙喊道："我去！谁说我不去了！我一定去！"

等挂了电话，我才反应过来，小敏今天怎么听着比我还兴奋呢？前几次给我打电话明明懒洋洋的，她自己都对那些聚会没啥兴趣，所以我才敢拒绝的啊……刚刚应该问清楚今晚的聚会到底是什么情况来着！

真是的，一看到男神大脑都不工作了，真是美色误国啊！

晚上，我按照约定的时间赶到了小敏说的KTV。只不过……一路从门口到包厢，一个熟悉的同学也没有看到。

难道他们都早到了？还是我记错地方了？

推开包厢的门，里面一片漆黑，我凭着感觉摸索墙壁上的开关，还不等我找到，就听到里面传来低低的哭泣声。我打了个哆嗦，该不会是闹鬼吧。我打开灯，一眼就见到了缩在沙发一脚，抱头哭泣的常敏。

我冲过去抱住小敏，将她拉到自己怀里。看着哭成小花猫的常敏，我也跟着难过起来，不要让我知道是谁欺负了小敏，不然我一定要他好看！

"呜呜呜，芊凡，他没有来！"

"谁？"

"今天是他生日，我想给他庆祝，可是他没有来。"

他？我心里咯噔一下，猛然想起了前世常敏喜欢的宋宏斌。

宋宏斌和我、小敏是初中同学，后来一块去了S市上高中。小敏一直喜欢他，但后来宋宏斌却……我和常敏决裂也和他脱不了干系。难道今天是他的生日？我伸手帮小敏擦了眼泪，不动声色地问道："你之前怎么和他说的？他答应你了今天会过来？"

常敏沉默了一会儿，又是摇头又是点头。

看着哭得伤心欲绝的常敏，我原本想要劝说她放弃那个男生的话在口中怎么也说不出来。最后只能道："小敏，男生都很大男子主义的，他们喜欢自己'狩猎'目标。如果女生太主动的话，他们反而会失去那种得不到的蠢蠢欲动的兴趣。"

常敏眨着雾气朦胧的大眼睛望着我:"那我应该怎么做?"

我想了想道:"你之前是不是喜欢和他吵架,而且还从不示弱?"

常敏点点头。

想想自己以前在小说里经常用的套路,我语重心长地教导她:"这样不行的。女生该示弱的时候就要示弱,这样男生才会更有保护欲,会想要主动保护你!"

"示弱?"常敏喃喃着,然后看向我,"芊凡,你从哪学来的这些法子?听起来倒是都好有道理……该不会是你自己的经验吧?"说完也不等我否认她自己就先摇摇头,"不对不对,你这么胖怎么会有人追你。"

这丫头,伤心的时候还不忘损我。看在她正伤心的份上我就不计较了。

"常敏,不管怎样,都不要为了不珍惜你的男生伤心,我会心疼的。"

听了我的话,常敏破涕为笑地抱住我。

常敏,我的好朋友。

这一次,我们的爱情可都要成功啊!

我在心里默默地许愿。

## 第二章
## 庆华高中，逆袭开始的地方！

微信扫码，
获取胖妞表情包

高中篇

　　也许我的某一世里真的做过拯救世界的大人物吧。

　　所以上天才会如此眷顾我，给了我时光倒流、人生重来的机会。过往黯淡、愧疚、落魄的记忆，提醒着我，在这个看脸的时代，只有颜值达到一定的标准，才有资格申请进入新的阶层。虽然有人说这个说法矫枉过正，真正的人生应该是始于颜值，陷于才华，忠于人品。但如果没有颜值，应该也没有人愿意去了解你的才华和人品吧？

　　只有集颜值和才华于一身，才有资格去风花雪月，去打败巫婆，拯救王子！

★
### 1 & 庆华高中，我又回来了！

"叶芊凡！你真给咱们班争气。"

"中考成绩出来了，你的总成绩是满分！已经被庆华高中免费招录，并且庆华高中的校长了解了你们家的情况后，承诺为你提供三年的助学金！"

班主任在电话里给我报喜。

中考成绩我心中早就有了底，虽然没有想到会一字不差得了满分，但一个奔三的阿姨答初中生的试卷，总还是会有一些优越感的。倒是庆华校长提到的免学费和提供助学金让我眼前一亮，这样一来，爸妈不仅不用担心我的学费，连生活费也有了着落。

挂掉电话后我连忙跟爸妈说了这个好消息，他们两个人足足愣了有五分钟才惊喜地笑出声来。妈妈更是一把抱住我，呜咽地哭了起来："芊凡！芊凡！你真棒，真是妈的好女儿！"爸爸也难得地露出笑脸，被生计打磨而日久皱着的眉头此时也舒展开来。

看着爸妈脸上的笑，我的心情却多了几分沉重。重生让我越发清晰地意识到靠自己取得成功到底有多重要。自我的努力，真的可以带来命运的转折。这一次，凭借自己的实力走进这所名校，哪怕依旧不够完美，也有十足的自信去直视所有的同学，再不会像曾经那样自卑，像一只鸵鸟，永远将头缩在身体里，甘愿从这个惨烈的世界彻底消失。

现在，我又重新回到这座充斥着甜蜜和痛苦的地方，我要重新开启自己的青春，再也不要留下遗憾。

当思想上的重生追赶上肉体上的重生后，我才真切地意识到了自己的变化。整整一个假期，我都咬牙坚持着我的减肥大业，并且在开学前夕，成功狠瘦到了一百二十斤以下！原来的牛仔裤都大了一圈，我现在完全可以将两条腿放到一条裤筒里当裙子穿！

庆华高中坐落在繁华的滨海城市 S 市，我和常敏早就定好了火车票，相约一起去报道。常敏因为从小学习专业的舞蹈，也以优秀的专业分考进了庆华。只不过常敏貌似只对舞蹈有兴趣，其他文化课学起来一向没什么天赋。

出发这一天，小敏刷新了我对她的了解。

她穿着紧身的裙子，昂首挺胸，嘴角挂着浅笑，自从走进车站就不知吸引了多少人的目光。我都跟着看呆了——这个小丫头，没想到领悟能力这么高，我就是随便点拨了她两句，她竟然学以致用得这么快。

"小敏，你以前不是从来不穿紧身的吗？还有你不是说和宋宏斌一起来的吗，他人呢？"

常敏捂着嘴笑了笑："不是你说的让我装柔弱的吗？我想着怎么着也得先有女人味装柔弱才能有效果啊……宋宏斌啊，我让他帮我拎箱子呢。"

过了四五分钟，一个青春洋溢的男生，拖着三个大箱子满头大汗、气喘吁吁地朝这边走来。我身边的常敏用"柔弱"的语调问他："宏斌，你累不累啊，都是我害得你一个人拿行李，不好意思啊。"

"我、我、我不累啊。"宋宏斌很不适应这样的常敏，耳根子泛红，说话也磕磕巴巴的。

我无语地看着他们，捏紧大腿控制住几乎要喷涌而出的笑意。有了小敏和宋宏斌这对活宝，原本枯燥的火车时间也变得鲜活起来。我几乎笑了一路，等到走出 S 市的火车站，感觉自己脸上的肌肉都僵硬了。

宋宏斌离开前，十分殷勤、鞍前马后地帮我和小敏把行李送上了车，才一步三回头地和小敏挥手告别。

上车后，我一直揶揄小敏，到了学校，她几乎是撒丫子就跑，连行李都不要了。我只好一个人办手续找宿舍。到了宿舍门口，我惊喜地发现，这一世我和小敏竟然分到了同一间宿舍，两人兴奋地在宿舍门外抱着又蹦又跳。

推门进去之前，我还期待着既然小敏这里出了变数，会不会这一世我就不用再和程夕夕在一个宿舍了？可惜我的美好期待很快就破灭了。

程夕夕早就到了，她依旧是选的靠窗的位置，而且在窗台上摆了一盆绿植。她旁边的床铺没有人，但已经被放上了行李箱，上面挂着"徐萱"的名牌。程夕夕见我和常敏进来，主动站起来和我们打招呼："你们好，我叫程夕夕，是——"

看着这个上一世害惨了我的人，我紧绷着脸拉着小敏的手不吭声。常敏很快就感觉到了我不对劲，她推着行李挡在我面前，看了一眼程夕夕："喂，这床上也没有贴名字，你怎么能自己先选了好位置呢，难道不应该等大家到齐了之后抽签决定吗？"

程夕夕被常敏这么一说，脸色白了几分，像是受了惊吓一样带着哭腔道歉："对不起，是我考虑不全，我只是因为身体不好，所以才……"她那样子，就像是我们合伙在欺负她。

常敏翻了个白眼正要抢白，我连忙拉了她一把："算了小敏，你看对面不是还有一个位置吗，你就在那，我在你旁边，咱俩挨着。"

常敏恨铁不成钢地瞪了我一眼，乖乖拉着行李去收拾去了。虽然三个人都在宿舍里，但因为刚刚的插曲，谁都没有再开口说话，只有我和小敏窸窸窣窣收拾东西的声音。这份古怪的静谧一直持续到敲门声传来。

"你好，请问找谁？"

"叶芊凡是在这个寝室吗？"

我愣了一下，仔细看了女生一眼，确认不认识她后，才问道："我就是，请问你有什么事？"

女生用一种新的目光，从头到尾看了我一眼："我叫陈源，是高二A班的。这个是学校的通知，让你作为新生代表，在开学典礼上发言。"

我接过女生递过来的通知，笑着朝她道谢："这样啊，谢谢学姐啦。"

女生又看了我一眼，小声嘀咕，没想到学霸根本不是满脸青春痘或者五大三粗的丑女，长得蛮清秀可爱的，真是让人嫉妒。

拜托，我就在你身边，你这样假装我不存在真的好吗？就算是夸我，也不用先贬后褒吧！

女生嘀咕完又看了我一眼："你准备吧，我还有别的通知要去送呢，以后有什么事可以去广播站找我。"

我送女生离开，拿着通知单回到宿舍。

一进去，就被常敏熊抱住："芊凡，你真是我的偶像，代表学生去发言呐，你好棒啊！"

我配合常敏激动了一番，余光瞟了一眼程夕夕。她面露不快，但很快又微笑地看着我，好像也为我开心。可那一闪而过的阴暗目光，实在是让我不寒而栗。

说起来我一直不明白自己到底哪里得罪了程夕夕。上一世她是高高在上、清水出芙蓉的校花，而我是毫无存在感的大胖子。她的成绩名列前茅，而我每次都是倒数。明明我对她没有任何威胁，为什么她还是费尽心机地陷害我呢？

我和程夕夕的交集实在不多，甚至我都不知道高中时候她也是喜欢厉净轩的。如果不是重来一次，我未必会在初见的这一刻就留意关注她，而她方才那股阴冷目光里的敌意，就不知道什么时候才能后知后觉地发现了。

幸好这次我有备而来，再不惧你手段重重。

庆华是历史悠久的名校，开学典礼气氛庄严肃穆。

校长主持典礼并做了精彩的发言，勉励大家先吃苦后享乐，努力把握高中生涯，争取为自己的明天创造一条更宽广的道路。

我听得心中激情澎湃，上辈子那种浑浑噩噩的情绪在重生后都消失殆尽，整个人仿佛是第一次真正地体验生活一般。就在感慨万分的时候，校长的讲话也接近尾声："我的话说完了，下面有请学生代表讲话。"

我回过神来，在周围人的注视下，挺直了身板，缓缓地走上主席台，接过校长手上的话筒："感谢校长、各位老师给我这次机会……我是高一A班的新生叶芊凡，我很荣幸有机会在这里和大家分享……最后希望同学们能在高中三年里，做到不悔自己的选择。"

当我站在主席台上，看着下面和我一样穿着校服、朝气蓬勃的同学时，我心中仅剩的几分重生的不确定也渐渐消失不见了。这次讲话，不仅是简单的发言，更是我对自己人生的一次新的定位，这一次，我一定不会再辜负生命，不会再让自己回首往事时，因为曾经的选择而悔恨万千。

我感觉身体里有一股强大的力量悄然而生，让我站得更高，看得更远。

当台下传来阵阵鼓掌声的时候，我从激动的情绪中渐渐释放出来，最后对大家致以感谢，回到了队伍当中。

在隔壁班站着的常敏在我下来后，就小声地朝我呼喊："芊凡！你讲得太棒了。我都被你感染了！"

我一脸嫌弃地看了她一眼："你当我瞎啊，我在上面明明看到你全程都在往后看。"

常敏吐了吐舌头："哈哈，被你发现了。"她蹭过来小声跟我说，"其实是我看到我们队里有个大帅哥，好多女生都在讨论他呢。"

我不用看都知道是谁，早在上台后往下看的第一眼，我就认出了他——厉净轩。

"你个大色女，我就知道你也在看他。"她坏笑了两声，"不过，我刚才看到有男生在讨论你哦。说你长得好看，学习又好。"

"哈哈，是哪几个小屁孩说的，我去表扬他。"

开学典礼结束后，常敏依依不舍地和我在礼堂门口分手，并且再三强调让我晚上回去的时候要等她一起。

来到熟悉的教室，看着班里没有变化的同学，我思绪万千。

"欢迎来到高一A班，我是你们的班主任唐洁……现在坐在这里的是在上次中考中，排名靠前的同学。如果下次月考排名降到50以下，便会调至B班甚至更后。"

班主任在讲台上说着班级规定，下面传来同学们的窃窃私语。我悄悄扫了一眼，坐在我隔壁桌的厉净轩目不斜视，面上平淡如水，在他斜后方的程夕夕，除了时不时看向厉净轩，对班主任的话没有什么太大反应。

之后是自我介绍环节。

第一个上去的和曾经一样，是徐萱。

她是S市有名的千金小姐，也是宿舍一直空着的床铺的主人。上一世，她也没有在宿舍待过几天，不是住在附近租的高级公寓里，就是家里的司机来接她。

徐萱自我介绍的时候，男生们小声议论着。

"长得挺可爱的。"

"你知道她是谁吗？别妄想了，不属于你！"

徐萱之后，程夕夕也跟着上台自我介绍。虽然和我们一样穿着校服，但她白皙的脸蛋，加上盈盈欲滴的双眸，自成一种林黛玉的气质，她还没说话，就有同学在下面赞叹了。

"好美！"

"好仙啊，感觉只应天上有！"

程夕夕也听到了下面的议论，白皙的脸蛋上微微泛红，她的声音也柔柔弱弱，很轻很细："大家好，我叫程夕夕，我从小生活在国外，身体不太好，最近因为回国养病，所以有机会来庆华和大家一块读书，以后还请各位同学多多关照。"

"身体不好啊，那以后要多照顾她啊！"

"放心吧，以后我们一定会照顾好你的！"

不少男生立刻表决心。

回国养病、身体不好……看着从台上走下来的程夕夕，她的脸上挂着温柔又高贵的浅笑，目光扫过我的时候，带着几分高高在上的目中无人。但好像只有我发现了她的真面目，周围的男生都沉浸在她清水出芙蓉般的容貌下，连连发出惊叹声。

但这并不是真正的程夕夕！

也是在程夕夕自我介绍的时候，听着那些熟悉的介绍语，我才猛然想起前世那件事——我曾经撞见了程夕夕和她的妈妈说话的场面。程夕夕的妈妈只是一个普通的环卫工，而她自然也不是什么从国外回来养病的千金小姐。就在废弃的花园里，我亲耳听到程夕夕厌恶地斥责她的母亲，让她不要再来学校找她。

难道？难道！

难道上一世所有的刁难，都只是因为被我发现了她的秘密吗？但我很肯定当时程夕夕并不知道我躲在那里啊？她又是怎么知道被我撞见了那一幕的呢？

不！不对！

明明我现在还没有撞见程夕夕的秘密，按理说我排斥她是因为有上一世的记忆，那么程夕夕呢？宿舍里初次见面时，程夕夕眼中冰冷而带着敌意的目光，实在太熟悉了。到底有什么原因可以让她对一个初次认识的人产生敌意呢？

想得多了，背后莫名地生出一股冷汗。

程夕夕啊，真是一个可怕的人。以后，如果没有必要，还是对她敬而远之吧。

"厉净轩，毕业于锦前初中，以后的日子请和平相处。"

厉净轩清冷又简单的自我介绍唤回了我的思绪。目光看向台前，他站得笔直，我的心脏又开始小鹿乱跳了起来。

讲台下面是一阵阵惊呼声。

"啊！好帅好帅！不知道有没有女朋友！"

"听说他中考成绩满分呢，超厉害的学霸，还这么帅！"

厉净轩高冷的自我介绍引发了新一波的花痴大潮。看到已经坐回原位的厉净轩，以及周围女生朝他射过去的爱心攻击，我心中默默叹息，只觉得想要获得男神注意，追到男神的计划又漫长又遥远。

等到所有的同学都自我介绍完后，班主任重新回到讲台前，看了我和厉净轩一眼，"此次S市中考的第一名在我们班，而且是两个。一个是厉净轩同学，另一个就是刚才自我介绍的叶芊凡同学，大家有不懂的题可以问问他们。"

班主任说这话的同时，一道让我不由自主心脏加快跳动的目光朝我看过来。

是厉净轩！

我条件反射地回看过去，就见厉净轩颇为认真地看着我。只不过他原本审视对手的目光，在和我的目光交汇后，突然变得有些不同。我大胆地望着他，恰巧看到厉净轩眉宇间的疑惑——等等，这家伙不会是认出我了吧！但两个月前的我还是个土肥圆啊。不可能被认出来的。话说当时我为什么要去调戏他啊！

现在我虽然没有瘦成一道闪电，但也算是改头换面了吧。难道这样也被认出来啦？我有些心虚地别过了眼。

晚自习下课后，常敏像是一阵风一样冲到了我们班门口，见班里没有几个人了，她更是大大咧咧地走了进来帮我收拾东西。

"芊凡，你在 A 班怎么样呀，我在的 D 班可好玩了。"说着，她像是想到了什么有意思的事，瞥了我一眼，"话说，真的不是按照胸围来分的班吗？"

我回了她一个白眼，昂头挺胸道："我是 B，这一点我希望你记住。"

"哈哈哈，B 就值得你得意了。芊凡你真可爱！"

我和常敏笑闹着一块往宿舍走，回去的路上她突然问我："芊凡，你是不是不喜欢那个什么夕夕啊？"

我怔了一下，随即耸耸肩："她叫程夕夕。也没有不喜欢吧，就是看她很虚弱的样子，还是离远点比较好。"

常敏闻言没有多想，她偏着头像是在回忆看到程夕夕的第一眼，最后重重地点了点头："你说的对哦，她的脸色很白，看起来……"说着常敏耸了耸肩，像是想到了什么可怕的东西。

到了宿舍，我发现徐萱竟然也在，并且正在和程夕夕聊天，看起来她们两个像是相处得还算不错。

见到我和常敏进来，徐萱看了看我，目光停顿在常敏身上："你的胸好大啊，这也算是发育不良的一种吧？"

常敏以前最讨厌别人拿她的胸围说事，虽然在我的开导下渐渐释然了，但是突然被徐萱这样说，她的火一下子就上来了。

"你说谁发育不良呢你！"

我连忙拉住常敏，快速地看了徐萱一眼："其实我觉得你和小敏的胸围差不多的，都一样让人羡慕。"

在我说第一句的时候，徐萱的脸色很黑，等到下一句说出来后，她怔了一下，之后脸上的表情松了几分。我又拉着常敏到床上坐下，小声地安慰她："别人嫉妒你，你还要发火，你真是暴殄天物！"

"好啦，别生气了，等再过两年，你看我们这些平胸的妹子该怎么哭着羡慕你吧。"

这场小纷争在我机智的劝解下化解了。

## 2 & 军训小插曲

大家互相认识之后，军训生涯也正式开始了。如今正是盛夏时节，想起上一世自己军训完，不仅身材肥胖，更被晒黑了一圈，曾经有很长一段时间被嘲笑。这一次，我拉着常敏提前备好了防晒霜，希望不要重蹈噩梦。

全年级的女生和男生分成了两拨，由两个教官分别负责。因为我和常敏的身高差不多，所以排队形的时候，我和常敏挨在一起。于是，烈日炎炎下，每个人都汗流浃背、有气无力的时候，就剩下活力旺盛的常敏在我旁边各种吐槽。

"我们教官什么鬼，一丁点儿都不怜香惜玉，我这朵娇花都要湿透了。"

"远看英俊帅气像天使，靠近之后才知道是魔鬼！"

我完美地充当了倾听者的角色，只在教官过来的时候，压低声音提醒她教官来了。每每这个时候，常敏都会立马闭嘴，并且保持着精神抖擞的姿态，获得了教官的夸赞。

"那些垂头丧气的，你们看看这位同学。"

我甚至能够感觉到旁边熟悉常敏本性的那些同学憋在胸口的笑意。

接连站了多日的军姿，度过最开始的疲劳期后，感觉原本枯燥又痛苦的军姿也变得轻松起来。可是，才舒服了没几天，魔鬼教官梁东对我们又有了更严格的要求。

"那边的女生，不许动，手指贴紧裤缝。"

"以后不许披头发，全给我扎起来。"

"抖什么抖，站直了。"

趁着教官离开的时候，常敏又开启了吐槽模式。

"还真是严格，太变态了！"

这一次，旁边的同学也小声加入了常敏的吐槽中。

"对啊对啊，我就抖了一下，他能都看到！眼神真利！"

"你们都不知道吧，咱们教官来头不小呢。"

"真的假的？"

"你们没看到吗，其他教官对他的态度都毕恭毕敬的。"

结果这一回，听八卦入迷的我勘查敌情失败，梁东教官出现在我们旁边的时候，八卦小组的同学还在兴致勃勃地说着。

梁东教官目光沉沉地看了她们一眼："看来有些同学还是太闲了！既然这样，那接下来我们就换点其他的训练项目。"

一时间，所有人都噤声了。

梁东教官绕着我们走了一圈："开始其他训练项目之前，先选一个队长，你们谁愿意当啊？"

还不等我回过神来，就一把被常敏推了出来，紧跟着听到她的报告声："报告教官，叶芊凡说她愿意！"

梁东教官看了我一眼："那就你了。"

等我归队后，常敏刚想拉着周围混熟的同学为我欢呼，就听到梁东教官继续说道："接下来队长带领同学们，跑操场！"

顿时一片哀号声。

教官没有详细盼咐跑步的要求，我悄悄放缓了速度，既保持了队伍的整齐，又减轻了大家的负担。一时间，原本还提着一口气的同学都松了一口气，在队伍之中缓缓地慢跑，反倒比枯燥的站军姿要轻松几分。

可惜这种身体上疲惫、精神上轻松的好时光总是过得很快。

半个月的军训，很快就到了要和教官说再见的时候。最后一天，梁东教官没有向往日那样组织大家集合训练。他从左到右环视了所有人一番："今天是军训最后一天，不再进行训练，下面的时间组织大家联谊！"

"联谊？！这么赞！"

"太棒了，呼呼——"

梁东教官没有制止队伍里的声音，他朝我看过来："队长！去告诉那边的教官，让他将男生队伍带过来吧。"

我一路小跑着到了男生这边，发现男生这边今天竟然还在训练。

男生被曝晒在阳光下，浑身湿透，脸也被晒得通红。我从旁边路过的时候，感觉到不少人用余光对我投来注视，只有厉净轩，笔直地站在队里，根本没有向我这里看过来。当我走近他的时候，余光瞥到他棱角分明的脸，只见额头的汗水滑落到了眼角，长长的睫毛拦住了汗珠下落，他只是皱了皱眉，却再没有了其他动作。

这一瞬，我像是被什么控制了。不由自主地掏出兜里的纸巾，走过去帮他擦掉了脸上的汗珠。

一时间原本安静的队伍，突然响起许多细小的唏嘘声，站在厉净轩旁边的一个男生，还朝着我们轻声地吹口哨。我被这骚动惊醒了，恢复理智，赶紧收回手。肚子里肠子都悔青了，面上还是若无其事，转身踏着正步去找教官了。

后来我才知道，那段路我是同手同脚走完的。

而我不知道的是，就在我走后，原本面无表情直视前方的厉净轩，目光追随我的背影，直到我拐到了队伍的另一边。

男生和女生汇合后，梁东教官用严肃的目光扫视了我们所有人一眼："为期半个月的军训已经结束了，接下来的时间，各位同学可以主动上前来为大家进行才艺表演，哪些同学有才艺的，可以主动些。"

梁东教官的话刚说完，就有一个男生被几个同学推了出来。

男生先是有些不好意思地站在原地，之后推他出来的人开始嚷嚷："你不是会跳舞吗？跳一个啊！"

男生被催了几遍，终于放开了手脚，即兴表演了一段街舞，竟然跳得十分带感，旁边观看的同学开始给他伴奏，一时间气氛活跃了起来。

而我眼尖地看到，梁东教官在男生开始表演的时候，就已经悄悄从旁边离开了。校园的主路上，一辆军车不知道什么时候开进来的，梁东教官上了军车，很快驶离了学校。

没有告别，没有感谢，也没有多余的叮嘱。

和我们相处了半个月的魔鬼教官，就这样离开了。

才艺表演还在继续，没有几个人注意到梁东教官的离开。很快，程夕夕也被相处得不错的几个女生推举了出来。

"程夕夕要给大家唱歌！"

"对，美女要给大家表演了！"

程夕夕脸上带着娇羞，出来后倒是没有扭捏："最近新学了一首歌，大家不要笑我。"

一向痴迷程夕夕的熊峰第一个附和："不会不会。"

程夕夕唱了一首小清新歌曲，她的声音十分柔美，犹如扑面而来的一阵清风。哪怕我和程夕夕有再多的恩怨，但此时听到她的歌声，我还是不得不承认，如果当初在地铁卖唱的是程夕夕，可能连自己也会忍不住给她钱的。不像自己，因为唱得实在太烂，最后甚至被驱逐。

不过很快我又想到了另一件事。

前世，程夕夕也是在这一天唱了这首歌，之后被推荐到了学校的晚会，一唱成名。想到这，我的脸色不由得黯淡了下来，这一世，命运还会继续这样走下去吗？

因为晃神，我竟然错过了常敏的表演，等到常敏回来后，直接一巴掌拍到了我的胳膊上："叶芊凡，你在想什么？连我上去唱歌你都不捧场的！"

我回过神来，有些歉疚的朝常敏笑了笑："对不起啊小敏，我刚刚在想晚上要不要吃大餐庆祝一下，想得太入迷了，所以……"

果然，一听到大餐二字，常敏顿时忘了之前的事，反而兴致勃勃地问我："吃大餐？吃什么呀？哎，我听说咱们学校旁边的那家火锅不错，听说辣锅特别过瘾，要不咱们去试试？"

我看着完全被美食吸引的常敏，心中暗道，我还能拒绝吗？

最后，军训在一顿丰盛的火锅过后彻底结束了，这天晚上，我和常敏都把肚子吃的圆滚滚的，才回宿舍洗漱休息。

按部就班的高中生活在军训结束第二天正式开始了。

早会上，班主任拿着全班的花名册再次点名，这一次因为军训的相处，大家已经互相熟悉了，点名的时候，甚至有人开始小声地在后面接外号。在班主任的主持下，大家利用早会的时间票选了班干部，让我万万没想到的是，自己竟然以第一的票数当选了班长。

简直不敢相信！

我被班主任喊到台前讲话的时候，心中还在腹诽，自己不会碰巧点亮了什么重生光环吧……

稀里糊涂地做了班长后，我这一世的高中生活也迈入正轨。这一次，我认真给自己规划了学习计划，而上一世感觉像天书一样的知识，如今再看，就像是自己被更换了一个正版大脑一般，虽然说不上过目不忘，但却一看就会。

这让我愈发珍惜重新开始的机会，努力利用每一秒汲取更多的知识。

而常敏，每日大部分时间在舞蹈室训练。因为她每天的运动量很大，几乎和坚持晨跑晚跑的我持平，所以一到晚自习结束，就拉着我去吃消夜。

这样过了一段时间后，我惊恐地发现，她这个不会吃胖的体质倒是胖得没那么明显，反观自己，根本就是喝口水都能分分钟胖十斤啊！当我悲痛欲绝地发现两个多月的运动换来的竟然是堪堪维持原来的体重，我恨不得从自己身上割百来斤肉贴到小敏身上去！

不能再这么放肆了！

我暗下决心，下次常敏又来找我放纵时，我二话不说直接将她推到体重秤上，让她对着数字冷静冷静。

"小敏，你还记得自己上次上秤是多少斤吗？"

"九十二？"

"你再看看你现在是多少。"

"啊——一、一百零五？！不、不！这肯定不是真的，我一定是出现幻觉了！芊凡，你是不是在秤上做了手脚？我怎么可能胖十几斤？"

"也不知道是谁每天晚上不是吃肉就是吃虾，而且睡前还要吃消夜，你不胖才奇怪呢。"

"不行了不行了，我再也不吃了，我要减肥，我要抵制美食！"

"……我怎么那么不相信呢。"

"芊凡！你相信我，我决定了，等国庆回家就去健身房集训，一定要在七天内把这十几斤肥肉甩下去……那、那个到时候你监督我，我说到做到！"

"我也很想监督你，但是国庆我不回家，我准备出去看看能不能找到兼职。"

"啊——"

房间里回荡着常敏的惨叫。

## 3 & 赚到第一桶金

十月初的 S 市，温度凉爽了不少，走在街道上，我发现每一条街，每一个小店，都还是熟悉的样子，除了倒映在玻璃上的我，不再是曾经那个让人人侧目的大胖子了。

找兼职并不容易，尽管能在一些门店的大门上看到张贴的招聘信息，但大部分都是需要大学毕业生的全职工作，我逛到中午都没有看到一个合适的工作。

看来找工作不论是以前还是现在都很艰难啊，不过上一世找工作的时候，对方一看到我的身材就开始拒绝……幸好我已经瘦了下来，倒是少受了些白眼，如今的我已经不同了，我会成功的！

我给自己打了气，中午随便在街上买了点小吃垫了垫肚子。吃完后，我继续在大街上晃悠。

这一回，我很快在一家影楼的门口看到招聘平面写真模特的兼职信息——"平面模特工资高、时长短，先进去看看情况。"

我推门进了影楼，马上就有人迎了过来。

"欢迎光临，我是影楼的接待小兰，妹妹你是来影楼拍照吗？"

我摇摇头："小兰姐你好，我是看到你们贴的招平面少女模特的信息，过来应聘的。"

小兰诧异地看了我一眼："你自己来的？一般学生写真模特，都是由家长带着过来应聘的……你先请坐，我这就叫华哥来。"

我点点头，坐下来悄悄打量着影楼的装潢布局。墙上挂着很多影楼的成品照，可以看出来，影楼的摄像技术很棒，而且有很多独特的创意。而里面摆放的各式礼服，也很高端。

就在我心中默默对影楼评价的时候，小兰带着一个衣着时尚的男人走了过来。

华斯看了我一眼："小妹妹，你多大了？"

"我……16。"

"果然还未成年呢。我们这里虽然招学生模特，但必须有家长陪同，你自己来不行的，还是回去吧。"

"华哥，我父母都是县城的，来S市不方便，我是庆华高中的学生，只是想利用周六日的时间做点兼职，补贴一下家用。"我坚定地看向华斯，再次表达了自己的请求。

华斯皱了皱眉头："我们这次的主题是摩登少女，关键词是时尚、青春。恕我直言，你的外形确实很适合，但你的父母不在，我们没办法签合同，这样聘用你，对于我们影楼来说是有很大的法律风险的。"

"华哥，我真的很需要一份兼职，我愿意签风险自己承担的保证书……而且，我对做好这份工作很有信心，不如你给我一个机会，让我试一下好吗？"

华斯认真地看了我一会儿，面带纠结地点了点头。

接下来，小兰姐带我去换了服装。

原本按照我一周前的体重，这次的服装会有一些宽松，没想到关键时刻，被常敏养出来的四斤肉竟然起了关键作用。影楼准备的服装，竟然和我的身体异常的契合。当我穿着服装缓缓走出去的时候，小兰姐和华哥脸上都出现了惊艳的表情。

华斯单手托腮，连连惊叹："真是奇迹啊！明明你的面容很稚嫩，但是你的神色与气质却有一股既少女又不似少女的矛盾的时尚感！"

我有些忐忑地看着华斯："那华哥我合格了吗？"

华斯沉默了半晌，最后他长长地叹息了一声："好吧，小妹妹，留下你的联系方式吧，明天正式过来拍摄。"说罢，他又叮嘱我，"风险书就不用写了，不过你一定要尽量保密，这样对影楼、对你自己都更安全，你明白吗？"

我重重点头："放心吧华哥，我知道怎么做！"

第二天一大早，我早早地起床，从学校赶到了花样影楼。

开始拍摄后，我才发现，华哥不仅目光犀利，而且时尚感超级强。每个造型和摆拍的姿势都是特别设计了的。感觉这次的兼职真的是找对了，不仅能够赚钱，还提升了品位。等到结束一天的拍摄，华哥拿着一个鼓鼓的信封交给我："本来我们都是按月结算的，但你是学生，又没有签合同，所以以后你的钱我都这样付给你了。"

对于华哥的贴心，我非常的感动，离开前再三感谢。

华哥笑了笑，只是叮嘱我："早点回学校吧，下次再有拍摄我会打电话联系你的。"

接下来每隔一段时间华哥都会来电叫我过去拍摄，有时候是海报，有时候是小短片，风格大多数都是时尚少女主题的。甚至有次我和小兰姐偷偷试穿模特的衣服被华哥发现，他啧啧称奇，对于我竟然能驾驭成人服装感慨不已。

有了影楼的兼职，我的钱包渐渐鼓了起来。

前世论坛里吵得火热的"到底是爱情重要还是面包重要"这个问题，我终于也有了发言权。当自己一步步迈进财务自由的阶段后，才发现这个问题本身就是矛盾的。无论男女，都是这个世界的个体，每个人都应该自己养活自己，而爱情，不应该是纯粹而美好的吗？

什么时候自己负担的面包和纯粹美好的爱情出现了冲突？

那应该是价值观的误区吧。

★☆★☆

## 4 & 至关重要的一票，他会投给谁？

重读高中的日子，不再是曾经那般无聊，反而每一天都充满了新的变数。

尤其是庆华八十周年庆典这样的重大活动，曾经又胖又自卑的我，从来没有机会参与。这一次，因为是班长的缘故，我直接被班主任委托，负责组织A班参加八十周年活动。

班主任的意思是由我和文艺委员程夕夕一块商量就好了。但我实在不愿意单独和程夕夕一起做事，于是主动建议征集全班同学的意见。

"对啊，应该大家一起商量嘛！"

"不商量怎么知道谁有才艺呢。"

"话说军训的时候都没有看到班长的才艺表演,好想知道班长有什么才艺啊。"

班主任见我的提议引发了大家的踊跃参与便没有拒绝:"班长的提议很不错。"她看了看时间,"不如这样吧,离下课还有点时间,咱们全班来个即兴表演,每人一分钟,最后大家一块推举,同学们觉得怎么样?"

"好,这个好。"

"谁先来?"

"我来我来!"

很快就有活泼的同学率先响应,冲到台前开始唱歌。一时间班里的气氛热烈了起来,紧跟着有人在后面喊:"让班长上去表演!"

"到现在都没见过班长表演呢!"

"还有厉净轩!想听男神唱歌啊!"

原本我还有些犹豫,余光瞥了一眼一旁的程夕夕,看到她跃跃欲试的样子,我突然就有了勇气。前世的晚会大家推举的就是程夕夕,之后她在学校一夜成名,成了校花,她说的话所有人都愿意相信。

她可以的事,我为什么不可以?

想到这,我站了起来,大方地走到台前。

"我给大家唱一首《bang bang bang》,不知道谁会跳舞,和我一起啊!"

我话音一落,坐在后排的刘小云兴奋地跑了过来:"我会!我会!我最喜欢这首歌了。"

我和刘小云一唱一跳,给大家表演了一段节奏感十足的表演。

表演结束,班上响起了热烈的掌声,我和刘小云回到各自座位的时候,看到原本一直低着头的厉净轩正看向我。我和他的目光在半空交织,还不等我看清楚他目光里的含义,厉净轩便又微微低了头,继续做他自己的事。

一轮表演结束后,大家开始讨论,最后选定了在我、程夕夕,还有一个男生组合中做最终抉择。

班主任提议全班举手表决,确定选谁的节目。

男生组合得到十九个人的支持。

到程夕夕的表决时间,举手人数多了起来。对于她得到同学的喜欢我并不介意，除了——厉净轩。如果厉净轩选了程夕夕，我一定会伤心死！

我一直盯着厉净轩，直到班主任报数，厉净轩也没有抬头，更没有举手，我松了一口气。

"接下来是班长叶芊凡同学的节目，选择叶芊凡同学的再举一下手。"

我仍然看着厉净轩，前面两个他都没有表态，是不是说明他是支持我的？

"1、2、3……14、15……还有同学举手吗？"班主任数着举手的同学，到目前为止支持我的人数和程夕夕持平。

这时，突然有人喊道："厉净轩同学一直都没投票呢。"

"对啊，厉净轩同学还没投票呢。"

"看来这至关重要的一票落在了厉净轩同学身上，厉同学，你这一票要投给叶芊凡还是程夕夕？"

听着有人问厉净轩，我的心跳越来越快，因为紧张，双手下意识地握拳，力道越来越大。厉净轩突然抬头看向我，我被他看得脸一红，正准备回避，却听见他开口道："叶芊凡。"

"叶芊凡17票。"

"那这次代表咱们班出节目的就是班长叶芊凡了，大家鼓掌为叶同学打气。"

我激动地站起来，朝着大家鞠了一躬："谢谢大家的支持，我不会让大家失望的。"

厉净轩选我了。他没有选程夕夕，他选了我！

一切真的都不一样了！

对！我已经不是以前那个二百多斤的胖子了！也不是那个什么都不会的学渣！

我会让自己越来越好，我会努力成为能够站在他身边的人。这一次，我绝对不会让心中神圣的男神落入程夕夕那个巫婆手里。

他的幸福，我来给！

为了不让厉净轩至关重要的一票失去它特殊的意义，我每天都在绞尽脑汁思考怎样才能推出好看的节目，不辜负厉净轩和全班人的希望。幸好还有小敏这个军师在,她答应教我一段自己原创的舞蹈……交换条件是——陪她吃饭。

常敏从小练舞,不仅有天赋而且技巧纯熟。她考上庆华,就是凭借过人的舞蹈才艺。也正是因为她每日都练舞,运动量大,所以体形保持得很棒。只是我每次贿赂小敏,都要有舍命陪君子的觉悟……因为她特别能吃,而且吃不胖!

陪吃期间,为了不长胖,我只能更早起来去跑步。只是,我万万没想到,原本是让人痛苦的晨跑,却收获了意外之喜——厉净轩竟然每天早上也在操场上跑步!原来以前我来得有点晚,他差不多都回去了。现在我来早了,每日都能碰上他。

这么得天独厚的机会,一定要好好把握!

先和男神道谢,然后再争取相约每天一起跑步?

我一改之前不洗漱只穿上运动服就出去跑步的作风,认认真真地梳洗打扮后怀揣着激动的心情去了操场。我赶过去的时候,正好看到厉净轩从另一边缓缓地慢跑过来。我深吸了一口气,小跑着过去在他身边,跟上了他的脚步。

"嗨,你也来跑步啊。"

厉净轩偏过头看了我一眼,又面无表情地转过头去,脚下的速度没有什么变化,就在我紧张地猜想着,以为他不准备回答我的时候,才听到厉净轩淡淡地回了一声。

"嗯。"

我微微落下了半步,这样能够更好地偷看男神好看的侧脸。

"那个,晚会的事,谢谢你选我。"

这一回,厉净轩回复的等待时间更加漫长,我等不及追上去的时候,正好看到他微微皱着的眉,不知道在想什么。

"不客气。"就在我腹诽他到底在想什么的时候,厉净轩淡淡回了一句,然后……不疾不徐地超过了我!

我心里有点不是滋味地在后面跟着他慢慢跑,想到中考结束那个暑假,自己还是个胖子的时候,色胆向天开地去调戏厉净轩的事,忍不住扑哧笑出了声。

"怎么?"

跑在前面的厉净轩回头,面带狐疑地看着我。

从他身后照过来的清晨的微光，让他的周身泛起了淡淡的金光，整个人看起来更加疏离出尘，再配以俊朗的身姿，我的心脏不受控制地扑通乱跳。

　　"没、没事。"我手忙脚乱的，又是摇头又是摆手。

　　厉净轩转过身继续朝前面跑去，等我回过神来再追上去的时候，就见他已经跑完一圈，径自离开了操场。

　　看着厉净轩越走越远的背影，我气恼地拍了拍自己的脑门，连声哀叹，我怎么这么笨呢，搭讪都不会，笨死算了！

**第三章**
**校花不好当!**

扫码每日打卡,
将减肥进行到底!

高中篇

　　以前的我经常会羡慕别人,最羡慕的就是那些长得好看还有才华的女生。她们光彩照人,是众星拱月般的存在,而我连星星也不是,最多是后面的黑夜。
　　现在,我居然成了校花!
　　可还来不及沾沾自喜,麻烦就接踵而至。

## ★
## 1 & "攻略"男神，开始

一直到八十周年那天早上，我都沉浸在用各式各样的借口和厉净轩搭讪的晨跑中。

"厉同学，好巧啊，你也来锻炼啊。"

"……"

"厉同学，你吃早饭了吗？我知道一家很好吃的小笼包，要不要一起？"

"谢谢，吃过了。"

"吃过了啊……没关系，要不咱们约明天早上吧？怎么样？"

"……"

"你不说话我就当你答应喽？"

"不用了，我不喜欢吃包子。"

"那去吃阳春面也可以啊，我知道——"

厉净轩的脚步默默加快了许多。

我跟在后面"狂追"了一分钟后，含泪放弃。

没关系！我倒着跑！

"厉净轩，你都喜欢吃什么呀？"

我倒退着往后跑，和厉净轩面对面，这个角度刚好能够清楚地观赏他帅到不可挑剔的脸。

见他不回答，我继续说："我喜欢吃青菜，以前喜欢吃辣，但现在一点都不敢吃了，因为皮肤保养很重要啊。不过比起水煮蛋我更喜欢吃蒸蛋……你呢，你喜欢水煮蛋还是蒸蛋？"

厉净轩看了我一眼，停了下来。他眉头皱了皱，我的小心脏也跟着起伏不定。

"叶芊凡——"

"嗯？我在呢！"

我激动地举手，厉净轩他终于准备和我好好聊天了吗？

厉净轩伸手指向我身后："小心后面……"

可惜他的"聊天"来得有点晚，我不负众望地绊倒在了石头上。幸好塑胶操场软软的，我仰摔在地上，眼里瞬间被大片大片湛蓝纯粹的天空充斥……而厉净轩，神色淡定地从我身边跑过。

唉，强聊再次失败，革命还需继续啊。

虽然和厉净轩搭讪的效果不是那么显著，但每天早上都能见到厉净轩我还是很开心的。日子久了之后，如果哪一天我没去晨跑或者错过了和厉净轩说几句话，接下来的一整天我都会无精打采。

时间像是有了加速度，八十周年的晚会竟然就这样拉开了序幕。

高一的节目在后面，小敏拉着我蹭了一个最佳的位置先看表演。每次台上出现帅气的学长，小敏都要花痴一把。

"那个学长好帅哦。"

我连连扶额。

"小敏，你不要太激动，大家都在看你了，你没有感觉到吗？"

常敏吐了吐舌头，依旧全程花痴。

我看着台上赢得了阵阵掌声的表演，忍不住有些担心自己的表演会不会太小儿科。回到后台小敏一直安慰我："你不要担心，我常敏编的舞蹈，绝对是独领风骚的，你就大着胆子跳就好了！"

有了常敏的安慰，我心中稍定。

我和小敏一个去了梳妆台准备化妆，一个去拿衣服。结果我刚到梳妆台，就听到常敏的叫声。

"芊凡，这是怎么回事！"她手上拿着我一会儿要穿的服装，一脸气愤地走过来，"你的衣服怎么会坏了？！"

衣服坏了？

我接过常敏递过来的衣服,崭新的裙子被人用剪刀剪得乱七八糟,已经完全不能穿了。

"是谁这么过分!我去告诉老师!"常敏义愤填膺。

我拦住常敏:"时间来不及了,高一的节目还有不到十分钟就要开始了,而且你是第一个。"

常敏在原地跺脚:"那怎么办!要不我快点回来,然后把我的衣服给你!"

我看着一心为我着想的常敏心中一暖,伸手拉着她的手:"傻瓜……"

主持人的报幕声打断了我和常敏的温情互动——"高一演出的准备了,去后台排队。"

我赶紧催促小敏快点换衣服准备:"你先去吧,我去给后面的老师说一声。"

常敏有些担忧地望着我:"你一个人真的可以吗?"

我朝她笑了笑:"放心吧,我没问题的,你一会儿等着给我鼓掌就好了!"

送走小敏,我脸上伪装的淡定也瞬间崩塌。

看着刚刚趁小敏不注意被我藏起来的针线包上的那朵花瓣,像是在嘲笑我的傻——喜欢在自己的东西上画花瓣的人,前世今生我只认识那么一个——程夕夕。我自问重新来过后,虽然对她保持着戒备,但从未想过去报复、伤害她。我以为只要我不和她产生矛盾,就不会再重演曾经那些被算计、被陷害的噩梦。

但为什么噩梦不仅提前了,还来得莫名其妙?

难道是我和她天生不合吗?

现在礼服完全不能用了,我又没有提前准备 Plan B,难道是命运注定这次演出我不能脱颖而出?主持人在外面报幕的声音一次次敲击着我的心脏,小敏的独舞、男团的相声、集体街舞……时间像是在和我开玩笑,排练时觉得时间漫长的节目竟然结束得这么快。

我躲在后台的侧门往外面看,几乎是一秒内,我的目光就锁定了那个坐在最后面的人——厉净轩。

可是,为什么程夕夕会坐在他身边?

仔细看厉净轩的表情,他们竟然在聊天?不可能,我持续了小半个月在晨跑的时候和厉净轩说话,他也没有搭理我,怎么可能这么快就和程夕夕……

心里有一个声音在告诉我：别傻了，难道你忘了前世他们就在一起了吗？人家这是注定的缘分！

不！

去他的注定的缘分！

厉净轩完美、优雅、善良，这么好的他，怎么能再次落到程夕夕那个巫婆手里呢？

我不信这一世我不是学渣，不是肥婆，还是没机会争取自己的爱情！

我扔掉手里坏掉的礼服，环视偌大的化妆间，最终将目光锁定在被人放在一旁的吉他上。

走到台上，被灯光聚焦的那一刻，我心里是忐忑又愧疚的。

真是对不起了，未来那位鼎鼎有名的大歌星，我……我要借用你的歌来给那个巫婆一点颜色瞧瞧！以后有机会认识你的话，我一定会亲自向你赔罪的！

《那些年》曾经是我单曲循环里的NO.1，仿佛只有被这歌声环绕，我才能够欺骗自己后来的那一切都是梦，而我一直活在最青葱纯粹的岁月里。所以这次我选择了这首歌。

听着舞台上慢慢响起《那些年》的前奏，我心中那些愤恨渐渐被音乐平复。我掠过台下震惊的同学，直直望向厉净轩。

在他和我的目光交汇的刹那，我的心跳漏了半拍。

一曲唱完，台下热烈的掌声，让我有些猝不及防。

鼓起勇气最后看了厉净轩一眼，我抱着吉他飞快地逃回后台。早就在后台等着的常敏激动地围着我转圈。

"芊凡，你太棒了！"

"这首歌太好听了！"

"是你原创的吗？我怎么没有听过？"

我笑了笑，连连摇头，"是我在网上偶然看到的，我哪有那个才华啊。"

常敏帮我把吉他放好，意犹未尽地拉着我的手说："你都不知道，刚刚我们班那群男生都看呆了！我甚至还看到有人流口水呢！"

我觉得一阵恶心："小敏，你别开玩笑了好不好，我又不是红烧肉，还流口水！"

"哎呀，反正就是那个意思喽，你懂就好了。"

八十周年庆后，大家又投入到新一轮紧张的学习中，为不久要举办的期中考试做准备。除了偶尔华哥打电话找我去兼职或者在操场上运动外，我的生活基本上处于四点一线：寝室、教室、食堂和自习室。

让我觉得不可思议的是，在自习室经常会遇到厉净轩。

第一次，我满怀诧异和窃喜看着他走过来，心中升起了一个又一个问题：他是来找我的吗？他怎么知道我喜欢坐在这里？他会和我说什么？要不要站起来和他打招呼？

可是……厉净轩只是坐在了我对面的位置，安静地看书。他的目光，没有半点是看向我的。

饶是如此，我还是激动得握不住笔，手心出汗，频频翻书，一晚上下来竟然连一首诗都没背下来！

第二次，我决定先声夺人，看着厉净轩走过来后，我立马站起来朝他挥手。

"厉净轩，这里有位置。"

厉净轩看向我。

怎么我好像看到他嘴角上扬了一下，他，是不是对我笑了？

"谢谢。"

厉净轩坐在了我指的位置，并未察觉我的不淡定。

第三次，我开始得寸进尺。

我趴在桌上小声和他搭话："厉净轩，你在看什么？"

厉净轩将书皮面向我了一瞬又收回去，并未出声。

我深吸了一口气又问："厉净轩，昨天的模考你的英语满分，真是太厉害了！"

厉净轩抬头看了我一眼："你只错了一个单词，也不差。"

这、这是在夸我吗？

此刻我的脸爆红，原本准备的那些搭讪的话题通通被忘到了九霄云外。我低下头强忍着想钻到桌子底下仰天大笑的冲动。

小敏的电话来得很是时候。

"芊凡，快恭喜我，我得奖了！第二名！"

小敏代表学校参加了全市芭蕾舞比赛，她的舞蹈水平本来就超棒，现在拿到二等奖，对以后的升学可以说是又加了重要一分！

"恭喜恭喜！"

我从心里为小敏感到开心。

"芊凡，你现在在哪，快出来，本宫请你吃大餐，去庆祝！"

"好啊好啊，你等我，我这就——"

手指敲打在桌子上的声音打断了我和小敏的对话，我循声望过去，就见厉净轩皱着眉头看着我："安静。"

我这才发现自己因为太兴奋，竟然在图书馆大声喧哗了……更重要的是，竟然在厉净轩面前失态了！心中哀号一声，我冲出了图书馆。

在校门口和小敏汇合，见她冲我傻笑，又想起刚刚在厉净轩面前失态的事，我没好气地嫌弃她："明明每天见面，请问这位大胸的妹子，你看到朕到底在傻笑个什么劲？"

小敏哼了一声："臣妾看到皇上，当然龙心大悦了。皇上快点陪臣妾去吃大餐！"

和小敏穿过操场，准备去校门口下馆子。但……不知道是不是我的错觉，一路走过去，总觉得有人在往我们这边看。

自从我瘦下来后，走在路上时不时也会接收到三两个惊艳的目光，可也没有今天这么夸张啊……居然还有人走远了又跑回来看？

我转头疑惑地看小敏："小敏，你是不是胸又抖动得太厉害了，为什么那么多男的朝这边看。"

常敏嗔怒："明明都在看你好不好！"

我满头雾水。

常敏恨铁不成钢地看着我："你还真是傻，我之前不是给你说了学校论坛在选校花吗？"

我努力回忆了一番，貌似好像哪天是听常敏说过："哦，想起来了，不过关我什么事？"

常敏干脆停下了脚步，重重地叹息一声，然后怪腔怪调地加重了语气："最后你险险超过了高三的学姐，成为这一届庆华的校花了！我明明昨天还跟你说过的，你怎么这么健忘！"

我扑哧一声笑出了声："开什么宇宙级的玩笑，就我，还校花？我不是胖妞就已经很开心了，小敏你别开玩笑了！"

见我依旧不相信，常敏干脆掏出手机，直接登了论坛给我看。

当我看到论坛上我的名字以及并列写着的庆华校花四个字的时候，我站在原地久久回不过神来。

"我还给你投票来着呢，你在晚会上表演的那个节目，实在是太惊艳了！现在校园里都是你的传说，说你成绩好，长得美，唱歌好听，还会弹吉他，有颜又有才，还这么努力，简直是人生赢家！"

曾经对我这样的胖妞而言，连平静的校园生活都是奢望，更别说是当校花。我的人生是终于开挂了吗！

就在我心情激动难以平复，准备再定下更多目标，实现更多愿望时，上帝递给了我一颗……篮球！

"小敏，小心！"

我站在常敏对面，正好看到从她背后飞过来的篮球。几乎是下意识的，我上前一步将常敏推到一边，而篮球此时飞过来的风声已经近在耳边，我知道自己已经没有时间躲避，双手以最快的速度捂住了脸。

下一秒，一股薄荷的清新味道扑面而来，紧接着，双肩被人紧紧地抱住。预想中的疼痛没有到来，我缓缓地睁开眼，竟然看到厉净轩紧抿着嘴站在我的身前，而那颗篮球，不知怎么滚落在了地上，孤零零地宣告刚刚的偷袭失败。

我偷偷掐了自己一把，清晰的痛感让我终于相信，眼前的厉净轩是真实存在的。刚刚就是他救了我，我的脸颊几乎是一瞬间热了起来，因为激动而加快的心跳声越来越响。

"厉……厉净轩？！"

他不是在自习室吗？怎么会——

我脸红心跳地看着他，还是小敏在后面提醒我，我才如梦初醒，连连向他道谢："谢谢。"

重生以来，这好像还是第一次这么近距离地和男神面对面呢。

厉净轩低头看我，目光清冽。

"真笨。"

什么？！我仿佛看到厉净轩开口说了什么，但他的声音太轻，传到我这里时已经模糊不清了。

下一秒，厉净轩后退了两步，收回了呈保护姿态的双臂："没事就好，下次注意。"

我傻傻地点头。

最近和厉净轩说话的次数，简直已经秒杀了曾经那一生的次数。

厉净轩渐渐消失在我的视线里，一旁惊魂未定的小敏，一边捂着胸口一边调侃我："哟，英雄救美啊。"

我佯怒瞪了她一眼："不要乱说！"

这时，篮球的主人终于从隔开的篮球场那边绕远路跑了过来："对不起对不起，同学没事吧。"

小敏不客气地教训道："不会打篮球就不要打！"

我拉了拉小敏的手："好啦小敏，反正咱们也没事，下次同学你小心点就好啦。"

也不知道我哪句话说得不对，站在我们对面高高大大的男生竟然刷的一下脸红了，他固执地站在原地不肯走："我陪你去医务室吧。"

"我没受伤，不要紧的……"

我解释了半天那男生才离开，小敏看着窘迫的我笑得贼贼的："我说……他不会是故意砸你，想接近你吧！"

"小敏，不得不说你的想象力，实在是有去做红娘的潜质！"

"什么做红娘，明明是你的桃花太晃眼！"

"……爱妃，今天你才是主角，你忘了吗？不是还要吃大餐吗？快走吧！"

"对对对，差点都忘了这么重要的事，走着！"

## 2 & 虽然胸小，但勉强配得上我们老大

操场上的小插曲过去了好几天，我的内心还是无法平复。连续好几晚都因为梦到历净轩含情脉脉地对我笑而激动得醒过来，上演午夜版脸红心跳。而救了我的历净轩，还是一如既往的高冷。

周六，我起了个大早，准备赶到影楼参与拍摄新的海报，想想又要有很多张红票子进账，心情真是好。为此，我还特意奢侈了一把，在校外的早餐店点了一份高蛋白豆浆。但当我从早餐店出来走向另一个路口的公交站时，很快发现了身后的古怪。

轰隆隆的摩托车声一直紧跟在我身后怪叫，明明旁边的大马路上根本没有什么车辆，他们偏偏不越过去。

不会是遇到抢劫的了吧？

若是自己还有当年的吨位，说不定能以胖取胜，分分钟坐死他们……但是现在，我可是貌美如花的弱女子，正所谓三十六计，跑为上计……我还是跑吧。

这么想着我撒腿就跑。

没想到，我跑他们竟然也跟着加速！

完了，真的被盯上了！

理智告诉我，回学校才是上策，我咬咬牙，原地转了个圈，提了一口气准备冲回学校，结果没走两步，一辆堪堪停下的摩托车挡住了我的去路。

摩托车上染着黄发，发蜡抹得严重超标的男生叼着一根没点着的烟问："你就是庆华的校花？"

我马上摇头否认。

男生啧啧了两声："小学妹不用怕，我叫王岩，比你大一届，隔壁风帆高中的，你可以叫我岩哥。"

这时我才注意到，这些男生年纪都不大。看着他们…呃…非主流的打扮，我无语了半晌，这群小屁孩真无聊，还以为遇到飞车党了呢！

"好的，知道了，现在麻烦让开一下，我还有事。"

这个叫王岩的男生好像没有感受到我轻蔑的眼神，不仅没动，还用一种故意装出来的老成的、色眯眯的目光打量着我。

"虽然胸小，长得倒是还行，勉强配得上我们老大。"

我虽然一直都是个好脾气的人，但怎么说灵魂也是剩女级别的了，现在被一个小男生拦住自说自话，让我不能去赚钱，最可恶的是还说我胸小。是可忍，孰不可忍？

"我要你让开没听见吗？你们以为这样染着头发拦着别人很酷吗？小小年纪不学好，只知道胡闹。告诉你们老大，我对他丝毫兴趣都没有。"

"兴趣可以培养嘛——你都没见过我们老大，你怎么知道会对他没兴趣呢？"王岩双眼冒着亮光，"我们老大可是貌比潘安，有十八块腹肌，有权有势，又痴情又专一的绝世好男人！"

这都什么乱七八糟的啊！

这个黄发男是不是脑子有问题啊。

看来我只能想办法跑了。我打量四周，看到一侧巷子边上，靠着一个修长的身影——那人头发有些微的凌乱，白衬衣带着点褶皱，一条校服裤子在大长腿的衬托下异常的有型。难道这个人就是他说的"老大"？

我看他的时候，他也一直盯着我。发现我在看他，便直接走了过来。

他的目光肆无忌惮地打量着我，伴随着他的靠近，我闻到一股淡淡的香气，是某大牌全球限量的男士香水……这还是当年自己在商场打工的时候了解到的，一瓶限量的香水怎么说也要四位数以上，这个看起来浑身透露着慵懒的男生，应该是富家公子吧。

他很快走到了我面前，竟然还朝我伸过手来，稍微歪着头，露出带着痞气的笑容。

这小子还装酷。呵呵，这招对老阿姨没用！

我挥手打掉他伸过来的手。

男生也不怒，将手插进裤兜，眼睛微眯，笑着说："没有兴趣，那么……"他的声音低沉，带着一股介于少年和男人之间的独特魅力。

我竟然因为他的声音，心跳不争气地加快了几分，不过很快我就冷静了下来："你……变态啊。"

"原来你这么了！解！我！啊！"他眉头一挑，笑得更灿烂了。

真是厚颜无耻！前后两世活了快三十年的我，此时此刻竟然被一个十几岁的男生调戏。我感觉到自己的脸烧了起来，真是又羞又恼。只能瞪着眼睛表达我的气愤。

"麻烦你让开些，我现在没有时间，再陪你说笑了。"

没想到男生变本加厉，他一把抓住了我的手："谁说我在说笑。学妹，我们正式认识一下，我叫梁胤廷，是你的男朋友。"

"……"

我竟无言以对。

旁边的"小弟"们见我没说话，发出计划成功的呼声。

距离和华哥约好的拍摄时间越来越近，我心中暗自焦急，而对面的梁胤廷，竟然一脸轻松地接受着那些小弟的祝贺。我的耐心终于宣布告罄，我下意识地磨了磨牙，恶向胆边生，趁他们嬉笑没注意我，一个抬脚朝着梁胤廷的膝盖踢了过去。

脚上真实的触感宣告着我的偷袭成功，果然一直紧抓着我不放的手松开了，之后是梁胤廷的惨叫。

趁着那些人蜂拥而至围上自己的老大，我一溜烟跑到了另一边，迅速打车离开了。上车后，我的余光还能看到被人群包围着的梁胤廷，正弯着腰，双手捂着自己的膝盖。

虽然早上遇到了一帮叛逆少年，但这并不影响我的工作热情。顺利完成拍摄任务后，华哥一如既往地将用信封包好的工资交给我。捏了捏里面厚厚的票子，我的心情出奇的明媚。其实奋斗也没有想象中那么艰苦嘛，反倒是付出汗水的时候，心中的骄傲和自豪，是无与伦比的。那种夜深人静时，独自一人清醒地总结着过去、规划着未来的时刻，真的很棒。自己才是自己命运的主宰，上帝什么的，都弱爆了！

感慨了一番，将工资收好，我有点迫不及待地想要回学校然后犒赏某个大胸吃货去吃大餐！孰料，等我回到宿舍后，却发现宿舍竟然一个人都没有。

我走的时候还在睡懒觉的小敏，也不知道是什么时候出门的。

犒赏吃货的计划被迫延期，一直到寝室熄灯前，小敏才急匆匆地推门冲进了宿舍。她气喘吁吁地冲进来，小声呢喃着："好险！好险！"

我并未睡着，听到小敏的声音立马坐了起来："小敏！"

常敏浑身一颤，转身讨好地喊我："芊凡。"

我在床上瞪她："你今天是不是又出去玩了？期中考试还想不想考好了！"

常敏哭丧着脸："芊凡，你就饶了我吧，我知道你是为我好，可是臣妾真的学不会啊！"

看着常敏赤裸裸地从口袋里掏出眼药水往眼睛里滴，然后又蹭到我床上，泪眼汪汪地抱着我的胳膊来回晃，我妥协道："好了，好了！娘娘你赢了！只要你答应我，该学习的时候不能偷懒，不懂要问我——我以后就不管你了！"

常敏见我让步，立马咧开了嘴。

我松了一口气，随即又想到学校外面的事："对了，你和宋宏斌怎么样了？"

常敏听到我的问话，脸上有一瞬间的僵硬，不过她很快就回过神来，语气一派轻松地道："挺好的啊，最近还给我说他加入了什么厉害的帮派！"

虽然她表现得已经很不错了，但她说话的时候，故意避过我的目光，还是让我心中隐隐升起了担忧，我追问道："帮派？你确定他还在上学吗。"

常敏迅速回道："他们学校好像挺乱的。"

我忍不住嘱咐常敏："小敏，你最近总往外面跑是和宋宏斌在一起吗？你自己要注意安全知不知道，我今天还见到好几个小混混在校门口，最近外面不安全，宋宏斌能保护你不？你——"

"芊凡，我怎么今天才知道，你竟然有当教导处主任的潜质。"常敏双手抱肩，一脸怕了我的样子，"我的小凡凡，你就放心吧，谁敢对本宫不利，本宫分分钟灭了他！"

见常敏听不进去，我心中哀叹一声，只能祈祷千万别出什么事，暗暗告诫自己，最近还是把这个野丫头看得牢一点好了。

临近期中考试，接连一周小敏都在我的"监督"下苦哈哈地蹲守在自习室。期中考试结束后，她像是刑满释放的犯人，激动得恨不得请全校同学吃饭庆祝。

期中考试对于现在认真勤勉的我来说已经不是什么大问题了。几乎没有任何意外，我保持了第一名。

· 前世今生小剧场 ·

**篮球事件时我们的心理活动**

其实，上一世，厉净轩也曾经救过我一次。

那是在S市的马路上，自己看急回学校，差一点和一辆电动车撞到一起，是厉净轩突然从旁边的巷子里出现，将自己拉到了一旁。

当年，自己的体重实在是太……，我清晰地记得，男神为了拉我，胳膊嘎吱一声被扭到了，当时他的眉头迅速地皱了一下，却在我支支吾吾地询问时，只轻描淡写地说了一声没事，便转身离开了。

后来，厉净轩有一周多没有来上课，还是我悄悄听徐萱和程夕夕的对话才知道，男神伤了胳膊，在家休养呢。

我大概就是在那个时候完全爱上他了吧。毕竟这种英雄救"美"的故事，是第一次发生在我身上，尽管我不是真的公主，但他是真的王子啊！

这一世，当厉净轩出现在操场上，帮我挡下了那颗球的一瞬，我的眼前，看到的仿佛是前世与今生两次帮过我的厉净轩的重叠。

这个人，就是我的命运！

我呆呆地愣在了原地，连道谢都说得磕磕巴巴。

而彼时的历净轩——

历净轩看着面前的叶芊凡，冰山脸没有什么变化，只不过这一次，他没有像以前那样认不出对方是谁。

叶芊凡，中考第一，班长，晨跑，周年会上一歌惊人……

当宿舍的男生念叨她念叨得久了，历净轩渐渐记住了这个名字。而那天晚会上听过她唱歌后，历净轩彻底记住了她。

只是，此时站在自己面前，仰着头看看自己的叶芊凡，为什么一脸呆滞，时而忧伤又时而喜悦？

很快历净轩就发现，她是在走神。

这个认知，让历净轩心中莫名有些低落。

他默默地收回目光，语气淡淡地说了句不用谢，然后转身离开了。

扫码加入"胖友圈",
与万千读者一起逆袭

**第四章**
**令人措手不及的桃花运**

当"第一"再也不是我人生中需要奇迹加持才能企及的终点时,我才发现原来人与人的圈子,真的有层次之分。

只有和他站到同样的高度,才能够理解他的一举一动,曾经的可望而不可即应该都过去了吧。

如果这算约会的话,那我的爱情算不算顺利播种了?

## ★ 1 & 这算不算第一次约会？

期中考试结束后，便到了一年一度的春季运动会。班主任安排了体育委员组织同学们报名。

我一直纠结自己应该报个什么，干脆拉了小敏到操场上散步，顺便问问她的意见。

"小敏，你有报名参加运动会吗？"

常敏挺了挺胸，一脸无奈地嘟嘴："运动会？不能参加！你能想象得到我的胸部跑步时候的视觉效果吗？"

我不客气地大笑起来："哈哈哈，对哦，感觉可以用它砸人，重力真是可怕的东西。"

常敏一听，不乐意地朝我挺胸袭来："看我砸扁你！！！"

我和小敏跑了两步，她眼尖地认出朝我们走过来的人："那不是你们班的肖凡吗？"

肖凡一改往日嬉皮笑脸的模样，向我迎来。

我疑惑地问他："怎么了？你是专门来找我的吗？"

"班长大人，救救我。唐老师说参加团体活动有学分加，所以同学们报名倒是积极，只是……女生1500米长跑和男生3000米长跑没有人报名……"

原来是这样啊，怪不得肖凡会如临大敌。每年运动会上，男生和女生的长跑都是重头戏，可是班上却没有人报名，也难怪他会着急了。

我安慰地拍了拍他的肩膀："本来我还没想好自己要报什么，既然这样……那女生长跑就交给我吧。"

肖凡一脸不信任地看着我："班长，你不要乱上啊，看你柔柔弱弱的，真的跑出什么来，可怎么办。"

"噗，放心吧，我可以。"为了减肥我可是天天晨跑还时不时去健身房的人啊！倒是男生……我又问肖凡，"男生你有什么人选吗？还是干脆你来？"

肖凡连连摇头："不不不，我不行，不过我倒是有人选。"他说到这的时候，脸上闪过一抹心虚，"我觉得厉净轩同学合适，他的体育成绩一直很好的。"

厉净轩？

他倒是每天晨跑，不过男子长跑三千米，他真的没事吗？前世可没看到过厉净轩参加什么体育运动，在我心中，他一直都是文质彬彬的书卷男神啊。

"你和他确认过了？"

肖凡没有直接回答，一脸谄媚的笑，那样子就差扑倒在我面前，抱着我的大腿晃悠了。我算是明白肖凡此来的目的了。他想让我去请厉净轩参加运动会。

我欣然答应了他的委托。

除了班长的职责所在外，我更期待这难得可以以权谋私和厉净轩单独交流的机会。只不过……

我到底该怎么和厉净轩开口呢？什么时候去找他呢？如果他拒绝的话该怎么办？三千米不短，厉净轩会不会累到？在场观看比赛的人那么多，厉净轩岂不是在全校女生面前露脸了？

突然好后悔自己一时冲动答应了这件事，想到厉净轩会被更多女生喜欢，我的胸口就闷闷的。

纠结了一天我还没有动作，肖凡坐不住了，正上着课他偷偷传纸条给我。

"班长，你到底搞定厉净轩了没有啊！"

我悄悄看了一眼坐在前面认真看书的厉净轩，继续想那一连串的问题。

下课铃声不合时宜地响起。眼看着厉净轩收拾东西准备离开，我再也顾不上犹豫，飞快地追了过去，只见他径自踩着教室东边的楼梯上了天台。

大晚上的，厉净轩跑天台上做什么？

我狐疑地跟了上去，不知为何，总有一种偷偷摸摸做贼的感觉……等到了天台，我一眼就看到厉净轩高挑俊朗的背影。他站在扶手旁边，微微仰着头，像是在看天空。

他就站在那里，整个人似一幅画，挑不出一丝瑕疵。

"厉同学……"

厉净轩侧过身看向我，有几分惊讶地问："有事？"

我上前两步，站到了他的身边，侧过头去，借机打量着他好看的侧脸："那个……你是Ａ班的一员吧？"

厉净轩眉角挑了挑："恩？"

我生硬地继续瞎扯："作为班级一员，为了争取班级荣誉，你不会不管吧？"

厉净轩突然转过身，用我看不懂的目光望了我一会儿，才轻启薄唇，语气里带着一抹疑惑："叶芊凡……你……害怕我？"

害怕？我这么喜欢你，怎么会害怕你呢，我只是……只是害羞而已……害怕自己不够好……

可是我心里想的话是不能说出来的。我只能使劲摇头，目光真诚地看着他。

厉净轩皱起眉头："那你……为什么看起来小心翼翼的？"

我被厉净轩问得一怔。我有小心翼翼吗？我这明明是害羞好不好！因为心中这么想的，失控的大脑没有控制住，我竟然下意识的嘀咕出声："女生见到喜欢的人，都会害羞的嘛……"

厉净轩的耳根泛起了淡淡红意，他的声音轻了几分："你说……喜欢？"

此时我早就回过神来了，面对厉净轩越发复杂的目光，我只能手忙脚乱地解释："你听错了，我不是这个意思。"

本以为按照男神高冷的性格，他会跟着跳过这个话题，但此时，厉净轩却定定地看着我问："那你是什么意思？"

见厉净轩大有一副想要刨根问底的架势，我只能努力平复此时砰砰乱跳的心，尽量保持智商情商都在线。

我暗暗深吸一口气，说："因为我从来没看到你笑过，也没看到你和同学交流……以为你不喜欢别人靠近你。"

"你又不是……"厉净轩薄唇轻启，轻轻呢喃了一句什么。伴随着他的叹息，对面升起了响彻天空的烟花。我努力分辨了好久，还是没有听清楚他说的是什么。

可我心里又觉得那句话至关重要，追问着："你说什么？"

厉净轩像是从不在状态中恢复了过来，一脸高冷的气息重新扑面而来："没什么，你找我什么事？"

我的手指在胸前不停戳着，企盼地看着他说："肖力告诉我……男子长跑还差一个人……"

"知道了，我会参加的。"

听到厉净轩这么爽快地答应下来，我还有些诧异，一时间愣愣地站在原地，竟然忘了离开。而厉净轩，又重新站回了我刚刚上来的时候看到的那个姿势。

偌大的天台上，我们两个人一时间竟然寂静无声。

过了许久，我才听到自己的声音："厉净轩，你在看什么？"

厉净轩伸手抬起腕表看了看："嘘，马上就要出现了。"

我压下心中的好奇，跟着他朝天空看去，心里暗暗揣测着，难道今晚有流星？没听说啊。还是月全食？不过男神会对这玩意感兴趣？

就在我胡思乱想的时候，天空高高悬着的月亮，突然间像是从内里散发出了巨大的热量，竟然以肉眼可见的形态，一圈圈往外部扩散着光芒。不过喘息之间的工夫，月亮已经被一轮巨大的闪烁着光亮的银盘包围了起来。

"这是——"

"月晕。"

银盘竟然还在不断地变大，不到三两分钟的时间，银盘已经放大到几乎和远处的城市线相交。

"太壮观了！"我忍不住赞叹。

"的确壮观，不过时间很短。"厉净轩竟然会回复我，我看到他又看了看腕表，"再过四十秒，就要消失了。"

我忍不住在心中悄悄地倒计时，果然当我数到四十的时候，天边已经大到没有尽头的银盘突然间消失在夜空之中，而月亮依旧挂在半空，就好像之前的事只不过是一场美妙的幻境一般。

"走吧。"

厉净轩率先转身离开。

我意犹未尽地又看了一眼天空，这才亦步亦趋地跟着他的脚步从天台上下来了。下来后，我本以为厉净轩会直接回宿舍，没想到他竟然站在出口等我，见我下来后，也不说话，只是微微颔首再次朝前面走去。

我跟在他身后，走到一半才反应过来，男生宿舍和女生宿舍不在一个方向，厉净轩为什么朝女生宿舍的方向……难道他是在送我回去？

到了宿舍楼下，厉净轩果然停下了脚步。

"厉净轩，你——"

厉净轩微微低头看向我："早点休息，晚安。"

我呆呆地站在原地，望着他沿着来时的路离开的背影，内心充满喜悦。

他真的是送我回宿舍的！

他还跟我说晚安！

我感觉我幸福得要升天了！

原来爱情真的可以被感知。当它到来的时候，哪怕心中还是有些不确定，但又会清晰地意识到，我和他之间是不一样的。

他会频繁地出现在你的生活里，让你窃喜，让你悸动。

这大概就是青春的样子吧。青涩纯粹，让人倍加珍惜，恨不得时光永远停在这里。

★☆
## 2 & 麻烦的家伙又来了

自那晚过后，我和厉净轩之间像是有什么东西不一样了。

晨跑的时候，厉净轩会放慢脚步和我保持不远的距离，离开的时候会问我要不要去吃早餐。虽然他也没有说什么特别的话，但我却依旧因为这些微妙的小变化而心花怒放。

我的好心情一直持续到在操场上碰到突然晨跑的程夕夕，方才被迫终结。

"芊凡，好巧啊，原来你也晨跑啊！"

我晨跑好久了也没看到她，怎么偏偏男神和我关系更进一步了，她就突然出现了呢？压下心底的疑问和不爽，我淡声道："是挺巧的，之前也没见你晨跑啊，怎么突然间？"

程夕夕脸上挂着淡淡的笑:"芊凡你还不知道吗?我也报名参加了女生的 1500 米长跑。"

我哦了一声,说实话心中确实很惊讶。

"芊凡,你怎么跑起来这么轻松,让我好生羡慕。"程夕夕好像完全没有感觉到我的冷漠,继续和我套近乎。

我耸耸肩,想起之前为了减肥的高强度运动,也没有刻意隐瞒,随口回道:"哦,我之前为了减肥,运动了很长时间。现在跑步对于我来说确实很轻松。"

我和程夕夕又说了两句,便加快了速度,和她拉开了距离。不管这一世未来会有什么样的走向,但我和程夕夕之间不能做交心的朋友是肯定的,既然如此,又何必多浪费时间寒暄呢。

我原以为这次交谈只是一次不愉快的偶遇,没想到自己随口的一句话到后来都会被有心人放大成伤人的利剑。

终于到了运动会召开的这一天。

我高举着牌子,站在我们班的方阵前面,不紧不慢地跟着前一个班级的方阵,缓缓绕过操场一周。在经过那些已经走完的班级时,我听到周围不小的议论声。

"快看,那个女生不就是八十周年的时候唱《那些年》的吗?"

"什么那个女生啊,记住了,她叫叶芊凡,是高一 A 班的班长,不仅才艺了得,还是学霸呢,每次考试都是第一名!"

"天哪,原来这个世界上真的有长得好看还努力的人啊,我还以为那些都是传说呢。"

听着同学对我的认可,我的心中感慨多过欢喜。想到前世又胖又弱的自己,想起那场同学聚会,想起为了减肥咬牙坚持的那些大量运动……我突然间明白,人生从来没有心想事成,有的只是不间断的努力和咬紧牙关的坚持。

我昂着头自信地听着大家的赞美,继续走。

当最后一个班级的方阵也回到队伍中,主席台那边传来了学校领导的致辞,伴随着校长致辞的结束,为期两天的运动会,也终于拉开了序幕。

因为暂时没有我们班的比赛,所以班主任安排我去广播室帮忙。一进广播站，就看到突然从旁边窜出来的陈源学姐。

"又见到传说中的叶小师妹了。你还记得我吗？我是陈源，给你送过通知的。"

"当然记得啦，学姐你这么漂亮，想让人忘记都难嘛。"

陈源夸张的大笑几声："不愧又是校花又是学霸。你看看，人长得漂亮，唱歌也好听也就算了，竟然还这么会说话，让我这个想要嫉妒你的女生都不好意思再嫉妒了！唉……"

听到陈源的话，我哭笑不得，这个学姐还真是个活宝。

陈源朝我凑近了几分："我刚读完稿子，趁着新一波的还没有来，我带你去个地方！"

总觉得这位学姐说话神神秘秘的，我有些犹豫。结果下一秒我就意识到，她除了神神秘秘，还风风火火，竟然直接抓着我的手，把我从播音室拉了出来。

到达她说的地方，一个高个子有些眼熟的男生朝我和陈源走过来。

"喏，人我负责给你带到了，有什么话快点说吧。"陈源朝那个男生眨眼睛。

难道陈源是让我见这个男生？但是……我好像并不认识他吧。

"学妹你好，我是上次差点用篮球砸到你的许天阳，我……性别男，18岁，射手座，喜欢打篮球！"这个男生一开口就是自我介绍。

这下我也认出他来了，原来是那个把篮球打飞，差点砸到我和小敏的男生。

陈源看着拘谨的许天阳，扶着身边的树狂笑起来："许天阳，你要笑死我啊。哈哈哈，看到女神跟傻了似的。"

我主动伸出手化解他的尴尬："原来你叫许天阳啊，你好。"

许天阳迅速握住了我的手。尴尬的是，他好像并不只是打招呼的意思。因为他握住我的手后，一直没有放开。

就在我准备用力抽出手的时候，播音站突然传出了极其不和谐的声音——

"你们是谁？快出去，这里正在播音。"

"叶芊凡呢？"

"叶芊凡刚才出去了，你们快走吧，请不要打扰我们进行运动会直播。"

"老大，没想到叶芊凡还这么鬼机灵，不会是知道你来了，然后害怕地躲起来了吧。"

"你们找叶芊凡干什么？"

"她偷了我的东西。"

"可恶！谁在造谣啊！"我终于忍不住咆哮起来。

一路狂奔到播音室，紧闭的大门直接被我一脚踢开。同一时间，我听到那个黄毛小混混王岩大叫："老大，叶芊凡来了！"

然后，我就看到那个帅倒是很帅，就是说话很恶俗的梁胤廷！

他竟然还朝我邪魅地笑，并且一步步向我靠近。

"你们来这里做什么？"

梁胤廷深情款款地看着我："看来你还记得我嘛，女朋友——"

他将女朋友三个字转了几个调调，莫名地让我的心脏跳动了起来。为什么我会该死的害羞，我明明喜欢的是厉净轩啊？还是说像梁胤廷这样的天之骄子的调戏，是任何一个女生都逃不开的魔咒？

压住经不起调戏的老阿姨的内心戏，我刻意冷声道："你想多了，我不记得你。你是哪位？"

梁胤廷挑眉，一副"有意思，女人你成功引起了我的注意"的样子，继续朝我靠近。

"真的吗？其实我不介意让你重新记一下，想必这一次，一定比上次更深刻些。"

眼看着梁胤廷暧昧地越走越近，我终于窘迫了起来："停停停，我记得！记得！"

梁胤廷丝毫不将我的话听在耳里，一步又一步更加靠近过来。

我暗暗估计着离自己最近的是哪把椅子，若是他再靠近，我不介意暴力解决，再给这个家伙点颜色瞧瞧！不等我出手，跟过来的许天阳突然冲到我面前，将我往后一扯，迎向梁胤廷："你在干什么！休想亵渎我的女神！"

女神？亵渎？这种中二的台词是随口就可以说出来的吗……

陈源竟然还在给许天阳加油喝彩："许天阳做得好！英雄救美夺得美人心！耶耶耶！"

梁胤廷眉头蹙了蹙，有些不耐烦地哼了一声："还真是碍事。"他突然指了指我，漫不经心地问，"叶芊凡是你女神？那你……知不知道你女神都对我做了什么？"

梁胤廷看向我，嘴角微微上弯，浮现出一个邪魅的笑。

我被梁胤廷笑得浑身不舒服，只能狠狠瞪他一眼。

他收回目光，淡声问许天阳："真的不让开？"

许天阳梗着脖子点了点头。

梁胤廷不再多话，直接上去提着许天阳的衣领，把他甩开。

本就长得五大三粗，更是校篮球队的主力的许天阳，此时在梁胤廷的手下，竟然连一丝反抗的力气都没有。刚刚还在加油喝彩的陈源双目圆瞪，快速躲到一边，生怕得罪了瘟神。

王岩非常有眼色地抓住了许天阳，阻止他行动。梁胤廷满意一笑，又朝我走近一步。

我倔强地没有后退，随手从桌子上抽了一本书，恶狠狠地举起来威胁他："梁胤廷！你要是再过来，我可就不客气了。"

梁胤廷嗤笑一声："不客气？还想像上次那样对我吗？"

我正想着这次要怎么制裁他，手上的书就被他轻而易举地抽走，我刚决定再给他一脚的时候，突然感觉身后传来一股熟悉的薄荷气息。

"怎么还在这，老师找你半天了。"

是厉净轩。

没人知道厉净轩是什么时候过来的，他目光淡淡地扫向梁胤廷。二人初次见面，却互相从对方眼中看到了敌意。梁胤廷不似对待许天阳那般随意，站直了身子审视地看着厉净轩。

许是厉净轩的"冰山光环"太过强大，连梁胤廷这样的家伙都被震慑住了。两个人的目光在半空交汇，我感觉自己好像听到了噼里啪啦的火花声。

下一秒，我的手被厉净轩握住。

"还愣着做什么，跟我走。"

厉净轩拉着我，毫不犹豫地转身离开了广播站。

我全部的注意力都放在了厉净轩和自己紧握的十指上。厉净轩的手心很暖，指缝间带着些微因为经常写字而磨出的茧子。不同于梁胤廷身上散发的淡淡的高级香水的味道，厉净轩的周身，是清新的、带着些微阳光温度的薄荷香。

厉净轩拉着我的手，从广播站一路小跑着到了操场边上。他停下脚步，目光认真地朝我看过来，手并没有松开。

道边渐渐经过的同学以及他们眼中诧异的神色，让我的理智渐渐恢复。我轻轻抽开了自己的手，朝着厉净轩粲然一笑："谢谢你替我解围。"

他没有说话，只是盯着刚刚牵过我的手。

完了，他肯定才意识到我们刚刚牵手了，我像不小心占了女子便宜的书生一样不好意思起来，转身想赶紧离开现场。不料，手上再次传来冰凉的触感，他居然又拉住了我的手，而且轻轻握了一下。

我的惊讶大过喜悦，脱口问他："怎么了？"

厉净轩显然也被自己的动作惊吓到了，他没看我，只松开了我的手，一声不吭地大步离开了。

这是什么思思？

他是不是还脸红了？刚刚男神是在闹别扭吗？

我不厚道地站在原地傻乐，一遍遍回忆刚刚发生的美好的犹如梦幻般的"英雄救美"。

不知道梁胤廷那个家伙现在走了没有，广播站是不能再回去了，想必有陈源学姐在，他应该不会再语出惊人，胡说八道了，我还是回操场给参加比赛的同学加油吧。

可是就在去操场的短短距离中，我竟然收获了无数好奇的目光和议论。

"叶芊凡！"

"应该是恶作剧吧？"

"不一定哦，我跟你说，前两周我还看到她在学校旁边的街上，和一个大帅哥拉拉扯扯呢。"

听到这些议论，我又气又累。看来这误会一时半会儿是说不清了。只求过段时间大家忘记这场闹剧吧。

"班长，刚才发生了什么事？"肖凡看到我，飞速跑过来，表情神秘地问我。

我瞪了他一眼："肖凡同学，你这么八卦，以后是准备做狗仔吗？你看咱们班参赛的同学马上就要回来了，饮料、毛巾都准备好了吗？算了，我还是亲自去盯着吧！"

我转身准备去为参赛的同学服务，却一不小心将身后的人撞倒在地。

"同学，你没事吧？"

我连忙回身去搀扶，等到把男生扶起来后，我才认出被我撞到的正是班上出了名的不合群的闵逸。闵逸穿的衣服一向都是学校统一发放的校服，除了冬天穿过一个看起来很是陈旧甚至有些小的羽绒服外，再没有看到过他穿其他的衣服。除了成绩名列前茅外，没有一个朋友，和人说话也是唯唯诺诺。据说他家庭条件不好，父亲早早去世，就连学费也是东拼西凑得来的。

不知为何，见到这样的闵逸，我突然想起了前世的自己。

也正是因此，我道歉的时候，声音里带着一股化不开的复杂："不好意思啊，闵逸，刚才没注意你在我身后。"

闵逸低着头，小心地拍打着身上的灰尘，声音细小若虫子嗡嗡："没……关系……"

我伸手想要拉他坐下："闵同学，我又不是洪水猛兽，你干吗一直低着头——"

没想到我的玩笑还没有开完，闵逸就突然转身跑了。留下一脸茫然的我。

周围有见到事情全过程的同学凑过来安慰我："班长，你别介意，闵逸他就这样。"

"是啊，听说他们家欠了高利贷呢。"

"班长，你以后还是少和他接触吧。"

听着同学们他一言你一嘴的，说的竟然都是闵逸不好的八卦，而且还劝我离闵逸远一点，原本就被闵逸勾起的前世的那种凄凉感越发积聚在心头。

"好了，大家都别说了。"我打断大家的话，"你们的好意我都知道，但闵逸也是咱们的同学啊，一个人的家庭是他无法选择的，但他的人生还很长，除了父母，还有朋友、爱人、老师……也许闵逸的家庭状况是黑暗的，可是作为他的同学，难道我们不是更应该给他一份明媚的同学情谊吗？"

我的语调不自觉越来越高，察觉到周围鸦雀无声，我才意识到自己有些激动了。就在我绞尽脑汁，想要说点什么化解眼前的情形的时候，一道刁蛮的声音响起。

"没想到你竟然也能说出这样的话来,而且竟然还有些说服我了。"

是徐萱!

徐萱的语气虽然依旧带着一股对我的不屑一顾,但也切切实实地帮我化解了眼前的尴尬。

我朝她感激一笑,觉得也许徐萱也并没有前世认识的那般不好相处。

可惜,还不等我坚定这一信念,就听到徐萱再次说道:"光说不做有什么用啊?你想要给他阳光,那你帮他家还高利贷啊。"

我一时无语。

"就知道你也就是会耍耍嘴皮子。"徐萱轻笑一声,"还是看我吧,不过是小小的高利贷而已,回头我跟家里司机说一声,让他去办好了……"

"不必。"

就在我刚要反驳的时候,不知何时出现的厉净轩突然开口打断了徐萱的话。

只见他目光沉沉地看了徐萱一眼:"同学情谊不是钱能买到的。闵逸也有他的自尊。"

"厉大哥,你——"徐萱嘟囔着嘴一脸不满。

厉净轩转头看向我道:"今天的项目就要结束了,班主任找你。"说完,竟然也不等我回复,再次傲娇地转身离开。

我看着厉净轩的背影,心中默默腹诽,合着他只是被班主任捉到来这里跑腿的喽?

★☆★
## 3 & 令人刮目相看的程夕夕

运动会第二天,长跑是重头戏。

一大早各个班级在操场上集合后,就听到广播站的广播,请女子 1500 米长跑的运动员们到 B7 处集合。

我和肖凡交接了几句,便朝着 B7 在的位置赶了过去,等我到的时候,就见到早就等在那里的班主任和啦啦队，还有同样参加比赛的程夕夕。

啦啦队的同学早就开始喝彩了："班长加油，程夕夕加油。"

班主任也再三叮嘱我们："不要太着急往前冲，要稳住，重要的是坚持。"

看到大家郑重的神情，原本还觉得轻松的我，这会儿竟然也开始紧张起来。

按照规则，我和程夕夕分成两次比赛，她是第一轮，我是第二轮。说实话到现在我依旧搞不明白程夕夕为什么会报名参加长跑。我记得她以前可没有这么做。

我还没有想明白，第一轮比赛就已经开始了。

一圈、两圈、三圈……让人觉得分外柔弱、摇摇欲坠的程夕夕，竟然牢牢地跟随在C班女生的后面。眼看着终点越来越近，只见程夕夕满脸惨白，眼中含泪，身如柳絮，却又坚强咬牙一步步往前冲。

程夕夕的娇美柔弱和领先的那位壮实高大的女生形成了鲜明对比，让人更加同情和佩服她了。

此时，周围已经是一片为她加油的声音。就连平时爱玩的男生，这会儿也聚精会神地关注着这场比赛，还时不时地喊话鼓励她："美女，加油啊，我看好你！"而原本看程夕夕不顺眼的女生，此时也对她有几分刮目相看："看不出来长得一副娇滴滴的模样，倒是意外的坚强呢，我开始不讨厌她了。"

就在大家议论纷纷的时候，被议论的主角，程夕夕，在最后一圈重重摔倒在地。她摔倒在地的那份力道就连旁人看了也觉得痛，她白色的运动裙被沾染了黑色，整个人在地上瑟缩了一下，显得更加可怜。就在所有人都以为她会放弃的时候，程夕夕却咬着牙站了起来，她的腿因受伤流血，血顺着白皙的小腿流了下来。都这样了她竟然还继续跑着。

观众集体惊呼，就连对手班级也被她永不言弃的精神而感动了。而我身后的拉拉队里甚至有女生哭出了声，后悔自己为什么不替她参加比赛。

说实话，看到她这个样子，我都有一点于心不忍了。如果不是见识过程夕夕种种恶毒的嘴脸，我可能已经被她打动了。

伴随着一阵阵欢呼声，程夕夕第三个跑向了终点，之后迅速被所有人团团围住。有的人扶着她走向医务室，有的人递水递毛巾，不过一会儿工夫，原本我身旁庞大的啦啦队就都去帮程夕夕了。

我微微吐出一口气，在心里为自己默默说了声加油，迈步走向第二轮比赛的赛道上。此时，所有参赛选手已经就位，我趁着准备的工夫，悄悄观察了下我的对手。还好没有看起来特别擅长跑步的选手，我心中稍稍安定了几分，深吸了一口气，做好了准备跑步的姿势。

伴随着裁判的哨声响起，我猛地起身，一口气冲了出去，但并没有马上把速度提到最快。只是没想到在我没有发挥全力的时候，还能处在第一名的位置，看来这一次的竞争对手都比较弱啊。

我的身体早就习惯了跑步。虽然长跑比赛和平时的晨跑相比要微微提升些速度，我却并没有感到有多么的吃力，反而觉得还有很多的余力可以用来做最后的冲刺。

一圈。

两圈。

三圈。

当终点紧绷的红色绸带近在眼前，并且越来越清晰的时候，我突然猛地加快了速度，将原本还可以紧紧跟在我身后的第二名狠狠地落在身后，几乎是一气呵成地冲向了终点，刚才那一下突然发力太过猛烈，不慎扭到了脚，我一个趔趄差点摔倒，幸好我身体稳又事先拉开了距离。忍住这一点痛，我毫无悬念地拿下了第一名。

虽然我们班的啦啦队都陪着程夕夕去医务室了，但操场上还有很多其他班级的同学在观看比赛。当我冲刺到终点的刹那，周围响起了热烈的掌声。

"她不是叶芊凡吗？"

"真的是叶芊凡啊！原来她长跑也这么厉害啊？"

"我女神又点亮了新技能啊！"

"你们快看，女神不仅拿了第一名，还打破了咱们庆华建校以来的女生长跑纪录呢！"

"我现在都开始怀疑女神是不是天赋异禀了，幸好这样的人万中挑一，不然还让我等凡人怎么愉快地生活啊！"

听到周围人对我的夸奖，我开心得忘记了疼痛。

鉴于班里等着送水擦汗的同学都陪程夕夕去了医护室，我这个女汉子只能自食其力了。我拿了一瓶水挪到没人的地方休息。结果，一口水刚喝到嘴里，就听到那个熟悉又让人讨厌的声音。

"你腿上功夫倒是不错，不仅能踢人，还能跑。"

梁胤廷出现后，我第一个想法就是跑！可惜他直接堵死了我离开的路。无奈之下，我只能瞪人。

"同学，你真是阴魂不散。难道你又想领教一下我的腿上功夫？"

梁胤廷凑近我，笑得一脸不怀好意："其实……我更想体验你的……其他的功夫。"

"你你你！"这个不害臊的流氓！我被他说得羞愤难当，气得说不出完整的话来。

梁胤廷见我窘迫，哈哈大笑："听好了，下午来篮球场，不然我可能就不只是去广播站广播这么简单了……会发生什么呢，嗯？真是令人期待啊。"

他坏笑着离开，给我留下一个潇洒的背影。

这个霸道鬼，你说让我去我就去吗？哼！我就不去！我还要去买上十几瓶防狼喷雾，下次再碰上，我就喷喷喷！

下午，我站在篮球场。

我赴约的原因不是因为我害怕那个流氓，更不是因为被他帅气的外表迷惑。只是因为，我还没买到防狼喷雾！为了避免那个神经病做出什么出格的事情，我只好委曲求全了。

此时篮球场里，原本矜持内秀的庆华女学霸们都像疯魔了一样尖叫着。

"啊！好帅啊！那个男生是谁？！"

"你看他好像在看着我笑，我快晕倒了。"

"他扣球的姿势太酷了，我觉得我的心跳就要到180了！"

女生们讨论的对象不是别人，正是打着篮球的梁胤廷。

平心而论，若是没亲身体会过梁胤廷的霸道不讲理，此时就算是大龄又心有所属的我——也会忍不住脸红心跳，篮球场上，他俊朗的侧脸，高挑而紧实的身材，再加上全身散发着的独特的慵懒味道，有介于少年与男人的魅力，也难怪能迷倒庆华这些女学霸了。

就在我看着球场上的梁胤廷发呆的时候，陈源学姐从人群里挤出来。

她拍了我一把："芊凡，你怎么才来！"

我朝她笑了笑："学姐，这里发生什么事了？"

陈源挑了挑眉，挤眉弄眼地看着我："还不是你这个小妖精……上午你走了后，天阳让那个帅哥不要再打扰你，后来那个帅哥就提出了用打篮球决胜负的办法。输的人不能妨碍对方亲近你，哈哈哈。"

没有征求我的意见就这样决定真的好吗？要是梁胤廷赢了还好，万一许天阳赢了，他不会误会什么吧……慢着！慢着！我这个想要梁胤廷赢的念头是什么鬼？难不成我也被他迷住了？不不不，我心中的男神一直都是厉净轩，只有厉净轩！

陈源的手在我面前晃了晃："芊凡，你怎么愁眉苦脸的，要是其他女生早就开心得小鹿乱撞了。"

小鹿乱撞是这么用的吗？不管是梁胤廷赢还是许天阳赢对我都没有意义，他们都不是厉净轩啊！如果是厉净轩的话，我现在应该会小鹿"疯撞"吧。

"30：28，两个帅哥的巅峰对决，实在是太刺激了！"

"你们看许学长扭过头看向咱们这边了，他是不是再看我？"

"我觉得是看我呢。"

站在我和陈源前面的两个女生你一句我一句地争论着。而处于话题中心的许天阳，竟然直接从球场朝着这边跑了过来。拥挤的人群中自然地让开了一条道，大家的目光好奇地追随着许天阳的身影。

"女神，我就知道你在这里。"许天阳一路跑到我和陈源面前，方才停下了脚步。他穿着球衣，额头上挂着汗珠，"女神放心，我一定会赢的。"

我咧嘴尴尬地笑。

与此同时，梁胤廷被王岩等人簇拥着回到座位上休息。他后排坐着的几个女生正说着八卦，声音大得隔了好远的我都听到了。

"你们看，那个不是参加晚会的叶芊凡么，她旁边的不是篮球队长许天阳吗？"

"这么一看，男的高大俊朗，女的娇小美丽，两人还真是挺般配的。"

"我倒听说那个女生和A班的厉净轩走得挺近。"

"你是说那个校园王子厉净轩？！我的心受到了一万点伤害。"

我倒是不太在意这些无聊的八卦，却不知道梁胤廷会不会知难而退。

只见梁胤廷嗤笑一声："校园王子？真以为在拍青春校园偶像剧呢。"他慵懒的目光朝我们扫过来，嘴角的笑意也突然收敛了起来，只见他对王岩挥了挥手，"去，把那个傻大个喊回来，继续打下半场了。"

几分钟后，下半场开始。

一开场，许天阳一个快攻投篮。没想到他高高的个子、壮壮的身体出乎意料的敏捷。

校队加两分——

30∶30，分数持平。

梁胤廷看了许天阳一眼，一个转身抢过了球。梁胤廷持球后，并没有马上发力，反而不紧不慢地在球场上移动，一直到达内线后，方才一个弹跳将球扔向篮板，球精准地反射进了篮筐！

两个队争分夺秒地拿分，许天阳队伍配合默契，梁胤廷则一枝独秀从未失手。

就剩最后三分钟了，比分70∶74。

许天阳持球攻到内线，梁胤廷也不阻止，直直地站立，仿佛万夫莫开。这场比赛已经到了最精彩的时候。我不禁捏紧了拳头。

此刻，大操场那边突然传来的骚乱声扰乱了我的心神。

"A班的厉净轩摔伤了！"

"那个E班的男生明明是故意撞过来的！"

厉净轩三个字，以最快的速度冲进我的耳中。

他受伤了！

我再也顾不上球场上的比赛，转身朝着大操场跑过去。

我一路气喘吁吁地跑到了操场，跑道两侧已经站满了人。女生们都眼巴巴地看着跑道内那抹身影，有的一脸心痛，有的咬着小手帕一脸迷恋。

跑道内的厉净轩，虽然身上因为跌倒而沾染了许多尘土，但其周身冷峻潇洒的气质一点都不受影响，反而更加惹人注目。

"同学，刚刚到底怎么回事？"

女生愤愤地指着不远处下场的一个男生说道："都是那个家伙,他嫉妒观赛的同学都给厉同学加油,所以在跑到第二圈的时候故意伸脚绊倒了厉同学！"

那个男生也跌倒了,而且摔得不轻,已经放弃了比赛。而厉净轩跌倒后马上站起来继续跑完,果然我的男神就是不一样。看着距离终点越来越近的厉净轩,不知道为什么,我的心脏跳得越来越厉害,比自己参加比赛的时候还要紧张。

当到达终点的枪声响起后,我跟着人群冲过去。可惜因为位置太远,等我跑过去的时候,厉净轩已经被团团围住了。

"同学,喝水吗？这是我给你买的水。"

"这是人家超喜欢的小兔兔毛巾,厉同学,送你了！"

看着已经被女生包围的厉净轩,我在走近后又停住了脚步。

他现在还能注意到我吗？要不还是下次吧……

在他的事情上总是特别不自信的我再次打起了退堂鼓。在我后退的时候,旁边有人突然转身,我一不小心被绊倒,上午比赛时扭到的脚传来刺痛,失重的感觉让我下意识地伸手去抓可以抓住的一切东西。

当我的手碰触到一只温热有力的手,并被这只手紧紧扶住免于跌倒时,我的心中莫名想起了前世在公交车上拉我起来的那个人。

"让你跑这么快抢王子,现在摔倒了可真是活该。"

我刚抬头看到梁胤廷那张熟悉的脸,身体就已经腾空起来。我惊呼一声,梁胤廷这个家伙竟然把我抱了起来！

"你干什么？放我下来。"

梁胤廷抱着我径自离开操场,一副气定神闲的模样："不舒服还这么倔,真是不惹人喜欢。"

"谁稀罕你的喜欢呢。"我扁了扁嘴,冷静下来后很快明白过来梁胤廷是好心帮我。

梁胤廷突然低头,有些惆怅地盯着我。我被他的目光看得脸红心跳,连忙别过眼去,不去看他的眼睛。

梁胤廷收回目光,语气带着几分无奈："我就稀罕这样的不惹人喜欢的你,行了吧。"

我不再还嘴，就这样被梁胤廷抱着一直走到学校的中心广场。

"好了，这里没人了，可以放我下来了吧。"

梁胤廷丝毫没有放手的打算："真是没有良心，连句谢谢也没有。"

"……谢谢！"

梁胤廷俊朗的脸上多了几分邪魅的笑："既然想谢我，不如以身相许吧。"

"做梦！"

他将手臂渐渐收紧，眼看着我和梁胤廷就要贴到一起，我剧烈地挣扎起来。我的动作不仅没有撼动梁胤廷分毫，反而更像是在撒娇一般，他一脸兴味地看着我，我一气之下张嘴狠狠地咬在了他的胸口。

"呼——"

我如愿挣脱开了梁胤廷，但也因为姿势不对而摔倒在地。站在我面前的梁胤廷耳根处泛着淡淡的红意，他一脸复杂地看着我："你竟然亲我……"

我顿时被他的话气得涨红了脸，"我这是咬！！！"

好像自己只要遇到梁胤廷，总是忍不住各种暴躁易怒，怎么也冷静不起来。看着居高临下站在我面前的梁胤廷，以及他脸上不正常的笑，我心中更加暴躁，而梁胤廷竟然还笑眯眯地朝我伸出手："起来吧。"

我瞪了一眼梁胤廷伸过来的手，几乎是咬牙切齿地回道："不用了！我自己——"后面的话还没说完，就看到厉净轩站在梁胤廷身后正看着我们。

他怎么来了？

就在我看向厉净轩的同时，他也看向我，并快步走近把我扶了起来，将我护在了身后，正面迎向梁胤廷。

两人之间弥漫着一股剑拔弩张的气氛。

"请不要随便对女生动手动脚。"厉净轩淡声对梁胤廷发出警告。

梁胤廷挑眉，看向厉净轩的目光带着审视和挑衅："一个身无二两肉的小白脸也敢这样对我说话——想抢女人也不要这么直接吧！"

厉净轩皱眉，身上散发出惊人的气势："她不是谁的女人，也没有抢这回事！"

我对这样的厉男神感到既陌生又新奇，但残存的理智让我伸手轻扯了一下厉净轩的袖子："运动会还没结束，咱们快点回去吧。"

厉净轩听了我的话，微微转身，抓住了我的手："走吧。"

"慢着！"我低头跟着厉净轩还没走几步，梁胤廷从后面拉住了我，他几乎贴着我的后背在我耳边说话，一股热气喷涌在我脸上。

"今天就放过你了，再见！"

梁胤廷身上淡淡的香味扑进我的鼻子里，我捂住自己的耳朵，朝梁胤廷瞪过去，岂料却见他微眯着眼，似笑非笑地看着我，样子邪魅又撩人，原本我准备斥责的话一下子被莫名乱跳的心打乱。

梁胤廷像是很满意我的表现，拍了拍我的头，转身离开。

这个坏蛋！竟然当着男神的面毁我清白，而我竟然好像还脸红了……完蛋了。我偷偷看向厉净轩，想从他的脸上看出点什么。但他一脸平静，迎着我的目光说："去医务室吧。"

我使劲摇头："我没事，不用去医务室了！"

厉净轩扭头皱眉看了我一眼，暗叹一口气，扶着我一路回了寝室。到了寝室门口，我心中有几分惆怅，若是到寝室的路能够更长一点就好了。

预想中的告别并没有出现，厉净轩扶着我走到门口的长椅旁边："坐下。"

我乖乖坐下，然后就看到厉净轩竟然蹲在了我身边，从兜里掏出了棉签、便携消毒水和创可贴。厉净轩小心翼翼地帮我把裤腿挽上去，开始消毒。

"男神，你怎么什么都会啊。"

"我母亲是医生，还有……"厉净轩的动作又快又熟练，包扎完后，他站起身，居高临下地看着我，"以后不要逞强，不要受伤……不要叫我男神。"

我看着腿上已经被包好的伤口，抬起头对着他粲然一笑："那我该叫你什么呢？净轩？还是——"

"随你……"厉净轩偏过头去，我看到他在偷笑。

这一刻我突然觉得原来厉净轩也并不是记忆里那么高冷嘛。他只是话少了一些，但这大概就是学霸的任性吧，言简意赅，分分钟秒杀凡人的智商。

运动会的后续战况，我都是后来听常敏转述的。

我们班取得了不错的成绩，班主任还特意在班会上表扬了每个人。只是在说到女子长跑比赛的时候，有人不经意提起了我比赛的时候，加油的啦啦队都被程夕夕"带走"的事……一个小小的风波若有似无的开始又迅速结束。

我没有纠结这件事,就像之前的八十周年庆上那件被破坏的服装,都在时间的推移下淡出了大家的视线。

如果问运动会给我带来的最大的收获是什么的话,那一定是连续一周被男神关心!

"走吧。"

下课铃声响完,厉净轩准时过来敲我的桌子。

自从我的腿摔伤后,换药这件事便成了我可以近距离接触男神,在天台和男神单独相处的最佳纽带。

"好的好的。"我真的控制不了想笑、想炫的心情啊。狗腿似的乖乖跟着男神走出教室,果然他等在外面,见我跟上了才又继续往前走。

"昨天的牛奶你没喝。"

厉净轩平铺直叙又没头没尾的话,让我愣了好大一会儿。

这……这他怎么知道的?难道男神一直在关注我?我觉得自己的脸这会儿一定红得都要烧起来了。

"那、那个昨天太忙了,我一会儿下去了就喝!"

又一瓶牛奶出现在眼前。

"喝这个。"

我激动地接过牛奶,对于男神每天送我一瓶牛奶这件事,真是想想都能甜蜜得腻死自己。可是……我这个易胖体质,一喝牛奶就会长体重啊,能拿回去以后再喝吗?

厉净轩目光淡淡地看着我:"怎么不喝?"

我脸上的笑有点生硬,支支吾吾地解释起来:"那个……嗯……你看,我最近是不是都有肌肉了?"我伸出胳膊给他看,"我觉得自己有点营养过剩了……所以……"

厉净轩看了我的胳膊一眼,脸上明明没有什么表情,但我就是莫名地觉得他生气了。

"不喝就扔了吧。"

他的口气很随意,但我知道,男神不高兴了。

我朝他讨好地笑了笑，赶紧将牛奶一口灌下去。胖就胖吧，大不了每天再跑半个小时！我拿着洗干净的牛奶瓶子，走进教室，在经过厉净轩的座位时，将手中的瓶子递给厉净轩："你看！"

"嗯。"厉净轩点点头，"其实你不胖的。"

这、这是在安慰我吗？

既然男神都这么说了，以后是不是更没有理由不喝了？

"腿还疼吗？"

"好多了。"

"我看看。"

在男神的注视下，我非常熟练地挽起了裤腿，正准备将昨天的纱布取下来，手却被厉净轩伸手按住。

"我来吧。"

我呆呆地看着厉净轩帮我去掉纱布，他的动作很轻，只觉得像是有羽毛划过皮肤，轻轻地，似有似无。

"药水呢？"

"啊？哦！在呢在呢，给——"

我手忙脚乱地把药水递给他。

淡淡的阳光将他笼罩着，我觉得自己的心跳越来越快了，好像要冲出来一样。

**第五章**
**进军演艺圈**

扫码获取番外小剧场，
厉男神的心动时刻

**高中篇**

　　人是高等动物，所以拥有很多面孔。
　　这一刻对你笑逐颜开的人，或许在另一个圈子便成了高冷帝。如果你有幸见到了一个人各式各样的面孔，那么，请珍惜你们的缘分吧。
　　哪怕不是注定厮守的爱情，但他在你的生命中，也远比其他人更特殊。

# 1 & 开挂的感觉真好

天气渐渐热了起来，伴随着 S 市的盛夏，高一期末考试也接近尾声。大家都在讨论着暑假要去哪里玩，小敏早就报了暑期的芭蕾舞集训营，期末考试一结束她就挥泪和我告别，坐车离开了。

我在宿舍休息了两天，正在纠结到底要不要回家的时候，接到了华哥的电话。

"芊凡，放假了吧。"

"嗯嗯。"

"明天有空不？来影楼一趟吧，有笔赚钱的大案子介绍给你。"

赚钱的大案子？

不是我妄自菲薄，是实在想不到现在的自己能有什么潜力接赚钱的大案子。不过华哥的人品我还是信得过的，和华哥约定好明天过去。之后我给爸妈打了电话，告诉他们假期准备留在这边兼职，让他们不要担心。

翌日一大早，我就坐公交到了影楼。

一进去，就看到早就翘首以盼在等我的小兰姐。

"芊凡，你可来了，感觉好久都没见你了……咦，你是不是又变漂亮了？"

我被小兰姐说得脸都红了："小兰姐，你别开玩笑了，我还是老样子啊。对了，华哥说有赚钱的大案子介绍给我。小兰姐，你知道是什么吗？"

小兰姐捂嘴一笑："我当然知道了！还记得上次请你拍的海报吗？挂在影楼外面那一幅。"

我点点头，那幅海报我当然记得，那可是我最骄傲的成绩了。

"有一位先生经过，一眼看中了你，说想请你参演他的新剧，让你扮演其中一个角色。"

新剧？角色？

这个消息就像是从天而降的巨大馅饼，险些将我砸晕。我无比庆幸自己有一个大龄的灵魂，能够狠狠地泼自己冷水，让自己清醒过来。我默默地在心中评估这件事的可靠性，自己是否有能力参加……直到华哥和一个儒雅的戴眼镜的中年男子进来后，才中断了心中的评估。

"芊凡，你来啦，走，咱们去我办公室谈。"

华哥招呼我跟上，他则带着中年男子走在前面。一进办公室，我就感觉到中年男子朝我看过来的打量的目光。

我镇定自若地抬头迎视他的打量。

"芊凡，这位是田安，田导演。"华哥先给我介绍中年男子，"田导演，这位就是叶芊凡，叶同学。"

田安朝我点点头："你好，叶同学。你可能不认识我，不过你应该看过我拍的电影，《青城往事》《初恋》。"

这就尴尬了……我上辈子是个不合群的胖妞，又经济拮据，除了啃书和码字外，真的很少出去看电影，他说的这两部电影，我还真没看过。

幸好有华哥圆场。

"田导演，芊凡她是个品学兼优的好学生，平时不是兼职就是学习，很少出去看电影的！"华哥从办公桌上拿起一份剧本递给我，"芊凡，这是田安导演想让你参与的剧本，你看一下。"

我接过剧本，粗略翻了几页，发现里面是花小晴和陆眠两个女性角色的戏份。看人物性格的塑造，凭借我前世多年写作的经验可以看出花小晴应该是女主角了。而陆眠应该是坏女配的存在。

以我的资质，肯定不会被选中演女一号，那就是想让我参演陆眠了？但是从目前的剧本看，陆眠这个人物很不讨喜……

"坏女人？我不演。"我摇头。

田安导演像是很满意我能够自己猜出他想让我演的角色，他笑眯眯地解释道："小姑娘，你年纪小，这就不懂了。这女人不坏男人不爱，只要你演好了陆眠，包管好多男同学喜欢你。"

这逻辑……当我是三岁小孩吗？

田安见我一直不表态，脸上又变了一副模样，他长叹一声："其实我导的剧已经好多年不火了，这次是我好不容易接下来的。只是赞助的费用，已经全花在请男女主角和宣传制作上，所以配角只能采用新人。"

他一脸为难地看着我："叶同学，你一定要帮我啊，虽然只有十万的演出费，但是出道的机会是很难得的。"

"你说什么？！"慢着！我好像听到了什么有用的信息。

田安疑惑："……机会难得？"

"上面那句！"

"……你一定帮帮我？"

还是华哥了解我，直接一针见血："十万块。"

"十万块？！我接了，时间是什么时候？"

看着导演目瞪口呆的样子，华斯终是忍不住抽了抽嘴角。他也是接触久了才发现，我这样一个外表清纯的女孩子，内心住着一个贪财的大魔王。

等田导演通知开工的这几天，我都待在宿舍，特意将田安导演说的他自己拍摄的两部电影认认真真地看了一遍。

不得不说，他确实是个有实力的导演，带着泥土的清新气息以及旧时味道的《青城往事》、令人流泪不止又心中甜蜜的《初恋》，都给我留下了深刻的印象。

终于到了进组的日子，我按时集合坐剧组大巴去了古镇影视城，开始了我的人生新体验——做演员！

我还是第一次来拍各种古风电视剧和电影的影视基地呢，这里真大！不同的区域有指示牌标注着不同的年代和风格，连周围的商家都配合拍摄需要着古装。唯一可惜的是因为这里晚上也有拍摄，所以很多地方都封起来了，不能好好逛一逛。

工作人员先带我去了休息的地方，拍摄要明天才正式开始，我利用下午的时间收拾好东西，又在附近逛了逛。

翌日一大早，我按照指定的时间来到了化妆间。

没想到进去正好碰上女主角到场,这个叫江明熙的实力派女星,看起来真的好勤奋。哪怕在上妆,手上还在翻动着剧本,好几次化妆师不得不出声提醒她。

田导演进来后,今天的拍摄任务正式拉开了序幕。

"三十二场次拍摄的演员都过来了。编剧今天不在,戏的难度也不高,我大致给你讲讲戏。开场是女扮男装的花小晴……明白了吗?"

"明白了。"

场景切换到了喧闹暧昧的青楼内,两位公子从外面走进来,一位英俊潇洒,浑身散发的荷尔蒙,令姑娘见之脸红心跳。另一位长相精美,皮肤白腻,让人移不开眼。

高个子的公子,是袁柯饰演的高离。

此时,高离一脸宠溺地看着身边的公子:"好好的姑娘家,来什么青楼。"

江明熙扮演的花小晴,即身材略矮,皮肤白皙的公子,嘟了嘟嘴:"谁说我是姑娘,我现在可是帅气的公子,不许小瞧我。"

……

我是到剧组之后才知道袁柯到底是何方神圣的。听工作人员说,他是目前最火的当红小生,光是单集的片酬就达到上千万,要不是这次的编剧和袁柯关系好,凭我们剧组的经费是请不起他的。

据我观察,全剧组除了我和扮演女主角的江明熙外,其他人都深深地迷恋着袁柯。几乎一天到晚围在他身边嘘寒问暖。

我原以为袁柯只是靠脸出名,没想到他虽然看起来像个娘娘腔,但演技真心不错。他和江明熙接连三四场对手戏都是一次就过。

很快到我出场了。

老鸨:"各位公子老爷,大家晚上好,今天我们芳月楼将推出一名新人——清荷。"

清荷,是我扮演的陆眠流落青楼被取的艺名……我木着脸走出来。

老鸨一脸惋惜:"清荷出身大户,可惜家道中落,不然可就是大家闺秀了。让我们清荷给各位客官啊,说说话。"

按照台本，此时的陆眠应该表现出奋力反抗挣扎的状态。但我接连演了几次，都没有达到导演的要求。

"卡！叶芊凡你怎么回事？人家龟奴伤害你，你一脸事不关己地走神是怎么回事？"

"卡！愤怒和惊惧知道吗？！"

"卡！想一想情景，自己入戏！"

周围渐渐有不少没事的工作人员围过来，有的小声议论着我僵硬无神的演技，我越发紧张起来，更加束手束脚。

又一遍演完后，田安导演朝我招了招手："叶芊凡，你先别拍了，继续揣摩揣摩自己的角色吧……"

我为难地看了一眼导演："导演，我……"

田安："不用感到抱歉啦，今天就先拍男女主角的戏份。"

我其实是想问，我的钱不会扣吧？

拍摄一直到晚上九点多才结束，剧组的人都一脸疲惫，尤其是从前一天就开始准备的工作人员，每个都挂着大大的黑眼圈。和剧组的人一块吃完饭，我便回住的地方休息了。整个晚上，我都拿着台本努力研究陆眠的台词和戏份。

第二天，田安导演把我昨天NG的戏排在了最前面："叶芊凡，今天先拍你昨天的戏份。"

我走到固定好的站位处，和我演对手戏的老鸨也已经就位。

今天田安导演身边多了一个人，很年轻，但却一脸严肃，不知道是什么大人物。我很快集中了注意力，按照昨晚新的理解投入到拍摄中。可是，不知道是我的理解有误，还是真的没有表演天赋，接连两条，我依旧在不断NG。

田安导演把我喊过去："这位是咱们的总编剧，袁萧。"

袁萧皱眉看着我："就你这水平能进剧组？你是走后门的吧？"

田安连忙和袁萧解释，是看我人设合适，又是新人才邀请我过来的。

袁萧的脸色好了一点，但语气依旧很硬："好，虽然人设合适……这个演技，算了我不想说了。"

田安也跟着叹息:"叶同学,再这样拖累剧组进度,我们真的要换人了。当然,承诺的演出费也作废了。"

演出费作废?!这比演不好一直NG更让我难过!

"再让我试试吧,导演!"

导演叹了口气,将我打发到旁边继续啃台本,琢磨角色。

现场有条不紊地继续拍摄,接下来是袁柯扮演的高离的戏份。和我一样坐在旁边等的还有江明熙。

我看了一会儿演技成熟的袁柯,深深叹了一口气:"怎么会这么难呢。"

"你未免太小瞧演员这个职业了,如果没有演戏的觉悟,一个好的角色不是谁都能驾驭的。如果这样就觉得难了,你还是趁早放弃的好。"江明熙突然走过来,语气认真而又严肃地对我说了这番话。

我有些惊讶地朝她笑笑:"你真的很喜欢演戏呢。我从来没有小瞧演戏,只是第一次接触。虽然这台词本上的对话我都倒背如流了,但依旧有种无从下手的感觉。"

江明熙有些惊讶的抽走我手上的台词本:"台词本?你没有剧本吗?"

我疑惑地看她:"我应该有剧本吗?"

江明熙面无表情地将自己的剧本递过来:"给你。演戏的第一步就是要揣摩自己的角色,必须要了解那个人的家世经历。这份剧本你拿着看吧。"

我感激地向江明熙道谢,接过剧本后一目十行地翻看了起来。人物角色的揣摩,对于一个快十年的小说作者不能做到的话,我也不用混了。

等我将剧本大致过了一遍后,终于对陆眠这个角色有了一个全面的定位。一直坐在我身边的江明熙见我放下了剧本,主动提出帮我对戏,看看我有没有进步。

我和江明熙随便选了剧本里的一段情节,这一次,我完美地诠释了陆眠这个角色的性格和她的一举一动,甚至因为之前把台词本倒背如流,在中间有高离的戏份的时候,我也下意识地接了下来。

最后,江明熙终于给了我一个笑脸,她认真地看着我:"你很不错。"

接下来的拍戏,我犹如神助般,过了一条又一条。就连本来对我很不看好的袁萧,也终于对我改观了。

总算是保住了演出费！

经过一个月的紧张拍摄，我和剧组的人相处得越发融洽，大家因为我还是学生，对我一直很照顾。我除了最开始的拍摄没有找到感觉外，后面的戏份，也渐渐能够一条或两条就能通过。

今天，要拍摄最后一场戏，大致的情节是高离和花小晴成婚，我扮演的陆眠因为一直喜欢高离，在两人婚礼上出现，破坏了他们的婚礼。

现场已经都布置好了——古色古香，觥筹交错，是热闹非凡的成亲场景。群演扮演的宾客们也都到位了。

高离和花小晴挽着绸花，缓缓走近了大堂。

在两人开始拜堂后，陆眠突然拨开人群，走到两人身旁。按照剧本的设定，陆眠先是对高离表白自己的心，然后拔出剑刺向高离！

但此时……我拿着手里的剑，却怎么也刺不出去。

陆眠真是这样一个想杀死高离的人吗？真的有这么恨他吗？陆眠知书达理，难道家道中落后，真的有这么狭隘吗？

因为我的迟疑，这一遍宣告NG。

田安导演在旁边喊："芊凡，怎么回事，你怎么不刺下去？"

扮演高离的袁柯笑着说："难道是沉醉在我的美貌中，舍不得？"

原本戏弄的话，却一瞬间点醒了我，我恍然大悟："对！就是舍不得。"想到这，我看向导演，"导演，我觉得剧本有些问题。"

全场寂静，所有人都见鬼了一样看着我。

"那个女演员什么来路，不仅能够第一次拍戏就演女配角，还敢和袁萧编剧对着干！"

一直低头看影像的袁萧终于抬起头，他神色复杂地看了我一眼："你，跟我过来！"

我跟着袁萧进了旁边的休息室，他坐在椅子上表情严肃目光犀利。

"想改剧本？"

我老老实实点头。

袁萧嘴角若有似无地轻笑:"想加戏?"

加戏?我又不想作明星。我使劲摇头:"不是。我只是觉得用剑刺高离这个情节,处理得不大妥当。"

袁萧挑眉,沉吟了一番:"好,就算你说的是真心话,那你先回答我的问题,陆眠出现在男女主角的成亲宴上是为了谁?"

"为了高离。"

"陆眠的什么性格使她迟迟不能对高离告白?"

"自卑。"

"正是陆眠的自卑,所以她用剑刺男主角的行为是为了?"

"为了让高离记住自己,她选择了最激烈的方式——但她最在意的不是高离娶了花小晴,而是不能表白真心的自己。陆眠是知书达理的闺秀,对高离和花小晴救下自己的行为,十分感激。所以就算深爱的男人娶了别人,她也不会违背良心,做出这种恶毒的行为。如果是这种结局,不是和编剧塑造的陆眠的形象违背了吗?"

袁萧听完我的话后,陷入了深深的思考。就在我以为希望渺茫的时候,他突然抬头看向我:"你确实很了解剧本,提的意见也很中肯。但按照故事的走向,陆眠依旧需要用激烈的方式,结束自己的恋情。"

见袁萧是认真地和我讨论,我大胆道:"不介意的话,我构思了一种……"

因为我和袁萧讨论剧本的原因,原本的拍摄延迟到了下午。

袁萧将剧本改好后,并没有通知所有人,所以一直到陆眠出场后,很多人才意识到剧本竟然真的改了!

陆眠拨开人群,走到两人身旁。

高离:"陆姑娘怎么了,今日突然反常,难道事出有因?"

陆眠:"你为什么总是那么温柔……"陷入癫狂状态,"为什么!为什么!让我!让我!"声音又低下去,"不得不喜欢你……"

陆眠的心里独白说完,在所有人的一片意外下,她举起手中的匕首,竟朝自己刺了下去!

这一回,我凭借自己的演技和对陆眠的深刻理解,获得了全场的掌声。

就连袁萧也站起身朝我鼓掌："你最后是演技爆发了？死的那段倒是惹哭了几个小姑娘。"

我有些脸红地朝大家笑了笑，退了下去。

为什么会这么了解陆眠？大概是陆眠自卑地爱着高离，让自己想起了前一世喜欢着厉净轩的自己，所以难免有些情感代入吧。

等我退到了袁萧身边后，他朝我笑了笑："虽然你演得很不错，但比起好演员，我更想你当一个好编剧。"

我受宠若惊："我其实只想安安静静地当一个好学生……有钱的。"

袁萧直言："没什么比娱乐圈更赚钱的了。"

## 2 & 他竟然也能这么温柔

在古镇待了半个多月，再回到S市，已经八月中旬了。我特意去了一趟商场，给爸妈买了不少东西寄回去。因为离开学没有多长时间了，我干脆继续回学校看书，没事的时候就到影楼给小兰姐帮忙。

这天，我如往常从学校的主干道往宿舍走。假期的学校，除了教职工外，很少碰上人，平常这条路上都很安静。但今天，我走了没多久，就听到旁边的小花园里传来男人的说话声，还伴着低低的猫叫声。

循着声音找过去，我被眼前看到的一幕惊住了！

他……不是梁胤廷吗？他怎么会在我们学校？并且还一脸温柔地在抚摸一只黑色的小野猫？！

小猫像是跟他很熟悉，一脸享受地眯着眼任由他抚摸。

很快一人一猫就察觉了站在不远处的我，他们同时望过来，快得我来不及掩饰自己脸上的诧异。

梁胤廷抱着猫朝我走过来，脸上挂着熟悉的笑：" 女朋友，你真是让我惊喜啊！我今天刚回S市，没想到你就迫不及待地来见我了。"

"……你想多了，我只是听到有猫叫，所以过来看看。"

梁胤廷将手里的小猫往我怀里送:"你也喜欢猫?"

小猫对生人有着天生的抵触,还没有到我手上,它就已经开始炸毛了。

"喵——"

我收回手:"它对你那么温顺,你认识它?"

梁胤廷挠了挠小猫的头,脸上挂着宠溺的笑:"女王很听话的,来——"他突然抓起我的手,小心翼翼地放在小黑猫身上,一下又一下地抚摸。

我原本想挣开,但当手接触到小猫柔软的毛发后,又不由自主地顺着梁胤廷的力道,一下下抚摸起来。

"是不是毛软软的,很可……"他的话说着说着,变了味道,"你身上真香……"

"???"

我迅速将手抽了回来,不顾一脸没有满足地瞅着我的小猫,后退几步警惕地看着梁胤廷。

梁胤廷抱着怀里的小猫,朝我一步步走过来:"感觉只有我越来越喜欢你啊!"

我连连后退:"我……我还有事,先回宿舍了!"

回去的路上,我暗暗告诫自己,下次一定要管住自己的好奇心。不然很可能就会遇到梁胤廷这个家伙,每次遇到他都被气得半死,我才不要自找麻烦。

★☆★
### 3& 怪同学闵逸

也不知道是不是我的谨慎起了作用,一直到开学,我都没有再在校园里见到梁胤廷。倒是那只叫女王的小黑猫,有时候会在花坛边上晒太阳,我经常拿着食物过去,陪它待一会儿,喂它吃东西。就这样,我和女王渐渐熟悉起来,它再见到我的时候,也开始撒娇地朝我喵喵叫了。

开学的日子眨眼就到了,熟悉的同学一个个返回学校。

开学第一天。

"高一期末考试的成绩想必大家也都知道了。新的学年,我们将对座位进行一定的调换。我已经把名单整理好了,邻座的同学大多都是互补的,所以请互相帮助,共同进步。"

等班主任讲完离开后,同学们都一窝蜂地涌向名单,找自己新的座位。

我被安排和闵逸坐在一起,想来自己的数学不算顶尖,每次都是文科拿分,而闵逸语文偏科得厉害,确实算是互补了……

程夕夕坐在男神旁边?好危险!

然而,还不等程夕夕对男神做什么,我就被闵逸打败了。和闵逸同桌的几天,我真正感受到了自言自语以及被无视的感觉。

课间,我认真地拿着题请教闵逸。

"闵逸,这道奥数题你用了三种方法?其中有一种,我不大理解,你能教教我吗?"

闵逸接过我手上的题,迅速将解决过程整理了一遍,然后小心翼翼地推给了我,全程没有和我说一句话。

难道我很可怕吗?我不气馁,充分发挥牛皮糖的精神,誓要治好闵逸的"害羞症"!

食堂里,我端着饭盒走到闵逸对面坐下。

"闵逸,我看看你午饭吃的是什么啊?我吃的青椒肉丝和蚝油生菜,你要吃吗?我夹给你。"

闵逸捂着自己的饭盒,一直往旁边挪。

"你捂那么紧干吗,我又不抢你的。"

……

我和闵逸之间古怪的相处方式,终于引起了矛盾。而这矛盾,在体育课上爆发了。

体育课上,老师要求我们两人为一组互相监督动作是否正确,我很快就发现闵逸独自一人尴尬地站着。和闵逸同桌了一段时间,他不主动的自卑性格我甚是了解,现在看他孤单的模样,我马上几个大步走到他的面前。

"可以和我一起练习吗?"

闵逸低着头轻轻嗯了一声。

"你先做，我帮你纠正动作。"

"手的弧度大一些，头一定要抬起来，还有肩。"

"没人看你的，像我这样。"

没想到，闵逸在我的帮助下，动作越做越糟，最后就连简单的动作也做得一塌糊涂。在一个环节里，他跟跄了一下，惹得看到的同学小声地笑了。闵逸站定后，没有再继续做下去，而是转身离开。看着他跑开的背影，我有些担心地追了上去。

"闵逸，笑一下也没什么，你跑什么。和其他同学多多互动，试着说说话，不然再这样下去……"

我话还没说完，他突然停住转身看着我，他的眼镜已经不知丢在何处，我第一次这样和他对视，他眼睛里是看透一切的黯淡。

"你这么帮我，是想体现你们有钱人的优越感，还是想证明你是个善良的人？难道因为你一时兴起的同情心，我就该哭着跪着感谢和接受吗？"

原来，他和曾经的我一样啊……我想朝他道歉，却语不成句："不是……我……"

闵逸冷眼看着我的狼狈："你的王子来了。"他决然离去，"不要再接近我，免得脏了大小姐的手。"

"没事吧？"厉净轩走到我身边，虽然他还是那副面沉如水的样子，但我却知道，他是在关心我。

"净轩，我看起来很有钱吗？"

厉净轩顿了一下，声音带着几分笑意："看起来很傻。"

我委屈地瞪他一眼："喂喂！我可是刚被嫌弃，你又嫌弃我！"

厉净轩伸手揉了揉我的头："走吧，你来陪我练习。"

我跟着他重新回到操场上。

而闵逸和我在操场上不欢而散后，竟然急匆匆回家了。并且第二天、第三天……整整一周的时间，他都没有再来学校。

"闵逸已经一周没来上课了，你们说是不是因为班长——"

"嘘，你小点声。"

"她敢做难道害怕我说！我就是看不惯她欺负同学，怎么了？"

……

关于我欺负闵逸的传言，迅速在整个班传播开来。

流言这种东西，上一世伤我很深，但这次，比起被误会，我更担心闵逸的情况。难不成真是因为我的话，他才不来上学的？可是我也没有说什么啊？或者是他遇到了什么困难？

碰巧这周末我不用去影楼，在找班主任说明情况后，我拉着厉净轩一块去了闵逸家。也是到闵逸家后，我和厉净轩才终于知道了闵逸之前为什么那么孤僻。他的妈妈不仅身体不好，而且家里还欠了不少高利贷。我和厉净轩到他家中没坐多久，就赶上了一出追债的大戏。一群人堵在门口骂骂咧咧，而闵逸除了倔强地抿着嘴守在门口保护妈妈外，此时的他根本没有其他办法解决自己的困境。闵逸妈妈一直道歉并承诺会还钱，在我和厉净轩威胁要报警之后，那群人才暂且离开。

从闵逸家离开后，我问厉净轩："净轩，我们可以帮帮闵逸吗？"

厉净轩沉默半晌："闵逸有自己的骄傲，比起帮助他更需要平常心的对待。"

厉净轩的话让我打消了从金钱上帮助闵逸的想法，是啊，闵逸是这么自卑又这么要强，如果他真的需要帮助的话，想必一开始就会申请助学金吧。他一直以正常的状态去上学，想必是不想让别人用有色的眼光看待自己。

我暗下决心，等闵逸回来后，一定要多关心他，让他开朗起来。

回程要比去的时候快很多，我和厉净轩一路走到学校不远处的巷口时，突然见到一抹熟悉的身影拐进了旁边一条巷子。

程夕夕？！她怎么会一个人在这里？事出反常必有妖，我悄悄拽住厉净轩，拉着他跟了上去。只见程夕夕伏在树后，面无表情地紧紧盯在某处，似乎是在等待什么，看起来诡异至极。

我小声和厉净轩道："她在鬼鬼祟祟的干什么？我们要不要过去看看？"

厉净轩拦住了我："我们先在这儿等等。"

我和厉净轩又在原地等了几分钟，巷子里传来女生的哭喊声。听着还有些耳熟。就在我忍不住想要过去看个究竟的时候，程夕夕突然站起身，面露焦急地冲巷子里面喊:"警察叔叔,快往这边来,快来救救我的同学。"

巷子内的喧闹声突然大了起来,不多时便跑出来两个男子。他们身材魁梧,表情凶狠,一看就不是什么善茬。两人很快就走远了,我拉着厉净轩疾步走近巷子,探头一看。

巷子内,程夕夕满脸温柔地将徐萱抱在怀里,低声安慰着什么。而徐萱紧紧抱住程夕夕,依赖十分,像是要驱散自己的害怕不安。

此情此景,不难想象刚才发生了什么。

我后悔刚才没有立刻冲过去看程夕夕在看什么。

想到她在那里等待的样子,我心里冒起一阵寒意。以我对程夕夕的了解,她到底担任了什么角色,还有待商榷。若是真如自己想象般那样——这些流氓是程夕夕找来的话,那么她的心机之深,确实让人胆寒。但这件事也差不多解释了上一世,本来对程夕夕毫不理睬的徐萱,怎么突然和她成了朋友……

"走吧。"厉净轩将我拉走,"这种事,知道的人越少越好,不然徐萱会迁怒你的。"

我感动于厉净轩的细心,偷偷抬头看了他一眼,却见他虽然语气平淡,但却紧皱着眉头,不知道在想什么。

第六章
噩梦重演

扫码加入"胖友圈",
与万千读者一起逆袭

高中篇

　　有些坏的情绪,坏的心思,无论时光如何打磨,都无法涤荡干净。曾经的恩怨无法化解,也无法回避,我只有面对了。
　　人与人的磁场真的有天生敌对的。
　　比如我和她……

## ★ 1 & 这一世，我绝不会退缩

徐萱的事，我和厉净轩都没有再讨论过，我们也没有告诉任何人，甚至小敏。但我又不由自主地悄悄地观察着徐萱。她和程夕夕的关系越来越亲密了，几乎走到哪都要和程夕夕手拉手，而对我的态度则是从原来的普通冷淡360度大变样——看向我的目光，闪烁着恨意和愤怒。

这样又过了几周，徐萱竟然搬回了宿舍。

虽然她拖着行李进来的时候，满脸不情愿，甚至进来后就恶狠狠地将自己的行李甩在了床上。在我和常敏诧异的注目下，徐萱还是开口了："看什么看，要不是夕夕不去我家，我才不会住学校呢！"

看来她小姐脾气又犯了，我和常敏对视一眼。常敏翻了个白眼，马上转头呛声道："谁管你住哪里，想住寝室乖乖过来打扫。"

我们小敏也不是好惹的啊。

我一度担心徐萱搬回宿舍后会和常敏"一山不容二虎"，结果她每天保持着和程夕夕一样的作息，基本上和我们很少碰面。

这天，小敏被宋宏斌约了出去，我一个人从食堂吃完饭回寝室的路上，越走越觉得哪里不对劲，总感觉今天的一切都异常的熟悉，好像曾经发生过一般。自从重生后，因为很多事都发生了变化，我已经很久没有产生这么强烈的熟悉感了。

经过小花园的时候，我看着对面实验楼三个大字，终于意识到自己遗忘了什么——曾经也有这么一天，小敏被宋宏斌约走，我独自从食堂回来，结果在小花园撞到了程夕夕的秘密。

这次，如果我不去那里，是不是就不会被程夕夕针对呢？

很快我便将自己这一幼稚的想法摒弃掉了。程夕夕对我的敌意，不是从开学初次见面那天就有了吗？只不过现在的我早已不是上一世那个懦弱胆小、自卑无能的叶芹凡了。所以她那些曾经让我深陷无力和绝望的小动作，如今都未对我造成什么伤害。

那么这次呢？如果按照命运的轨迹，我还是撞见了她的秘密，她是不是还会如同前世那般，凭借轻飘飘的几句话带动全班对我漠视？想到这，我突然有些迫切地想要重新走一走命运的轨迹，然后再改变结局。

我转身走向学校实验楼旁边的小花园，即上一世撞见程夕夕秘密的地方。这里没有宿舍楼和教学楼，人迹罕至，算得上校园里最荒废的地方。

我在原地站了几分钟，心中闪过很多念头，最后我选择了迎难而上，不用逃避来解决问题。我闪身至旁边的草丛后，果然不久后，传来了两人的谈话声。

程夕夕声音冷淡："你来学校干什么，被别人看见了怎么办？"

站在她对面的中年女子，穿着满是补丁的衣服，神情小心翼翼，仿佛生怕程夕夕不开心："你……放假也没回家，我想来看看你过得怎么样……"

程夕夕讽笑："家？那个堆满废品的破房子？"

中年女人局促不安："……我帮你买了新被子。"

"买的还是捡的？不过在那破地方也没有区别。"

……

两人的对话大多是女人不断示好，语气里带着祈求，而程夕夕则充满了厌恶和不耐，最后她尖声道："还有，不要再来找我，我嫌……丢人！"

最后，程夕夕的妈妈黯然离开，她一直偷偷回头想要多看自己的女儿一眼，但最后抵不过程夕夕厌恶的催促，只能快步消失。

再听一次对话，虽然还是觉得程夕夕有可怜之处，但却依然不理解她的不择手段。我看着依然沮丧的程夕夕妈妈，暗叹一口气，悄悄起身离开了这里。

我并不知道，就在自己离开后，花园外又走出了一个身影。

## 【小剧场】

### 叶芊凡离开后发生了什么？

徐萱面带疑惑地看了一眼离开的身影，继续朝前面走去，"夕夕！你怎么来这里了？还有叶芊凡怎么也在，你们刚刚在做什么？"

正准备离开的程夕夕听见徐萱的话，心中一紧，捏了捏衣角，不过很快她就镇定下来，"这里很安静，所以想看看书，只是芊凡突然来找我……说是……"

徐萱："说什么？"

程夕夕害羞又委屈："说是让我离厉……净轩远一点……"

徐萱一脸气愤，"凭什么！她总是私底下，各种方式欺负你，表面上还装作一副好人的样子，我要去班上拆穿她！"

程夕夕拉住她："她是班长，又是年级第一，别人怎么会相信我们……而且她说得也对，我这样偷偷喜欢厉净轩，确实很惹人烦。"

徐萱愤愤不平："暗恋又怎么了，我之前还不是喜……我是说，不能听她的话，你应该勇敢地争取自己的爱情！"

"谢谢你小萱，不过你别把这件事说出去，我不希望和别人发生矛盾……"

"哎，夕夕，你就是太善良了！"

闵逸终于重新来上学了。我激动地冲过去和他打招呼。

"还以为这学期你都不来了呢！"

闵逸飞快地看了我一眼，又低下头去奋笔疾书。

我像个话痨一样站在他旁边唠叨："之前的笔记你都补好了吗？要是有

哪里不懂的，一定要问哦，如果不想问我的话，那就去问厉净轩好了！"

"还有啊，以后遇到困难一定要和我们说，大家都是朋友不是吗？你不用每件事都自己扛的。"

"叶芊凡——"厉净轩不知何时站到了我身边，"你是话痨吗？"

他嫌弃地看着我，但我却从他的眼中看到了笑意。

不再如曾经那般不敢看他，不敢和他说话，我朝他笑了笑，很厚脸皮地反问道："对啊，我就是话痨，怎么，你不喜欢话痨吗？"

厉净轩顿了一瞬，语气颇有几分认命的意味："……我没说不喜欢。"

愉快的时光总是过得很快，转眼间紧张的期中考试已经结束。我和厉净轩以同样的成绩，并列第一，而闵逸原本就是前十名的学生，这一回更是跻身进前五的行列。为了庆祝期中考试取得好成绩，我和小敏拉着闵逸和厉净轩一块在食堂吃饭。

只不过全程大部分都是我和小敏叽叽喳喳在说话，闵逸时不时会附和我一句，至于厉男神，像是很受不了小敏的聒噪，一直埋头吃饭，吃完后深深看了我一眼，率先离开了。

等我和小敏同闵逸告别，从食堂往寝室走的时候，意外发现喷水池旁竟然站着梁胤廷和宋宏斌。

我和小敏对视一眼，小敏先开口："过去看看吧。"

虽然我每次面对梁胤廷总是有点紧张，还是亦步亦趋地跟在她身后走了过去。

"宋宏斌，你怎么又来我们学校了？"

宋宏斌先看了看老大不动声色的脸才说："跟着老大有肉吃。"

常敏撇撇嘴，一针见血道："其实你只是普通的跟屁虫吧！"

梁胤廷自我过来后，便一直目不转睛地看着我，他的目光太过热切，让我想装作不知道都不行。

"还记得女王吗？"

听他说女王，也就是那只小黑猫，我松了一口气，回答道："记得，我昨天还给它带食物了。"

梁胤廷目光灼灼地看着我："它受伤了。"

"什么？它怎么会受伤？严重吗？那它现在在哪？"

"在我的公寓里，想看它的话就跟我走。"

跟他走？

心中升起一股警惕，但梁胤廷一改以往纠缠不清的作风，竟然说完就走，按捺不住心中对女王的担忧，我跺了跺脚追了上去："等等我，我和你一起去！"

"芊凡，你去哪？我跟你一起去！"

常敏叫着要追过去，却被宋宏斌拦住："我们老大说了，只能叶芊凡一个人去！"

常敏气呼呼地推开宋宏斌："你的老大是不是又来欺负我们芊凡了？！你的朋友和你一样，果然都这样恶劣。"

宋宏斌一点都不觉得常敏在嘲讽自己，反而得意地扬扬眉毛："哪里哪里，比起老大还是小巫见大巫。"

常敏看不惯宋宏斌现在傻乎乎的样子："你那副崇拜的模样是什么意思，我并没有夸你们好吗！哼，算了，我不要和脑残粉说话。"

就在两人斗嘴时，程夕夕翩翩而来，她清新的笑容如一股清流在人们的心中淌过。她像是没看到常敏的臭脸色，热情地和常敏打招呼，常敏不得不把宋宏斌介绍给她。程夕夕和宋宏斌笑着打招呼，宋宏斌皱了皱鼻子，有些纠结地伸手和她握了握，但很快就收了回来。

梁胤廷的公寓离庆华高中并不远，从进社区开始就要刷卡，小区的环境很不错，看起来很高档。我跟在他身后一路进楼上电梯，一直到21层才停下来。

梁胤廷开门后，朝我行了个风度翩翩的绅士礼："请进吧，女朋友。"

我深吸一口气，认真地矫正他的口误："我不是你女朋友！"

梁胤廷只是笑笑，并不反驳。他跟在我身后进来："女王就在客厅，你去看看它吧。"

房间很大，格局是半开放式的，黑白相间的吧台将客厅一分为二，门边是暗色，待到走进去后则是白色。墙上挂着三四幅印象派的画作，虽然看不出作者，但无法掩饰其浓郁的艺术气息。

没想到这个家伙还挺有品位的,我走在前面,待进了里面,果然在客厅看到一个崭新的猫篮,里面蜷缩着一个小小的身影,女王听到我们的脚步声,微微抬起头,见到是我,它低低地叫了两声,又趴了下去。

"女王怎么会受伤?"

我上前将女王抱了出来,然后就看到女王的两个前爪像是被什么动物咬伤了。

梁胤廷站在我身边,伸手摸了摸女王的头,一脸恨铁不成钢地道:"我今天找到它的时候,它正在挑衅一只流浪狗,等我过去的时候,它已经被狠狠地咬了两下了……没想到我梁胤廷养的猫,竟然这么弱。"

我忍不住翻了个白眼:女王才这么小,怎么能打得过流浪狗。

看到女王无精打采的样子,我一阵不忍:"你有带它去宠物医院清理伤口吗?"

"没有。"

"你应该马上就带它去医院啊——"

梁胤廷看了我一眼:"还不是为了等你。"

不想再和他争论,我抱着女王往外走:"没时间和你争论这些,我要带女王去医院,你要不要来随便你。"

这一回,换我头也不回地离开。

梁胤廷在我身后一阵轻笑,但从脚步声可以听出来,他一步不落地跟了上来。

整整半天,我和梁胤廷都在宠物医院陪着女王做检查,输液。等从医院离开后,我又拉着梁胤廷去超市给女王买了猫粮和猫砂,一直到傍晚才回到梁胤廷的公寓。

将女王重新放回猫篮中,我再三叮嘱梁胤廷:"你每天要记得给女王放食物,及时给它清理猫砂,女王就交给你照顾了。"

"叶芊凡,原来你不仅适合做女朋友,还有做贤妻良母的潜质啊……"梁胤廷笑眯眯地看着我,"我刚刚在你身上看到了浓浓的母爱啊!"

受不了梁胤廷不正经的态度,我朝他翻了个白眼,很快离开了他的公寓。

女王在梁胤廷的照顾下，渐渐好转，我又去看了它几次，不再无家可归的女王痊愈后，在高级猫粮的大补下，体重与日俱增。

看着每次都胖很多的女王，我忍不住感慨，胖嘟嘟的猫咪好像更加讨人喜欢，可是人的话，却会受到各种各样的眼光的打量，这个世界的标准，有时候真的很奇怪呢。

正是因为太了解这个世界，尤其是开放的社会的残酷，所以我愈发珍惜现在的高中时光，有时候就连下课时，同学们的打闹声，都觉得很有趣。

除了……最近举止透露着古怪的徐萱！

我第一次发现徐萱的不对劲，是某天看见数学课代表收作业的时候，他伸手去拿徐萱桌子上的作业本，结果徐萱竟然激动地大喊起来："你别过来！"

数学课代表一阵无语："我只是收个作业，你吼什么，莫名其妙……"

等到她的同桌帮她把本子交出去后，徐萱一下子瘫坐在凳子上，微微发抖。

后来，我又在体育课上再次见到了徐萱的失控。

当时男女同学正在进行猫抓老鼠的游戏，徐萱贴着程夕夕一块行动，只是徐萱的动作缓慢，很快就落了单。有男生发现后，大喊着朝她跑过去："徐萱跑得慢，先把她抓起来！""一起把她围起来！"

眼见着徐萱要被男生们追上，她的表情变得越来越惊慌。

我再也没办法袖手旁观，连忙大喊："我数123，抓到我的，下课和我一起去领书。"

虽然知道徐萱经过那件事可能会有阴影，没想到比自己想象的还严重。随着时间的推移，她没有将那件事忘掉，反而越来越在意，现在只要有男同学离她的距离小于一米，徐萱就会表现出恐慌的情绪。

这天，徐萱又因为某个男生靠近她而失控了，虽然后来程夕夕及时出现将徐萱带走，但我还是忍不住有些担心，如果一直这样下去，徐萱会不会……

因为心中有事，中午和小敏一块在食堂吃饭的时候，我一直心不在焉，就连梁胤廷和宋宏斌是什么时候出现的，我都不知道。

直到梁胤廷伸手将我吃了一半的寿司拿走，放进了嘴里，我才回过神来。

"你做什么！"

我懊恼地瞪他，梁胤廷却露出一脸享受的样子，继续伸手拿我盘子里剩余的寿司吃。我看着他和宋宏斌，叹息一声："你们不用上学吗？你都高三了！"

梁胤廷朝我灿烂一笑："你这么关心我？"

我不愿和他斗嘴，干脆埋头吃自己的饭。

可惜，今天中午老天爷注定了不让我好好吃饭，因为没过一会儿，程夕夕竟然走过来主动坐到了我们身边："看你们聊得开心，我过来不会打扰了吧。"

"都是朋友，什么打扰。"宋宏斌大大咧咧地笑，说着又向梁胤廷介绍，"老大，这就是我提的那个女生。"

程夕夕害羞地坐下，小声打招呼："你好。"

梁胤廷看了程夕夕一眼，夸张地捂住胸口。

程夕夕关心道："你怎么了，没事吧？"

梁胤廷直视程夕夕，一脸认真地皱眉道："看到你……倒胃口了！"

我差点笑出来。真是万万没想到，一向讨厌的梁胤廷，今天竟然这么可爱。如果早知道在程夕夕的事上他这么有眼光，我一定早八百年介绍他们认识！

程夕夕的脸唰地白了，她柔柔弱弱地重新站起来，眼眶也红了："对不起，是我打扰了。"说完就像是受到天大屈辱似的离开了。

## 2 & 为什么还是会难过

不知道是否和那日梁胤廷的嘲讽有关，最近的寝室，有种莫名的紧张感。

程夕夕看我的眼神变得冷飕飕，含着莫名的警告，让我怀疑是不是自己偷听秘密的事又被她知道了。徐萱一如既往地对我横眉冷对，就连自己好意的聊天，也常常被她冷淡地避开。

就连常敏最近也总是发呆，还是在我的再三追问下，她才终于说出了自己的苦恼，原来她对于最近经常来找她的宋宏斌，有些心慌。虽然她喜欢他，但是总觉得宋宏斌突然这么主动，有些让人怕怕的，我安慰她只要控制住自己的节奏，跟着自己的感觉走就好了，我会一直支持她的。

本来以为这种情况持续几天就会改变……然而，我还是错估了程夕夕的手段。

这天，从早上开始，我就觉得有些奇怪，走廊上没有递礼物的害羞男生，也没有吵吵闹闹的声音。我经过的地方，都会异常的安静，然后很快就能听到背后传来议论声，大家用猜测又探究的眼神看着我。

难道是我衣服穿反了？还是脸上很脏？

我一直狐疑到上午下课，还不等我出教室，就听到小敏急促地喊声："芊凡，跟我来！"

我被小敏拉着一路到校门口，此时公告栏处，聚集着密密麻麻的人。

小敏发了疯一样拉着我往里面挤，终于挤过人群后，我一眼就看到了公告栏上贴着的照片，照片中的不是别人正是我——是我初中时，最肥最胖时候的模样。

满脸的青春痘和肥肉、狼吞虎咽地吃饭时的狰狞模样……

每一张照片，都将我的过去赤裸裸地展现在众人眼前。

我愣愣地看着照片，大脑异常清醒又异常无助。

小敏担心地拽着我："芊凡……"

我抬起胳膊，狠狠地咬了自己一口，疼痛感让迟钝的反应瞬间恢复正常，我朝小敏摇摇头："没什么害羞的，这照片里的确是我。我难过的是没经过我的允许，竟然有人就像展览一样将我的照片肆意地挂在这里。"

小敏难过地看着我："可是其他人并没有这么想。"

原本对外界屏蔽的双耳重新接收到了周围的议论声——

"真是笑死人了，什么校花，原来以前是个胖子。"

"哈哈，你看她那吃东西的样子，是饿了多少年了。"

"那个泳装照才是惊人。"

很快有人发现了我和小敏："快看，她就在那边！"

我努力保持平常心，调侃道："我是不是要挥挥手示意一下。"

小敏一把撕下照片，脸上的表情比我更担忧："不用挥手了，论坛上也有这些照片，而且猜测你一夜暴瘦的原因千奇百怪。你还是快点想想到底是谁把你的照片放上去的吧！"

如果论在学校碍了谁的眼的话，除了她，没有其他人了！她的害人手段，还真是层出不穷啊！

很快班上的同学也都知道了照片的事。

接下来的几天，不管我走到何处，都能听到周围的人对我议论纷纷。幸好上一世早已习惯了这些异样的目光，我早就懂得，别人的偏见自己是无法控制的，只有守住坚强明朗的心，才能真正得到平和。

原本以为这场风波过几天就会消退。

直到再次被困到厕所，我才意识到，有些历史并没有改变，它依旧在重演。

记忆里也有这样的经历——我被困在厕所里，哭着向外面的同学求助，却只换来更大声的嘲笑。

过往的记忆和现实的情景叠加，再加上连日来的压力，我终于崩溃地抱住自己，蹲在门边，哀求那些欺负我的人："求求你们放我出去，为什么要这样对我。"

越想越难过，我忍不住痛哭出声："胖也有错吗，我又没有害过别人……放我出去好吗？呜呜呜，爸爸……妈妈……"

我放开了情绪大哭了一场，哭过后，我渐渐安静下来，又想起了上一世，那次自己好不容易被恶作剧的人放出来，却马上因为没去教室被老师认定为逃课，而被批评罚站……

渐渐地，想要求助别人，想要等待外面的人心慈手软的这些天真的想法都被我摒弃在脑后。我突然明白过来，不害人也会被欺负，待人以善也会被报复！任何时候，只有自己才能保护自己！

我重新振作起来，看了看抽水桶和门槛的距离，毅然跨步踩了上去。上一世因为体型原因不能翻过去，这一世就算摔倒也要逃出去。当我一跃而过，完美落地后，原本堵在门外还在密谋着要进行下一步的女生，被我的表情吓到，一哄而散。

我洗了把脸，整理了自己的仪容后，昂首挺胸地离开了厕所。

回教室的路上遇到了陈源学姐和许天阳，我正要伸手朝他们打招呼和解释，不料陈源面带嫌弃地看了我一眼，拉着许天阳掉头就走，我甚至能听到她对许天阳说:"傻子,不要被卖了还帮着数钱。"

看着许天阳被陈源拉走,我自嘲一笑。

看来还是自己太自负了,以为这一世改头换面,又没做什么亏心事,就一定能够获得朋友的支持。再次体会了一把最难测的人心,明明应该更坚强更淡定的——可是为什么心中还是会难过呢?

前往教室的脚步突然迈不动了。我往前看了一眼,转身拐进了一旁的走廊,推开虚掩着的铁门,去了厉净轩的秘密基地——天台。

★☆★
## 3 & 黯淡的过去绝不是耻辱

站在天台上,看着前方层层叠叠的高楼,看着一望无际的天空,我使劲吸气呼气,希望将胸中难过的情绪吐出来。

不怕的……我已经是死过一次的人了,我不惧这些!

可是为什么眼泪还是停不下来,我怎么这么不争气呢!

就在我以为自己要被绝望压垮的时候,一张干净的纸巾出现在我的面前。我呆呆地扭头看去。厉净轩抿着嘴,目光平淡地看着我,既没有厌恶也没有过分的担忧。他伸手帮我擦掉了脸上的泪水。

"还哭吗?"他温柔地说。

我摇头,眼眶还是红红的。

厉净轩朝我又走近了两步,拉起我的手,紧紧地握着。

"每幢高楼完工前,都会有很长一段时间是光秃秃的地基、看不出模样的冰冷的钢铁架子……要经过上百到工序,才能最终落成。"

我的反应有些慢,呆呆地没吭声。厉净轩低头,目光认真而严肃地看着我:"叶芊凡,你觉得胖、丑是不光彩的事吗?你觉得一个人的黯淡的过去是耻辱吗?"

我不由自主地摇头。

不!我不觉得!我不是要否认自己的过去……我只是还没有足够强大,

强大到能够承受别人恶意的评判!

厉净轩突然伸手揉了揉我的头发:"在我眼里,无论是你胖的时候,还是现在,都是一样的。"他顿了顿,欲言又止,我抬头看他,厉净轩的目光下意识地移开,他轻咳了一声,"其实……你胖的时候,挺可爱的。"

脸上一热,我又羞又惊。

厉净轩他……这到底是在安慰我,还是真心话?不论是什么,听了他的话,我的心突然间安静了下来,那些彷徨和不安转眼间消失得无影无踪。

"净轩,谢谢你!"

我感动地望着他,不由自主地红了眼眶,声音也沙哑了起来。

厉净轩握紧了我的手:"芊凡,我下午就要走了。"

走?

他要去哪?

我猛地抓紧了他的手。

厉净轩看着我,轻声说:"唐老师让我去参加全市的奥数比赛,三天。这几天我不在,你好好照顾自己。"他顿了顿又道,"照片的事等我回来,我会帮你解决的。"

此时的我早就忘记了照片、厕所、陈源的事,我的心里被感动和突如其来的分别搅得一团乱。

和厉净轩从天台下来后,他将我送回宿舍,不让我去送他,只叮嘱我回宿舍好好休息,尽快找回那个自信的叶芊凡。

一直到他拐到另一条路上,连背影都看不到了,我才依依不舍地上楼回了宿舍。

宿舍里,程夕夕似是发生了好事,开心地哼着歌,徐萱躺在床上一动不动,而小敏则还没有回来。一直到晚上快要门禁了,小敏才回来,但冲进宿舍的她满脸的怒火,没有像以前那样一进来就喊我,反而将包重重地摔在了床上。

我走过去关心地问她:"小敏,你没事吧?"

小敏却愤怒地甩开了我的手,大声怒吼:"我有事,很有事!"

我以为小敏遇到了什么事,连忙安慰她:"别急,你给我说说,我替你出主意。"

不料，常敏却一把推开我："谁稀罕你出主意！告诉你，我今天对宋宏斌表白了，他却说他喜欢的是你！无辜的表情给谁看，当初还撮合我们在一起，结果呢——"

小敏后面还说了些什么，我一句都没有听进去。

一模一样！

此时此刻正在发生着的事，上一世小敏和我决裂的时候，发生的一模一样。我在原地站了很久，才终于扭过头去看向一直在哼歌的程夕夕，我甚至能够清楚地看到她唇角的笑。

她现在一定很开心吧！

终于明白过来为什么前阵子她一直出现在我和小敏身边，为什么会主动去和梁胤廷搭讪……原来她从始至终的目标都是宋宏斌。

小敏真的和我决裂了。

她不再和我一块吃饭，回宿舍就像是没有看到我。我专门去她的班里找她，她连连冷笑着从后门离开。

别人的语言攻击，自己的丑照曝光，我突然间意识到，这些带来的打击，根本和失去小敏没法比。

在小敏和我决裂之前，我从未认真地考虑过揭穿程夕夕的真面目。但小敏和我决裂后，我每时每刻都恨不得将程夕夕伪善的外表揭开，让所有人都看清楚她黑暗的内心。

我特意去买了录音笔，连续等了两天后，终于在这天晚自习下课后找到了机会。

这天程夕夕没有和徐萱在一块下晚自习，我连忙跟上，远远地走在她身后，一直跟着她到了偏僻的楼梯角落里。就在我酝酿着准备上前去质问她的时候，程夕夕却先我一步转过身来。

"芊凡，你跟着我干什么？"

我感觉到一丝不对劲，但此时已经是箭在弦上，我深吸了一口气，迈出了第一步，直视她说道："论坛上的帖子是你发的，不堪入耳的谣言也是你散播的吧。"

程夕夕无辜地看着我："芊凡，你在说什么？我怎么听不明白。"

我冷笑："不用装傻了，那些恶毒的造谣，除了你不会有其他人。"

程夕夕一脸伤心："原来叶同学是这么看我的。"

我忐忑地捏了捏口袋里的录音笔："没有人看你演戏，你大可实话实说，我只是想求个结果。"

程夕夕突然对我笑了笑，她的笑泛着冷意，但嘴里说出的话，却透着无尽的委屈："我真的没有做过这种事，叫我如何承认。"

"你！"我因为气愤而忍不住伸手过去，却忘记了手中的录音笔，程夕夕像是早就算到了一般，上前一步，伸手将我手中的录音笔抢了过去，"真不知夸你傻还是聪明。让你做我对手还真是抬举了你。真不知道你傻成这样，是靠什么吸引了厉净轩。"

"你终于原形毕露了。"

程夕夕手中把玩着录音笔，语气带着不屑："是又如何？贴照片和发帖子都是让别人代劳的，你根本找不出丝毫证据指向我。"

我压下心头的愤怒，努力保持冷静问出心中长久以来的疑惑："从很久以前，我就不明白。就算我听到了你和你妈妈的谈话，我却丝毫没有想过说出去。我对你的事守口如瓶，从来没有想过害你，为什么你还要陷害我？"

程夕夕不屑地看着我："你以为我不知道你在心里嘲笑我吗？装什么善良啊，我把你的丑照放出去，你不也生气了想要报复我吗？呵呵，可惜你没有机会了。"

看着程夕夕，我却像是看到了前一世另一面的那个自己，那个我庆幸没有成为的自己。她也不过是被窘迫的生活逼迫着，极端追求虚荣的可怜人罢了。她把自己打造的越光鲜，内心的失落和忐忑应该越深刻吧。就是这种生活上的折磨，将她一步步推到了这一步的吧。

这一刻，我突然不再憎恨她，我的心情莫名地平静下来，甚至前世今生都带着几分迷惑的那些她为什么针对我的问题，也突然有了答案。看着目光带刀、冷笑连连的程夕夕，千言万语，都只剩下了一句话："程夕夕，我真为你感到悲哀。"

程夕夕冷笑道："真不知道可悲的是谁，你看看你现在，有人信任你吗？

有人为你说话吗？自己活得如此失败，还高高在上的来教育我，也不怕人笑话。"

我目光平淡地看着她："所以你是不会罢手了？"

"如果你跪下来求我的话……"

"求你个头！！"

一道不属于我，也不属于程夕夕的声音，突然从后面传来。

紧接着小敏气鼓鼓地走了过来，她站在我身边，瞪着程夕夕："你实在是太可恶了！"

"小敏，你怎么在这儿？"

常敏给了我一个安抚的眼神，继续和程夕夕对峙："讲真，我现在真的好想揍扁你啊！"她扭头看了我一眼，不复前两天的冷淡漠视，"芊凡，我可以打她吗？"

程夕夕像是很忌惮常敏，在常敏开始撸袖子的时候，频频后退："……不许过来，我叫人了。"

常敏连连哼笑："你叫啊，刚好让他们看看你到底是怎样的人。"

程夕夕试图翻牌："闺蜜一起欺负柔弱女子的戏码怎么样？"

常敏一脸无所谓，朝着她更近了一步："要不要我帮你添点伤，让这个戏更真实。"说着，她从身上竟然拿出了一只录音笔："还有，你觉得他们会相信你吗？"

小敏按下录音笔的开关，很快里面传来程夕夕的声音——"贴照片和发帖子都是让别人代劳的，你根本找不出丝毫证据指向我。"

站在我们对面的程夕夕，此时紧紧握拳，脸色真正地苍白了起来。

常敏瞪着她，一字一句地交代："现在，马上给我删了论坛的帖子。还要给我发帖，向芊凡道歉！"

程夕夕没有吭声。

常敏冷笑："不想做？刚好我非常非常想公布这段话！"

程夕夕脸上闪过挣扎："你！好……我做。"

程夕夕一脸不甘和愤恨地离开后，我和小敏也手拉着手离开了这里。

回寝室的路上，小敏终于老老实实和我坦白了"决裂"的真相——

时间追溯到梁胤廷在食堂羞辱程夕夕……

离开庆华后的梁胤廷，让王岩将宋宏斌押到自己面前，在梁胤廷的逼问下，宋宏斌老实交代了最近新认识的程夕夕同学都给自己出谋划策了些什么……之后，程夕夕就被梁胤廷列为了倒胃口的女人的行列。

等到我的照片被爆出来后，常敏很快就被宋宏斌打电话叫去了他们的秘密基地，一块商量解决方案。

常敏怒吼："一定是程夕夕做的！我要去收拾她！"

王岩："打架什么的怎么能少了我，我也去。"

宋宏斌："嘿嘿，那我也……"

梁胤廷看着他们像看着三个智障："你们这样会打草惊蛇，找到证据就更难了。"

三人："那应该怎么做？"

梁胤廷："将计就计，小敏你假装和她闹翻，然后……"

常敏："我知道了，我现在就去恶补怎么吵架！"

## ★★☆
## 4 & 脑残粉害人害己

原本以为这场风波终于结束了，不想程夕夕第二天竟然直接消失了，接连一周都没有来上课。小敏气呼呼地骂她是缩头乌龟，并且集结了宋宏斌、王岩，誓要翻遍S市，将她找出来。

程夕夕还没找到，新的麻烦就来了。

这天中午，我正准备去食堂找小敏汇合，却被冲过来的壮硕身影挡住。

熊峰，我们班一直对程夕夕很照顾的男生，此时怒气冲冲地质问我："叶芊凡，你把夕夕怎么了？她今天怎么没来上课！"

熊峰对程夕夕的迷恋还真是不轻啊，也不知道他知道程夕夕做的事后会怎么样。默默叹息一声，我耸耸肩："她的事情我怎么会知道？"

熊峰继续拦着我，语气恶劣："你平时就喜欢针对夕夕，这次她不上课，一定和你脱不了关系。你名声这么不好，什么坏事都做尽了。夕夕和你在一个寝室，不知道平时受了多大的委屈——"

熊峰的话没有说完，就被打断了。厉净轩不知何时来到我身边，突然朝着他挥拳过去，熊峰猝不及防，被拳头的力道打得连连后退。

"王子……王子大人打人了！"

"从来没有表情的王子大人发……发怒了……"

"还是好帅啊！"

厉净轩并没有就此罢手，他紧紧握住熊峰的衣领，原本清冷的气质，此时像是被罩在暗火里。

此时，围观的同学都被男神惊人的气势吓得目瞪口呆，不敢吱声。

熊峰奋力挣扎开他的手，终是呼吸到了新鲜空气："咳咳咳……你要害死我吗？！就你这样，还说是王子绅士！"

厉净轩怒气未消："对待你这种是非不分的人，暴力往往比道理更有用。"

熊峰被厉净轩身上的气势震住，讷讷了半天才想起来反驳，他不敢直接对上厉净轩，只敢朝其他同学喊冤："你们看到了吧，他们俩合起伙来欺负我。还好学生呢，居然在这里打人！"

我一直紧紧跟在厉净轩身后，有些震惊，更多的是感动。我可不能让男神为了我被诋毁，赶紧站出来维护局面："有吗，我怎么没看到？你别乱说，在校园里斗殴可是违反校规的。厉同学做的只是帮助我。"

旁边的女同学们很快附和起来。

"打人？我也……没看到啊。"

"我只看到王子大人的帅气！"

"王子大人是代表正义的！"

熊峰被气得面红耳赤。

从头看到尾的人终于开始维护公平正义了——

"明明是熊峰太过分了，这么说班长的坏话。"

"是啊，是啊，当初你们都不想去长跑，还是请班长参加的呢。"

"上次运动会还是班长给我递水加油呢！"

就连一向很少在众人面前说话的闵逸，这时也大声道："我才不相信那些流言，我支持班长……"

这场风波，在厉净轩的挺身而出中结束了。

最终，是梁胤廷的人找到程夕夕的，不知道梁胤廷用了什么手段，程夕夕终于回学校了。只不过她的脸色这回是真的很苍白，遇到我的时候，目光里是毫不掩饰的憎恶。她终于将帖子删掉并按照小敏的要求发了道歉帖。

道歉帖发出去后，校园里又是一番热烈的讨论，只不过这次的主角不再是我。照片的事这样解决，对于我来说已经足够了。

这一世，我没有失去小敏，还有梁胤廷这样的好朋友默默帮我完美地反击了程夕夕，男神还为了我和熊峰大打出手，我只觉得幸福来得太突然，以至于每一天，我都有一种自己是世界上最幸福的人的错觉。

在小敏的号召下，我大方地掏钱请梁胤廷、宋宏斌还有王岩吃了大餐，虽然吃饭的时候，梁胤廷这个家伙又不正经地和我表白，但这次我没有恼羞成怒，而是认真地向他道谢。不管怎样，在我的心中，梁胤廷已经是我的好朋友了，像大哥一样让我感到安心的好朋友！

徐萱曾经为了程夕夕的事来找过我，她虽然语气不好，但我能够感受到，她是真心想要帮助程夕夕，只是……我想到心中的怀疑，就愈发为这样的徐萱感到难过。我答应徐萱不会做多余的事落井下石，但也请程夕夕以后不要再耍手段害别人。

幸好，一直到期末考试结束，程夕夕都没有再闹出什么事，我和小敏原本带了几分戒备的心也终于松了下来。期末考试结束后，我拉着小敏一块选购了很多礼物给爸妈。遗憾的是，小敏的家人要带她回老家过年，所以直接来学校将人接走了，于是乎，回程的路上只剩下我一个人了。

我拉着行李箱提前了一个小时到车站，等进站后，我意外地看到厉净轩竟然也坐在候车厅里。我拉着箱子快步走过去。

"净轩。你怎么也在车站！"

厉净轩朝我走过来："一个人回家？"

我开心地点点头，扬了扬手中的车票："是啊，回老家 M 县，你呢？我记得你家不就是 S 市的吗？怎么也在车站，是要去哪里啊？"

厉净轩看着我，迟疑了一下才回答："……我也是。"

也去 M 县？

对哦，我刚重生的那个假期，厉净轩不就在 M 县？嘻嘻嘻，说起来，当时作为胖妞的我，还调戏过他呢。

"我……去买点喝的，你要吗？"

厉净轩将我拉过去坐在了他的位置上，居高临下地看着我。

被男神这么看着，我的心狂跳得厉害，只能不断摇头来掩饰激动："不用了，你快去吧。"

厉净轩买了饮料回来的时候气喘吁吁，有点奇怪，但我也没有多问。

上车后，虽然意外地和厉净轩一个车厢，但却并不坐在一起。列车开动后，我走过去想要和厉净轩旁边的女生换位置，然后……被果断拒绝了。厉净轩朝我挑眉，我朝他耸耸肩，无奈地坐回到自己的位置。

没想到厉净轩竟然也跟了过来，他对和我坐一起的妹子问道："可以换位置吗？"

妹子的脸腾地一下就红了："好啊……"

我充满怨念地瞪了他一眼，在自己腿上画圈圈，小声嘀咕："长得帅了不起啊，位置都可以随便换。"

我和厉净轩刚聊了没几句，就被坐在对面的情侣叫着要一块玩游戏："斗地主，干瞪眼，双 Q 会吗？"

这么粗俗的游戏……我当然都会！

我看向男神："你呢？"

"会。"厉净轩点头，脸上淡定得让我怀疑是不是他在说话。

我吃惊地张大嘴巴："你竟然会斗地主，你不是应该不食人间烟火吗？每天住在城堡里，喝喝英式红茶，画一画油画，骑一骑白马。"

厉净轩单手扶额，看我的目光透着无奈："叶芊凡，你脑子里想的都是什么……"

我没有收住，下意识地说出口："你啊。"

厉净轩飞快地看了一眼对面的情侣，不自然地咳了咳。

我发挥厚脸皮的本质，拉着厉净轩继续不正经地聊天，虽说现在最重要的是学习，但润物细无声地告诉男神我的心意，总可以吧。

对面的情侣终于爆发了。

"我说，你们俩能不秀恩爱了吗？我们这种老人家受不了啊……现在谈恋爱都这么肉麻了吗？"

我和厉净轩没吭声。

"帅哥，美女，咱们一块玩牌吧，就玩双Q怎么样？刚好四个人——到时候赢家随意挑选输家，然后真心话大冒险，同意吧？"

双Q我倒是会玩，前世自己对着电脑打了不知道多少次消磨时间，就是不知道男神……

"可以。"厉净轩点头。

我狐疑地看着他，真会假会啊？

结果等到游戏开始后，我和对面的情侣就没有赢过！

一直都是男神在赢！

至于男神的惩罚——他就没问过对面俩人，每次都是选择惩罚我。一开始我还担心男神的问题自己hold不住……哈哈，等到后来，我完全放下心了。因为他一直问我的都是一些"弱智"问题。

"期末……前几天你不在学校……是生病了吗？"

"啊？我出去兼职啦。"

"你做兼职辛苦吗？"

"还好，挺开心的。"

"天啊，你们是在蓝猫淘气三千问吗？！劲爆的有没有？"当男神又一次赢了大家，挑选了我开始真心话时，对面的男生终于爆发了，"这不科学，为什么你老是赢，你是不是藏牌了。"

厉净轩淡淡瞥了他一眼："我只是记牌以及分析各家牌的关系，大致猜出了你们手里的牌。"

男神威武！我悄悄在心里为我家厉净轩打call。

对面情侣:"不玩了,不玩了!"

短暂的游戏时间宣告结束。

厉净轩倒是有些遗憾地瞅了我一眼,我忍着笑,悄声和他说:"没关系,有什么问题下次再问我。"

**第七章
毕业季**

扫码每日打卡，
将减肥进行到底！

高中篇

　　成长是一件很奇妙的事。
　　一路上体尝的酸甜苦辣，最后竟然都成为不舍得遗忘的珍贵回忆。而前方斑斓的未来又诱惑着你，让你无法放弃。
　　成长又是一件很复杂的事。
　　要不断地学会原谅和宽容，哪怕心里依旧对人或事气愤、难过，但总要扬起微笑，才能真正和命运和解。

## ★
## 1 & 真相往往比流言更可怕

寒假在县城的最后一场大雪下宣告结束，回程的时候，小敏已经回来了。所以依旧是我和小敏以及宋宏斌一块回的S市。在火车上，我很快就发现小敏和宋宏斌之间不一样的气氛。

一直到回宿舍后，我都用逼供的目光看着小敏，最后小敏高举双手投降："好啦好啦，我老实交代啦，我和他说好了，等上大学后就正式交往，现在是试用阶段。"

我故意拖着长音："哦——其实我是想问你假期出去玩的怎么样来着。"

小敏一脸恍然大悟地瞪着我。

这一学期，高中的课程已经大部分都结束了。第一轮备战高考的复习悄然而至，而像小敏这样的艺术生，则要准备不同的比赛，训练强度也越来越大，最后的高考成绩不仅看专业水平，还要看参赛得奖情况。

小敏的生日就在她一项重要比赛前，我们俩早就商量好要出去大吃一顿，好好为她庆祝。原本我还想叫上厉净轩、闵逸他们给小敏加油。但厉净轩又去参加每学期的必备节目——全市竞赛去了。而闵逸接连几天一下课就往外跑，也不知道是不是他妈妈又生病了。

生日这天，小敏这个大寿星也不知道从哪翻出了我好久之前买过的一条白色连衣裙，一定要逼着我穿上。这条连衣裙其实很漂亮，但双肩是吊带样式的。虽然我内心住着的是大龄成年老女人，但现在我还是个高中生啊，穿这个连衣裙会不会太露了些？

小敏两手叉腰，一脸拒绝听到NO的样子。

"芊凡，今天我是寿星，穿什么要听我的！"

"好好好，你是寿星你说了算，我穿！"我认命地接过连衣裙，心里盘算着哪件外套配这个连衣裙合适点，大不了我就多穿点，应该也热不死人吧！

后来我才发现，我真的又一次低估了小敏的智商。真的，除了学习不怎么在行之外，小敏就是个机灵鬼，她竟然早早收走了我一切可以套在外面的衣服。

被小敏拉着走出了校门，虽然今天是周末没有几个人，但我还是觉得自己好像在犯错误啊！

最近S市最大的商场里开了一家高档海鲜自助，据说那里的大闸蟹和龙虾都特别鲜美。小敏一直跃跃欲试，特意把这顿饭留到了生日这天，而我就是被捎带着去蹭饭的，嗯，有个土豪朋友就是不一样。

因为出来得早，离商场又不算太远，所以我和小敏准备步行过来。不想我们刚拐进学校前面一片家属楼的巷子里，就听见一道尖锐的喊声由远及近传过来："小兔崽子，终于逮住你了，这回看你往哪跑。"

我和小敏本来是想抄近路，但现在听这声音，也能大概猜出发生了什么事。小敏一脸好奇想要过去看热闹，我看了看手无缚鸡之力的我们，若是我还有二百斤的吨位，我也就跟着小敏过去了。奈何我现在没有这个吨位了啊……

"小敏，咱们两个弱女子现在过去，不是看热闹而是自投罗网吧，万一对方劫色的话——"

小敏脚步一顿，看样子是有在认真思考我说的话："那好吧，咱们还是快点走吧，今天可是我生日，不能错过了！"

虽然心中愧疚不能前去帮忙，但我拉着小敏离开后，还是赶快给警察打了电话，说了这里遇到的情况。挂断电话后，我心中暗暗祈祷希望警察能快点到。

不料我和小敏刚穿过另一边的巷子，就看到气喘吁吁跑过来的闵逸。

只见他此时很是狼狈，脸上带着乌青，很明显是刚被人打过。

"闵逸，你怎么会——难道刚刚他们说的人是你？"

闵逸并未因看到我们很惊喜，反而皱起了眉头，瞪着我们催促道："快走！"

我紧紧拉着小敏的手，理智告诉我应该听闵逸的，但感情上却又没办法挪动脚步。而小敏更是一把甩开我的手，仿佛她心中的侠女梦被激发了出来。

"你这家伙说什么呢，现在你遇到了危险，我们大家都是同学，怎么能不帮你呢！"说着她竟然做了个挽袖子的动作，像是准备大干一场。

我一阵头大，而后面追上来的人也没有再给我们犹豫的时间。

"我当这小子跑哪去了，原来是找美人相助了啊！"

"怎么着，准备把这俩小姑娘送我们玩吗？要真是这样的话，胖哥我倒是可以考虑考虑免除了你那点利息——"

"去你的，嘴巴这么臭，你妈妈知道吗？"

小敏气势如虹的一声大吼，直接将我吓得双腿一颤，差点给她跪了。

姑奶奶，能不捣乱吗？！

闵逸站在我和小敏前面，他一直在急促地喘息着，虽然看不到身体上的伤，但他略佝偻的站姿也暴露了此时他的身体状况。

"闵逸，我数一二三，咱们分头跑！"

我已经拉住了小敏，使劲攥着她的手，无声地暗示她不要再说话了。

对面的胖哥兴趣十足地打量着小敏，而他身后的那些小弟则目光飘忽不定，一会儿落在小敏身上，一会儿又看向我。

"三！跑！"我轻喊出声，拉了闵逸一把，随即拽着小敏转身就跑。

"还敢跑！看老子今天不打断你的腿。"

叫胖哥的男人气急败坏地大喊一声，很快身后就传来他和一众小弟凌乱而急促的脚步声。在岔路口我和小敏冲向了大路，而闵逸则拐进了另一条小巷子。

追上来的人在路口停了一下，胖哥大手一挥："你们都去追那小子，你们仨跟我去追那俩妞，这回这俩可比上次那个有意思！"

没想到他们竟然真的追了上来。

我和小敏拉着手，疯狂地在路边狂奔，平日里周末人山人海的街道今天也不知道怎么回事竟然一个人都没有，想要求救都不行。

"小敏，你听我说，一会儿到十字路口，咱们分开跑，到时候谁先摆脱他们，谁就报警！"

小敏这会儿也意识到了事情的严重，虽然心中暴躁恨不得回去狠狠踹那些人几脚，但她还是认真地点点头："我知道了，芊凡，你一定要小心啊！"

眼前的路口越来越清晰，我和小敏悄悄松开了交握着的手上的力道。心中默默数着一步、两步……

"小敏，快跑！"

我松开小敏的手，让她继续往前跑，而自己则拐进了旁边的马路，准备找机会摆脱后面的人。不料，我刚拐进去，就差点和迎面开过来的车撞到一起。

尖锐的刹车声，让我瞬间清醒，停止了奔跑。

看着自己和车不到一手的距离，若不是司机刹车及时，那么现在我是不是……这样一想，我顿时一身冷汗。

车停了，司机下车后并未看我，而是恭敬地绕到了另一边亲手打开了车门。我有些回不过神来，看着从车上下来的人，又退后了两步看清楚了车的标志。

路虎！

而且好像还是前世我曾经在某个发布会上看到过的全球限量版？

难道自己今天竟然撞到了有钱人！按照上一世那些流行的言情小说的套路……我到底在想什么！现在是想这些的时候吗？

我回过神来，看着从车上下来的人，只希望他面善一些。

"叶芊凡——"梁胤廷带着几分轻笑的声音传来，"你穿得这么好看，是特意来迎接我的吗？"

我从来没有像现在这样因为看到梁胤廷而欢喜过。

我上前两步拉住他的胳膊，说道："太好了，快跟我走！闵逸和小敏她们现在有麻烦！"

梁胤廷没有动，挑了挑眉道："你说的麻烦……是这几个小虾米吗？"

果然，追着我和小敏过来的几个人又分成了两拨，那个胖哥应该是追小敏去了，手底下几个人都跟着我拐了过来。只不过因为我这边突发意外，他们又没有老大做主，一时站在那里还在商量要怎么办。

这时，王岩和宋宏斌也从车上下来。

我心中很是担忧闵逸和小敏，看向宋宏斌和梁胤廷："梁胤廷，宋宏斌！小敏她们还在别处——"

宋宏斌脸色大变："你说什么？小敏怎么了？"

梁胤廷连忙问道："他们在什么地方？"

我将小敏和闵逸在的大致方向和追着的人数说了，梁胤廷没有犹豫，直接拉着我朝闵逸在的地方赶去，同时和宋宏斌道："英雄救美的事，想必你很乐意吧！"

宋宏斌没有心情和他开玩笑，早就撒腿跑了。见宋宏斌赶去救小敏，想到他和小敏之间的那些事，我心中稍微安定了几分。

我和梁胤廷冲回去的时候，正看到闵逸被一群人围住，一个瘦高个的男子对着他拳打脚踢，而闵逸像是没有力气再躲，只缩在角落里双手护着脸："还敢护你那张脸，不会是怕被人发现，你被揍了吧。老子平生最讨厌死皮赖脸不还钱的，特别是你们这种活着就浪费空气的杂鱼。"

"住手！"

听着瘦高个侮辱的话，我感觉自己胸口有一把火在熊熊燃烧。他们凭什么这么说闵逸，穷难道是罪过吗？虽然穷困但正直地活着，远比他们不务正业要高尚得多！

闵逸不敢置信地抬头看了我一眼，又马上狠狠地把头垂得更低。

那个瘦高个的男生不仅没停下，反而打得更快了！

我想要过去帮忙，却被梁胤廷拦住，只能朝闵逸大喊："闵逸！你为什么不反驳，不反抗！他口中的无能之人根本不是你。你善良、孝顺、乐于助人，你只是缺少勇气，缺少和命运反抗的勇气。你不要低头，你抬头看看我，你看看我！"

不知道是不是我的话起了作用，闵逸猛地站了起来，他像是一只困兽，恶狠狠地瞪着那两人，但并没有如我期待的那般迅速出手，然后趁机逃跑。场面僵持了下来，不过很快，那胖瘦两人便一脸不屑地呵呵笑了起来，他们说的话更加粗俗，并且再次将闵逸困住。

"敢在我面前嚣张的，你还是头一个！"

梁胤廷冷笑一声，将我往后推了推，大步上前。也看不清他到底是怎么动作的，只见梁胤廷经过的地方，那些气势汹汹的小混混都被踹倒在了地上。

"还不快滚！"

我贴着墙边冲到闵逸跟前，想要将闵逸扶走。

偏偏我刚扶起闵逸转身准备离开，就见一个混混抽出腰间的水果刀，对着我和闵逸来回晃："别动！再往前走，我砍了你！"

我脸上一白，暗道不好，我好像给梁胤廷拖后腿了！

而闵逸则不知道哪来的力气，突然推了我一把，朝着举刀的男生冲了过去："芊凡，你快走！"

"闵逸——"

我担忧地惊叫，幸好闵逸没有出事。那个男生竟然灵敏地躲了过去，继续朝着我扑过来，眼看刀子已经到了面前，我自知躲不开，下意识地闭上眼。然而，预想中的疼痛并未出现。

睁开眼才看到梁胤廷不知何时冲了过来，他为了救我，胳膊被男生划了一刀，鲜红的血液很快浸湿了他的衣服："梁胤廷！你……"

我伸手去查看梁胤廷的伤势，眼睛里涩涩的，只觉有说不出的愧疚。

那些原本还嚣张着的小混混，这会儿见了血，都有些害怕。正好此刻传来警笛声，他们大叫不好，一哄而散，跑得比兔子还快。

我小心翼翼撕开梁胤廷的衣袖帮他处理伤口，映入眼帘的是血迹斑斑的被划伤的手臂。

"伤口太深了，你怎么这么傻！"我从包里翻出两包纸巾，想要帮他止血，两包纸巾很快就用完了，我着急得带了哭腔，"我带你去医院！"

我胡乱地撕下裙角给他包扎伤口。擦干血迹就看到了他手臂上那熟悉的独特文身，有什么在脑袋里炸开，我惊讶得说不出话来。

梁胤廷低头看了我一眼，又看了看自己手臂上的文身："吓到了？"

我没有回话，抬头紧盯着他的脸，想要从他的眉宇间看出他七八年后的模样。

梁胤廷被我看得皱了皱眉："你这样看我，我会以为你爱上我了。"

从来没有想过梁胤廷竟然就是前世在公交车上帮助过我的那个好心人，此时认了出来，确实越看越像，我忍不住感叹："还真是孽缘啊。"结果被他听到了。

"孽缘？什么孽缘！明明是天作之合！"

我苦笑了一下。心想，可能有些事冥冥之中真的有缘分在指引吧。

我和闵逸扶着梁胤廷往外走的时候，宋宏斌已经救下小敏，两人竟然还联手绑了胖哥，准备和王岩一块压着他来老大面前邀功呢。

他们看到梁胤廷都吓了一跳,也没工夫再管胖哥。还是我之前报警后赶来的警察赶上了收尾的工作,将胖哥带走了。

那会儿胖哥离得远,我没有看清。但这会儿看着几步之遥被警察扣着的胖哥,我总觉得有些眼熟:"那个人——"他的体型和之前对付徐萱的那帮人中的其中一个,实在太像了,而且上次徐萱出事的地点也离这里不远。

我悄悄问闵逸:"刚才那个胖子,是不是这里的地头蛇?"

闵逸诧异地看了我一眼:"对,他们都叫他胖哥,这一带的高利贷什么的都归他管。"

闵逸的话越发坚定了我的想法,看来要找人帮忙查查这家伙的底细,最好是能够问出来徐萱的事到底是谁指使他们的!

不过眼下的当务之急还是送梁胤廷去医院。

一直到医院亲眼看着医生帮他包扎好伤口,我提着的心才终于放下。

闵逸简单地包扎好后向我道别:"芊凡,今天谢谢你,我现在得回家去看看,我妈她——"

我理解地点点头,叮嘱他有事打电话。等我送完闵逸回来,就听小敏兴致勃勃地提议:"今天是我生日,被这么一耽误,海鲜大餐是吃不到了,要不咱们一块去烧烤吧!"

我看了看受伤的梁胤廷,觉得这个提议不怎么好。

偏我还没说话,梁胤廷就答应了下来:"好啊,我知道一个地方,半价优惠,走吧!"

"梁胤廷,你的胳膊——"我还是不放心地追上去想要提醒他回家休息。

"知道你关心我,但我想多和你待会儿啊!"梁胤廷一脸深情地看过来。

这家伙!受伤也阻止不了他!

小敏的17岁生日注定难忘。

因为当我们到了烧烤的场地才发现,宋宏斌竟然早就给她准备了惊喜!若是没有今天发生的事,说不定我和小敏就去吃海鲜自助了,也就没机会见到宋宏斌偷偷准备的这些浪漫惊喜了。

生日过后,小敏专心投入到了大赛准备中。

而我则被梁胤廷"勒令"连着照顾他了好几天,换作以前我肯定不会同意。

但是现在他不仅为了保护我受了伤，上一世还曾经在公交车上帮过我——我根本没法拒绝他，只能长舒一口气，乖乖听他使唤。

我太听话天天去照顾他，梁胤廷倒是先不习惯了："我的伤口好得差不多了，你还是好好学习吧，不用来了。"

说得像我每天巴巴地想要来一样，真是阴晴不定的家伙。

至于闵逸的事，我想了很久，最后发现还是要帮着闵逸把家里欠的债还清才行，不然长此下去，闵逸的成绩一定会受影响的。我不太记得上一世闵逸后来怎么样了，只知道高考之后他就像是消失了一样，就连最后那场同学会他也没有出现。

我连着苦恼了好几日，最后还是小兰姐帮了我大忙。相信过不了多久，闵逸就能还清欠款了。

★☆
## 2 & 程夕夕的真面目

不负众望，小敏顺利通过了初赛。

为此，我专门在学校门口订了位置要给她庆祝，结果左等右等都等不到小敏过来，等我给她打了个电话，才知道她竟然扭了脚，现在正在医务室呢。挂了电话，我急匆匆地赶去医务室。

一到医务室，就看到坐在旁边休息的小敏。她见了我，瞬间红了眼眶："芊凡——"

我走过去，一眼就看到小敏左脚脚腕肿得厉害，照这个样子，根本没办法参加下周的决赛："小敏，这是怎么回事啊？你的脚——"

我不问还好，一问小敏顿时哼哼起来。

"都是程夕夕那个家伙！我本来都到校门口了，结果她也不知道从哪冒出来的，挡在我前面要我把录音笔交出来，我又不是傻子，那可是牵制她的重要证据，怎么能给她呢！后来我们俩就吵起来了，她离开的时候，我没防备就被她绊倒了。"

都是我连累了小敏，如果不是为了我，小敏也不会有今天的无妄之灾。

"小敏，对不起，都是我害了你！"

小敏瞪了我一眼："说什么呢啊！你哪里对不起我了！好了芊凡，别哭丧着脸了，丑死了！你不是都听医生说了吗，没事的！"

什么没事！根本就是有大事好不好！

"一周后的芭蕾比赛怎么办？你准备了那么久，好不容易通过了初赛。"

小敏强颜欢笑："反正我那么紧张，真的上舞台，也表现得令人失望，还不如多准备一年。"

脸上虽然笑着，但小敏眼中藏着的遗憾和伤心，我又怎会看不出，我俯身抱住小敏："小敏，你哭出来吧！"

小敏本来还想逞强，我紧紧抱住她。小敏被我抱得愣了一下，旋即终于忍不住哇的一声哭了出来："呜呜……芊凡，我好讨厌她啊，她就是个坏蛋！"

我紧紧地抱着她，任由小敏哭个够。一直到她哭累了，躺倒病床上休息，我才走出医务室，悄悄给梁胤廷打了个电话，让他帮我找一个人。

梁胤廷的效率很快，没过两天，他就查出了那个人的地址，并专门给我送了过来。梁胤廷准备离开的时候被我叫住了。

我带着梁胤廷到了天台，此时天台上已经到了不少人，厉净轩、宋宏斌、闵逸。我和梁胤廷上来后，他们都看了过来。

"芊凡，你把我们叫到这里到底有什么事？"宋宏斌最先问出来。

我将梁胤廷刚刚交给我的资料递给了厉净轩。

"净轩，你还记得之前咱们遇到徐萱出事——"

我将事情的经过向大家简单地讲了一遍，把自己的怀疑也说了出来："这个人，我怀疑一开始就是程夕夕找来去对徐萱下手的。"

接着我又把我和程夕夕的恩怨，以及这次小敏和程夕夕发生争执扭伤了脚的事告诉了他们。

"原本我想着事情已经过去了，没必要再追究，但是现在程夕夕不仅没有收手，反而还牵连到了小敏，害小敏错失这么重要的比赛——这次，我要揭穿她的真面目，让她为自己做过的事付出代价！"

"没想到程夕夕竟然这么狠毒，小敏就是性格冲动了点，但其实很善良，她怎么能这样！"宋宏斌握着拳头在半空狠狠地挥了挥，一脸愤愤。

"没想到她竟然是这样的人……"闵逸一脸不可置信。

厉净轩手上拿着我刚交给他的那个胖子的地址，他要比别人更早一些知道程夕夕的部分真实面貌，此时他看向我："这个你要交给徐萱吗？"

"徐萱因为那件事留下了很深的心理阴影，这一切都是程夕夕造成的，如果程夕夕不再做坏事也就罢了，但她现在又害了小敏，以后恐怕还会继续去害别人，我不能知道真相还看着徐萱一直和曾经算计过她的人交好。"

梁胤廷轻笑一声："你倒是善良，但是那个叫徐宣的，应该不怎么喜欢你吧！"

我认真地看着梁胤廷："因为她不喜欢我，我就不告诉她真相吗？我的良心告诉我，这样做是不对的！"

"芊凡，你做什么我都支持你！"闵逸最先表态，"要是有什么我能帮忙的，你尽管说！"

"对！我同意芊凡的提议，一定要揭穿她的真面目！"宋宏斌附和道。

梁胤廷看了我一眼，脸上闪过无奈和宠溺："你想做就做好了，天大的事有我给你接着。"

厉净轩皱了皱眉，目光淡淡地扫过梁胤廷，最后看向我："我支持你。"

见大家都同意我的提议，我开始和他们商量具体的计划。一直到傍晚，我们才陆续从天台离开。

隔日，庆华的校园群响起了此起彼伏的提醒声。

一条令人惊讶的录音出现在群里，点开的人莫不是大跌眼镜。那正是小敏当时帮我拿到的程夕夕自己承认发帖子、散播我的流言的录音。

效果比我预料的要更好一些，关于程夕夕的家世，我并没有在群里提到，但录音一出，墙倒众人推，她的黑料也很快被曝了出来。

开学的时候程夕夕自我介绍的时候曾经说自己是国外回来的，这回被揭穿，班里很多女生都开始对她冷嘲热讽，有些曾经和她发生过矛盾的，害怕她会用对我的手段对付自己，都对她避而远之。

这一刻，我深刻地意识到再完美的面具依旧都是假象。

真假是这个世界上最没有灰色地带的对立双方了。一旦面具被揭开，无论丑陋还是无瑕，都最终要在光明中被见证。

这么简单的道理，偏还是有一个又一个的人，有各式各样的理由说服自己，活在假面之下，在最好的岁月里不敢接触阳光。

程夕夕仰着头，面带怒气地质问我："我都已经道歉了，你为什么还把录音放出来，你卑鄙！"

我冷冷地看着她："你对小敏做的事难道都忘了吗？如果不是你不思悔改又对付小敏，我又怎么会用这种方法回敬你！"

程夕夕咬紧牙关，用力握着拳头。脸色因为一上午的辱骂，铁青得厉害。她不仅没有因为我的话而升起悔意，反而用充满恨意的目光，直直地盯着我。

到了下午，程夕夕已经不在学校了。

流言因为程夕夕的离开而渐渐减少。她连续两三日没有来学校，就在我暗自揣测她到底是准备示弱还是又在准备新的花样反击的时候，徐萱找到了我。

她的手里拎着好几个礼品袋，将我堵在了楼道里："这是我送给你的包包，香奈儿限量版，你喜欢吗？"

我看着徐萱，不理解她想做什么。

徐萱突然把手里的东西递给我："夕夕已经很可怜了，只要你愿意出面为她解释，这些都送给你！"

我没有接她递过来的东西："徐萱，你对她很好，但程夕夕并不是你看到的那种善良柔弱的人。"

"我知道夕夕是不对，只是这几天同学们对她的责骂，已经让她得到惩罚了。"

看着一心为程夕夕的徐萱，我握紧了口袋里的纸条："那天晚上……我看到了。"

徐萱表情一变："你什么意思。"

深吸了一口气，我认真地看着徐萱："那天我经过巷子，远远地听见了哭声，走近发现了是你们……如果我说那天救你的程夕夕，其实就是幕后主使，你会相信吗？"

徐萱面色难看地瞪着我，手里的东西都摔在地上："你胡说什么！原本夕夕还说你心胸宽广，一定会原谅她的，没想到你竟然随口污蔑别人。"

我将口袋里的地址递给她："那天欺负你的人，也欺负过闵逸，我找人帮忙查过了，这是他的地址，如果你不信的话，去一趟就明白了。"

徐萱一直没有接我递过去的地址。

其实我能够理解她现在的心情，面对真相，她失控不能接受实在很正常。我甚至看到她攥紧了拳头，身体不受控制地颤抖着。

我将纸条塞进她的包里，没有再说多余的话。

倒是徐萱，突然蹲在地上哭了起来："之前让侦探找过人，可惜那天太黑太害怕，只记得他的声音，以至于并没有找到。如果这个地址是真的，如果你说的是真的……"

我没有再说话，真相就让她自己去寻找吧。

程夕夕再次出现是两天后的下午，她还没有进到学校就被看热闹的同学给堵在了校门口。

我接到小敏的电话赶过去的时候，正看到徐萱怒气冲冲地走向程夕夕。

徐萱边打程夕夕，边呜咽着。

程夕夕一脸无辜地问徐萱："小萱……你是不是误会什么了？"

徐萱擦干眼泪，朝着她冷笑："是啊，误会！误会你是善良柔弱的人，误会你是我朋友，误会你是……救我的人！"

程夕夕有一刹那的震惊，很快又恢复成委屈的样子，抓住徐萱的手向她哭诉："小萱你不要轻信那些搬弄是非的人。"

徐萱气愤地将她伸过来的手拍开："我最后悔的就是轻信你！"

"到底怎么回事啊？她们俩不是好闺蜜吗？"

"是啊，是啊，而且据我所知，自从她和徐萱在一起后，多了不少名牌包和化妆品呢！"

"徐萱，夕夕有哪里对不起你了，你这么对她！"熊峰再次出现，他一副英雄救美的姿态，将程夕夕护在身后，愤愤不平地看着徐萱。

徐萱推不开熊峰，也不辩解，气得涨红了脸，站在原地啪嗒啪嗒地掉眼泪。

我知道她不愿将自己曾经遭遇过的事让大家知道。我推开人群走到徐萱身边伸手拉住她："走吧，出过气，知道真相就好了。"

徐萱对我的拉扯一开始很抵触，但她挣扎了两下我都没有松手，最后徐萱有些别扭地被我拉出了人群。我拉着徐萱出去的时候，教导主任正好赶过来。

"这里怎么回事啊？还上不上课了？"

人群渐渐散开，主任一眼就看到了被熊峰护在身后的程夕夕，他脸上一沉，瞪着两人："你不是那个程夕夕吗，前两天学校群里的录音，校长也听了，找你好几天了，你没有请假就旷课，还是个学生的样子吗？"

"现在都给我散了！"教导主任大手一挥，很快围在这里的学生就跑得无影无踪。

最后，程夕夕、徐萱，还有我一块跟着教导主任回了办公室。在确凿的证据面前，程夕夕根本无力反驳，尤其是徐萱带人找到那个胖子后拿到的新录音，更是证明了程夕夕的又一恶行。

教导主任安抚了我和徐萱半天才让我们离开。

从办公室出来后，徐萱有些别扭地跟在我身边，一直快到教室了，才低声跟我说："叶芊凡，谢谢你。还有……之前的事对不起！"

真是没想到这一世还有机会能够见到这样的徐萱。明明她在对我道歉又道谢，但我却并没有开心，反而有些难过，如果我可以选择，倒是希望她没有经受那些伤害。

我朝她笑笑："之前的事都过去了，我早忘了，你也早点放下吧！"

徐萱深深地看了我一眼，没吭声。

学校的处理结果很快就出来了，由于程夕夕的行为太过恶劣，已经不算是一般的小打小闹，学校最终决定劝退程夕夕。虽然已经做了很多心理准备，但得知程夕夕马上要离开这里，心中还是有一股说不出的情绪。假如她没有那么虚荣，不算计大家，会不会可以获得不一样的结果？

这就是一步错，步步错吧。

在办公室那次，成为高中时期见程夕夕的最后一面。

而我心中原本对程夕夕的复杂情绪，也伴随着程夕夕的离开而消散了大半。以后，应该就是桥归桥，路归路了吧……希望她有一天能够想明白，做自己才是最轻松的。

## 3 & 猝不及防的离别

天气渐渐热了起来，S市进入了初夏时节。一年一次的高考也如约而至，虽然今年并不是我的高考，但有一个人却是今年参加——梁胤廷。

自从知道他是前世帮助过我的人后，我就不自觉地更加在意他了。知道他要高考，考试前我就专门拉着宋宏斌他们给他庆祝了一番。孰料，现在高考都已经结束两天了，也没有接到他的消息。

中午吃完饭，我犹豫了半天，还是拿出了手机，准备给梁胤廷打个电话问问他考得怎么样，结果还不等我拨出去，他的电话就打过来了。

"还真不禁念叨！"我忍不住轻笑了一声，很快接了电话，"喂？你终于舍得——"

"芊凡，来机场。"

梁胤廷打断了我的话，他的语气不像平时戏弄我那般总是带着几分笑意，反而带着几分沉重，让我心中咯噔一下。

机场？他难道这么快就要走了？

认识了这么长时间，他的公寓也去过了，从来没有听他说过自己的家人……他应该不是S市的人吧。

我突然发现，自己对他几乎一无所知。一直接受着别人对我的好，却没有尽到朋友该有的最基本的关心。

我不再犹豫，飞快出门。

候机室里，王岩正伸着头四处张望，他一看到我就咋咋呼呼地往回跑："大哥，大嫂来了！"

谁是你大嫂啊！

梁胤廷从旁边的休息室走出来，他朝我招了招手，笑眯眯地看着我。

"到底怎么回事？你们要出去玩吗？怎么这么着急，提前也不说一声。"

王岩的声音闷闷的："不是玩,是老大要走了!"

我心中一惊。

"走?走去哪?"

王岩脸上挂着不舍："老大要回首都了,以后很难有机会再回S市了!"

我从未想过梁胤廷有一天会离开,我总觉得梁胤廷就应该时不时地在我身边出现一下,不知何时我早就已经习惯了他的坏笑和戏弄,并将其当作了生活的一部分。现在猛地听说梁胤廷要走,而且是很难再回来了,我不由得眼眶一热,呆呆地看着他,说不出话来。

梁胤廷伸手揉了揉我的头："舍不得我走?"

我忍着泪意："你这样不求回报地离开,我心里会不安的,你又不是那样无私的人。"

梁胤廷低低叹息一声,里面包含着浓浓的不舍："就这样越来越不安地一直想着吧,直到满脑子都是我。"

"乘坐飞往首都的CA8143次航班的梁胤廷旅客请注意,您乘坐的航班马上就要起飞了,请您速到9号登机口上飞机。"

广播正在催促梁胤廷登机。

王岩不舍地看着梁胤廷："老大,要登机了。"

梁胤廷斜了他一眼,扭头看向我："过来。"

我疑惑地朝他走近两步,梁胤廷指了指松散的领带："我要走了,作为报答,给我系好。"

这次我没有像往日那般瞪他一眼躲开,而是认真地伸手系了起来。

"别动,一会儿系得不伦不类,不要怪我。"

梁胤廷低头看着我,发出低低的笑声："我们现在像不像新婚夫妇。"

这家伙,永远要占口头便宜。我又难过又想笑,憋着泪认真地帮他打领带。

梁胤廷看着我,声音越来越温柔："原本还想着让你的感恩越滚越大,最后只能以身相许,现在只好强抢民女了!"他突然用力将我抱进怀里,"带不走你,只好带走女王了。我不在的时间里,守住自己的心,等我。"

说得好像我的心是你的似的,都要走了还这么不正经!本来还想腹诽两句,但想到他马上就要离开了,突然间心中不舍起来,很想问他什么时候再回来,但抬头看着他认真的笑,我突然发现,自己竟然一句话也问不出来。如果他说要很久很久才回来,我怕我会哭。

这就是离别吧。

因为长大,所以不断地去往一个又一个彼岸,遇到的每个人都无法长长久久地在一起,总有要分开的一天。

半个小时后,一架飞机低低掠过天空,留下丝丝痕迹。

走出机场的我,抬头仰望天空……就算不在 S 市,我们依旧还在同一片天空下不是吗?

总有一天会再见的,祝你一切安好,梁胤廷!

没有了梁胤廷和程夕夕的高三生活,变得与众不同的安静。在我和小敏坚持不懈的示好下,徐萱终于不再独来独往,渐渐和我们走到了一起。虽然她依旧经常和小敏吵起来,但一般两个人今天吵过,隔天就约着一块上街了。

紧张的高三过得异常的快,好似一场梦。我还沉浸在其中的时候,便突然被告知要考试了!

迎战高考前,我们几个人到去年为梁胤廷庆祝的地方聚了一次,熟悉的座位上换了新的人,曾经的人如今已经离开一年了。

知道我要考试,爸妈还有华哥,都给我打电话关心我,让我不要有压力,轻松答题就是了。

接连两日,校门口有不少家长在等着。

当我走出最后一门考试的考场,临近黄昏的 S 市天空上烧起了大片大片的红霞。我和小敏、徐萱、厉净轩、闵逸在校门口汇合。

"考完了!"小敏大喊。

徐萱虽然没有吭声,但眉宇间也轻松了起来。

小敏兴致勃勃地提议:"我们去庆祝吧!"

很快小敏又叫上了宋宏斌和王岩,我们去了学校附近很火爆的火锅店。桌上,小敏和宋宏斌坐在一起,在我们的见证下,完成了两年前的约定——终于正式牵手了!

吃到一半的时候,徐萱更是主动告诉我们,这竟然是她人生中第一次在这么平民的店和一群人吃火锅，她觉得这种感觉很幸福，她很开心。

"你这么说，我会觉得你是在炫富的。"闵逸也难得开起了玩笑。

后来，王岩突然哇的一声哭了起来，他提起了已经走了一年的梁胤廷："一年没见过老大了，我好想他——"

我们一桌子人，一阵笑一阵哭，惹来周围不少人的目光。

但就像那句诗说过的，人生得意须尽欢，正青春，逢别离，放肆笑，淋漓哭，才是人生真颜色。

不知道是谁拍着桌子提议要喝酒，也不记得到底是谁第一个喝起来的。等我们吃完饭离开火锅店的时候，桌子上摆了满满的酒瓶子。

从店里走出去，已经是午夜时分。

S市的深夜繁华而温暖，大厦之间影影绰绰的灯光，街头被拉长的影子，还有广袤的星空，让已经染满醉意的我们心头闪过不同的思绪。

不知是哪里突然燃起了烟花，冲到天际迅速绽放开来的烟花，虽然只在眼前绚烂了一瞬，但却一如我们的青春，灿烂而热烈。

★☆★☆
## 4 & 幸福摩天轮

天下没有不散的筵席。

考试结束后，大家陆续开始搬行李回家。我和小敏泪眼汪汪地送走了徐萱，又在宿舍逗留了几天。小敏的爸爸这两年生意越做越好，早在半年前就在S市买了房子，只不过一直等到小敏考完才开始搬家。

而我家在M县城租的房子，再过半个月也要到期了。我将自己参演电视剧的事告诉了爸妈，最终说服了他们搬到S市。作为一个洞悉未来的人，我深知买房的重要性，这几年一直在存钱。除了当时拍电视剧挣的钱，这两年我依旧在华哥的影楼兼职，田安导演还时不时给我介绍一些平面模特的私活，我的存款已经足够在S市买一间小一点的房子了。

只不过之前我一直未成年，不能自己轻易去办手续。一直到高考前两周，过完 18 岁生日后，我才拉着小敏偷偷去付了首付，选了一幢位置不错的房子。

但是我怕爸妈担心，只告诉她们了一部分，称房子是租的，租金很便宜，让他们安心住着，等以后再慢慢攒钱买房子。

这还多亏了小敏帮忙，和我一唱一和，打消了爸妈最后的疑虑。

也因此，我和小敏都不着急离开，反而决定在 S 市逛逛街，选购一些生活用品。

这天，我和小敏在商场逛了很久，等到去结账的时候，我和小敏各自的手推车早已堆得满满的，到了收银台一结账，整整三千多元。

小敏摸了摸钱包，不禁呻吟，又变穷了！

我但笑不语，忙着打包刚刚血拼的东西。售货员一边帮忙装东西，一边跟我们说："最近我们商场有活动，花费超过两千元，即可参加我们的假日抽奖。"

原本耷拉着脑袋的常敏立刻振奋起来。我们两眼发光地看着商场门口摆放着的圆形抽奖轮。上面分别写着一等奖、二等奖等不同程度的奖励。

收银员继续游说："凭借今日购满的两千元的小票，就可以来参加抽奖活动了。我们的一等奖还未送出，快来积极参加将大奖抱回家！"

常敏嚷嚷着要参加，但是到了转轮盘的时候，又开始担心自己的运气，把我推到了前面。我无奈地伸手去帮她转，轮盘飞速滚动了起来，一直转了好几分钟才慢慢停下，我和小敏紧张地看着箭头停下的格子———一等奖！！！

小敏激动地一下子跳起来："我们中了一等奖，是什么？！"

收银员脸上的表情丰富起来："这……一等奖……还没人抽中过，我去问问主任……"

就在收银员离开后，一位阿姨走过来和我们小声说道："刚才那个收银员吃喝了，说一等奖是两人五日游的海外旅游的大奖呢！"

听了这话，小敏心里乐开了花，朝我挤眉弄眼道："太好了，原本还在计划毕业旅行，现在竟然从天而降了！"

收银员很快回来，但带回来的大奖却并不是国外旅游的大奖："恭喜两位，获得我们的豪华家庭组套餐。里面有价值 1888 元的家庭用品。"

小敏一听就不干了："不是说是旅游大奖吗？"

收银员有些心虚，声音也小了几分："您听错了吧。"

看来即便是这么大的商场，遇到钱的事也不免斤斤计较。尤其是看我和小敏年轻，一定是觉得我们好糊弄，但旅游大奖……听着就诱惑人，还是要争取一下，想到这我接话道："那么多人作证，怎么会听错。你们商场若是不想送，大可不必做这种活动。现在因为一件小事而损失了信誉，就是得不偿失了。"

刚刚告诉我们的阿姨也跟着附和，渐渐有人围了上来。

收银员被我们说得哑口无言，最后只能再去请示主任。有了大家的帮忙，最终主任亲自出来和我们协商，最终决定送我们一次国内三天四晚的旅行。因为商场将国外改成了国内，小敏再三和他们讨价还价，把原本两个人的名额变成了四个人。

我和小敏很快拿到了酒店快递过来的机票和酒店的房卡。毕业旅行也正式开启，小敏叫了宋宏斌一起，而我则联系了厉男神……只是等我们四人一块到了机场准备出发的时候，却在候机室见到了一个"拖油瓶"。

"嗨，大嫂，好久不见啊！"

看着油嘴滑舌的王岩，我几乎是马上望向宋宏斌。

宋宏斌一直在小敏身边鞍前马后，愣是接收不到我的眼神。我只能借助小敏——"小敏，你问问宋宏斌，这是怎么回事！"

王岩笑嘻嘻地凑过来："大嫂，不用问了，我是替老大来的，老大不在，我这个小弟肯定要保护好大嫂啊！"

"我不是你大嫂！"

我刚喊完，就见去办机票的厉净轩走过来，他也看到了王岩。不过厉净轩面上并没有多余的表情，从王岩身边经过的时候甚至还和他打招呼了。只不过打招呼的气氛不太融洽——

"好久不见，你也出去玩？"

"哼，如果可以，我希望和你永远不见！还有，我是来保护大嫂的。"

王岩气势汹汹，还向厉净轩展示了他的……铁拳？

厉净轩却像是没看到，径直走到我身边，伸手帮我拉了行李箱："走吧？"

我恶狠狠地瞪了王岩一眼，狗腿地跟上了厉净轩的脚步："净轩，谢谢你。"

我们的目的地是风景迷人的度假海岛。

一下飞机，酒店接机的专车就到了，一路顺畅无比地到了旅馆，下车后，小敏看着站在我们身边的王岩，也忍不住吐槽起来："你怎么还真的跟着我们啊！"

王岩没有理会小敏的质问，反而雄赳赳地越过我们先一步进了旅馆，他经过我的时候，偏过头朝我眨了眨眼："大嫂，待会见了。"

我……我可怜兮兮地望着厉净轩，使劲摇头。

净轩，你相信我，我还是单身，我不是他大嫂啊！

第一天，小敏一大早就把我喊了起来，难得有她比我起得早的时候，我很意外。

"今天是晴天，我们去游泳！"小敏一脸兴奋。

我无奈地摇头："我不会。"

小敏扑过来，不容我拒绝："不会学啊！我都给你准备好泳衣了！"说着色眯眯地对我笑。

我被小敏半胁迫着换好了泳衣："小敏，这游泳衣的布会不会少了一点……"

她打量了我一番，满意地直点头："不会不会，刚刚好！"

结果等小敏拉开门，准备带我去找老师的时候，就见到堵在门外的三个人。

宋宏斌一脸震惊地望着小敏："你……就这样出去？"

常敏看了看自己，原地转了一圈："很漂亮吧！这可是我最喜欢的泳衣了！"

而我，还没来得及踏出脚步，就被站在门前的厉净轩立刻关在了屋内……我瞪着门板，有些回不过神来，刚才发生什么了，是被净轩锁在房里了吗？

我拍门想要出去，却听到厉净轩略冰冷的声音："换衣服！"

换衣服？

我又重新审视了一遍自己的着装，想到厉净轩的举动也许应该就是吃醋吧，这样的霸道还挺甜蜜的。我乖乖换了沙滩长裙。

沙滩上，小敏早就冲进了海里，像是一匹脱缰的野马。宋宏斌紧紧地跟在小敏身边，我倒是不怎么担心她的安全。而王岩也抵抗不了大海和沙滩的"诱惑"，忙不迭地和沙滩上的美女搭讪，根本没有空继续"盯梢"我。

我和厉净轩一块坐在太阳伞下。

不断地有穿着比基尼的美女过来搭讪，每每这个时候，厉净轩都会侧过头看着我，目光里似乎藏着什么微妙的情绪。

"帅哥，一个人吗？要不要一块去游泳？"

"两个人。"厉净轩冷着脸回答。

我忍不住感慨道："就算不在学校，王子大人的魅力依然不可小觑，小女子佩服佩服。"

厉净轩没接我的话，脸上一抹失落一闪而过，快的我根本来不及想其中的深意。

我兴致勃勃地接着问道："明天，我们去哪里玩呢？"

"小岛北边有个著名的小吃街。西南边有个小型游乐场，虽然设施相比城市的游乐场会少很多，但是坐上那里的缆车，就可以纵观小岛的美景。至于西北边，那里是个渔场，那里可以钓鱼，还有很多海鲜可以享用。"

我扑哧笑了一声，开心地看着厉净轩："总感觉自己请了一位万能导游，既能带我们游赏小岛，又能大大拉高我们组的颜值水平。"

厉净轩听到我夸他，也淡淡笑了。

和男神一茬又一茬地聊着天，我的手无聊地在沙滩上写起自己的名字来。厉净轩也跟着蹲下来写起了自己的名字。

晚上在大家全票通过下，我们去了美食街。唔……那个跑来搞笑的王岩，出场不到半小时就水土不服倒下了。原本他还要带病坚持来"保护"我，后来还是厉净轩将他拉进房间里，也不知道两人说了什么，总之后来他就乖乖留在酒店养精蓄锐了。

美食街真的是人挤人啊，除了各色美食，还有一些射击类和抽奖类的小游戏让人跃跃欲试。

我们四个人在街上走了没一会儿，就被拥挤的人群冲散了。如果不是厉净轩在关键时刻拉住了我的手，这会儿可能就剩下我自己夜游美食街了。我们谁都没有先松开手，就这样牵着手继续逛。

接着走了两条街后，厉净轩问我："饿了吗？先吃点东西再逛吧。"

我早就被周围的小吃诱惑，却又不舍得打破两人之间浪漫的气氛，直到男神问我，我才点头说好。

不一会儿，厉净轩的手上就拿满了各样的食物。我笑眯眯地用叉子插了一个鱼丸，放进嘴里。

不料厉净轩眼巴巴地看着我："我也……想吃。"

我愣了一下，这才意识到男神手上拿满了东西，而我竟然一直只顾着自己在吃！连忙插了一个鱼丸，喂到他的嘴边。边喂边像哄孩子一样说："啊……"

厉净轩先是有些迟疑地看着我，而后他慢慢张开嘴将鱼丸吃了下去。

"好不好吃？"我笑着问，眼光瞥见旁边经过的情侣，大家差不多都像我和厉净轩这样，互相喂食。

厉净轩点点头："不错。"

我又扎了一块豆腐递过去："这个也好吃，你尝尝。"

这回厉净轩目光温柔地望着我，张嘴任由我将豆腐喂进去。他好看的薄唇轻轻动着，我一时看得出了神。

我和厉净轩站在不碍事的地方，你一口我一口吃了不少，后来他又跑去不远处帮我买了热乎乎的奶茶："草莓味的，你应该喜欢吧。"

我接过他递过来的奶茶，还没喝就感觉心里已经甜得可以齁死人了。

"喜欢。"我抱着奶茶，心里暗道，只要是你买的我都喜欢！

等到我们将手里的小吃吃完后，肚子也差不多饱了。

"好撑啊！"我抱着肚子满足地咂嘴，"净轩，快看有特产商店！"

我拉着厉净轩进了商店，先是给妈妈买了一条围巾，又给爸爸买了一瓶保健的粮食酒。之后我问厉净轩要不要给家人挑礼物，厉净轩有些为难："我不知道给她们买什么合适。"

知道厉净轩准备给奶奶和妈妈买礼物后，我开始给他出谋划策。

男神妈妈职业是医生，性格应该也比较干练吧，或许应该挑这双："净轩，这双怎么样？"

选好鞋子后,我又拉着厉净轩去保健品区挑选:"奶奶的话,给她选一些适合的保健品吧。"

很快我和厉净轩拎着大包小包出了特产商店。

"时候不早了,咱们回坐车的地方等他们吧。"

原本以为我和男神会是最早到观光车那等人的,没想到等我们回去的时候,小敏和宋宏斌早就等在那里了。两人看着我们的目光意味深长。

时光飞掠,很快就到了最后一天。

这天,小敏兴致勃勃地要和宋宏斌一块去附近的一个小渔村体验出海打鱼,而厉净轩则约我一块去游乐公园。海岛上的游乐公园,比起家乡的虽然小了不少,但景色优美,让人心情十分舒畅。

我不由得感叹:"之前只顾着玩,都没有好好看风景。"

厉净轩指了指前面的摩天轮:"想看得更清楚吗?"

我期待地点点头。

我和厉净轩上了摩天轮,摩天轮慢慢转动起来,我们的视野也越来越广阔,但厉净轩一直看着我,欲言又止,搞得我小心脏怦怦乱跳。

而就在这时,外面竟然放起了烟花,我好奇地探过头去趴在窗户上看。突然,眼睛被一双温热的手遮住,我正要转身,却感觉手被人拉住,手背处落下轻轻一吻。

我听到厉净轩干净的声音,认真地问我:"我想陪你一直走下去。所以,你心里的那个人能不能是我?"

他的告白,就在我的耳边,像是烟花一般炸裂开来,我霎时间心跳如鼓。

"我心里的那个人一直都是你。"我拨开他的手,抬头吻住那个让我暗恋了两世的男人。

厉净轩惊讶地睁大了眼睛,我闭着眼睛不敢看他的表情,直到他也回吻我,我才敢睁眼看他。

一吻过后,我面红耳赤,羞怯地低下了头。

厉净轩紧紧攥着我的手,递给了我一个包装精致的盒子。他好听的声音轻轻在我耳边响起:"芊凡,这项链,不知道你喜不喜欢?"

我接过盒子,打开后,映入眼帘的是一枚刻着精致花纹的爱心形项链,既可爱又时尚。

"我很喜欢。"

厉净轩亲手帮我戴上了项链。

我知道,我们终于在一起了!

扫码每日打卡,
将减肥进行到底!

**第一章**
**大学,绽放青春的地方**

原来,一个男生爱你,真的会迫不及待地把你介绍给他的朋友认识,把你拉进他的圈子里。

什么是最好的爱情?

应该是在一起时莫名的开心,所有难过的事都变得无关紧要。哪怕只是隔着屏幕,只是看平淡的文字,依旧能够感知到风花雪月的浪漫。

## 1 & 异地恋的滋味

毕业旅行回来后没过几天,就到了高考成绩公布的日子。爸妈陪着我守在电脑前,时间一到,我紧张地输入了身份证号和考号,当大屏幕上717的总分弹出来的时候,我激动地站起来一把抱住妈妈。

与此同时,急促的电话铃声传来。老爸去接电话,竟然是唐老师的,老爸把电话交给我:"这次高考你以717的高分成为了我们省的文科状元,老师先恭喜你了!"

得知我是高考状元后爸妈兴奋地在房间里拜菩萨。之后几天老妈天天给我做大餐犒赏我。

接连在家里享受了好几日的锦衣玉食后,我总算被小敏报志愿的电话"解救"了。我和老妈说了一声后,急忙溜出了家门,赶去约定的咖啡馆,一块商量报考大学。

闵逸考了675分,高出一本分数线50分。

徐萱625分,刚好在一本分数线上。

小敏558分,不过她是走艺考,艺考成绩不低,只要报的学校靠谱,上一本的概率也不小。

厉净轩703分,排名全市第七。

大家开始按照各自的兴趣来查找学校。徐萱喜欢购物,我和厉净轩给她的建议都是选报服装设计一类的专业,而我前世的记忆里,徐萱也正是选了服装设计专业。

闵逸马上把这一专业不错的学校都圈了出来,让徐萱自己对比。

而闵逸,他的妈妈希望他能报金融经贸方面的专业。厉净轩帮他选了好几个厉害的金融学院供他选择。

闵逸有些纠结地看着我，最终还是问道："芊凡，你准备报哪里？"

我想到了首都大学，"最美高校""外媒评的最高学府""综合排名第一的学校"；论师资力量的雄厚、学校氛围和发展前景，首都大学确实是所有学子的第一选择。

更重要的是，前世我曾经去这个学校逛过一次。当时的自己格格不入的，和学校里的学生完全是两个世界的人。现在，遥不可及的地方就近在眼前，如果不抓住机会，怎么对得起重活一世的自己？

我差不多已经有了决定："我应该会报首都大学！"

徐萱则看向历净轩："厉大哥，你呢？"

历净轩目光复杂地看了我一眼，才闷声道："医大。"

历净轩上辈子报的就是S市的医科大学，这是一所综合实力非常强的医科大学。对于一直想当医生的他来说，应该是最佳选择了吧！

想到以后不能在一座城市，我心中有些难过，但并没有在脸上显露出来。

直到大家都确定的差不多后，历净轩送我回家的路上，他有些忐忑地拉着我的手："芊凡……对不起，没能提早告诉你。"

心中的难过再也藏不下去，我一下子就红了眼眶："没有改变的余地了吗？不能和你在一个学校了吗？我想和你在一起，就算我不去首都大学。"

历净轩紧紧握住我的手："芊凡，不要让自己后悔。你努力前进的样子，我会好好看着的。不要因为任何人，忘了自己的初衷，包括我。"

我原本动摇的心，又因为历净轩的话而坚定了下来。

等到了我家楼下，我仰头看着他："那我们会一直在一起的对不对？"

历净轩微微低头看着我，他的目光深情而真挚："会的，只要你不离，我便不弃！"

我的心被他的话融化，再也忍不住，踮起脚尖，轻啄他好看的下巴。厉净轩眸光微暗，下一秒将我紧紧地抱在怀里，他的唇带着炙热的温度，掠夺着我的气息。

一直到两个人都脸红心跳、气喘吁吁的时候，才依依不舍地放开了彼此。

"快上去吧，晚安。"

厉净轩掏出手机，帮我照着上楼的路。

我依依不舍地紧紧握了一下他的手，这才一步一回头的离开。

在S市落地生根是一种什么样的体验？

以前租房蜗居在这里的时候，只有公交卡才能让我感觉到一点属于S市市民的平等权利。其他时候不敢生病，不敢参加志愿体验，就连在广场上跳广场舞，也能从那些大妈的眼神中感觉到不友好。

如今，我终于也在S市有了自己的房子。

当物业打电话告诉我各种拥有的权利时，我越发察觉到上一世租房受到的差别对待。爸妈顺利搬到了S市，爸爸更在以前好朋友的介绍下，在离家不远的工厂里找了一份相对固定的工作。

整个假期，妈妈脸上的笑容都没有褪去。甚至只要我在家，妈妈就想带我出去买衣服，说是要好好补偿我。不过我对逛街这种事缺乏兴致，十次里只有一两次被妈妈拖出去。

首都大学的通知书很快就寄过来了，我收到通知书后没多久，小敏、厉净轩、徐萱她们的通知书也都收到了。虽然心中期待马上就要开始的大学生活，但一想到厉净轩要留在S市，我心中又莫名的酸涩了起来。

我们才刚刚在一起啊……连热恋都没有度过，就要分开了，真是不舍得啊。

这段时间，只要我们俩都没有重要的事，就会约出去，找个安静的咖啡馆一块看书，或者去逛以前没有机会逛的景点，或是专门去吃一家口碑很好的小吃店……两个人在一起的时候，只希望时间静止在这里，永远不要再往前走了才好。可是这个愿望永远都只能是想想，我还没有享受够男神做男朋友的美好滋味，开学的日子就近在眼前了。因为我和小敏报得都是北京的学校，所以依旧是一块过去。

这天一大早，妈妈愣是往我已经装满了东西的箱子里又塞了一大袋子零食，这才依依不舍地送我下楼打车去车站。

"芊凡，真的不用爸爸妈妈送你吗？"

"不用了妈，我和小敏已经约好了，你快回去吧。等我到学校安顿好就给你打电话。"

我将行李箱放好，转过身使劲抱住妈妈，深吸了一口来自妈妈身上温暖的气息，这才开门钻进了车里，隔着车窗朝妈妈笑着挥手。一直到车子开出小区，我还能从后视镜里看到妈妈站在那里远望的小小身影。

儿行千里母担忧，妈妈，你放心吧，我一定会继续奋斗，努力让我们全家人过上更幸福的生活的！

火车站广场上。

拉着行李从马路对面过来的我，一眼就看到了不远处站着的厉净轩。他穿着白衬衫，配休闲裤，明明是很简单的衣着，到了他的身上，却让人挪不开眼。

这是我的男朋友呢！

想到这个，我的心像是被浸泡在蜜罐子里一样甜蜜。

我挥挥手，朝着厉净轩跑过去："净轩！"

厉净轩已经大步朝我走过来了，他伸手接过我的行李箱，宠溺地摸了摸我的头，这才牵着我的手准备去旁边的咖啡厅。

"净轩，你是不是等很久了？我妈特别想送我，我安慰了她好久，差点就逃不掉了！"

我悄悄摸了摸脖子上挂着的项链，这是之前逛街的时候，厉净轩专门给我选的。他说这颗守护星就像他一样，会跟着我去北京，陪伴着我。此时此刻，走在他身边，傻乎乎地跟他讲着自己的事，让我觉得自己是这个世界上最幸福的人。

厉净轩看着我的目光很暖："下次，我和你一块去看伯母。"

"好啊，俗话说丑媳妇早晚要见公婆——"我笑着打趣他。

厉净轩越发握紧了我的手，唇角挂着宠溺的笑，深情地看着我。

"小敏发信息给我说她已经先进站了，我一会儿也要进去了。"嘴上说着走，但却迈不开脚步。我仰头看着厉净轩，真想让他和我一块去北京啊……可是，每个人都有自己的理想，爱情不应该是理想的杀手，爱情应该是互相支持，应该经受得住考验。

我的心理建设还没有做完，就被厉净轩拉到了怀里。

我能够感受到他紧紧抱着我的力道越来越大，头顶传来厉净轩沙哑的声音："真想把你留下，永远不让你离开我的视线。"

我乖乖地任由他抱着，千言万语都不如这个拥抱更有力。

"我有空就去看你。"

"记得按时吃饭，照顾好自己。"

窝在厉净轩的怀里，我一句话也说不出来，只能一个劲儿地点头。

一直到开始检票进站，我才依依不舍地从厉净轩怀中退出来，仰头看着他帅气的脸，我忍不住踮起脚尖，在他的下巴上落下一记轻吻："有这么帅的男朋友，我真是不放心啊。"

我嘟囔着抱怨，故意把自己的担忧说给他听。

厉净轩低低笑了起来。

车站里面，小敏隔着栏杆，无语地朝我挥手："快点啊！不然赶不上车了！"

脸上的温度让我不敢抬头，任由厉净轩牵着把我带到进站口："去吧。"

他最后紧紧握了一下我的手，然后放开我，目光温柔地看着我进去。等我检票进站后，小敏一下子冲过来，抢走了我手上的行李，碎碎念地吐槽："你们俩真是够了，秀恩爱秀得满地的狗粮！"

我被小敏拉着，只最后转头看了一眼厉净轩，就被塞上了车。

上车后我才缓缓回过神来，压下心中因为离别而产生的失落，开始专心应对小敏的调侃。

"小敏，你这满嘴酸味……不会是想宋宏斌了吧。"

"谁想他了！"

"真的吗？要不我给他打个电话告诉他一下——"

"停停停！我开玩笑的还不行吗！"

说着小敏往我嘴里塞了一块苹果。

"快吃吧，别说话！"

我默默地吃着苹果，偷偷打量着脸红的小敏。

宋宏斌报的也是首都的大学，但因为开学早，已经先过去了，这也是为什么今天小敏这么早就一个人到车站的原因,孤家寡人的痛,嗯,就是她这样的。

在火车上度过了一晚，到达北京的时候，正好是早上。我和小敏在车站附近的肯德基一块吃了早餐，之后依依不舍地分开，各自上了学校来接新生的校车。

当校车缓缓到达首都大学，我心中的雀跃和激动越来越难以言说。

看着眼前我向往已久的大学，我知道它不仅是有着上百年历史的最高学府，更是我努力改变命运的见证。上一世只能站在门外渴望羡慕的我，这一世，可以昂首挺胸走进这所最高学府，并在这里学习生活四年。

未来的生活，光是想想，就忍不住开心得想要跳起来。

首都大学门外有很多迎新的社团，婉拒了那些非常热情要为我带路的学长们，我拖着箱子在校园转了一圈，最后拐进了宿舍楼。

拎着箱子上了三楼，302宿舍离楼梯口不远，我推门进去，险些被宿舍里的狼藉吓退！这……真的是女生宿舍吗？为什么感觉比男生的还要邋遢！

已经有两个人比我先到了，一个正在收拾行李，一个则在铺好的床铺上玩手机。我进去的动静不小，两个人同时放下手上的活儿看过来。

"你好，我叫沈然。"

我朝她笑笑，也自报家门："我叫叶芊凡，你好。"

沈然笑得很灿烂，看起来是个热情开朗的姑娘。

另一边床上玩手机的朝我们看过来："丁晓月。"

丁晓月只自报了个名字就又继续玩手机了，沈然朝我吐吐舌头："芊凡，别管她，她忙着和男朋友聊天，没空理咱们。"

我点点头，开始在自己的床铺上收拾行李。

沈然真的是很热情，她撸起袖子就来帮忙："我已经收拾完了，开学典礼快要开始了，我帮你吧！"

"好啊，谢谢。"

等我和沈然一块收拾好宿舍，互相也更加了解了。我比沈然要大几个月，所以她开始叫我叶姐姐……唔，说实话长这么大，还是第一次有人叫我姐姐，感觉蛮新鲜的。

沈然大大咧咧的性格很可爱，没聊几句她就快要把自己小时候的糗事都坦白出来了。

丁晓月从床上下来："还不走吗你们？"

我们到的时候，礼堂里几乎坐满了人，只有后面几排还有空位子。沈然拉着我坐在最后一排，兴致勃勃地八卦。

"首都大学的学风很不一般，推行学生自治，在这里，学生会的规定，比老师的话更管用呢！"她突然一脸的绯红，神秘兮兮地凑过来，压低声音，"据说每年的开学典礼，都是学生会主席致辞呢！这一届的学生会主席叫邱诚，据说他不仅长得帅，而且是出了名的严厉呢！"

传说中严厉又帅气的邱诚上台致辞的时候，我忍不住默默地将他和净轩对比。

唔，没有净轩帅嘛。

倒是比净轩严厉。

发言蛮激励人心，看起来是个不错的学生会主席。

"……所以，请各位同学把握现在，且行且珍惜。"

邱诚的致辞简短，但却充满了激情，让人忍不住心潮澎湃。他讲完后，下面响起了热烈的掌声，迷妹沈然更是两眼冒红心："好有气势！好帅啊！"

我也听得有些热血沸腾，开始寻思以后的安排。

改变命运，逆袭高考这些都已经做到了，那么看起来光明的未来，我能够做些什么呢？

如果就此停滞不前，实在是太浪费老天爷的厚爱了！

我重重地点点头，不错！我不能就此停步，我要继续前进，这样才能时刻保持自己的初心，也能够看一看自己到底能够走多远！

确定了新的目标，心里原本那点因为离别而久久萦绕的愁绪被冲淡了不少。我掏出手机准备给净轩发信息分享自己的计划，但……这突如其来的快门声是什么情况？难道有人在拍照？

我好奇地四处张望，很快就看到一群女生簇拥着一个看起来很眼熟的身影从礼堂外面走进来。那不是——袁柯吗？怎么会是他！

"袁柯老公，可以和你握手吗？"

袁柯笑得千娇百媚："只是握手的话，就太无趣了。"他突然靠近女粉丝，在她耳边低语，"还是给你一个爱的抱抱吧。"

女粉丝激动的尖叫声险些穿透我的耳膜，我连连后退，只想离那个比女人还漂亮的袁柯远一点！

这种情况下，不得不庆幸之前来得晚所以坐在了最后面，方便离开。不过……沈然早就冲进了那些簇拥着袁柯的人群中，丁晓月虽然没有沈然那么激动，但也站了起来，痴痴地看着袁柯。

我心中暗暗叹气，真是祸国妖姬！

独自回宿舍的路上，碰巧遇到了最后一位舍友陶心瑶。她小小的个子，看起来活泼可爱……她说她一直迷路到现在……唔，看来路痴真的是很普遍啊。

带陶心瑶回宿舍后，她活力十足地收拾东西。

我拿着电话躲到了阳台上，给净轩打电话。

我觉得自己就是一个大话痨，不管是宿舍的大小，还是吃了什么，都想告诉他。

净轩在那边听得很认真，时不时点评两句，表达的最多的意思就是让我快快乐乐的，照顾好自己。时间过得飞快，我意犹未尽，不愿意挂电话，后来干脆没话找话。

"净轩，有没有热情的学姐对你示爱啊——"

"你会不会被更漂亮的小妖精勾走？"

"我好想现在就回到你身边啊……"

厉净轩在电话那边低低地笑，声音带着宠溺："乖，我也想你。"

突如其来的甜蜜情话，让我脸噌的一下就红了。

两人又抱着电话说了几句才依依不舍地互相道了晚安。收起手机，我又在阳台上站了一会儿，忍不住接连拍了几张星空的照片，咯咯笑着发给了净轩。

"首都的星空真美，要是你在身边，一定更美！"

## 2 & 遇见袁柯

大学生活眨眼间就过去了小半个月，每天除了必修的专业课外，我还选了好几门感兴趣的选修课，尤其是表演系增设的编剧课，一共有三门，我都选修了。

大学和高中的不同之处就是要有足够的自律，才能够获取更多的知识。课堂上教授讲的更多是延展性的知识，课本上基础的东西都需要自己提前自修。幸好我是一个有着大龄灵魂的"老女人"，对于自学这种事还算在行。

小半个月过去了，一年一度的各个社团招新的日子也开始了。

校园的文化长廊上，一个挨一个的小棚子旁边摆放着不同社团的介绍，我和沈然一块在文化长廊走了一遍，认真参考了每个社团的宣传单，最后我决定报名秘书处。

到了竞选这天，同样也报了名的陶心瑶跟着我们俩一块到了大礼堂，准备参加面试。此时礼堂里聚满了人，很多帅气的男生甚至特意穿了西装，打了领带，非常正式。反倒是我们几个，穿得很家常，感觉像是来看热闹的。

陶心瑶见了这样的架势，更加紧张，懊恼连连："我怎么没有想到要穿得正式点呢！"

对于穿着这件事，我倒是不以为然。

还算丰富的经验告诉我，有时候严肃的正装不一定就是最好的选择。尤其是在校园里，面试官都是大三大四的学姐学长，她们也还远没有到死气沉沉的地步。这时候，色彩鲜艳或者别具一格的着装，反而更容易给他们留下深刻的印象。

当然——这一切还有一个更重要的前提，那就是一张好看的脸！

我这次要面试的秘书处，主要是协助主席团成员完成各项工作，并肩负着传达到其他部门和社团的重任。因为直接服务于主席们，所以权力比较大，也更容易接触校园中最高级的圈子。

不过我去秘书处倒也不是为了上面这些，反倒是因为秘书处不用做太多体力活，传递消息和决策都是能够迅速完成的，学分又能够按照部长级别往上加，虽然挑战很大，但诱惑也很大就是了。

我和沈然在外面等着的时候，陶心瑶因为认识生活部的学姐，所以已经完成了面试，这会儿正和生活部的其他学姐们聊天，看起来她融入的很顺利。反倒是沈然，越来越紧张，甚至准备回宿舍加入丁晓月的"不闻窗外事"的行列中。最后还是我帮她分析了一下各个部门的形式，给她了一些建议，才让她的情绪稳定了下来。

很快，秘书处有人出来喊人了。

相对于其他部门面试的人，很显然秘书处是人数最少的。就连面试官也只有两个人，一个眉清目秀，正经端坐的男生，一个长相冷艳、气势不凡的女生。

"四人一组，到桌上抽纸条，三分钟思考时间，然后作答。"

冷艳女生语气没有半分起伏地宣布面试规则。

我是最后一个进来的，坐的比较靠后，等我过去抽纸条的时候，只剩下最后一个，而且还被人碰到了地上。我捡起纸条，打开一看，只觉得这个问题蛮有意思的。

三分钟的时间很快过去。

第一个作答的女生站起来，有些拘谨。

"学长学姐好，我是来自计算机系的……"

"不需要介绍自己，我只想看你的能力。"

女生被面试官冷冷地打断，她更加紧张了。手上拿着的纸条险些被她揉碎，对于纸条上的问题，作答得也断断续续，等她答完后，就已经先瘫在椅子上了。

后面的两个因为有了前面的尝试者，倒是一个比一个答得流利。只不过坐在前面的两个面试官依旧面无表情，对于两人的作答没有什么反应，只是偶尔拿着手上的笔写写画画。

终于轮到我了。

我抽到的问题是"关于我校学生会自治制度的不足之处"。

当我说完自己的问题时，很快听到旁边几人的吸气声，他们像是在感叹幸好自己没有抽中这道题。就连坐在前面的两位面试官，也有些诧异地看了我两眼。

我倒是没有紧张，心态很是平常，认真地说着自己对于这个题目的理解。

"我校学生自治制度已经十分完善，只是，我校的活动资金来自学校的拨款，这一财政来源限制了学生会的自由。学生会财政的独立，是势在必行的；另外，学生会缺少民主氛围，这不仅体现在面试上，也体现在选举上……"

我淡定自若地回答完问题，没有错过两个面试官看向我时目光中的诧异。我这应该算是给他们留下深刻印象了吧，满意地笑了笑，和其他面试的人一块离开了房间。

果然，第二天一大早我就收到了来自秘书处的通知——恭喜你顺利通过了秘书处的面试，请于今天下午2：00到秘书处报道。陶心瑶在生活部的面试也顺利通过。倒是沈然，最后去了组织部面试，但因为太紧张了，所以表现得不好，一直没有收到通知，应该是没有通过。

我准时到秘书处报道，认识了秘书处的第一位同事——欧青，她就是之前招新时那个严肃的面试官学姐。秘书处的工作不少，在这里不仅有各式各样的人才，也有更加艰巨的挑战。

等我终于熟悉了秘书处的各项工作后，新的挑战也接踵而至。

一年一度的迎新晚会暨国庆盛典，是首都大学历史悠久的大型社团活动。在这个活动中，不仅全校的社团都有各自的任务，负责晚会调控工作的秘书处更是职责重大。

这天，欧青专门喊大家聚在一块开了会，给所有人都分配了工作。我作为新人，目前只跟着学姐们学习，所以哪里有需要就去哪里帮忙。

期间还听到一些袁柯的"传说"。

万万没想到，他竟然也是首都大学的学生……嗯，正确的说应该是留级生。据说是因为忙着娱乐圈的事，所以一直没有顺利毕业。对于能够在学校里经常见到明星，想想还是挺激动的……嗯，此时的我完全不记得自己其实也曾经火过一阵子呢……

据说最近几年的迎新晚会因为有袁柯的加入，是一年比一年火爆，甚至其他学校的迷妹们也会偷偷进来，就为了能够远远看袁柯一眼。

而这个祸国妖姬的魅力还远不限于我听到的这些——

迎新晚会这天，我就站在主持人身边，亲耳听这些自己就已经很美很帅的家伙们迷袁柯！

"柯柯真的会来吗？"

"之前约行程，他经纪人说没空呢。"

"不过据说只要是母校的活动，袁柯都会来参加的。"

"想想能见到柯柯，真是好激动啊！"

我算是亲眼见识了为什么文娱部被称为——袁柯的后宫了。

一切准备就绪，主持人从两边分别上台，迎新晚会也在热烈的气氛中，正式开始。两个主持人在台上炒热了气氛,这才报幕宣布第一个节目开始。

第一个节目是音乐系的二人组合,两人不仅有驾驭乐器的高超本领,俊朗的外表更是不亚于任何一个明星。先是鼓手帅气地奏起了鼓点,紧接着是吉他手毫不示弱的弹奏。两人在台上一时间你来我往,看似互相较量,但又配合得天衣无缝。

台下的观众被激昂的音乐声鼓舞着,一时间热血沸腾,很多人都站起来跟着节奏呼喊起来。两人的演出,将晚会推向更加火热的进程。

紧跟着是传统歌舞,之后又有西方乐曲,中间还穿插着有意思的趣味小品。

就在观众如痴如醉,我们这些后台的工作人员也入迷的时候,一场突如其来的小意外,让大家慌了手脚。

"动感的歌曲让我们意犹未尽,下一个节目……"

主持人的话刚说到一半,晚会现场突然间黑了下来,灯光全都灭了。

"怎么回事?"

"不会是有什么惊喜吧——"

"会不会是袁柯来了!"

观众席上的同学都沸腾了,有人在尖叫,有人在狂喊。后台内也是一片混乱。

生活部部长最先镇定下来,派了两个男生去查看,又打电话叫了擅长修理线路的学生过来抢修。不一会儿他们就回来汇报了结果。

"舞台旁的电线断了,正在抢修,最少要二十分钟才能恢复。"

"二十分钟?太久了!现在要赶紧找人过去救场!"宣传部部长眉头紧皱。

"可是没有电,话筒的声音根本传不出去,一个人在舞台上大喊大叫太滑稽了吧……"有人一语中的。

一时间,大家集体沉默。

这个时候主持人突然插嘴:"我想起来了,有备用的扩音喇叭!"

"既然有喇叭,不如让人表演有节奏感的音乐节目,比主持人上去说话安抚更有用!"

"可是刚刚演出的同学都走了,现在要找谁来救场啊!"

看着急得团团转的学长学姐们，我决定站出来："也许……我可以跳一段。"

"真的吗？可是咱们的乐器也没有电啊……"

我想了想，安抚大家道："没关系，我倒是正好知道一种简单的方法！"

在大家的帮助下，舞台很快重新布置了一番。就在黑暗中不耐烦的同学们摸索着准备离开的时候，舞台上突然传来一阵有节奏感的声音，虽然很微弱，但这股声音越来越快，很是有趣。

离舞台近的同学掏出手机打开手电筒照过去。

有第一个就有第二个，很快越来越耀眼的光从舞台下照了过来，舞台上的场面也终于被大家看清楚了。

只见一个穿着小皮鞋的女生，在舞台上认真地跳着踢踏舞。伴随着木地板的配合，节奏感越来越强。很快就有人听出来踢踏舞的节奏来自《SEVE》。

站在旁边的部长们见我这个主意效果不错，也互相推搡着走上舞台，一块配合着我的节奏，来了一场别开生面的踢踏舞。

当踢踏舞渐渐接近尾声，舞台中央突然亮起了刺眼的光线，动听的音乐声也随即响起。紧接着，一个男人从舞台后面缓缓走出，几乎是他一出现，就引起了现场激动的尖叫声！

我们几个人看准时间，排着队从舞台两边撤退。

来人正是惊喜现身的袁柯！

他的出现，将之前火热的气氛重新调动起来，甚至更加火热！我跟着部长从左边往后撤，不想从袁柯身边走过的时候，却被他一把拉住。

这个家伙要搞什么！我使劲挣扎，拒绝袁柯递过来的话筒。

我才不要和你合唱呢！再说……这首歌的伴奏我根本没有听过，我不会唱啊！

我狠狠地踩了他一脚，趁着他吃痛，迅速溜下了舞台。幸好台下的人都沉浸在袁柯的歌声中，没有人注意到这些。袁柯一首歌唱完，很多同学都意犹未尽，在下面大喊着，再来一首。

没想到他唱完歌还不打算放过我，竟然在众目睽睽之下从经纪人那里拿过自己的专辑，直接下台朝我走来。我赶紧装作是负责安排他演出的工作人员，客气地祝贺他演出成功。

袁柯却完全不配合我演出，自顾自将专辑塞到我的怀里："美人，我的歌，好好听听。"

这见人就送礼物的毛病看来是改不了了……想起之前拍戏的时候，他还送过我衣服……我端着尴尬而不失礼貌的微笑，默默收起专辑，趁他的粉丝围过来的当口，再次遁走。

和明星什么的打交道还是免了吧，不说我已经有了净轩，应该洁身自好，就是袁柯那些疯狂的粉丝，也不是我能够招惹的，还是离他远点比较好！

也不知道是该感谢袁柯重要时刻出现救场，还是该头大因为他的出现，后面那些精心准备的节目都黯然失色。万幸的是，虽然出了意外，但这一次的迎新晚会已经成功落幕。晚会结束没过半个小时，校园论坛和贴吧里就已经推送了关于晚会的帖子，也不知道那些拍照的大神躲在哪里，竟然能够拍到那么高清的袁柯的图片……甚至还有躲在阴影中的我们几个上去跳踢踏舞的大图，当然也有些八卦帖在猜测那个让袁柯单独送专辑的我和他是什么关系。

唔，没想到才来学校没多久，就这样出名了。

幸好我也算是经历过大风大浪的姑娘了，这点小名声还不会让我大惊大喜。

★☆★

## 3 & 我要成为一名编剧

我家男神真的是越来越帅了。

犯花痴这个顽疾，这辈子大概都挽救不了了。

我对着电脑屏幕，目不转睛地看着那边一脸无奈的男神，心里那只扑通乱跳的小熊，就像是刚偷吃了蜂蜜一样，甜到了心坎里。

"芊凡。"厉净轩伸手揉了揉眉头，"口水流出来了。"

我迅速捂住嘴，瞪大了眼。

完了！完了！都说了要克制！要收敛了！怎么又在男神面前出糗了呢。

唉，叶芊凡，你怎么这么笨呢，亏你还是多吃了三十年米饭的大龄老女人！

"弟妹好！"

一道清脆而语带调侃的声音唤回了我的注意力。

屏幕上多了一个……还蛮可爱的男生的笑脸，他使劲朝我挥手，让我有一种下一秒他的手就可以伸过来的错觉。

"嫂子好！"

又来一个。

净轩的左边又多了半张棱角分明、看起来有些腼腆的男生的脸。

突如其来的"见面"，搞得我不好意思起来。轻咳了几声掩饰那点不自在，我也学那个可爱男生的样子，朝他们挥手："你们好，我是叶芊凡。"

净轩一脸平静地帮我介绍："戴帽子的是左义，黄衣服的是……"

他还没说完，就被可爱男生插话——"美女，我叫周鑫，叫我鑫鑫就好。"

我只能尽量一脸端庄地坐在那，力求为男神挣足面子。

幸好我家男神很给力，直接一记眼刀飞过去，将那位跳脱的鑫鑫吓退，之后又回过头来，温声安慰我："不用理他。"

不过后来，我还是听到了那边传来的议论声。

"终于知道我们宿舍的大神为什么不理系花了。"

"有这样的女朋友，是我也不看其他人一眼。"

系花？看来我担心的一点没错，像净轩这么帅又优秀的男生，肯定会被那些女生觊觎的。尤其是现在女追男又这么常见……我家男神不会被抢走吧。

像是察觉到了我的担忧，视频那边的净轩皱了皱眉，赶走了在旁边议论的人。

"最近你一直挂着黑眼圈，是不是太累了？芊凡，我支持你努力，但也要照顾好自己，身体很重要的。"

我赶紧去照镜子，果然……大大的熊猫眼，看起来很吓人。不过有净轩的关心，我心里还是甜滋滋的："放心吧，就是碰上几本好书，没忍住熬夜看，以后不会了。"

男神在那边板着脸，像是在审视我话的可信度，最后他无奈地叹息一声："不能在你身边照顾你，也只能相信你了。"

我使劲点头，必须得相信我呀！为了KO那些觊觎你的系花，我也不会让自己变成黄脸婆的!

"净轩,怎么办,本来我还很困的,但看到你之后,我突然觉得自己像是吃了菠菜的大力水手,特别精神!"

"胡说,要早点睡。"厉净轩轻声凶我。

唉,我家男神真是怎样都帅,就连板着脸教训人也这么有魅力。

不过,还是忍不住想要打听系花的事怎么办?

"净轩……他们说的系花……到底是怎么回事啊?"

男神皱眉:"不熟。"

本着知己知彼的战略方针我继续拷问:"系花……好看吗?是什么类型?"

男神严肃地看我,让我忍不住悄悄反思是不是问得太过分了?

"没有你好看,不管是什么类型,我都只喜欢你。"

完了完了!男神怎么突然就表白啊,我的脸肯定又红了!下意识地伸手捂脸,有点不敢去看他:"……油腔滑调。"

男神轻哼一声,语气轻快:"如果诚实也是错的话——那就算是吧。"

已经要控制不了心中的激动和喜悦了,但我还在努力板着脸,严肃地瞪他:"不管什么系花、班花,和你说话,你都不许理她们!"

男神很认真地点点头:"放心吧。"

他说话的时候,目光一直看着我,哪怕隔着冷冰冰的屏幕,我依旧能够感受到目光中的热度,而我脸上的温度也一直下不去。幸好他没有再说什么,只叮嘱我早点去休息。

我飞快地点头,在他说完晚安后,关掉了视频。

然而,一直到熄灯,躺在床上,脑海中闪过的依旧是关视频前,他温柔望着我说想我的画面,什么黑眼圈、睡眠不足,此时此刻都没办法令我顺利入睡,反而再也忍不住将被子拉过蒙上脸,傻乎乎地偷笑起来。

这就是恋爱的味道吧,果然满身心都是粉红色,带着浓郁的甜蜜。

大学的生活节奏真的非常快,我以为只是如同前世那般,闷在房间里连续写了几周的稿子,实际上当我完成自己的第一份剧本从图书馆出来的时候,才发现校园中原本绿意葱葱的景象已经大变,多了几分萧瑟,空气中带着冷意,天空也低沉了下来，实打实的冬季在我不知道的时候悄然而至。

看一眼手里的剧本，三个多月来的辛苦总算有了回报。这个故事原本是上一世自己一直想写但却没有来得及完成的。这一世，虽然想要继续写故事，但却莫名地不想再写小说，而是想试试编剧这个未来会很吃香的技能。

以前写小说的时候，自己的对白功底就比较弱，如今通过写剧本也算是在修补自己的不足。看到心心念念的故事在自己的手中最后变成了完整的剧本，成就感真的是难以言说。接下来，就开始研究把剧本投给哪个制片公司吧！

等回到宿舍，我迫不及待地打电话给净轩，和他分享自己完成剧本的喜悦心情。但……乐极生悲的我根本没有想到，这个时间净轩正好有课。等我叽叽喳喳说了一堆后，才通过手机那边净轩的朋友喊他的声音反应过来——我竟然在净轩上课的时候给他打电话了！

我、我感觉自己好像做了个不懂事的女朋友。

手忙脚乱地挂断了电话，摸了摸脸，发现这样也在脸红……唔，我的厚脸皮难道都没了吗？为了让自己快点冷静下来，我干脆继续打开电脑，在网上查找一下制片公司的资料。

如果我没有记错的话，目前总部在帝都，但在全国都很受瞩目的大型制片公司一共有两家，一家是光影传媒，历史悠久，算得上我国第一家集团式电影制作公司，曾经拍出了无数经典电影，手笔大、格调高，不过再过几年便会因为领导人墨守成规而后力不足；

另一家是时代影业，是在互联网时代应运而生的，在网络收视率上独占鳌头，另外他们很注重吸收年轻的编剧和创新的作品，票房成绩近年来一直都呈现出黑马的姿态。目前业内以高质量、高产量和高颜值著称的编剧秦语就供职在这家公司，可以说是前途无限，光芒四射。

想想自己年纪不大，如果投稿给光影传媒这样元老级的制片公司，按照他们一贯的作风，自己的稿件恐怕很难进到高层的审阅阶段，被分到实力弱的项目部门的可能性很大；反倒是时代影业，一向以不拘一格招揽人才为口号，而且他们的重量级编剧秦语的年纪也不大……这样考虑的话，还是投给时代影业要保险一点。

就这样决定了！先投到时代影业去看看结果。

下了决心之后，我又把稿件的格式和内容重新校对了一遍，再三确认没有什么问题后，将最终的剧本收好，只等每个月时代影业对外开放征集剧本的那一周，就将剧本送过去。

　　帝都的圣诞节，在我一心扑到剧本上的时候悄然而至。这天，好久不见的小敏带着宋宏斌来找我一块过节，看着两人紧紧握在一起的手，我是又替她们高兴，又为自己孤零零在帝都没有净轩在身边而难过。不过让我惊喜的是，小敏竟然专门安排了一个热闹的圣诞聚会，在帝都的闵逸，还有高中的其他同学，虽然已经不在同一所大学，但这一天都聚到了一起。

　　圣诞节过后，也到了时代影业这个月开放征集剧本的时间，我亲自带着剧本去了时代影业一趟。在那里，竟然还碰到了某个新出道的小鲜肉，只不过我比较后知后觉啦，还是门外躲着的粉丝在他出来后蜂拥而至，我才反应过来，原来那个和我一块从楼上下来的男生，竟然是当红的流量小生！

　　剧本已投，心中的一块大石头总算落了地。

　　接下来可以好好准备马上就要开始的期末考试了……为了准备期末考试，连续奋战了小半个月的同学们，每个人都多了一对黑眼圈，饶是如此，考完最后一门走出考场后，大家的欢呼声还是非常响亮的。

　　这就是大学，老师不会再追着我们学习，全凭自律，甚至期末考试也没有套路可循，不仅平时要仔细做笔记，考试前的半个月更要疯狂地复习，狂啃上十几本的专业书，才能保证来年不会再战。

　　不过，这也是青春的模样啊！

　　每个人虽然挂着大大的黑眼圈，但活力十足，并不觉得累也不觉得苦。努力的时候便通宵达旦地努力，可以放松的时候便尽情高歌。人生虽然漫长，但真正无忧无虑的日子应该也就是大学时代了吧。就连我这个大龄女的灵魂，也不知不觉地因为校园里青春的气息而越发年轻活泼了起来，能从头来过真好！

　　考试结束后，家在外地的同学都陆续拖着大大的行李箱回家了。我和小敏早就定好了回S市的车票，只不过在离开之前，我准备去一趟时代影业。在时代影业投的剧本一直没有消息，虽然心中有了不好的打算，但还是想亲自去确认一下。

## 第二章
## 社会，没那么简单

扫码每日打卡，
将减肥进行到底！

大学篇

一直以为前世那些落魄潦倒已经足够可怕。

但蜷缩在自己的世界里的那些自怨自艾，和这个云谲波诡的社会比起来，实在不够看。当真正置身于纷繁的社会之中，才恍然明白，其中残酷远不是一个程夕夕带给我的那些痛苦可以比拟的。

接下来我要面对的，全是以前的我没有遇到过的挑战了。

## ★ 1 & 第一次投稿失败

时代影业坐落在帝都最繁华的银座上，这里面有十几层都属于时代影业。得知我的来意后，前台的工作人员热情地帮我打电话确认了一遍，之后带我到了投稿室。

"吴娜姐，叶小姐我带过来了。"

前台的姐姐带我进去后，就转身出去了。

很显然，吴娜是审稿室的主要负责人，她穿着套装，在我进来的时候，正将一份剧本装进档案袋里。奇怪的是，我好像看到她装剧本的时候手在抖……难道是身体不好？

"吴娜姐，您好，我是叶芊凡，之前……"我将自己投的剧本的信息说了一遍，"请问剧本是被退回了吗？"

吴娜总算抬头看我了，只不过她的目光有点复杂，手上拿着的档案袋也忘了封口，被她下意识放在了桌子上。档案袋的开口碰巧朝向我，我好奇地看了一眼，不想却看到档案袋里面那叠文件的侧边上熟悉的标记。

那不是我的剧本吗？

侧边上那个叶字虽然不太清楚，但因为这是自己的小习惯，所以我几乎一眼就认了出来。

"很遗憾，您的剧本虽然很不错，但在我们公司同类型的剧本里，已经有了更好的选择。"

听到被拒绝，心里还是忍不住失落啊！

不过自己毕竟是第一次写剧本，落选也蛮正常的。我收拾好心情，朝吴娜笑了笑："没关系，贵公司人才济济，我的剧本落选也很正常。"

看着自己亲自校对又亲自送过来的剧本，我忍不住问吴娜："既然没有通过，那我的剧本可以拿回去吗？我想留作纪念。"

我说这话的时候，吴娜突然伸手准备将档案袋从桌子上拿走，我不解地问她："里面不就是我的剧本吗？难道不能拿回去吗？"

吴娜有点慌乱，我还没理清她到底怎回事，就听到她当着我的面说谎！

"你看错了，你的剧本不在这里。这样吧，你留下地址，等剧本拿回来后我给你寄过去。"

吴娜说话的时候，身体僵硬，目光闪躲。

这下，我终于意识到事情不对劲了，越想越蹊跷，我干脆向前走了两步，趁吴娜没有将档案袋收起来前，迅速从里面抽出两张纸确认——这的的确确是我辛苦写出来的剧本。若是我还想不明白她们想干什么，那我也太对不起老天爷对我的厚爱了。

我严肃地看着她："你能给我解释一下这是怎么回事吗？这明明就是我的剧本，为什么你说不是？"

吴娜看了我一眼，未发一语，只是拿起手机编辑了一条消息发过去，很快有消息回复过来。她松了一口气，站起来看着我："跟我来吧。"

看得出来，吴娜应该没有足够大的权利给我解释，她带着我上楼，我跟着吴娜进了一间装修精致、采光十分明亮的办公室。进去后，吴娜什么话都没跟我说就又出去了。

很快，我看到背对着门口，坐在沙发上的熟悉背影。上前两步走过去，等看到她的正脸，心中原本还有的几分不确定也没了。坐在沙发上的人，正是那位年纪轻轻却实力强悍的美女编剧秦语。

不仅这一世，就是上一世，自己也曾经关注过她。她捧回了很多奖杯，每次领奖的时候，脸上的笑容都谦逊温柔。那个时候，自己还是个二百斤的胖子，只会每天窝在出租屋里等着发霉，从来不敢想会有机会亲眼见到她。

秦语抬头，上下打量了我一番："请坐。"

不知道她会给出什么样的解释，我默默坐到了另一边的沙发上："你好。"

秦语放下手中的咖啡，挂着前世我早就看过上百遍的微笑："叶芊凡！你是首都大学的学生是吧？"

我点点头，不明白秦语问这个做什么。

"那我就叫你叶同学了。"

我没反对，不过是一个称呼而已。

"叶同学，你再说说你的剧本吧。"

这下，我突然有点紧张了。不明白秦语这一举动背后的深意是什么。难道是给我机会再争取一次？我深呼吸，笑着开始讲述我的剧本。

"我写的是校园爱情故事，但区别于普通的校园言情，这个故事里的主人翁是女学生和老师。女主角许明月被学识渊博的老师黎卫吸引。但是介于学生的身份，她不敢表白，只能每次在老师借的书中，塞上一张小纸条。纸条上总是写着——黎明之后，我们就相恋。黎卫从一开始的好奇变得习惯了，竟然在纸条背面写上自己的烦心事。女主角也总是用清秀的字体，温柔的语气，来为黎卫解决难题。两人通过互相传递纸条，渐渐产生了感情。当黎卫提出见面的请求时，许明月在爱情的趋使下，答应了。两人就这样开始了秘密恋情。但是纸包不住火，在被同学老师用异样的目光打量时，许明月选择了退学，远走他国。"

我边讲边观察秦语的表情，她一直在点头，应该是认可我的故事吧。

"叶同学，你为什么选择设置这样的结局？这不是传统的大团圆结局，这一点，我很意外。"

"最后以许明月在沙滩上的回眸一笑作为结局，是希望留给观众想象的空间。"我简单解释。

秦语笑着说："说实话，我很欣赏你，叶同学。很多细节上你处理得令我很惊艳，虽然台词部分稍微弱了一些，但胜在不流于俗套。"

听到秦语的夸奖，我一时间兴奋得有些回不过神来。心中酝酿着该怎么回答才好，是谦虚一点还是大方接受她的夸奖？我有些拿不准主意，觉得哪个都不够好。

"我很喜欢你的作品，所以叶同学，出个价吧，将它卖给我。"

刚准备好的回复的话在舌尖打了个转，全都咽了进去。秦语突如其来的一句话，让我浑身冰冷，像是被丢进了冰窖之中。我暗自握拳："秦小姐，你这是什么意思？"

秦语耸耸肩，依旧是温柔的笑，但在我眼中，再也没办法读出里面的暖意。"三十万，卖一部剧本不亏。况且你还年轻，剧本可以再写，只是钱不好再赚了。你大可以拿着这笔钱，挥霍很长一段日子。虽然只是换了一个署名而已，却能让这部剧更加受关注，你说是吗？"

我摇头，毫不犹豫地拒绝："我绝不会把剧本卖给你的。"

秦语轻笑一声，脸上的表情好像是说我这样的年轻人她见得多了，她继续说服我："年纪小的时候，总以为凭着一腔热血就可以闯出一片天地。你可知道，这个圈子，我说一句话，就没人敢用你这个剧本了。"

心中最后的一份期待也在她说完这句话后消失得无影无踪。我重新审视着秦语，发现原来她也没有自己心中想的那般漂亮，甚至眉宇间是洗不掉的冰冷："外面都说秦小姐温柔大方，才华横溢。现在却威胁一个学生，拿出自己的作品。"

秦语面色淡然："你不必激我。剧本，你拿走吧。"

我毫不犹豫地将用档案袋装着的，属于自己的剧本装进了书包。从秦语的办公室，挺胸抬头走了出去。

走出时代影业的大楼，回头看着这座气派的建筑，我只觉得心中有一股喷涌而出的火焰，想要将这大楼中所有不堪的交易一把火烧干净。

也许这就是人为刀俎，我为鱼肉的感觉吧。

虽然拿回了剧本，但只要一想到秦语威胁自己的话，胸中的那股火苗就一直熄灭不了。在宿舍这几天我一直闷闷不乐，提不起精神来，明明自己上一世就已经明白，这就是社会的一部分真相，无论是普通人还是位高权重的人，都挣脱不开。但心中依旧很难过，为自己崇拜错了人，也为自己付出的努力被糟蹋。

后来还是小敏提前拖着箱子过来找我，又拉着我四处乱逛，说是要给家里人带土特产回去，想到我也还没有给爸妈买东西，便没有心思再沉浸在发生过的事情中。人都应该往前看不是吗？只要我坚守自己的本心，用实力说话，总有一天，秦语会发现自己错得有多离谱的！

和小敏大包小包买了不少，结果去赶车的时候才悲剧地发现，我们两个弱女子拎这么多东西，实在是有些……力不从心啊！好不容易上了车，小敏瘫在床铺上，有气无力地呻吟："不行了不行了，等到了Ｓ市，一定要给我老爸打电话，让他到门口接我！"

我憋着笑，将两人的行李摆好，又拿出了两瓶水，递给小敏一瓶："快喝吧，你今晚在车上多吃点多喝点，把那三袋子零食消灭了，我觉得就轻一大半了。"

小敏哼哼两声："你当我是猪啊！"

我嘲笑地看着她："也不知道到底是谁把你当猪，竟然给你准备了这么多零食！"

小敏三大袋子零食都是宋宏斌给她准备的，真是贴心！

不过我一点都不羡慕她！再过一晚就到Ｓ市了，想到马上就能见到净轩了，我的小心脏就扑通扑通跳个不停，心情更像是抹了蜜一样甜蜜。就连小敏半夜使唤我给她端茶倒水，我也眉开眼笑的。

## 2 & 我有全世界最好的男朋友

一夜好梦。

我和小敏拖着行李挤过人群出站后，我一眼就看到了站在人群中的厉净轩。他穿着烟灰色的呢子风衣，挺拔的身姿在人群中异常明显，我看到不少年轻的女生从他身边经过的时候，都在悄悄看他。我看着他，心中又是甜蜜又是酸涩。

净轩也看到了我们，他越过人群，大步朝我和小敏走过来。连眨眼的时间都没有用上，他竟然已经来到了我身边。

看着魂牵梦萦的熟悉面孔，我忍不住红了眼眶，又倔强地朝他笑："净轩！"

手里的行李被他接了过去。绅士风度让他又转身去帮小敏，不过小敏连连摆手："不用了！我已经看到我老爸了，就不打扰你们这对异地鸳鸯了，我先走了！"

小敏拖着箱子撤得飞快，我心里忍不住暗暗给她点赞，不愧是中国好闺蜜！

手被热乎的大手握住，十指相扣传递到心头的悸动，让我真实地感受到男朋友在身边是多么幸福的事情。我和净轩从车站出来，他一手牵着我，一手拎着箱子，带我到了车站旁边的停车场。

看着熟悉的车子，心底原本就感伤的情绪越发激动。

前世同学聚会那一日，厉净轩开的车子便是这一辆，就连车牌号都一模一样。但今非昔比，现在可以光明正大坐在副驾驶上的那个人终于变成了我！

我还在感慨世事无常，感恩命运给我一次重生的机会。身后突然传来熟悉的心跳声，净轩有力的双臂从后面紧紧扣住我的腰，我的身体也下意识软了下来，靠在他的胸膛上。

"只有将你抱在怀里，才感觉到你真的回来了。"

我早就脸红如被烤熟的红薯一般了，周围经过的人都在往这边看："快走吧，他们都看呢。"

腰上的力道又紧了紧，这才伴着一声低低的叹息松开了。

"上车吧。"

净轩帮我拉开副驾驶的车门，温柔地看着我上去后，才绕到另一边开门进来。

"净轩，你什么时候考的驾照？"

"最近。"他发动车子，目不斜视地看着前面，"以后我会经常去看你的。"

他明明没看我，我却觉得脸上被一道炙热的目光灼着，原本就滚烫的温度，一路都没有消退下去。好想时间就这样静止，就这样坐在他身边，一直到天荒地老。

眼前熟悉的小区，还有从家中传出来的熟悉的饭香，都在告诉我，到家了。

净轩帮我将行李拿下来，没有陪我上去。我拎着箱子走了两步，又忍不住扔下箱子跑回到他身边。

"净轩。"

我伸手捧着他的脸，熟悉的面孔，带着暖暖的宠溺，让我不愿意离开。

鼓起勇气，踮起脚尖，猛地在他下巴上落下一记轻吻。

"净轩，我想轻薄你想了很久了！"

说完，我自己都忍不住哈哈大笑起来。但很快，笑声就被一记迅猛而热情的深吻吞噬。我们紧紧地抱在一起，诉说着半年来的思念和不舍。一直到口袋里的电话铃声不合时宜地响起，我才依依不舍地从净轩的怀里退出来。

"我妈催我了，这回真的要上去了。"

厉净轩点点头，目送我上楼。

回到久违的家，看到爸妈，我再次红了眼眶。

"爸、妈，我回来了！"

妈妈从厨房冲出来，紧紧抱住我："你可回来了，刚还让你爸给你打电话呢！"

因为知道我今天回来，老爸特意请了假，要在家陪我吃饭。老妈更是一大早就去买菜做饭，这会儿我已经闻到了熟悉的香味，唔，有红烧肉，还有我最爱吃的肉包子！

这半年我经常给爸妈打电话，知道闲不住的妈妈找了个帮别人做饭的兼职，现在家里的经济条件比以前好了许多，但想到爸妈为此操劳，我心中还是有些难过。

一家人有说不完的话，老妈大手一挥，指挥着我和爸爸帮忙摆桌子，端了早就做好的饭菜出来。

"快吃饭吧，在火车上一晚上，肯定饿坏了！"

"吃完了就去休息，好好睡一觉，还有一假期的时间呢。"

还是家里好啊，吃着熟悉的饭菜，我心里美滋滋的。

在家里被妈妈圈养了好几天，我站在体重秤上，盯着上面的数字再也笑不出来。

不就是小小的偷懒了几天吗！为什么肥肉要这么用尽一切可能地回到我身边呢！为了和肥肉说拜拜，我准备喊小敏出去逛街，多走路消耗热量！没想到小敏竟然和我心有灵犀，我刚拿起电话，她就打过来了。

"芊凡，咱们今天去动物园吧！"

"动物园？"

"对啊对啊，听说最近动物园有从四川过来友好交流的国宝呢！只在这里待三天啊，你陪我一块去看吧！"

国宝？那岂不是萌萌的大熊猫？我没有犹豫，爽快地答应了下来。

和小敏愉快地约定好在动物园门口碰面，结果刚和小敏挂了电话，就接到净轩的电话。

"刚刚和谁打电话呢？"

也不知道为什么，在家里接到净轩的电话总是很紧张。妈妈正在厨房切水果，我捧着电话飞快地回到自己的房间："小敏刚约我去动物园呢！"

"这样啊，看来我晚了一步。"

净轩的声音有几分失落，我反应了一下才明白过来，偷笑着问："净轩，你不会也是约我去看国宝的吧！"

净轩轻笑了两声："是啊，想和你约会。"

怎么办！答应了小敏肯定不能放她鸽子，但是我也好想和男神约会啊！我视死如归地问："要不咱们一块去？反正小敏也没说不准带家属……"此时我心里已经默默脑补出了小敏鄙视的目光，但为了爱情，拼了！

净轩沉吟道："虽然不合适，但为了见到你，这又算什么呢。"

他的声音低沉而有磁性，听他讲情话我总是面红耳赤。一直到换完衣服，我脸上都是烫的。

以前都不知道高冷的男神说起情话来简直让人 hold 不住。真幸运啊，这一世有机会能够和净轩在一起……也不知道前世程夕夕她是不是也经常听到这些，心中不由得又为前世的净轩不值得。

和老妈说了一声，我迅速冲出了家门，就怕老妈多问一句都有谁。

我是和净轩一块到的动物园，我从家离开刚走到小区门口，就见到了站在车边的净轩。今天他穿了一件浅灰色的呢子风衣，配一条休闲长裤，本就高挑的身材越发抢眼，远远地看过去，越发觉得我家男神比那些小鲜肉还要迷人！

"芊凡，你够啦！看个国宝还要叫着你家男神，秀恩爱不要钱吗？"

小敏气呼呼地瞪了我们俩一眼，大手一挥指挥净轩去买票，拉着我说悄悄话。原来宋宏斌这个假期都在帝都实习，所以没有回来。虽然每天都煲电话粥，但小敏心中还是有点失落的。为了安慰她，我只能出卖男神，很是大方地告诉她，今天男神就是来给我们服务的，随便用！

或许是国宝吸引了大家。今天的动物园人山人海，全家出游的特别多。

我的一只手被净轩握着，另一只胳膊被小敏拉着。周围经过的人目光中充满了好奇。唉……我觉得这肯定是史上最奇葩但颜值最高的三人行了吧。为了不让小敏感受到我和男神之间的甜蜜而被虐，所以我全程都在和小敏聊天！

直到——被男神握着的手心突然痒了一下，我反射性地轻呼了一声，很快反应过来，是男神在我手心画圈圈呢，他一定是不开心我一直和小敏聊天了。

小敏奇怪地看向我："芊凡，怎么了？"

我使劲摇头："没什么！"

说完转头看了净轩一眼，但他正偏头看园子里的长颈鹿，面上一本正经，若不是我刚巧看到他耳边的红意，怕是要怀疑刚刚是不是男神做的了！看着故作淡定的男神，我突然心中有了一计！已经抽出来的手，悄悄朝着他的腰部掐了过去——然而，我好像掐错地方了！

预想中男神的呼痛声并没有传来，反倒是一丝引人遐思的呻吟声，不合时宜地传来。

紧接着男神转过头来，表情复杂地看着我。他像是有些纠结，又有点想笑。

"妈妈，妈妈，那个姐姐为什么要掐这个哥哥的屁股啊？"

我、我不是故意的啊……

这回，就连旁边兴致勃勃逗弄猴子的小敏都忍不住转过身来看我，吃惊地捂着嘴巴，眼睛里透露出不用说我就明白的信息——没想到你竟然是大色魔！

真想找个地缝钻进去，我长叹一声，尴尬地捂着脸。

我支支吾吾了半天，听着小敏在旁边不断地啧啧惊呼，只觉得自己的脸皮这回是丢尽了。幸好今天动物园人特别多，来往不断的人群催促着我们快点走，我拉着净轩，飞快地离开了刚刚的地方。

"芊凡，别走那么快嘛，你看那条鳄鱼，还挺萌的，咱们照个相吧。"

我顿住脚步，将挂在脖子上的相机交给净轩："净轩，你帮我们照吧。"

净轩点点头，表情平静地接过相机，等我和小敏凑到一块做好摆拍的姿势后，他按下了快门。接下来，小敏像是进入了拍照模式，到一个地方都想拍一张。

"小敏，你拍这么多照片做什么？"

"宋宏斌那家伙说了要看，不然我才不照呢。"

"哦——原来是给男朋友看啊，那你自己照不是更好，来来来，我帮你照几张美美的！"

"芊凡！"

我笑着躲过小敏的追击，从净轩手上接过相机，准备帮她拍照。结果等我随手翻到之前净轩拍的照片后——发呆的我、吃零食的我、微笑的我，这哪里是合照……都没有小敏的脸。

我虽然心中甜蜜，但还是不由得看向净轩，朝他嘟了嘟嘴。

净轩朝我一笑："情不自禁。"

动物园三人行结束后，在小敏的提议下，我们又一起去吃了火锅。冬天真是吃火锅的好天气，虽然男神坐在火锅店怎么看怎么违和，但在我周到的服务下，净轩吃了不少。看着埋头猛吃的小敏，我极力克制住自己汹涌的食欲，不能让自己成为肥肉的奴隶！

S市的冬天，夜幕降得非常早。

从火锅店出来外面已经华灯初上，我和净轩先送小敏回家，之后他又开车送我回去。车子缓缓驶进小区然后停下来，我推门准备下车，却发现车门没开。

"净轩？"

转头疑惑地问过去，却被一记炙热的吻带进了另一个世界。

车内的温度升高的迅速，两个人的喘气声越来越清晰。我感觉自己胸腔中的空气都要被吸光了，伸手有气无力地想要推开他。

"真不想放你回去。"

这甜蜜的深吻总算落下了帷幕，净轩贴着我的额头，轻轻叹息。在我还未缓过来的时候，他推门下了车，并绕到了我这边帮我开门。

"时间不早了，上去吧。"

我低着头想要掩饰烧红的脸："嗯，你也早点回去吧，路上小心。"

净轩在我下车的时候，伸手抱了过来，我被他搂进怀里。

"明天一起去晨跑？"

"好。"

和净轩一块晨跑的日子，冬天里的冷风也变得不是那么刺骨了。

"净轩，今天咱们去吃刘婆婆家的豆花吧。"

"好。"

"净轩，你不回家过年真的没事吗？"

"陪外婆过。"

我放慢了脚步，痴痴地看着净轩的背影。

这么完美的厉净轩，现在是我的男朋友，而且会留在这里陪我过年，这一切都不是做梦，是真的。

"芊凡？"

厉净轩在前面停下来，转头看我。

我三两步跑过去，抓住他的手不放："跑不动了，你牵着我跑吧。"

感觉到手被他握紧，我的心跳更快了。

沉浸在爱情中，我忘记了学习，忘记了补电影、学习剧本……每天想得最多的是净轩，最想打电话的也是净轩，更不用说情人节，我十分"见色忘义"地推掉了小敏的邀请。

如果没有看到那条新闻，那么这个寒假一定是我目前为止度过的最美好的假期了。

偏偏，世界上最不可能出现的就是"如果"了。

那天晚上我和爸妈一块窝在沙发上吃水果，妈妈准备看正在追的电视剧，换台的时候，一条娱乐新闻蹦了出来：

娱乐八卦的记者在发布会上采访美女编剧秦语，恭贺秦语新剧发布。我突然有种不好的预感，拦住了正要继续往下换台的妈妈。

电视中秦语挂着她的招牌笑容，穿着高档的礼服，应对镜头时从容不迫。但她说的每句话，都像是一记重锤，敲进我的脑子里。

"秦语编辑您好，听说您这次一改往日的剧本模式，竟然写的是校园故事。

可以透露一下，您即将开拍的电视剧名字吗？"

"人总是要改变的。这次的电视剧，是龙兴娱乐公司赞助的，将为大家带来不一样的青春校园故事。电视剧的名字叫'黎明之恋'。"

另一个男记者挤到了前面，脸上带着兴奋的八卦味道："秦大编辑，听说在电视决定前，还发生了一起小意外？"

秦语看了男记者一眼，笑容明媚得异常刺眼："只是个小事情，不过是助理……弄丢了剧本的原稿。幸好之前，她还细心地准备了复印件。虽然现在还不知道原稿丢在哪里，不过也没有什么。"

旁边刚知道这件事的记者小声感慨着。

秦语对着镜头，依旧笑得那么温柔："不过希望捡到的好心人，可以将原件交还给公司，以免剧情泄露。"

我坐在沙发上，握紧拳头控制住内心的愤怒。黎明之恋，分明是我投稿的剧本！如今怎么变成了她秦语即将拍摄的电视剧本？当初自己选择不卖剧本，没想到她竟然还留了一手。如今被她广而告之，说自己的原稿丢失，我又怎么能拿着原稿去辨明是非？真是好一招釜底抽薪……

"芊凡，你脸色怎么这么难看？"耳边传来爸爸关心的询问声，老妈直接伸手过来探我额头的温度："没发烧啊，不开心？"

我赶紧收拾了心情，朝爸妈摇摇头。

命运不公平吗？

不，命运很公平。导致命运不公平的其实是我们自己一次又一次的选择。当我们将希望寄托在命运和他人的眷顾中时，命运必然不再公平。只有坚持自我修炼，从灵魂到能力都足够强大，才有资格去定义命运是否公平。

我握紧拳头，心中暗暗发誓，秦语，谢谢你在我最春风得意的时候给我上了这么惨烈的一课，虽然我的内心愤怒又痛苦，但这也激发了我的斗志。终有一天，我会好好回报你的教导！

★☆★
## 3 & 那明明是我的剧本

秦语推出新剧，还弄出剧本丢失，怀疑是被实习生带走的新闻。这些谎言掐断了我投诉她的念头。而这件事接连炒了很久，#秦语新剧原稿丢失#、#秦语新剧尝试青春领域#等相关话题也越来越热，每隔几天都要上一次微博热搜。

我极力想忽视这件事，但偏偏周围的人一下子好像都在关注着秦语，就连小敏也给我打电话，说秦语的新剧。

回到学校，宿舍里的沈然、丁晓月她们也在讨论，并且她们还都是秦语的粉丝。

"听说没有，我的男神何易之，会出演黎明之恋的男主角！"

"媒体爆料，和他搭档参演的女主角竟然是一个神秘新人。"

"对对对！我找遍了微博，竟然没翻到这个女主角的照片，只知道是因为很符合剧本人设，导演和编剧力荐的。期待不要毁了我的男神。"

原本不想将这件事告诉净轩，让他为我担心。但听着沈然她们兴致勃勃的讨论，还有网络上那些谩骂实习生的恶毒言辞，我心里还是越来越委屈。最后忍不住打电话给净轩。

"净轩，如果一个位高权重的人，盗用了你的作品，你会怎么做？"

净轩没有犹豫，言简意赅："韬光养晦，蓄势待发。"

"那……如果你和那个人差了很远很远呢？真的有机会打败她吗？"

净轩沉默了一瞬："芊凡，你很棒。我相信你，你也要相信自己。"

我明明只是假设，并没有说自己，净轩他为什么……

"净轩，你——"

净轩叹息一声："傻丫头，那个故事你写之前就和我说过的，我都记得。"

听到净轩的话，我心头一暖，更加委屈了。

以前总是写那些女汉子谈恋爱后，连瓶盖都拧不开的甜蜜情节。如今自己也终于有机会体会有男朋友在的安全感和幸福感了，如果不是遇到这么糟心的事，应该会更甜蜜吧。

"净轩，你真好。没想到我乱七八糟说的东西，你都能记得这么清楚。"

"女朋友的话，不敢不记。"

"噗——净轩，你这是在说情话吗？"我脸上热了起来，"效果还真的很不错哦。"

"你喜欢就好。"净轩的声音也带了几分笑意，"芊凡，如果现在无法诉诸正规途径，那就努力站在和她同等的位置，当你的话也足够有分量的时候，就会有人相信了。"

站在同一个地位上吗？

我已经改变了命运，如果继续努力，也是有机会达到秦语的成就的吧？如果只有这样才能保护自己的东西不被盗用，才能真正固守心中的原则，那么我愿意继续奋斗！

净轩的话让我豁然开朗，心中原本乱糟糟的思绪也变得清晰了起来。重新审视如今的自己，无论从哪一方面，都没办法和秦语比肩。想要让别人相信，只有站在和她一样的地位，将自己的实力证明给大家看才行。

心中终于有了决断！

《黎明之恋》会是我铭记一辈子的光荣，也是我时刻印在心上的"耻辱"。

总有一天，我会告诉所有喜欢它的观众，到底谁才是它真正的创作者！

"净轩，听你这么一说，我突然有种豁然开朗的感觉！"想起前两天欧青学姐和我提到过的关于去天行传媒做实习编剧的事，原本我心里郁闷，缺乏兴致，但是现在突然有了动力，"我准备去天行传媒试试，争取拿下实习编剧的工作！"

天行传媒是一所中规中矩的传媒公司，在光影和时代传媒的压力下，并不突出。但天行每年总会有几部不错的作品，在市场中占有一席之地。这些公司想提前预备人才，所以每年都会给大学生提供实习岗位，而工作的时间都尽量根据学生的作息量身打造。而且，这些公司给出的实习工资也很优渥。

"嗯，无论你做什么决定，我都支持你。"

净轩坚定地表达了自己的立场，他又轻叹一声，语气颇有几分惆怅。

"芊凡,你变得越来越好,真怕有一天我会追不上你的脚步。"

厉净轩会追不上叶芊凡的脚步?

哈哈哈,这一定是宇宙级的冷笑话。

"净轩,你是在说冷笑话吗?明明一直以来你都是我的偶像,如果不是为了和这么厉害的男朋友站在同一个世界,我可能还会是那个傻乎乎的胖妞吧。"

"……其实,你胖胖的也很可爱。"

"真的吗?净轩,你肯定在哄我对不对!我自己都欣赏不了自己的赘肉,你那是什么奇葩审美……"

"芊凡,你很好,比你自己知道的要更好。"

以前总觉得净轩是高冷男神,但真的相处后才知道,他只是不喜欢和不熟悉的人浪费口水。尤其是晋升为女朋友后,越发觉得净轩的情商直接将我秒杀了。他说起情话来,让人猝不及防,总是让我心里又暖又甜。

天行传媒的办公地点和首都大学离的并不远,在校门口坐公交车,六站地就到了。我精心准备了一周,写了新的短篇作品。等到周六,决定趁热打铁,去天行传媒面试看看。我以为自己已经来得很早了,没想到走进天行传媒的公司,就见他们的会议室已经坐满了来实习面试的大学生。

我找了一个比较偏僻的位置坐下,听着旁边的学生小声聊天。

"我是H大学的,你们呢?"

"我是Z大的。"

"我、我……我学校不好,哎,就是来给你们做陪衬的绿叶的!"

一番观察下来,我发现重点大学的学生都大方地介绍着自己学校的人文,话比较多;而某些不知名大学的学子们,大多低着头看自己的东西,不参与聊天。

看来天行传媒的实习机会也很抢手啊。

有工作人员挨个儿喊人进去面试,我看了看自己手上的号码牌,到我还要很久呢,还是先去个洗手间,收拾一下妆容吧。按照走廊里的指示牌,我顺利找到了厕所。但当我经过一侧的楼梯时,突然听到一阵急促的呼喊声:"不要——"

这是什么情况？

难道是我撞见了什么少儿不宜的场面？

我正准备快步走过去，却听到尖锐的求救声——"放开""救命啊"。

心里有一瞬的纠结，如果是前世的我，现在大概早就离开了吧，毕竟又胖又丑的自己又有什么能力去帮助别人呢？但是现在……如果就这样离开，会不会对我厚爱有加的上天也会感到失望？如果净轩在的话，他一定不会就此离开吧？

深吸了一口气，我返身回来，悄悄推开楼梯间的门。

只见就在下面一层楼梯的拐角处，一个身穿西装的中年男人，将一个长相柔美身材瘦弱的女生禁锢在双臂之间。

"你往后躲什么。你看这细皮嫩肉的，做实习生太可惜了，你怎么吃得了这份苦。"

"不……不用了。"女生缩着身子用手推这个男人，但她明显被吓得不轻，根本无力抵抗。

"什么不用了？是不用面试了？还是不用在这里……呵呵……"男人猥琐地笑着。

听着男人轻浮的语言，我疾恶如仇的小宇宙瞬间被点燃，我一个箭步冲了下去。

"琳琳，你怎么这么久还不上来，马上就到你了，快走。"

我趁男人不备将他推开，拉住女生就走。

女生正要说话，就被我一个眼神瞪了回去，她反应过来："哦哦，对对对，我们快走吧！"

将女孩送回会议室，我安慰道："你没事吧，下次小心点。"

女孩看着我欲言又止。

我在外面站了一会儿，见那个男人没有往这边来，心里松了一口气。能在这里对来面试的大学生下手，恐怕是天行传媒内部的人吧，就是不知道他的职位有多高。真没想到，这样的事竟然哪里都有，唉……

这时，工作人员带着一组垂头丧气的人回来："26号到29号进来面试，30号到33号准备。"

我看了看自己手上的号,正好是29号,连忙收敛了情绪,回会议室拿上自己的资料,跟着一块进了面试的房间。

我们进去的时候,碰巧听到房间里坐在面试席位上的一个年轻男人在叹息:"原本提出在高校招编剧的方法,或许能给公司带来新的气象。没想到,进来的不少学生,都是空有抱负,却没有基础。"

没想到一进来就听到这样的话……也不知道是不是故意说给我们听的,不会是要给我们增加压力吧?我忍不住抬头想要看清楚对方是什么样子,不想却看到了一个熟悉的面孔!

袁萧!

竟然会是袁萧。

心中的激动还未涌上来,余光又瞥到了坐在他身边的另一个人,他、他不就是刚刚见过一面的光头大叔吗!很显然,他也认出了我,朝我冷哼一声,啪地摔了手上的笔。

26号面试的学生已经开始自我介绍:"各位考官好,我是来自H大学中文系的学生。"

对我嗤之以鼻的光头大叔这会儿频频点头,对26号女生很是满意:"不错不错,还是重点学校,我看你很符合我们公司的要求。"

袁萧皱眉看了他一眼:"张总监,其他人还没介绍呢,不要这么早下结论。"

不一会儿就到我了。

袁萧看向我:"29号,该你自我介绍了。"

我知道袁萧是在为我创造机会,心中感激。我立刻站起来将我准备的资料送了过去。

"各位考官好,我是来自首都大学的中文系学生,叶芊凡。"

我能看到那位光头的张总监脸色一下子变得难看了起来。他甚至没有看我交过去的资料。反倒是袁萧,认真地翻看着,眉宇间的神色还算放松,我心中略微松了口气。

之前介绍的女生这时候突然插话道:"张总监,袁编剧,我在网上曾经发布过小说,现在的阅读量已经好几十万了呢。"

张总监笑眯眯地点头:"年纪轻轻,的确有潜力啊。我看你比一些空有学校名头的学生，有实力多了。我们公司就是缺少这样的人才。"

看来这位张总监是因为刚才被我打断了"好事"，所以想报复我啊，这次天行传媒的实习机会，应该希望不大了吧。我心中多少有点失落，却听到袁萧指着我说道："我觉得这位女同学交上来的作品很有潜力，不仅文笔成熟，而且自成一派，这才是我们公司更加需要的。"

张总监轻哼一声："小袁，你来这公司几年，我来这儿几年？谁更适合这里，我能不知道吗？我看你就是帮公司拿到几次好成绩，就沾沾自喜过头了。可不能因为认识她，就胡乱帮着说好话啊。"

对我出言不逊也就算了，但他怎么能又趁机嘲讽袁萧呢。我没有压下内心正义的小火苗，开口反驳道："张总监，我看你才是因为我坏了你的好事，胡乱公报私仇吧。"

说完，不用看他的表情，也知道他一定会恼羞成怒。

果然——

"原来首都大学的学生，是这样的，我算是见识了。出去出去，我们公司不用你。"

不等我出去，袁萧先站了起来，他看着我目光认真："他说得对，公司用不起你。你值得更好的。"

袁萧说完，冷冷瞥了张总监一眼，像是再也忍受不了，先我一步离开了会议室。其他几个一直没吭声的评委此时面面相觑，房间里的气氛冷下来。

我在这里待着也没什么意思了，吸取之前的教训，我离开前先收回了自己的作品，迅速离开了会议室。

★☆★☆
**4& 柳暗花明**

离开天行传媒，虽然失去了这次的机会，但我心中竟然并没有太难过。前世那种为了生存想要珍惜一切机会的心态不知何时发生了变化。此时的我，心中因为自己坚守初心而松了一口气。如果下次再遇到这种事，我还是会这样做，这样我的良心才不会不安。

原来，人一旦强大起来，那些前世的我不曾有机会体会过的对原则和初心的坚持就是这样的吗？

"叶芊凡，你想当编剧吗？"

袁萧的声音从身后传来。

虽然心中奇怪，但还是转过身认真地看向他。只见袁萧单手抄兜，面带浅笑朝我走过来。

"走吧，请你去喝咖啡，我知道一家很不错的咖啡店，咱们坐下来慢慢谈。"

袁大编剧要和我慢慢谈？到底是什么事？我心里有些没谱，只能老老实实跟着他一路进了公司旁边的咖啡馆。

咖啡馆内的装潢，大气又简约。

这里真不错，若是在这里窝上一下午写稿子，应该很舒服吧。前世太穷了根本消费不起这样的地方，现在是不是可以偶尔来奢侈一下了？

我和袁萧一人点了一份咖啡，他还要推荐店里的甜品，但想到自己的肥肉，我使劲摇头："不用了，喝咖啡就已经很犯罪了，不能再吃甜品了。"

袁萧没有坚持，只是笑着看着我："你们女人真是——"

我佯怒瞪他，哼哼两声："那是因为像你们这种受老天厚爱的大帅哥永远体会不到胖和丑是什么滋味！"

袁萧笑了两声，言归正传开始问我的近况："最近在写剧本吗？"

想到《黎明之恋》和秦语那点糟心事，我有些无奈地耸耸肩："算是吧。"

"我知道一家公司，现在需要优秀的原创剧本。你看最近两周，能提供大致提纲吗？"

我好奇地看向袁萧，想问他为什么帮我，但又觉得这个问题好像蛮幼稚的。说实在的，对于他提供的机会，我倒是不想错过。

思考片刻，我回答他："两周虽然有点赶，但我会努力的，有什么具体的要求吗？"

袁萧满意地点点头，开始给我讲解需求："仙侠类的剧，一直是年轻人争相追逐的焦点。如果能写出一篇不错的仙侠剧本，应该会很受欢迎。"

仙侠……想到前世后来那些大火的仙侠剧，不得不佩服袁萧的市场敏锐度。

"仙侠故事啊，虽然现在好的作品不多，但在国内市场上，只要是相关的作品收视率都非常不错，袁大编剧，你真厉害！"

袁萧哼了一声，对我拍马屁的行为予以点评："没想到你马屁拍得也不错。"

没想到袁大编剧说话这么俗气，我心中暗暗想着，到底没胆子说出来。

之后我和袁萧又继续聊了一会儿写剧本的事。虽然谈话时间不长，但他说的话言简意赅，让一些我在写《黎明之恋》时遇到的问题迎刃而解。看来以后要多和大神学习才行啊！

离开前，袁萧特意将自己的电话留给了我，让我有什么问题随时和他交流。

回到学校，我开始全身心地投入到了提纲的创作中。但不知道为什么，总感觉自己想到的故事太浮于表面，像是缺少了那么一点灵魂，那些在心中形象丰富的人物，到了提纲中突然像是失去了生命力。一连几天，我都据守图书馆的一角，咬着手指愤愤地和提纲作战。

太过专注的后果就是，净轩发来的很多消息我都没有及时回复。

晚上躺在床上翻看一天的消息的时候，发现男神发过来的消息一条比一条哀怨，我强忍着笑，钻进被子里给他回信息。

"净轩，对不起啦，今天的人物还是很死板，我在图书馆研究了一天也没解决，一直没看手机……你别生我气哦，我现在好想好想你呢。"

"欲速则不达，芊凡，你应该好好放松一下，说不定更容易突破难关……马上就到五一了，到时候我去看你。"

我的注意力都被最后一句话吸引，兴奋得差点尖叫出声。

"净轩，你说的是真的吗？我、我、我好开心啊。"

"我什么时候骗过你。"

"从来没有！我家净轩是大大的君子，一向是言出必行，男神风度无人可敌！"

"油嘴滑舌……不过我喜欢。"

"净轩，你变坏了哦！"

打开话匣子之后，想要和净轩说的话多得数不清，最后还是他见时候不早了，催促我赶紧休息，我这才依依不舍地和他说了晚安，关掉手机准备睡觉。

隔天，坐在图书馆的我依旧什么都想不到，看了看已经完成的差不多的提纲，就剩下几个主要人物的形象填充了，和袁萧约定的时间还有几日，我深吸了一口气，决定听净轩的，放松一天，放空自己的大脑，看看能不能冲破现在的难关。

离开图书馆，我漫无目的地在校园里闲逛。竟然意外碰上一个小剧组在校园里取景，周围有不少看热闹的同学。我一时好奇也走过去看，没想到穿着一身古装戏服的女生竟然是那天在天行传媒差点被那个光头张总监欺负的女生。

她所有的注意力都放在了拍摄上，像是完全感知不到周围旁观同学的目光。我站在旁边看了一会儿，只觉得这个女生的演技真心不错，虽然不知道她们拍摄的是什么内容，但只短短的几个镜头，几句话，她的表情和情感表现得十分到位。

很快，他们拍摄完准备去下一个地方。

女生被助理带着去卸妆，并没有注意到人群中的我。

周围的人渐渐散开了，我听到好几个男生在夸赞那个女生长得漂亮。

我也跟着人群离开了这里，等到中午肚子咕咕叫的时候，我才猛然发现自己竟然在漫画社的窗外看了一个多小时。回过神来后，才发觉双腿已经麻了。

漫画社的那些社员画的东西都好有趣，跃然纸上，虽然没有特地用文字去解释说明，却依旧能够让人看明白人物身上的风采，就好像他们完全将心中的所思所想呈现了出来——等等！没有特别的文字，却完全将心中的所思所想呈现出来！这不就是我一直没有想明白的地方吗？我在填充人物形象的时候，总是希望能够找到完美的独一无二的属于这个人的词汇，却忘了只要将心中所思所想的这个人物的一切呈现出来，也许就足够了！

我狂奔回图书馆，顾不上咕咕抗议的肚子，将自己心中一直以来对那些人物的简单平实的定义写了出来。一鼓作气、一气呵成，当我写完后重新审视那些人物，突然发现原来这些就是属于他们的独一无二的文字，无须特别去找，就是心中最初的那些定义，便已足够。

到了约定的那日，我按时到了那家咖啡馆，没想到袁萧比我先到。

"喝点什么？"

"一杯柠檬水吧。"

我将手里的剧本递过去，心中带着期待和忐忑坐在对面，暗暗等着他的评价。

一杯柠檬水上来后，我猛地灌了两大口，来掩饰自己的紧张。轻唰唰的翻页的声音，敲打着我的神经，我越发坐得笔直了起来。

袁萧看得很认真，他手上拿着一支笔，看的时候时不时在上面勾画着。看到最后，他满意一笑："你果然没让我失望。"

这么直白的夸奖，让我怎么接啊……

下一秒又听袁萧说道："实话告诉你吧，并没有公司需要一本仙侠类的剧本。"

什么？！

我猛地抬头看过去。

袁萧认真地看着我："对不起，骗了你。"

心中虽然很诧异，但袁萧他应该不是那种人吧，还是问清楚比较好："虽然被骗的感觉让人有些不爽。但你这样做，一定事出有因，不知道是因为什么？"

袁萧给了我一个赞许的眼神，直奔主题道："我想离开天行，那里已经不再是以前的公司了……然而我和天行的合约没有到期，不能大张旗鼓地决裂，也不能自己亲自写剧本。如此的话，一本受欢迎的好剧本，便是必不可少了。"

说着他拿起桌上的剧本："这不仅是对你的考验，也是对我的考验。你想和我合作吗？"

和袁萧合作，自己做影视？这真的不是做梦吗？虽然听起来风险大的可以捅破天，但反正自己现在也一无所有，所以为什么不试试呢？说不定柳暗花明又一村就是指的这样的境地呢。

想好之后，我没有犹豫，爽快地一口答应："这么好的机会，我怎么会错过。"

袁萧笑了笑："我果然没看错你。"

说着他开始向我分析自己的计划："我在娱乐圈这么多年，一些赞助商的资源我还是有的。现在缺的，便是能说服他们的剧本。但是现在——好的提纲已经有了，好的剧本还会远吗？"

"你是说我的提纲很好？！"

虽然他最开始也有夸奖我，但我还是有些不敢相信。

"叶芊凡，你很不错！你要相信自己，接下来就好好打磨剧本吧！"

"好！"我坚定地回答道。

大学篇

扫码每日打卡,
将减肥进行到底!

### 第三章
### 你努力奋斗的样子真美

努力真的会有收获。

当我们摒弃一切杂念,认真做事,安静做人,周边的磁场真的会改变,身边的人也会受影响。

我很幸运,身边有一群志同道合的朋友。不用太多言语,就能默契十足。大家一起尽力去完成一件件有趣又有成就感的事,还有什么做不到呢?

有了伙伴,就成功了一半。

## ★
## 1 & 万事开头难

　　这还是我两辈子以来第一次和这么牛的业界大佬合作。尽管我们的合作才刚刚开始，短暂的几周里我已经见识了许多新东西。

　　比如袁萧超高的效率——

　　"你的提纲我已经做了详细批注和针对性策划。"

　　"可是我昨天才拿给你的——"

　　"昨天怎么了？要不是上午刚好有个会，中午就拿给你了。"

　　"……"

　　比如他对市场全方位的把控——

　　"你做的分集提纲我看了，里面有些部分情怀太重了，现在是市场的天下，情怀偶尔来一次就可以，太多了就没劲了。"

　　"还有你交给我的新构思，新颖倒是很新颖，但其中有部分创意和其他公司正在拍摄的有重复，我们要想一鸣惊人，就要完全规避过去的市场套路。"

　　最最让我敬佩的是他的专业技能，尤其是他对剧本解读的专业能力——

　　"剧本不是小说，你的故事真的很棒，但怎么基础的创作格式也会串？"

　　"一看你就是写小说出身的。"

　　"关于人物辅助性的动作、心理占比太大了，在剧本里对白才是塑造人物的重要元素，剩下的交给演员自己发挥才能有更意想不到的效果。"

　　"男二和女二在性格上有些相似了，尤其是后期的性格、心态变化，区分太少。"

　　唉，说真的，如果不是自己还有点与众不同的故事，可能这会儿早就自惭形秽地去搬砖了。

最初我和袁萧都是在咖啡馆讨论剧本，一直坐到天黑的那种。

袁萧擅长让剧本按照市场热点去走，而我则因为有前世的经历，热衷于挖掘未被开采的领域。一开始，我对袁萧还心存敬畏，但慢慢混熟了之后，尤其是在争论剧本的时候，我也放开了手脚，两个人的讨论也开始充斥了"硝烟战火"。

袁萧语重心长："固定的模式，不仅能够吸引原本的观众，还能让结果更加保险。"

我据理力争："如果你只是想按照原本的模式，得到预计的好结果，何必另开炉灶。主角是孟婆女，她日复一日地为别人送孟婆汤，将往事遗忘，但她却一直对自己的前世十分好奇。而她通过帮助鬼魂找到自己的记忆碎片，最终想起自己前世的故事。这样的背景，插叙和倒叙是最好的选择方式。"

袁萧眉头紧皱："剧本和小说不同，只有一开始交代好起因，才能让观众接受。"

我还是想坚持自己的想法："然而孟婆女的身份，不是剧本最后的谜底吗，我坚信只能最后揭晓。"

于是——由于我们两个争执得实在太激烈，在安静的咖啡馆里显得非常的突出。服务员友好地请我们离开："我们已经下班了，欢迎你们下次光临。"

被赶出来的两人，站在大街上相视苦笑。

就在我准备提议回学校找个空教室来讨论的时候，袁萧已经作了决定："为了以后工作方便，或许我们需要租一间工作室了。"

工作室啊！

听起来很牛的样子，难道我就这样发家致富做老板了？会不会很快就能发大财，躺在钞票堆里混吃等死了？从胡思乱想中回过神来，我和袁萧暂时各自回去，准备等找好工作室后，再继续讨论。

原本以为要等上四五天，但我还是低估了袁萧的工作效率，第二天就接到了他的电话，说是地方已经找好了。我按照他给的地址，抱着剧本一路赶过去，发现他找的地方是闹市之中一处门市的二楼，虽然只有四十多平，但设备都很齐全，最重要的是袁萧竟然自己带了一个高档的咖啡机过来。

顿时，我们的小工作室就有了一种私人咖啡馆的文艺格调。

"这里真不错！尤其是有了这个咖啡机，都可以赚个外快了！"我和他开玩笑。

"这样的环境……其实很恶劣了。"袁萧像是不太满意。

"能在大首都找上这么一间交通便利、设施齐全的房间，已经很不错了。"我倒是很知足，在帝都租这样一间屋子，每个月的租金应该也不便宜呢。

袁萧没再纠结环境的问题，他率先打开电脑："当务之急还是好好写完剧本。"

我也拿出准备好的笔记本电脑："不用你说，我也知道自己的工作。"

话题结束的很突兀，但我和袁萧直接进入工作状态倒是一点都不突兀。这一回，经过一番激烈的讨论，我们总算在第一阶段达成了共识。

中间休息的时候，袁萧端着咖啡，目光灼灼地打量我："有时候真的很难相信，你仅仅是一个刚成年的少女。和你相处起来太过自然，甚至忘了年龄，有时候还以为是和同龄人打交道。"

我心中偷笑，自己本来就不是少女了。这么说起来，和净轩在一起，好像有点老牛吃嫩草了……憋住心中的偷笑，我一脸淡定："不用见外，你就把我当同龄人，好好使唤，不用顾忌。"

袁萧耸耸肩："你这样的性格，的确让合作方便了不少。如果让我去哄小女生写剧本，想想都头疼。"

我配合着大笑："听你这么说，我就当作是夸奖收下了。"

整整一个多月，我感觉自己像是在练一项绝世神功一般，完全进入了走火入魔的境界。每天心中想得最多的除了净轩就是写剧本。就连必需的吃饭和休息，都让我觉得麻烦。有时候赶上周末，我干脆不再强迫自己早早去休息，而是任由灵感肆意，手指敲打在键盘上，感觉灵魂异常的充实。

这天因为是周末，我干脆留在了工作室，凌晨的时候靠在沙发上眯了一会儿，待到早上太阳从城市的一边升起后，我给自己泡了一杯咖啡，吃了两块面包，又开始坐在电脑前奋战。

袁萧进来的时候，一脸诧异："你不会没有回家吧？年轻人果然动力满满啊。"

我手上刚好完成了最新的情节，按下保存键，这才有工夫和袁萧闲聊几句。不过说起动力，总觉得自己之所以这么拼，有很大一部分原因是因为剧本被盗用感到憋屈，所以想要尽情地发泄在写作之中。

袁萧看了我新赶出来的剧本。

"不错，越到后面越渐入佳境，我说的那些元素你都完全掌握了精髓——越简单的故事越好，故事不要有太多的枝节。优秀的剧本注重画面感，不要让人物显得呆板和单调。后面注意加一些时间限制，会加深观众的紧张感。"

说完他长叹一声，其中带着我听不懂的感慨："看来我也要加紧行程了。"

整个周末，就连袁萧也留在了这里加班，也不知道是不是被我拼命三郎的精神感染了。说起来，若不是周日下午净轩锲而不舍地给我打电话，催促我早点回学校休息，我可能都忘记了第二天又到了周一。我和净轩打完电话后，就见原本坐在电脑前面奋斗的袁萧不知何时换了衣服。

"袁大哥，你要出去？"

"是啊，带你出去吃饭，犒劳犒劳我们辛苦的大编剧，吃完顺便送你回学校。"

我下意识地拒绝："不用啦，我直接回学校就好了。"

袁萧面带笑意："怎么，怕你男朋友误会？"

我脸上一红，摇摇头："净轩不是那种人，他——"话还没说完，我突然意识到袁萧是在开玩笑，顿时红了脸，"袁大哥，你什么时候也变得这么、这么不严肃了！"

袁萧哈哈大笑，率先走出房间："快走吧，我知道一家不错的料理店，带你去尝尝。"

袁萧的盛情邀请难以拒绝，我心里思量了一下，鉴于我们现在合伙人的关系，一块去吃饭应该也没什么大不了的。再说免费的美食，不吃好像太对不起自己了。

料理店果然如他所说，口感一流。饶是我没有见过什么大世面，也能感受到这里做的料理精致而不同。吃完饭，袁萧充分展现了一个绅士的风度。不仅送我回学校，竟然还一路送我到宿舍，一直开到宿舍楼底下。没想到他对这里好熟的样子。

"以前经常来接我表弟,所以学校的门卫都认识我了。"像是看出了我心中的疑惑,袁萧主动解释道。

"表弟?"袁萧还有表弟啊。

"哦,我表弟就是袁柯,你应该还记得他吧。"

袁柯竟然是袁萧的表弟!这个我还真是第一次知道。

回到宿舍,看到久违的床,我恨不得立刻就扑上去大睡个一天一夜。但……我一进来,陶心瑶便从阳台冲了过来。

她"气势汹汹"地审问我:"芊凡,刚才送你的帅哥,是你男朋友吗?"

我摇摇头:"不是啦,我男朋友在S市。"

陶心瑶一脸恍然大悟:"原来……"她神秘兮兮地凑过来"你放心……我们不会说出去的。"

我暗自翻白眼:"想什么呢?只是时间太晚了,所以袁大哥才送我回来而已。"

床上的丁晓月突然轻哼一声:"男女之间,哪儿有纯粹的友谊。"

我无语地看着她们:"相比友谊,我们应该算是合作伙伴。"

但很明显,陶心瑶和丁晓月对我的解释嗤之以鼻。幸好我不常在宿舍,平时和她们的交流也不多。看来那句话说得真不错——价值观不同的人,是没办法互相理解的。

在宿舍美美地睡了一觉,神清气爽的我再次投入到紧张的创作中。

经过近两个月紧张地赶工,剧本的初稿总算完成。

看着摆在自己面前厚厚的一叠稿子,心中既满足又觉得空落落的,很是复杂。袁萧坐在对面,脸上挂着浅笑:"辛苦了,接下来的工作就交给我了。"

然而,再次和袁萧见面的时候,他却一脸沉重。

"袁大哥,现在什么情况?"

袁萧木着脸,沉默了一会儿才道:"现在有好几家企业的确对剧本很感兴趣,只是……只是听说不是天行的签约编辑,便不那么诚心了,提出的赞助金也只是看在我的面子上勉强答应的。"

我心中忐忑地问:"多少?"

袁萧苦涩地张了张嘴:"三百万……古风仙侠剧的成本,原本就比现代剧要高。这三百万能干个什么?连几个像样的演员都请不来。"

三百万,说实话在我心中已经是很大的数目了,不过电视剧的花费确实很大。想起前世后来那些很火的影视形式,我提议道:"实在不行,别请那些有名气的演员不行吗?"

袁萧摇头又点头:"可以是可以,但明星的收视号召力,总是有帮助的。再说光是服装道具费,以及聘用制作班底那些,怎么也得上百万。"

我仔细算了算:"按照现在拍戏的路子,投资的钱,主要是花在演员、编剧、导演身上……演员,我们可以挖掘新人。编剧,也就是我,并不想要稿费。那就只剩导演了!"

"导演的话,我倒是想到了一个怪人。虽然走偏了,但我的大学专业的确学的编导。而在大学同窗里,有个人一直被老师称为怪才。"

我心中一喜,满怀希望地问:"关系好的同学吗?那这就好办了。"

袁萧苦笑:"相反,关系很差。但如果能让他看到他感兴趣的剧本,也一定会参加拍摄的吧……"

不管怎么样,总要试过才知道。这次见面,我和袁萧重新制定了各自的任务,袁萧继续去企业拉赞助,努力增加赞助金额,并顺便去拜访那个所谓关系不好的同学。

至于我,主要负责寻找符合剧本人设的新人演员。

想要找到颜值在线又有一定表演能力的新人,首选自然是戏剧学院了。于是乎,连续几天我都在戏剧学院瞎逛。首都大学在大学城的南边,而戏剧学院则在大学城的北边。我租了一辆自行车一路骑过去,畅通无阻地进了戏剧学院。

看来自己青春的面孔还是无敌的嘛,沾沾自喜的在戏剧学院骑自行车兜了一圈,见到了不少帅哥美女,可惜的是一直没有遇到合适的人选。

回去的时候我特意选了一条略远些的路。最近忙着赶稿,饮食又开始不规律了,想起昨天和净轩视频时,他说我又可爱了不少——唉,易胖体质真是让人气馁,看来还是要多锻炼啊!

这条路是沿着帝都的护城河过去，中间有个很大的公园，不仅是周边学生们的约会圣地，很多退休的叔叔阿姨也喜欢在公园里散步。今天公园里异常的热闹，我一路骑过去，一直绕到了公园的另一边，才搞明白原来今天这里有一场露天发布会，据说是某个当红小鲜肉又有新作品要上映了。

将车子停在路边，我也凑了过去，准备去看看是哪个小鲜肉。

不想挤了半天小鲜肉没见到，却见到了我的完美女主角！

那个女生穿了一身橘色连衣裙，远远地站在人群后面。她应该很喜欢那位小鲜肉，眼里荡漾的激动，甚至感染了我。明明外表看起来文文弱弱，但却又是活跃的追星族，真是矛盾的综合体，她这样的人，应该就是那种天生的演技派吧，一举一动都是自然流露。

一直到小鲜肉上车离开，周围聚集的粉丝依依不舍地散去后。我这才又骑车跟上了女生，见她走进了一家咖啡馆，我也跟着进去了。

女生进去后选了一个隐蔽的角落，我进去的时候，她刚点好一杯美式咖啡。我深吸了一口气，鼓起勇气走到她面前："可以打扰一下吗？"

女生从手中的海报里抬起头来看着我，眼神有一瞬间的茫然："你是？"

我点了和她一样的美式，等到服务员离开后，我直奔主题："虽然有些唐突，但我想问问你有意愿拍戏吗？"

女生诧异地看着我："我吗？"她摆摆手，"别逗了，我不会演戏。虽然也在戏剧学院，但我学的是后期制作。"

"不是科班出身怎么了，又没有人规定一定要有演员证才能演戏。我真的觉得你很符合我们剧本中的角色。如果你有兴趣参演的话，不妨考虑考虑。演技方面，我们也会请专业老师指导你。"

女生一脸兴致索然，目光时不时落在自己手中的海报上，可以看得出来，她是真的非常喜欢海报上的那个小鲜肉。我心思一转，又再接再厉说服她道："其实进入娱乐圈也有不少好处啦。可以体验不同的人生，接触到原本不能接触的人……"

女生拿咖啡的手一顿，似乎在沉思。我知道她动心了。

我见好就收，拿出纸写下了我的电话和工作室的地址："这是我的联系方式。有时候抓住一个小小的机会，或许会造就不一样的人生。"

女生到底将我递过去的联系方式收了下来："我、我先考虑考虑吧。"

等接到女生答应到工作室详细面谈的电话后，我激动地又蹦又跳。

女主角的人选算是暂时有谱了，但男主角一直没着落，我的神经也跟着一直紧绷着。

这天，小敏约我到帝都有名的餐馆一块吃饭。

我出发得有点早，到那后给小敏打电话，她竟然还堵在帝都的另一边。挂了电话，我漫无目的地在附近闲逛，很快一个年轻男人吸引了我的注意力——只见他着浅色长袍，长相俊秀，此时在喧嚣的都市街头为几位老人唱古风的戏曲，竟然毫无违和感，甚至轻而易举就能将人带进情境之中，当真让人沉醉。

一曲毕，听戏的老人接连鼓掌。

"唱得好，唱得好。"

"小江的功力是越来越深厚了。"

男子挂着浅笑，听着老人们的赞叹，光是站在那里，就像一株浊世青莲般。这样的人，不就是我心目中的男主角何令该有的模样吗？若是他能够出演男主角，一定会很完美吧！

心里这样想着，腿上已经先一步朝他走了过去。只不过我还没来得及开口，那些围观的老爷爷便先笑了起来："哎呀，又来了一个小江的迷妹。"

另一个老爷爷配合地扳着指头数："这都是第几个了？"

我看向男子认真地解释道："你好，我是一名编剧，我觉得你很适合我剧中男主角的角色。不介意的话，可以谈谈吗？"

对方抱歉地看了我一眼："不好意思，我没有进娱乐圈的打算。"

我不愿意错过这么合适的人选："你可以再考虑一下，有什么问题我们尽量解决。"

不料对方直接收拾了东西准备离开："时间不早了，我还有些事，失陪。"

我有些欲哭无泪地看着男子潇洒离开的背影，被拒绝的感觉，真的好酸爽啊！

"小姑娘别哭，振作起来！"

"小江经常来这里给我们唱戏的，你可以来多劝劝他。"

围观的人看我难过都来劝我。

小敏迟到了整整一个小时,不过我没有心情吐槽她这个迟到大王,满脑子都在想要用什么办法说服男子,参与我们的演出。结果一顿饭下来,反倒是我被小敏吐槽了半天。心里装着事,我也提不起精神来陪小敏逛街,向她告罪之后,我有点失魂落魄地回了学校。

接下来,每隔两天我没课的时候,都要去某屯的广场上看看能不能见到那个男子。但接连几次,老爷爷都告诉我对方没有来。

也许是我去的时间多了,真诚打动了在广场上闲聊的老爷爷,到我第四次又去的时候,他们好心提醒我,"他在戏剧学校当老师呢,你可以去那里找他。"

在老爷爷的提醒下,我当机立断赶去了戏剧学院——姓江,年轻的大学老师,虽然线索比较少,但好在他似乎在学校里十分有名,我刚说了几个特征,就有同学反应过来直接带我去了他的办公室。

这次,我顺利见到了他。

只不过这位江老师看到我很意外:"你也是这个学校的学生?"

我厚着脸皮走到他办公桌前:"老师好,为了混进来我也是不容易。"

江老师总算没有直接赶我出去,他伸手让我坐下:"编剧都像你这样亲力亲为吗?"

我苦笑了一声:"形势所逼。"

他看着我,像是认真审视着我说的是真是假,最后他给了我几分钟的时间,让我说服他:"现在开始,讲一讲你所有说服我的理由吧。"

我看着对面这位年纪轻轻但表演不俗又为人师表的男子,想到从老爷爷口中得知的关于他的信息——江老师的家里一直从事和戏剧相关的工作,所以对如今娱乐圈的浮躁,很是反感。

我决定实话实说:"说实话,这次能够写剧本也是给予我的一次挑战,从选演员都要自己出马,也可以知道我们剧组并不庞大。虽然条件各种艰苦,然而我并不想放弃这个机会……现在想拉你上我们这艘很是简陋的草船,我也很抱歉。"

"但是有时候,是不是应该试着做一些超出自己长处外的东西……就连广场上的老爷爷们也说,你适合更大的舞台。我知道,你或许更希望是在戏剧方面做出成就。不过在那条路开始之前,要不要先参演电视剧,来看看你眼中的娱乐圈呢?"

我没有催促他马上做出决定,而是将我随身携带的一份剧本拿出来交给他:"这是我的剧本大纲,有时间的话,您可以看一下,期待你的到来。"

接下来,我陷入了焦心的等待。

## 2 & 守得云开见月明

眨眼便到了和女生约定在工作室会面的日子。

至于江老师,一直还没有接到他的电话,我心中原本的几分期待也渐渐沉了下去,却又不愿意就此宣告失败,只能在时间允许的情况下,继续忐忑地等着他的回信。

约定的这日,我和袁萧都提前到了工作室,两个人先短暂地交流了一下最近的成果。

"有收获吗?"

"有吧……只是邀请已经发出去好几天了,还没有收到回复。你呢,谈得怎么样?"

"公司答应再加五十万,虽然不多,但这笔钱也可以办不少事了。至于我提到的那个导演,他倒是对你很感兴趣。"

对我感兴趣?

我只当袁萧又在开玩笑,没有放在心上。

"看来现在,演员是目前最紧张的问题了。但是他们俩,无论是从外表还是潜力来看,都是很合适的人选。"

我的话刚说完,就听到一阵敲门声。

"一定是她来了。"

我有点激动,怀着期待走到门前,打开门后,迎接我的惊喜竟然比预想中的更多一些。站在门外的不仅有那个女生,竟然还有江老师!

女生看到我们的工作室后,叹了一口气:"感觉自己被骗了,和我想象的公司不一样!"

江老师也跟着走了进来,打量了一下我们的工作室,直言不讳道:"听你说条件不大好,还以为是自谦,没想到还真是一间小房子。"

"快请坐。"我倒是不介意他们的吐槽,非常热情地为他们端茶倒水。

四十多平的小房间,一下子多了两个人,确实显得有些拥挤。我迅速将杂乱的稿子整理好:"平时写剧本的地方,有些乱。"

袁萧站起来迎接两人:"你们好,我是剧组的制片人袁萧。"

江老师审视地看了袁萧一眼:"你好,我是江誉,目前在首都戏剧学院任职。"

"我叫虞小珊,戏剧学院的非戏剧专业学生一枚。"

就剩我没有介绍了,我郑重地站起来。

"虽然见了几次面,但是我还没认真地介绍过自己。我叫叶芊凡,是剧组的编剧。谢谢你们能够信任我。"

袁萧这个效率狂人,竟然直接跳过客套的环节,迅速切入正题:"虽然对你们不了解,但我相信芊凡的选择。想必剧本的提纲你们都看过了,现在,我想听听你们的想法。"

江誉先说了自己的想法:"其实,我来这里有两个原因。想试试能不能通过其他方式弘扬戏剧文化。理由有些不纯,见笑了。另一个原因……我觉得剧本不错,闲来无事参与进来,也是乐事。"

虞小珊被江誉一本正经的理由震慑住,她看了看我,用只有我明白的表情,一本正经地对袁萧说:"我是被叶芊凡的人格魅力征服了。"

如此冠冕堂皇的话……怎么想袁萧都不会当真吧,结果让我大跌眼镜的是,袁萧他还真的认真地点了点头。虽然自己知道虞小珊想进娱乐圈的原因,不过也没什么大不了,只要演技好,有什么目的又有什么关系呢。

我对她笑了笑,又眨了眨眼睛,只觉得两个人的距离又近了一步,一语双关地暗示她:"希望你近距离接触到本人,不要失望啊。"

接下来袁萧又和两人洽谈了关于报酬方面的事，虞小珊对于在袁萧这个圈内人看来其实很少的报酬倒是没有什么失望，很爽快地接受了。至于江誉，对报酬的事更加不上心，在他看来还不如把这些钱用到剧组的投资上，让他能够更好地达成自己想要达成的目的。

我和袁萧倒是同时都松了一口气，主演对报酬要求不高，这样就能省下更多的钱用在制作上，也能进一步提高电视剧的质量。

袁萧一锤定音："很高兴你们能加入我们。希望你们不要小看了演戏这件事，长时间的学习是必要的。我们会即刻安排专业的老师为你们上课。"

就这样过去了几天。

因为有袁萧在，剩下的一堆琐事都不用我操心。明明电视剧开拍在即，我这个合伙人加编剧却成了最清闲的那一个，直到被袁萧一通急电召回工作室。

"这么急喊我过来，做什么？"

"他又闹脾气了。"

"他？"

"还有谁，那个古怪的人。一会儿他来了，你来说服他，我是无能为力了。"

哦！

原来是那个古怪的导演啊。

只是，如果连袁萧都说服不了他……我能有什么办法。

袁萧一脸全靠你了的表情，让我越发感觉压力山大。不过我也对那个叫陆和通的古怪导演更加好奇起来。

过了半个小时左右，外面传来了敲门声。袁萧先一步去开门，很快他带了一个男人进来。看着站在袁萧身边的人，我发现他和我想象中的怪才导演一点都不一样。

他踩着一双凉拖，身穿明显大了一号的风衣。脸上的胡子刮得很有艺术感。

我压下心中的疑惑，伸手过去向这位陆导演问好。

陆和通瞥了我一眼，没有伸手。他毫不客气地一屁股坐在了最舒适的沙发上："你没有我想象中漂亮嘛。"

终于知道袁萧为什么那么难以忍受他了。

我小声反驳："你也没有我以为的成熟绅士。"

陆和通靠在沙发上怪笑:"嘴巴挺厉害的,比袁萧那个傻小子好太多了。"

被点名的傻小子袁萧,嘴角抽搐了一下,极力忽视陆和通的毒舌。

陆和通耷拉着眼皮,一副我是大爷的模样:"我今天来,是想告诉你们,这电视我不拍了。"

既然不拍了,那我现在问清楚原因,应该也不会有更坏的结果了吧,想到这我不顾袁萧的暗示,开口问道:"谈好的事情变卦,请问你对我们有什么意见吗?是给的钱不够,还是剧组条件不好?"

陆和通看了我一眼,半晌才道:"没别的,就是昨天吃鱼卡住了。心情不好,就不想拍了。"

这下,我觉得自己有点被他打败了!心里默默诽谤这个家伙一把年纪了,还以为自己是任性的小公主。不过面上我故作理解地点点头:"就被鱼刺卡住了,也能难过到第二天?我有个朋友,辛苦写了一年的稿子,被一个有名的编剧私自拿去拍戏了。现在她只好想尽办法爬到更高的位置,拿回属于自己的剧本。她都没有一直难过,你一个大导演,也至于为了鱼刺浪费表情?"

陆和通犀利地看着我,一针见血地问:"到底是你的朋友还是你?你们这些私事我也不想管,只要我自己拍的开心就成。只是你看看你们剧组的设备,租的一套什么东西。拉来的两个男女主角,还没有我好看。"

袁萧认命地道:"说过了,设备再给你换一套好的。"

"呵呵,就你换的那一套?"陆和通冷笑着嘲讽。

我抢在袁萧前面哀叹一声:"是啊,你说得没错——我们剧组不仅穷,就连两个主角,也是新人。所以唯一拿得出手的就是导演了……"

陆和通有些玩味地看了我一眼:"哈哈,这话听得舒心。"他笑完就站起来优哉游哉地哼着歌往外走了。

我有些不确定地看向袁萧:"所以他是又答应了?"

袁萧扶额,一脸拿他没办法的表情:"他就是这样的脾气。"他说完这个,突然认真地看向我,欲言又止,"那个往上爬的人,是你吗?"

我苦笑了一声:"看来我不适合撒谎。"

袁萧并没有再继续追问到底是怎么回事,他只是拍了拍我的肩,让我加油。

## 3 & 甜蜜时刻

难得轻松下来，我又恢复了以前晨跑的习惯。

清晨的空气清新又夹杂着淡淡的香气，我惊喜地发现操场上的木棉花竟然都打了花苞，春天不知何时已经悄悄来临。我顿时神清气爽，在操场上跑了两圈，觉得自己的身体又恢复了活力——结果等到回宿舍睡了个午觉后，就再也爬不起来了！

汹涌而至的感冒加咳嗽，让我瞬间变成了虚弱无力、内心彷徨的小可怜。

若不是沈然中午回来取东西，发现了面色泛红、神志不清的我，给我找了药让我吃下，恐怕我要错过好几天的太阳了。

躺在床上，感觉到药效在体内发作，我忍不住拨通了净轩的电话。

"净轩……"

"怎么了？是不是生病了？"我的声音沙哑的厉害，净轩很快就听出了问题。

"盖上被子觉得自己浑身犹如火在烧，透一丝风又觉得好像置身冰窟里。"

"吃药了吗？"

"吃了一顿，多亏了沈然，原本我还以为忍忍就能过去了……"

"真希望我就在你身边。"净轩的语气有些失落，带着浓浓的歉意。

"净轩，我没事。我会照顾好自己的，放心吧！"我不愿意听到他自责。

"照顾你的责任明明该是我的。"净轩坚定的语气中又带着一股若有似无的叹息。

和净轩结束通话后，我窝在被子里，心里也跟着难过了起来。谁不希望自己的男朋友就在身边呢？那样就可以面对面肆无忌惮地说笑，可以每天甜蜜地约会。但是啊，爱情可以是重要的调味剂，可以是美味的配菜，却并不是能战胜一切的必需品。

每个人都有更重要的、想追求的东西。

我在自我催眠中沉沉睡过去，醒来的时候，已经是第二日的清晨了。宿舍里的其他人不知道什么时候回来的，又是什么时候起来的。我从床上坐起来，就看到丁晓月和沈然站在阳台上往下看。

依旧隐隐作痛的额头，在听清楚她们的议论后，更加疼了起来。

丁晓月伸手指着楼下的人问："我们学校有这种气质的帅哥吗？"

沈然站在她身边踮着脚张望："没见过。我觉得比表演系的那两位帅多了！"

丁晓月啧啧两声："我早上回来的时候他就在那了，手里还提着吃的，我倒想看看她的女朋友长什么样，竟然忍心让大帅哥这么等。"

沈然嘿嘿傻乐："是我的话，一定把他捧在手心里。"

和我差不多一块起来的陶心瑶，也走到阳台边去看，只不过她没有说话，像是在想什么。

我给自己倒了一杯温水喝了，感觉身上有了几分力气。

从枕边拿出手机，一看竟然关机了！一定是昨天打完电话忘记充电了，看来这场病来得还真是凶猛。我没有跟着她们往阳台上凑，坐回床上找了数据线充上，这才打开手机。结果一开机，就看到十几个来自净轩的未接来电还有信息。

"我到帝都了。"

"一定是还在睡吧，我就在宿舍楼下等你。"

净轩来了？！慢着——刚刚丁晓月她们在议论的难道是他？！我赶紧穿上外套，冲到阳台。楼底下那抹修长而熟悉的身影，清冷精致又高不可攀的气质，不是我家男神又是谁！

他的手里还提着格格不入的豆浆、包子，虽然收到了他的消息，但此时见到就在楼下的人，心中还是有几分不敢相信，我轻呼一声："净轩！"

净轩像是心有所感，也抬头看了过来。

我朝他挥手，净轩目光带着宠溺，朝我笑了笑："下来吧。"

此时，我心中又是惊喜又是惊讶，根本顾不上沈然她们的追问，迅速换了一身衣服，冲下了宿舍楼。

他伸手覆在了我的额头上："还有些发热。"

我傻乎乎地看着他，只觉得我家男朋友又变帅了，等看够了才后知后觉地问："学校的课没事吗？"

净轩拉着我的手，将我揽在怀中："男朋友偶尔的任性，女朋友要给予支持啊。"

我被他突如其来的拥抱弄得面红耳赤，虽说经常在校园里见到热情的情侣，但真的到了自己身上，还是会害羞啊！

我低着头，闷声调侃他："希望学校的导师们，也可以像你女朋友这样支持你。"说着又看了看他手中的东西，"不过，净轩你远道而来，就给我带了豆浆？"

净轩宠溺一叹："小吃货，在带你吃好吃的之前，你首先得把病养好。"

我仰头朝着他笑，两人交握的手十指紧扣，心中是前所未有的幸福感。净轩买来的豆浆因为等我早就凉了，我带着他在校外的早点铺子一起吃了热腾腾的早饭。吃完早饭，我正纠结要带净轩去哪里休息，他已经先一步拉我朝不远处的豪华酒店走去……酒店外面的停车位上，我看到了熟悉的车牌，净轩他不会昨晚挂了电话后就开车过来了吧。

他带我直接上了早就订好的房间，里面的温度很暖，我被他推着直接坐到了床上："吃了药快点休息。"

我嘟着嘴无奈地望着他："净轩，你明明知道看到你，我就毫无睡意了。"

净轩拿了早就买好的药给我吃，等我吃完，才朝我勾人一笑。我有些害羞，鬼使神差地捂住自己的胸："……净轩，我们这样共处一室会不会太快了。"

净轩面上一僵，站起来走到我身边，笑着揉了揉我的头："傻瓜，在想些什么？"

我眼巴巴地看着他，也不说话。

净轩低头在我的额头上轻轻一吻，随后蹲下来帮我解开鞋带脱了鞋，动作温柔得让我险些哭出来。

"我就在这陪着你，再休息一会儿吧。"

我乖乖地往旁边挪了两下，看着净轩也侧躺在我身边。下一秒，我将头埋在他的怀里，紧紧拉着他的手："感觉现在的自己，幸福得好像在梦里。"

净轩隔着被子将我揽进怀中："放心，等你睁开眼睛，我还在你身边。"

他的身上带着淡淡的薄荷香，这股熟悉的味道让我既宁静又安心，明明不想睡着，却又很快沉沉睡了过去……再次醒来，已经是日上三竿了。入眼是厉净轩沉静的睡颜，我目不转睛地看着曾经不止一次入梦的脸，只觉得心跳又开始加快起来。睡着的净轩，眼底有一层淡淡的青色，这个傻瓜，肯定是连夜赶过来的。也不知道到了后等了我多久。

看得心满意足之余，我还发现一件很有趣的事——睡着的净轩意外的不怎么老实，薄薄的被子，被他纠缠的全身都是，就连原本整齐的衣服也变得皱皱巴巴。只有拉着我的一只手，牢牢地不曾放开。心中被甜蜜填满，我忍不住紧紧回握住他的手。

可惜力道没控制好，我的动作一下子惊醒了他。只见净轩微微睁开眼，目光看向我。他眼里带着几分刚睡醒的茫然和掩饰不住的温柔。

"头还疼吗？"

"托你的福，好像好得差不多了。"

我们两人都没有立刻起身，就这样躺着看着对方。尤其是净轩，他专注地看着我，原本我还镇定自若地回视，后来越来越hold不住，目光闪躲地看向别处："你怎么总看着我啊？"

净轩叹息一声："没有你在身边的日子太难熬了。所以让我多看看你，把你记在心里，一闭上眼睛就能够想起。"

我何德何能，竟然能够被净轩这样爱着。

倘若上一世那些苦难就是上天给我的考验，让我这一世能够和净轩修成正果的话，那么心中还有的那些不甘和痛苦我愿意就此放下。眼眶发酸，我情不自禁地凑了上去，将头埋进他的怀里，用这个行动，来述说自己的委屈和思念。

净轩好像身体僵硬了一下，语气纠结地说："在进行下一步前，让我见见你爸妈吧……"

我愣了一下，忍不住扑哧笑出声："下一步？谁说的有下一步。净轩，你变坏了！"

仰头便可以看到净轩耳根处淡淡的红晕，但他还一本正经地跟我解释："我听左义和周鑫他们讲的。"

我忍不住捉弄道："乖，以后少和你室友学这些，他们都是损友，不如让我教你。"

不想净轩却审视地看着我："你很了解这方面的知识吗？"

我被问得面红耳赤，我能说前世的我是腐女一枚吗……但这些话好像真的说不出口啊。

"我……也不是太了解。"

净轩亲了亲我的额头："我们一起学。"

我怎么觉得净轩变得"黄暴"了呢！可是他说得又好像很对的样子，我竟然无法反驳！

大病初愈，再加上有净轩陪在身边，我第一次感受到了什么叫校园恋爱——不用担心赚钱，不用操心做饭，没有孩子和父母的催促，也没有工作上的压力。我和净轩既去体验了高档的烛光晚餐，也在我的强烈要求下跑去小吃街吃了各种小吃。

原来，男朋友在身边的感觉就是这样的，我们在一起的每一秒都是开心的，有那个人在身边，就感觉全世界都在手心，满足感和安全感将我淹没。

最后一天，净轩提出要请我的舍友一块吃饭。我本来想说我和她们不是那么熟，不一定愿意来吃饭，还是别破费了，但又怕他担心我人际关系不好过得很寂寞，最后还是接受了他的提议。也不知道是净轩面子大，还是真的巧，这天晚上她们竟然都有空。我将净轩定好的西餐厅地址发给她们，约定好晚上在餐厅见。

当天下午，我拉着净轩在商场购物。身为女朋友的我，好像还一直没有给男朋友买过衣服呢。正好最近袁萧大方地给本编剧发了生活补贴，我一脸土豪模样眉开眼笑地拉着净轩，帮他选衣服。

"芊凡，我衣服够穿了。"

"你的是你的，和我买的能一样吗？"

"那一件就好了，不用这么多。"

"要买当然买一套啦，我要把我男朋友打扮得更英俊逼人，让那些垂涎你的小妖精只能看不能碰——"

"又胡说八道了。"

"嘿嘿……那你说我说得有道理吗！"

"唔，有道理。只要是我女朋友说的，都有道理。"

"勉强算你通过考验啦！为了奖励你，女朋友决定再送你一条腰带！"

可能是我说话的口气太土豪了些，旁边的几个高中生一脸鄙视地看着我，甚至毫不避讳地在讨论——"你看那个女的不会是暴发户吧……""我看像，啧啧，没想到啊，现在长得帅的男的，都成小白脸了。"

听到这话，我差点喷出来，憋着笑一脸抱歉地看着净轩，亲爱的男朋友，我真不是故意的。净轩宠溺又无奈地牵着我的手，目不斜视地从店里出来。

晚上，我和净轩刚到餐厅，发现沈然她们竟然早就已经到了。而且，个个都精心打扮过，看来大家都很给我面子呢。

我拉着净轩，笑着和沈然她们打招呼。

净轩定的餐厅，地处商厦顶层，高端上档次，更不用说四面巨大的落地窗，可以将首都繁华的夜景一览无遗。我们几人落座，气氛正好。

"嗨，正式给你们介绍一下，这位是我男朋友厉净轩。"

"净轩，这是沈然，红衣服的是丁晓月，白衣服的是陶心瑶。"

看着陶心瑶身上的白色外套，我突然想起来之前和她们一起逛街的时候，我也试过这件衣服。当时因为价钱上千，我觉得实在太奢侈了就没有买，记得当时陶心瑶没有发表什么意见，还以为她不喜欢呢。

厉净轩优雅地点头微笑："各位好。"

我家净轩的模样，在灯光下更加俊秀精致。就连平时对任何事都漠不关心的丁晓月，此时也表露出几分不自然。我心中默默感慨，果然是看脸的天下啊！

"大家随便点哦，我家净轩说了，要让你们吃高兴了！"

丁晓月看了我一眼，不动声色地给自己点了标准的牛排和甜点，不出彩但也不过分，看样子应该也经常出没这些地方，平时她都不怎么合群，现在看来其实人还不错，有原则；沈然依旧是一副大大咧咧的样子，看见每个图片都垂涎地惊呼，后来选了服务员推荐的两种；而陶心瑶，点餐的时候先去了洗手间，等回来后她直接选了和净轩一样的餐，我看了她一眼，心中莫名有点别扭。

吃到一半，沈然在下面悄悄扯了扯我的袖子："芊凡，我想去厕所，你陪我一起去吧。"

"走吧。"

我站起来准备陪沈然一起去，旁边的丁晓月见状也站了起来："等等我，我也去。"

到了卫生间，沈然接水用力拍在自己的脸上："为什么见你的男朋友，我要紧张？！"

我看着她被拍红的脸蛋，扑哧一笑："那你也不用拍得这么用力吧。"

"芊凡，你竟然有这么帅的男朋友，怎么从来不见你提起过？"

我耸耸肩，一脸无奈："我明明常说自己的男朋友在S市，是你们从来不好奇罢了。"

丁晓月从洗手间出来后问了一句："你男朋友家是干什么的？……我的意思是，我们点这么多菜不要紧吧？"

"既然他请客，你们就放心大胆地吃吧！"

我们仨很快回到了座位上，不知怎得，我马上感觉到了净轩和陶心瑶之间古怪的气氛。虽然净轩依旧面带浅笑，但我能看出他目光中的几分清冷，直到回望我的时候，才消退下去。

"怎么了？"我小声问净轩。

净轩皱眉还未开口，就听陶心瑶语气古怪地抢先说道："芊凡，和厉大哥没关系，是我问了不该问的问题。"

厉大哥？

我看了净轩一眼，目露疑问，净轩只安抚地朝我挑挑眉便又低下头帮我切牛排去了。反倒是丁晓月，和我一样，看了陶心瑶一眼，目光中的意味不言而喻，陶心瑶在我们两个的注目下很快低下了头。

丁晓月这才收回目光，又问道："说起问题，我也很好奇，你是怎么追到你男朋友的，说出来让我也取取经吧。"

追净轩的话，自己好像……我一时陷入了前世和这一世的回忆中，有痛苦的也有美好的。

手上传来净轩手上的温度，他温声道："是我追的她。"

丁晓月抿了嘴不再吭声，傻姑娘沈然非常捧场地惊叹："好浪漫啊。"

我和净轩相视一笑，他将切好的牛排推给我："吃吧。"

下一秒，我便感觉到三道意味各不相同的目光落在我的身上。我手拿刀叉，面不改色地吃起来。这可是我男友的爱心服务啊，别说是目光了，就是这盘子肉会让我的肥肉再度杀回来，我也要全部吃完！

这顿晚餐结束得还算愉快，虽然净轩的话不多，但只要是她们问到的，净轩都很给面子地简短回答了。从餐厅出来，我和净轩将三人送上回学校的出租车后，手牵手享受最后的相聚时光。

一手摸着自己圆滚滚的肚子，一手和男神的手十指交握，我心中尽是满足："今天聚餐，你会不会表现得太好了。"

净轩低笑："也不看我是谁的男朋友。"

我被他说得瞬间骄傲了起来："也是。"说完我抬头看净轩，他也默契地低头迎上我的目光，我们两个人同时笑了。

夜色微凉，我被净轩揽在怀中，慢步朝停车场走去。虽然很不想破坏了这静谧的时光，但我还是忍不住问道："净轩，那会儿你和陶心瑶是怎么回事啊？"

净轩摇摇头，宠溺地将我揽在怀里："没什么，不过她对你……并不和善，你以后尽量少和她接触吧。"

虽然净轩没说，但看他的脸色也知道陶心瑶没说什么好话。我在他怀里蹭了蹭，答应了他的嘱咐："你放心吧，我知道的。"

纵是千般不舍，终有一别。

到停车场的距离看起来很远，但也不过十几分钟就磨蹭到了。净轩先送我回了学校，他不准我再去送他，和我在宿舍门口分开后，自己开车回Ｓ市了。

看着净轩一步步越走越远的背影，我躲在宿舍门边，眼巴巴地望着他，很想追出去抱住他。但理智告诉我，不能这样，我这样只会让净轩心中更自责，当初报志愿的时候他就一度觉得对不起我……但留在Ｓ市和到帝都，不过是我们选择的对自己最好的一条路而已，从来没有谁对不起谁。我只希望在一起的时候，时间能够慢点过，不在一起的日子又能快点过。

## 4 & 片场日常

净轩回 S 市后,我又将注意力重新放到了新剧的拍摄中。也是这时我才后知后觉地想起来,自己的剧本要投入拍摄这个好消息还一直没有告诉小敏!

"叶!芊!凡!你死定了!这么重要的事,我竟然是最后一个知道的。"

"娘娘,您消消气,小的知错了!"

"嘴上这么说,谁知道你下次再有什么重大消息会不会又忘了我呢,哼哼!"

最后还是我割地赔款,答应小敏不仅去观看她的比赛,还要请她吃大餐,才总算负荆请罪成功。

离电视剧开机的时间越来越近,我的悠闲生活也告一段落。在开机前便和袁大哥一块去了片场。走进摄影棚,我一眼就看到了到处乱走的虞小珊,她穿着一身淡紫色的古装长裙,手舞足蹈地在熟悉老师教给她的动作,此时见到我,兴奋地朝我挥手。

我三两步迎上去:"动作小一点,你现在可是穿着古装的淑女。"

虞小珊扯着裙子转了一圈:"怎么样,好看吗?"

我连连点头,毫不吝啬地赞赏她:"漂亮!淡紫色的衣服,既可以把孟婆的忧郁气质烘托出来,也可以增加少女的神秘和娇媚。"

虞小珊面上一红,突然凑到我耳边道:"听你这么说我就安心了,待会儿附近有他的戏,我准备拍完了过去呢。"

"哦——"我若有所思地朝她一笑,揶揄地看着她。

虞小珊被我看得低了头,拿着剧本挡脸:"我要继续背台词了,你自己转转吧。"

我向虞小珊问了袁萧和陆通和的行程,原来这俩人还窝在房间里讨论拍摄的具体细节呢。

翌日，在陆和通的坐镇下，电视剧正式开机。陆和通虽然大大咧咧地坐在导演椅上，但眼睛却从未离开过镜头。

今天拍的是，女主角孟巧和男主角何令的谈心。孟巧疑惑自己为什么生来便是地府孟婆，自己的前世到底经历过什么。

孟巧："小白，你说我上一世是什么人，经历过什么事？"

何令："应该是卖猪肉的小贩吧。"

孟巧："我若是那卖猪肉的，你就是待宰的小猪。"

何令："不与妇人争长短。"

孟巧："小白，你说我上一世会不会是因为做了错事？"

孟巧："所以被罚在地府日夜给那些死去的人送汤？"

何令："这些言语莫不是又听那些凡人说的？"

孟巧："可是我觉得他们说得有道理。"

何令："人不必活得那么明白。"

这段两人的对话持续拍了三遍，第三遍的时候，陆和通大喊了一声"卡"，然后他面无表情地站起身，将机器的镜头狠狠关上。因为陆和通的这一举动，剧组现场立刻陷入了沉默。

虞小珊一脸惊恐地看向我，我安抚地朝她摇摇头，示意她别多想。

至于江誉，在短暂的沉默后，冷静开口："陆导演有什么建议，不妨说出来一起解决。"

陆和通没好气地呛声："这种问题还问我，自己好好想。"他说完摇着头就走了，一点情面也不留。

我也被陆和通的举动吓住了，凑到袁萧身边小声问他："刚才怎么了？"

没想到袁萧竟然脸上带笑，还不断地咂舌赞叹陆和通："看不出来吗？除了镜头处理方面他很有一手之外……还有一点，那就是总是能将演员的状态调整到最好。虞小珊虽然很有天赋，但是性格散漫，只有给足压力才会前进。而江誉多么骄傲的人啊，怎么会允许自己犯错。"

我感觉有点回不过味来，难道刚刚陆和通的那些举动，都不过是故意使得手段，要给两个主演施加压力？

袁萧语重心长地对我说："你要学的还多着呢。"

我惊讶地眼珠子差点飞出来,只能长叹一声:"都是演技派啊……"

虽然在这里只待了两天,但陆和通的手段,是真的让我长见识了。回去的时候,虞小珊边送我边诉苦:"感觉自己快被导演整疯了。明明表演老师说我学得不错,怎么到他这里就完全行不同了。"

我心中实在是同情她,但又不能将陆和通的苦心说出来,只能安慰她:"或许只是希望你能表现得更好吧,不要太气馁。"

"就连江誉哥现在的表情也越来越严肃。我要是再不努力,可就丢人了。"虞小珊虽然紧皱眉头,但目光中散发的斗志却让人忍不住跟着浑身一震。看来陆和通的激将法对于虞小珊,颇有成效啊!

只是有喜有忧,虽然两位主演的演技被大大激发了出来,但我们这新手剧组还是存在着其他问题。这天我本来是想回服装间取落下的帽子,结果刚到门口就听到了里面不怎么让人愉快的议论声。

"这个剧组的盒饭真差。"

"就连男女主角也是名不见经传的,还以为能拿到签名去卖点小钱。"

"你还是新手吧,其实小剧组都是这样。"

"你光从我们剧组的编剧就可以看出来,大学生一个,能写出多好的剧本。相信我,反正拍的也是一些不会有多少人关注的戏。我们随随便便糊弄过去,也就完事了。"

剧组的资金有限,尤其是在两位主演都对报酬要求不高的情况下,恐怕袁萧也就自然而然降低了整个剧组的生活配置。这一点被嫌弃我倒是并不生气,反而有些愧疚。哪怕是不看好我的剧本,也没有什么……但是来这里只是为了随便糊弄完事的工作态度,实在是太恶劣了。

我推门而入,适时打断了她们的议论。

果然,我的出现让刚刚小声议论的两个人脸上一白,目光闪躲。我看了她们身上的戏服一眼,很快就认出了她们是哪场戏应该出现的哪个角色。

我没忍住,还是说了重话:"不如把说闲话的这份心思,用到演技上,相信以后也不至于还是个群演。"

两人脸色齐刷刷变得更加难看,尴尬地抱着衣服走出了化妆间。

我取了帽子重新回到摄影棚,一进去就正好碰上袁萧和陆和通在激烈地争论。而两位主演还有一些主要的工作人员，已经见怪不怪了。大家都各自忙着自己手上的事，像是完全听不到两人的吵架声一般。

陆和通指着几个女配角身上的衣服很是嫌弃："这些配角的服装能不能唯美一点。"

袁萧早就习惯了陆和通的嫌弃："剧组没有钱，我都说多少次了。"

陆和通轻哼："哼，没钱你拍什么戏。"

袁萧开始冷笑："陆大导演身价那么高，要不要给我们小剧组捐赠点？"

陆和通噌地站起来，居高临下："那你求我啊。"

为了避免两人的争吵又陷入无法完结的死循环，我很是狗腿地冲过去，眼巴巴地望着陆和通陆大导演："陆导，我求你了，求你可怜可怜我们剧组吧！"

陆和通一脸见鬼地看着我，旁边的袁萧被我这一出逗得差点笑岔气，旁边也时不时传来很克制的笑声。

最后陆大导演又一屁股坐了回去："好！你们都是好样的！拍戏！拍戏！"

扫码每日打卡,
将减肥进行到底!

**第四章**
**另一种爱情**

大学篇

好久不见。

见到你,千言万语想要说,最后只有这四个字。

一年、两年……分别的时候不觉得有什么,重逢的时候才惊觉,原来你早已在我心中留下了浓墨重彩的痕迹。我和你,应该就是友情之上恋爱未满吧。这么优秀的你,值得比我更好的人。

## ★
## 1 & 嗨，好久不见

为了去给小敏的舞蹈大赛加油，我特意请假赶回了帝都。

只是……万万没想到，我竟然在赛场外见到了宋宏斌！话说宋宏斌虽然也在帝都，但因为他早就参加了实习，所以平时非常忙，小敏经常会和我抱怨，说是她和宋宏斌虽然在同一座城市里，但这恋爱谈得和我以及我家净轩的异地恋也没有什么区别。

之前没听小敏说宋宏斌会来，看样子宋宏斌应该是悄悄过来给她加油的吧！

我朝宋宏斌挥手："你是特意给小敏惊喜的吧！"

宋宏斌干笑两声，张口就道："嫂子好。"

嫂子……还真是久远的称呼了。我不由得想起了那个人，一别两年多，也不知道梁胤廷现在怎么样了。只是无论如何，嫂子这个称呼都不太合适吧，我家净轩可从来没说要认他当弟弟。

"你还是叫我芊凡吧，别再乱开玩笑了，不然我跟小敏告你的状！"

宋宏斌皱眉："可是——"

我拉着他坐下："别可是！快坐下，比赛要开始了。"

小敏的出场号在中间，看了几个其他人的舞蹈，我有些坐不住，偏过头去问宋宏斌："话说，你家老大，就是梁胤廷现在过得还好吗？"

宋宏斌低声道："老大说如果你问到这个问题，让你亲自问他。"

果然人虽然消失了，但脾气还是一点没变，真是每句话都能噎死人！我干脆收回了心中的好奇和关心，重新将注意力放在了舞台上。随着距离小敏出台越来越近，我这个坐在观众席上的观众竟然也跟着紧张了起来，身体越来越僵硬。

终于轮到小敏上场了……舞台上认真跳舞的小敏，举手投足间都是高贵和优雅，和平时的大大咧咧完全不同，再加上本就长得好看的模样，此时看起来，美极了。

我悄悄瞥了宋宏斌一眼，只见他收起了原本嬉笑的模样，眼中闪烁着炙热的光。

常敏跳完后回到了后台，一直到主持人开始颁奖，小敏获得了第三，从后台重新上来领了奖牌。小敏手上举着奖牌，目光在场下的观众里巡视着，我朝她挥了挥手，正准备将身边的宋宏斌指给她看，就见宋宏斌不知道什么时候偷偷跑出去了，这个家伙，不会还害羞了吧！

颁奖结束后，小敏换了衣服来找我。我拉着小敏往外走，一边祝贺她一边跟她说："你们家呆子也来了，刚才看你看得都入迷了，后来也不知道是不是害羞了，竟然中途跑掉了。"

小敏轻哼一声："那个家伙，最近一直忙得不见踪影，来看个比赛还中途离开——"

从剧院出来，小敏的手机铃声响了起来，我瞥了一眼，是宋宏斌打来的。小敏接了电话，一开始语气还有些抱怨，后来应该是宋宏斌在电话那边说了不少好话，小敏这才眉开眼笑了起来。

挂了电话，小敏拉着我往旁边拐去："走吧，宋宏斌说已经订好了饭店。"

我恍然大悟，看来刚刚宋宏斌中途跑出去是提前准备惊喜去了啊。

果然到了饭店，就见包厢里早就布置好了，漂亮的横幅上写着庆祝小敏获奖，桌子上还摆着一个包装精致的礼盒。等小敏进去后，宋宏斌有些拘谨地将礼盒拿起来送给她："小敏，刚刚在舞台上，你真美！"

饶是平时豪放的小敏，今天也被宋宏斌一连串的惊喜感动得脸红。

"你搞这么多花样做什么，真是的！"

小敏接过礼盒，小声嘟囔着抱怨，脸上却难掩愉悦。

我这个三百多瓦的大电灯泡就这样全程坐在两人对面，心安理得地吃了一顿免费大餐。酒足饭饱之后，我捧着圆鼓鼓的肚子心满意足地跟着两人走出了饭店。

"我还能赶上最后一趟公交，宋宏斌，你送小敏回学校吧，我就先——"我话未说完，就被饭店门口突然出现的人，惊得忘记了后半句。

今日的梁胤廷，靠在一辆霸气的军车边上，见我们走出来，锐利的目光朝这边看来。

我下意识地去看宋宏斌，他摸了摸鼻子："你们学校不是很远吗，老大有车比较方便。我先送她回学校了，再见。"说完，宋宏斌拉着小敏要走。

"宋宏斌，放开我！"小敏非常讲义气，想要留下来陪我，一直挣扎着让宋宏斌放开自己。

我安抚小敏："小敏，我没事，你和宋宏斌先回去吧。"

小敏在我的再三保证下，频频怒瞪宋宏斌，最后不情愿地被他拉走了。

等到小敏和宋宏斌离开后，我才一步步朝梁胤廷走过去。

他好像更高了，身材也更健硕了，比以前黑了些，但五官越发立体迷人，那股熟悉的邪魅的气息也越发成熟了。我走到离他半米远的地方顿住了脚步，定定地看着他。

他挺直了身体，目光灼灼地看着我笑："怎么？不敢上车？你不会是怕你男朋友吃醋吧。"

我张了张嘴，想到前世那个公交车上的梁胤廷，又想起三年前那个张扬年轻的梁胤廷，总算找回了自己的声音："哪有……只是太久没见，有点愣住了。"

梁胤廷绕过车头，打开了副驾驶的门："那就上车吧。"

我有一瞬间的迟疑，不过最终还是走过去上了车。梁胤廷关上车门，从另一边上车后，沉默地发动了车子，朝着首都大学的方向开去。

今日的梁胤廷，和以前总是调戏自己的梁胤廷很是不同，他格外安静，专注地开车，好像真的只是来送我回家似的。这样的梁胤廷，反而让我越发紧张了起来，我率先打破沉默："你过得还好吗？"

"好。"梁胤廷没有转身，我看不到他的脸，只觉得他的声音很沉。

我沉吟着轻声说道："……我希望你能找到幸福。"

梁胤廷没有出声，我分不清自己的祝福是否传达。只好转头看向一侧的车窗，车窗外面的景象不断后移。因为是军车，所以一路畅通无阻地开进了学校，一直开到宿舍楼下。车子缓缓停下后，我打开车门准备下去，却听到我身后低沉的嗓音。

"我的幸福是你。"

我不知道该怎么回答他，心里有些愧疚。只好隔着车窗看向梁胤廷，云淡风轻地回答："时间不早了，早点回去吧。"

梁胤廷看着我沉默不语，却又在我绕过车子准备进宿舍的时候，砰的一声打开车门追了上来。

他从后面一把将我抱住，语气里带着压抑的无奈："叶芊凡，为什么不能是我？"

"感情的事，没有为什么的。"

我没有犹豫，转身推开了梁胤廷。

月光照在梁胤廷的眉眼间，越发衬得他英俊俏傥。不得不承认，他的五官和净轩的不相上下。但他和净轩性格迥异，是完全不同的两种人。而我从上一世见到净轩的第一面，就已经彻底沉沦了进去。无论经过多漫长的时间，我心中那股对净轩执着的爱意都没办法消退。

"对不起。"

我不让自己心软，迅速冲进了宿舍，不去看梁胤廷是不是走了，不去看他面上的表情是否黯淡下来。

宿舍里，丁晓月一如既往地躺在床上和手机恩爱甜蜜。沈然在地上铺了瑜伽垫，练得热火朝天。倒是陶心瑶，大晚上的她拿着相机在阳台上做什么？拍星空吗？

"心瑶，你在拍什么？"

陶心瑶猛地回头："啊——芊凡，你回来啦。那个……明天我要和学姐一块去拍社团活动的素材，我看看相机还有电没有。"

我狐疑地看着她，怎么感觉今天的陶心瑶很奇怪呢？

## 2 & 《孟婆》开播了

梁胤廷突然出现，让我既愧疚又多了一抹不安。为了压下心中的这股忧虑，我再次将自己扔到了片场，试图用忙碌的工作忘掉心中的烦躁。

在片场，一向不爱说话的江誉竟然主动找我赞叹了一句："何令真是个隐忍的人啊。"

我被江誉的赞叹搞得又惊又喜，久久回不过神来。

还是暂时没有戏的虞小珊跑过来找我聊天，才将我从傻乐的状态中解脱出来："芊凡，我跟你讲，演的时间越长，好像越来越抓住一点诀窍了。"

"小珊，你真的很棒，孟婆的很多内在的潜质，我没有表达清楚，但你都表现了出来。"

有陆大导演坐镇，可以说我们的拍摄进度一点都没有耽误，甚至还提前完成了。后期制作和选择合作平台这么专业的东西，袁萧都一手承包了。而坐等《孟婆》上映的时候，秦语的《黎明之恋》在各大电视台正式上线。我到底没忍住打开电视看了《黎明之恋》，看着自己的作品被展现出来，尤其是最开始的那段故事——少女终于鼓起勇气将小纸条放进了书里。待黎卫翻开书看到纸条上的那句话后，面上淡淡的温柔——实在让人沉醉。

如果片头编剧后面写着的名字不是秦语的话，我会更开心。

心中要打败秦语的念头更加强烈了几分，我一定要变得更强大，一定要在专业能力上超越秦语才行！

《孟婆》终于上线了！

这一天，我、袁萧、虞小珊和江誉都齐聚在工作室内，期待地坐在电脑前面，等着电视剧开播。袁萧还特意拿了一瓶他珍藏的红酒，就准备等点击量创下奇迹后，大家一块庆祝。

虞小珊频频看表："离八点还有一分钟……还剩50秒，30秒，10秒……"

随着时间的逼近，《孟婆》的海报占据了网站的主要广告位，海报上江誉卧在靠椅上慵懒清俊，虞小珊穿着一袭神秘的紫衣，魅惑十足。

我看得入迷："这海报真美！"

虞小珊突然伸手点进了视频中，嘴里念叨着："开始了！开始了！"

比起我们三个关注电视剧内容，袁萧更注重视频旁边的点击率，他自己单独抱了一台笔记本，不断地刷新着点击率。不仅如此，他还碎碎念地叮嘱两个大主演："虞小珊和江誉，你们也要快点开通新微博和影迷互动，增加曝光率。"

对于一向深居简出的江誉来说，曝光于人前实在是艰难的一步，不过他最终还是无奈同意，并且在虞小珊的帮助下，现场开通了微博，他这边账号刚注册，便已经有粉丝开始关注他了。

倒是虞小珊，用了自己原本的微博，更换了一些资料。我在她微博上转了一圈，见她关注的明星中只有那位小鲜肉，我不得不提醒她："你就算关注明星，你也多关注几个，不然怕产生什么不好的误会……"

虞小珊委屈巴巴地望着我，最后还是妥协了："哦！"

《孟婆》上线这么重要的大事，肯定要第一个告诉亲爱的男朋友啦。只是……平时发给净轩的消息，就算他再忙也会回我一个笑脸的。这次却迟迟没有收到他的回复。

我心里有些失落，捧着手机等了半天，依旧不见有净轩的消息。难道他在上课？可是现在的时间……还是有什么事在外面？想打电话过去问问，又担心净轩正在做什么重要的事打扰了他，我一时陷入了纠结中。

很快，虞小珊的惊呼声，让我暂时放下了纠结的念头。

原来不过短短两集，点击率竟然一下子就升到了60万。更不用说视频弹幕上千奇百怪的评论了，实在让人捧腹大笑。

天蝎座的痛：这血浆一定是番茄汁！！！

茗夏之殇：小孟孟好美啊，女神女神。

柠檬味的夏天：孟婆的前世爱人到底是谁啊？

看到这么热烈的弹幕评论，我又打开了《孟婆》的官方微博，一看才发现，原来有个叫作影视大亨的大V，在微博上推荐了孟婆。也不知道这个影视大亨是不是袁萧背后做的秘密宣传……

虞小珊没有多想，只是跑去认真地扒人家的微博："咦，人家粉丝都一百多万，想想我们的点击率突然好心酸。"她又是叹气又是大笑，"微博上说孟婆是史上最用心的网剧，特别是男主自带的光环，让人想到陌上人如玉……"等看完微博，她很是感慨，"全篇都在说江誉，这博主一定是女人。"

我倒是心中很感谢这个大V："不管女人男人，能增加曝光率就是好人。"

虞小珊不满地谴责我："芊凡，你变得越来越现实了！"

《孟婆》的好成绩让我兴奋得睡不着觉。

"你有开始写新剧本吗？"

"虽然构思了不少题材，但这段时间太忙了，根本没有时间动笔。"

"果然还是小丫头啊！什么叫趁热打铁？如果旁人因为孟婆的剧本，找上了你，你却告诉他，没有存稿？可笑！"

我被陆和通说的有些心虚："是我太懈怠了。"

"我看你，不如多写一些不同的题材。要是早期被定型，你这辈子就只能一条路走到黑了。"

一向自说自话，古怪得要命的陆和通，竟然为我出谋划策。我心中感动之余，又有点怀疑太阳是不是打西边出来了。

不过陆大导演的提醒确实让我深刻意识到，《孟婆》的结束不是终点只是开始，我离自己的目标还有非常遥远的距离，一旦懈怠只会后退。原本那些想要给自己放个假偷个懒的念头通通退去，上课之余我重新恢复了准备剧本的生活中。

眨眼间，《孟婆》也到了要大结局的日子了。

袁萧每天都会统计《孟婆》的各项数据，《孟婆》播放到十九集的时候，播放量险险超过了两千万。虞小珊在群里欢呼，嚷嚷着要庆功。

这天晚上，《孟婆》迎来了大结局。伴随着全剧终，界面的弹幕立刻被刷了屏。

到了第二天，袁萧一大早便打电话让我上微博，当我看到微博热搜榜第一的排名后，心中又惊又喜。只见上面@了《孟婆》官网，命名是"给编剧寄刀片"，热搜下面的评论和转发量都高达十几万条，大部分评论都在哭最后孟婆没有和男主角在一起的悲惨结局，也是因此，大家一致想要给编剧寄刀片表达"不满"！

《孟婆》能有这么好的成绩，是我万万没想到的。就连沈然她们都每天抱着电脑在二刷，在食堂、图书馆也经常能听到别人在讨论《孟婆》，这个发现让我心中偷偷欢喜了许久。

我想要和净轩分享这个喜悦，但徐萱突如其来的一条信息，让我原本的好心情瞬间跌到了低谷——"我今天出去逛街的时候，在商场看到历净轩和一个女生，那个女生挽着他的胳膊很亲密的样子，你们是不是分手了？"

虽然知道徐萱的性格绝对不会故意说谎骗我，但净轩待人接物一直十分冷淡，更别提和女生逛街了。就算真的逛街了，也不代表净轩和那女生有着亲密的关系。我心中安慰自己要相信净轩，偏偏还是不可抑制地……吃醋了。

打开手机看了看时间，这才想起来，自从那天给净轩发过信息后，已经有两天了，净轩一直没有回消息。再往前追溯，最近一直忙着电视剧的事，好像以前原本的每天都要打电话、聊视频的习惯，不知不觉间已经好久没有落实下去了。

上一次和净轩视频已经是半个月之前的事了……什么时候和净轩之间的联系竟然出现了间断？我被这个可怕的事实吓到，手忙脚乱地拿起手机想要给净轩打电话，却偏偏接到了老妈的电话。

"喂，妈妈。"

"芊凡，你又乱花钱了是不是？"

我有些疑惑："怎么了？"

老妈在那边问："这康乃馨不是你送的吗？这么大一束肯定花了不少钱吧。还有这些保养品，我哪里用得上。"

康乃馨？

我这才想起来，今天是母亲节啊！我竟然忙得连这个都忘了。而现在，能给老妈送康乃馨的，应该只有净轩了吧。我心不在焉地和老妈聊了几句，就借口有事挂了电话。然后迅速拨通了净轩的电话，心中有一大堆事想要和他分享，也有好几个问题想要让他解惑，更有好几个道歉要对他说……但那边的电话铃声响了好久都没有人接。

我不死心地又打了好几遍，依旧是一模一样的情况，正常拨通但是没有人接。

难道净轩最近晚上有什么事？

一晚上都没有打通净轩的电话，我睡觉的时候做梦又梦到前世净轩和程夕夕一块出现的一幕，半夜惊醒，我心中莫名忐忑了起来。

看了看时间，才六点。

这个时间净轩应该已经起来了吧，还是没忍住拨通了净轩的电话。

这次，净轩很快接了电话。

"净轩，《孟婆》大结局了，现在好多观众都要给我寄刀片啊……"我按捺住心里的担忧和那令人心悸的噩梦，只兴致勃勃地和他分享好消息。

净轩虽然一如既往地认真听着我的话，但我还是敏锐地察觉到了他的不对劲。

我说完后，听到那边净轩低低的一声叹息："芊凡，你很棒。"

握着手机的手紧了紧，莫名想起了那个梦，我有些不确定地问："净轩，我怎么听着你的声音不太对，是不是最近太累了？"

那边沉默了一下："没事，最近做实验有点忙而已。"

又和净轩聊了几句，总觉得净轩有些心不在焉，我提出要开视频看看他，也被净轩以人在外面不方便拒绝了。最后挂断电话的时候，净轩也没有说"想你"。以前不管是发信息还是打电话，结束的时候净轩都会轻声和我说这两个字，如今没有听到，心中有一丝委屈和不安。

挂断电话后，我不断在心中说服自己，每个人都有自己的生活。来首都读书，是自己的选择。异地恋也从来不是因为净轩留在S市造成的。现在没办法参与到净轩的生活中，感知到他的喜怒哀乐，出现了隔阂是正常的。

我需要做的是守护好自己的心，相信净轩，更加努力地奋斗，争取早日能够和净轩重新在同一座城市奋斗！化悲愤为动力，在和净轩交流变少的日子里，我铆足了劲创作新的剧本。

不知不觉帝都便进入了夏天，大一的日子转眼间便要过去了。看着新剧本堆了厚厚一叠，心中又激动又忐忑。

期末考试也悄然而至。

不过如今的我早已不惧怕考试，小小的期末考试自然也不在话下。考试结束后，心中记挂着净轩，我甚至拒绝了小敏要拉着我在帝都潇洒几天的提议，订了最近的机票准备回 S 市。

回去之前，我揣着"沉甸甸"的银行卡，连眉头都没皱一下，十分大手笔地去给爸爸妈妈还有净轩买了礼物。唔，切实体会了一把土豪的感觉，那种以前只在帖子上才能看到的"买买买""贫穷限制了我的想象"的生活，原来真的让人"如沐春风"啊！

在商场我偶然经过饰品店的柜台，是一家很小众但价格昂贵的店，偏偏柜台里展示的一对情侣戒指吸引了我的注意力。纯白色的银戒指，简单大方又不失贵气，如果戴在净轩的手上，一定会更迷人吧！

"这是我们最新款'钟爱一生'的系列。这款戒指的寓意是，即使隔着遥远的距离，我依然爱着你。"

如果说戒指本身已经吸引了我，那么导购的介绍，则瞬间帮我下了购买的决心。

即使隔着遥远的距离，我依然爱着你——这不就是我和净轩之间最好的诠释吗？这对戒指，就像是为我们打造的，我毫不犹豫地掏卡。

"帮我包起来吧。"

然而……这次回家，并不像之前的寒假，一出站就能看到等在外面的净轩。

★☆★

### 3 & 原来爱情不是只有甜蜜

最近和净轩的联系有些少，我回 S 市特意没有告诉他，想给他一个惊喜。但走出机场后看不到那个魂牵梦萦的身影，心中还是会有莫名其妙不能用理智说服的难过。回到家后，也不知道老妈是什么时候和净轩有联系的，没过半个小时，就接到了净轩的电话。

"回来了怎么也不打电话告诉我？"净轩的语气很正常，但我就是能听出淡淡的哀怨。为着这点小哀怨，我心中那点小委屈和难过突然就消失不见了。

抱着电话躲回房间："人家是想给你个惊喜嘛……话说你是怎么知道我

回来的？"

我回来的事除了小敏和闵逸，就只剩下刚刚被惊喜到的爸妈知道了。小敏知道我要给净轩惊喜一定不会说，闵逸和净轩平时很少联系，这样一来，难道是老妈或老爸告诉他的？我突然想到刚刚老妈拿着手机悄悄跑去厨房的一幕……越想越可疑！

净轩在电话那边轻笑了起来："女朋友不在身边，为了防止她被别的男人勾走，只能先从岳母大人下手了！"

我脸上微烫，也不知道是怎么想的，嘴上已经说了出来："我家男朋友还没有吃到嘴里，其他男人再帅也是浮云啊！"说完后，我简直想要咬掉自己的舌头，怎么感觉自己是个大色女呢！

"如果吃到嘴了呢，是不是就可有可无了？"

我这边还沉浸在自己的"忏悔"世界中，猛地听到净轩若有似无的一句轻问，愣了一下，有些发蒙。净轩为什么会这么问？我对他的感情，是跨越两辈子都不曾变过的独一无二，就算全世界都变心，我也绝对不会变……净轩他怎么能不信任我呢？

明明我想表明自己对他的一片真心，话到嘴边竟然一句也说不出来，只有眼眶莫名积聚的潮意，表达了我此时的情绪。努力克制住想要哭的冲动，不免又想起了徐萱发过来的信息。

"净轩，晚上有空吗？我想你了。"

净轩那边沉默了一会儿，我隐约间好像听到有轻微的说话声："这几天都要做实验出不去，改天吧。"

"那你什么时候有空？"我下意识地追问，总觉得最近的净轩有些奇怪，"好久没和大家见面了，我想下周喊徐萱她们一块聚聚，你有空吗？"

"……就那天吧。"

没有想你做结束，也没有说那天会来接我，甚至间接拒绝了聚会之前的单独约会……净轩他最近到底什么情况？

总是很忐忑，这段甜蜜的感情会不会其实并不属于我？是不是因为心里迟疑，所以才不敢去面对、去质问、去歇斯底里呢？我不问，他不说，是不是他就还是我的男朋友，如果问了，说了，是不是就什么都没了。

和净轩结束电话后，我还是没忍住给小敏打电话，向她诉说自己现在的感情状况，小敏在电话那边情绪很是激动。

"芊凡，这么明显你都看不出来嘛！肯定是他喜欢别人了！"

"不可能，净轩他不是这样的人，我现在担心他是不是遇到什么困难了。我想明天去学校找他，说起来我还没有去过净轩的学校呢。"

"不行！你不能去！"小敏反应很是剧烈，她语重心长地给我分析，"芊凡你想想，要是他真的遇到困难了，却不告诉你，说明他不想让你知道，你这个时候去学校找他也没用啊……如果是他喜欢别人了，你一个人撞见他和新欢在一起，你承受得了吗？"

说着她那边传来丁零当啷的动静："你等着，我现在就收拾行李、改签机票，等我回去了我陪你一块去！"

我被小敏逗得哭笑不得："小敏，你别冲动，我先不去就是了。我和净轩说好了，下周咱们大家一块聚聚，等那天我再和他好好谈谈。"

小敏再三叮嘱我不要擅自行动，也不知道是不是最近太累了，我怎么觉得小敏也有点怪怪的？

等待的日子总是过得很漫长，明明只有几十个小时，几百分钟，在我看来却像是度过了一个漫长的世纪。

我又开始频繁地想起前世的那些往事：二百多斤的我在高中那个无人的角落中努力减小自己的存在感，却被净轩浅笑着打招呼的时刻；被程夕夕奚落后，从旁经过给我纸巾送我去医务室的厉净轩……最后回忆停在了程夕夕坐在副驾驶上朝我趾高气扬地笑着的那一幕。

聚会这天，看着镜子里自己大大的黑眼圈，心里叹了口气，看来要化妆才行了，顶着黑眼圈过去，净轩会担心的吧……应该会吧，突然有些不确定起来。

这几日，和净轩还是会互道晚安，但我们没有再打电话。反倒是小敏，每天都会打电话"查岗"，她好像很害怕我去净轩的学校。

一件件透露着不寻常的事，让我心中越发忐忑不安了起来。

按照约定的时间来到聚会的地方，小敏和徐萱已经到了。我进来的时候，小敏第一个冲过来，拉着我挤眉弄眼："你家那位已经到了，在里面坐着呢，你快过去吧。"

徐萱也走过来，虽然板着脸，但我从她闪亮的眼中还是看到了喜悦："叶芊凡，好久不见了！"

我笑着和她拥抱："你又变美了！真让人羡慕！"

徐萱哼哼两声，显然很满意我的"马屁"。

结果等到身边的小敏感慨"果然还是回家的感觉比较棒"的时候，徐萱眉毛一挑，又和小敏唇枪舌剑了起来："那你常回来不就行了。"

小敏朝着徐萱扑过去："还真是嘴硬，直接说想我回来见你，不就得了。"

徐萱往旁边嫌弃地一躲："谁想你了，自作多情。"

我笑着看两人你追我赶，只觉得这样的画面让人心情很是愉悦。我拿着装着那对戒指的小包，一步步，很是慎重又有点紧张地朝坐在沙发上看手机的净轩走过去。其实我一进来就看到他了，但他一直沉浸在手机中，像是并未察觉到我的到来，也没有听到我们的聊天。

"净轩。"我走到他身边，痴痴地看着他。比起上次在帝都分别的时候，净轩看起来消瘦了几分。在我喊他的时候，他拿着手机的手颤了一下，这才缓缓抬头看向我。

净轩站起来如常地牵着我的手："抱歉……今天不顺路，所以没去接你。"

这样的解释，总觉得还不如什么都不解释更好一些。

我勉强笑了笑，伸手环住他的胳膊："我这次回来给你带了一个礼物，待会你送我回家，我拿给你看好不好？"

净轩低头看着我，目光中有几分我看不懂的闪躲，最后他拍拍我的手："走吧，大家都到了。"

果然闵逸、肖凡等人也已经到了，这会儿正被徐萱和小敏拉着八卦他们的感情生活呢。遇到这两个家伙，几个大男生被问得面红耳赤。

饭桌上，小敏和徐萱更是起哄要见识一下他们的酒量，酒喝得不少，大家的话也多了起来。就连闵逸也主动说起了自己在大学的趣事，大家听得津津有味。

我被徐萱的一个笑话逗得趴在桌子上笑得起不来，这时耳边传来净轩起身的声音，他对我轻声说了一句："我先出去一下，马上回来。"

我下意识点点头,等到净轩出去后,心中才有些明了,忍不住看向门口。旁边的肖凡呦呵一声,红着脸调侃我:"哟,出去一会儿也舍不得,果然是久别胜新婚。"

"我看你是单身太久,羡慕嫉妒恨吧!"徐萱的毒舌更胜以往,又给肖凡倒了一杯。

"喝!喝!"小敏则在旁边神助攻。

我收回目光,低头看着净轩的酒杯发呆,他刚刚并没有喝几杯,整个人都不在状态,像是心中装着什么别的事,一直在晃神。

"芊凡,我不行了,我要去上厕所!"

小敏不知何时晃晃悠悠走到了我身边,她抱着我的脖子,嘴里是浓浓的酒气。我赶紧站起来将她扶住,很是担忧小敏一个不慎直接吐在这里:"你坚持一下啊,我这就带你去洗手间!"

徐萱也站了起来:"我帮你吧。"

我和徐萱一左一右架着小敏去了外面,只是还未走到洗手间,就看到一个红衣女生,似没长骨头般,趴在净轩的身上。大堂中人来人往,站在那里的两人,是那么的突出。但净轩虽然面无表情,却没有推开她。

"唔……芊凡,你在做什么,疼!"

听到小敏轻呼,我才发现我扶着她的手不自觉地抓紧,将她弄疼了。

"啊,对不起,我……"

小敏也抬起头顺着我的眼光朝前看,她咦了一声:"我……怎么觉得那个男的那么像厉净轩呢……他抱着的是芊凡?"说完这话,小敏清醒了一点,转头看向我,"不对啊,芊凡就在我身边,那他……抱得是谁?"

"那个女的,就是我上次跟你说的。"徐萱冷冷看向那边,目光复杂。

我心中一阵隐隐的痛,险些让我站不稳。净轩也听到我们这边的动静了,他朝我们看过来,目光微闪,却依旧没有推开那个女人。

我赶紧低头,好像是我不该看到他。又或者,只是我认错了人。

此时,他们身后包厢里走出一个大腹便便的中年男人,脸上红光满面,声音很大:"原来田小姐的男朋友,也长得一表人才啊。既然田小姐喝醉了,你就带她回家吧,哈哈。"

男朋友？我想要走过去，但很快就想起来自己还扶着小敏。

净轩早就收回了目光。

虽然我和他之间离的距离有些远，但当那个中年男人出来说话的时候，净轩身上那股清冷的气息我还是敏锐地感受到了。那带着愤怒和在意的气息，我从未见他对别的人这样过，但今天却……我就这样傻傻站在原地，亲眼看着净轩半扶半抱着红衣女生离开。

看着两人亲密又般配的背影，我只觉得这一幕讽刺无比，他甚至没有给我留下一个字的解释。是因为没必要还是不值得？到底是他问心无愧所以觉得不用解释，还是在我不知道的时候他已经单方面宣判了我们的感情到此结束？

"徐萱，你先带小敏去洗手间吧，我突然有些不舒服，先回去了。"

我转身仰着头，努力将泪水逼回去。身后还能听到小敏张牙舞爪的叫声。

终于明白了为什么这段时间，净轩不再打电话，联系也突然少了。偶尔说几句话语气也很冷淡，原来都是因为他又遇到了别人吗？

回到包厢里，肖凡还在拉着闵逸喝酒。一切和刚刚没有什么区别，但对于我来说，却是天翻地覆的变化。目光聚焦到放在椅子后面的小包，那里面是我特意挑选的对戒，寓意着哪怕距离遥远，却依旧真爱如斯，如今想来……也不过是欺骗我这样的白痴的营销手段而已吧。

我安静地坐回椅子上，泪水到底被我逼了回去。

小敏和徐萱很快就回来了，小敏直接坐到了净轩的位置上，担忧地看着我，紧紧握住我的手。

"小敏，我想回家。"

小敏马上站起来，帮我拎了包："走，我现在就送你回去！"

肖凡和闵逸并不知道发生了什么事，他们早就醉得只会傻乐了。徐萱叹了口气，看着我和小敏："你们回去吧，这俩傻帽就交给我了！"

我和小敏牵着手离开了饭店，脑海中却不受控制地浮现出和净轩认识的一点一滴来——图书馆的偶然相遇、运动会上的帮助解围、摩天轮上那个甜蜜的吻，还有宾馆里互相依偎的温暖关心。只是这些珍贵的回忆，竟然这么快就不再是我一个人的了，他马上就会再给另外一个女生……更珍贵的回忆。

小敏一直沉默着，拉着我拐进了通往我家的路口。转角的位置，是一大片从院落中长出来的樱花。好几对情侣流连在这里，有的驻足观赏，有的在摆姿势拍照。

我和小敏走过去的时候，正好听到有一对情侣的聊天——

女生："这里好美啊！"

男生："幸好你在我身边。"

女生："要是有一天，我不在你身边了呢？"

男生："那我就不再喜欢你了。"

本是无心的聊天，传到我耳中，却敲击着我的心。我抬起头看着无比美丽的樱花，终于还是没忍住哭了起来。

"别哭，别哭……不就是一个厉净轩吗，有什么大不了的，没有他还有全世界在等你呢！"

我抱着小敏大哭了一通，后来甚至把旁边几对情侣都哭走了。

哭过之后，我在心中告诉自己要冷静下来。前世那么多的挫折和困难都熬过去了，现在也不能就这样失败地倒下。至少……要向净轩问个清楚，哪怕可能在他看来，会很可笑。

小敏一直把我送到楼下，要不是我再三保证自己没事了，她还想一直送我上楼，最好是晚上也留在这陪着我。回到家，爸妈都不在，我直接回了自己的房间，将自己裹进被子里，沉沉地睡了过去。

一直到晚上妈妈喊我起来吃饭，我才拿起手机，见到上面有三十多个未接电话。

全部都来自……净轩。

明明下了决心让自己坚强的，为什么还是这么不争气，这么想哭呢？

给净轩回信的时候，眼前再次生起了雾气，我抽了纸巾悄悄擦掉，又继续打字。

"净轩，我不知道我们为什么突然间会变成这样。你带着她什么都没说就离开后，我的心像是被人撕开了一样疼。我现在没办法接你的电话，也请你不要回我信息。明天下午，我在我们以前常去的那家咖啡馆等你。"

**第五章**
**我们就这样走散了**

扫码每日打卡,
将减肥进行到底!

大学篇

　　还是太自满了啊。

　　以为自己重新来过,上天的眷顾就会源源不断。但爱情这种事,现在看来就算不断重新来过,依旧让人难以捉摸。

　　还有机会挽回吗?

　　还是说,我用尽曾经傻傻的十多年,最后只能换来这短短的几年时光。

　　可我还是不甘心啊。

## ★ 1 & 强求来的缘分是会被上天收回的

一夜无眠的感觉原来是这样的。

大脑异常清醒，偏偏身体的各项信号都在叫嚣着，告诉我这是在作死。心痛到无法呼吸，却偏偏一定要捡起以前不怎么在意的自尊。我化了精致的妆，早早来到咖啡馆。

记不清过了多久，我看到窗外缓步过来的净轩，他步履沉重，看起来面容苍白，我心中莫名一痛。但当看到他身后那个蹑手蹑脚、偷偷摸摸跟过来的女生后，我对他的痛惜几乎变成痛恨。他们已经发展到外出一会儿，也离不开对方的地步了吗？

我一直盯着那个女生，直到净轩推门进来，轻车熟路地走到了我们以前经常坐的老位置。他在我对面坐下，我能感受到他的目光一直在我的身上，但此时的我没有任何勇气抬头去看他，也没有勇气再看那个女孩，我低头盯着面前的咖啡。

他伸手过来想要握住我的手，我迅速躲开了。这是我们约会的时候经常做的亲密动作，但今日不一样。我不知道他接下来要说什么，如果是那句话，握着我的手当着另一个人的面，温柔地说出来，我怕我承受不了。

我用余光看到净轩紧抿着唇，这是他情绪不好的小动作。

"芊凡。"

他轻声喊了我的名字，我不争气地又想起了那些甜蜜往事，眼眶开始发热。不！我不想让自己哭，不想让他看到自己这么傻的样子。

我迅速站起来："我先去趟卫生间……"

不再看净轩是什么表情，我冲到洗手间打开冷水，用手捧着冷水往脸上泼，强迫自己镇定下来。就在我的情绪终于稳定下来准备回去和净轩心平气和地谈一谈的时候，一抹红色身影迅速闪了进来。

她向我打招呼："嗨！"

不管她是谁，我都没有心情理会她。我和净轩的感情，我们两个人解决就足够了。我选择忽视她，径直往外走。但她却像是不知道厚脸皮是什么意思一样，伸手拦住了我："你好，我是净轩哥的……"

我面无表情地看了她一眼，挑衅地反问："女朋友？"

对方脸上闪过一抹诧异，看来她还不知道她和净轩的事已经不是秘密了。她缓了一会儿才说："对……没错。"

我讽刺一笑："如果你是他的女朋友，那我是谁？！"

她看我的目光别有深意："感情就是这样，能够一起笑一起闹才是情侣啊。不然隔着屏幕聊天，互相的心思都猜不出来，有什么意思？"

"无论隔着多远的距离，只要相互喜欢，绝不背叛就好了！"我嘴硬地反驳着，也不知道这些话是想要说服她，还是说服自己。

女生耸耸肩，她看我的眼神，像是在说你想的真简单。

"扪心自问，你看到其他人的男朋友在身边，不会羡慕吗？又想做好事业，又想守住男人，哪有这么好的事。真心喜欢一个人，就要陪在他身边啊。"

我不想认同她的话，却又偏偏在她的话中听出了自己一直以来的软肋。我和净轩在报志愿的时候选择了走各自的路，在这之前，我总觉得爱情并不需要时刻在一起来证明，也不需要以牺牲梦想为代价。如今想来，不愿意为了爱情牺牲梦想，是不是只是因为互相不够喜欢……现在天各一方，他有了其他的选择，虽然不可原谅，但自己也经常在工作的时候忽略他。今天这个结果，是不是也是自己间接造成的？

我不再争辩，走出了洗手间。这一次，女生没有再阻拦我。

重新坐在桌前，咖啡早已半凉，我端起来喝了一大口，嘴里瞬间被咖啡苦涩的香味充斥，心头的苦涩也被带了出来。

"芊凡，我们……"

未等他说完，我先打断了他："净轩，我们先分开一段时间吧……"

我实在不想听到他说出那句话，我也不知道自己是怎么说出这句话的，我只能感觉到我的声音慢慢消失在口腔内空荡荡的苦涩之中。

净轩的脸色惨白，空气静得可怕，他慢慢将手机推到我面前，从喉咙里挤出来几个字，声音涩涩的："是因为他吗？"

手机中，赫然是那日梁胤廷在我们宿舍楼底下的照片。

我不可置信地拿起手机，可以看出照片是有人居高临下拍到的，夜里虽然看不清我和梁胤廷的表情，但他抱着我的动作十分清晰。我们看起来就像是依依惜别的情侣。一切好像都有些明了了，原来这就是他对我冷淡的原因，这就是他移情别恋的原因？

我猛然抬头："你调查我？不！你不会做这种事，是谁给你的照片？！"

净轩表情木然："是谁重要吗？我只想知道真相。"

我没有谴责他变心，他却质疑我对他的感情。我将手机推了回去："是啊，真相就是梁胤廷送我回宿舍，那又如何？那个时候你在哪里？你又和谁在一起？"

净轩没有回答，他的表情依旧是冷漠的，他就这样漠然地看着我，就像看一个陌生人。我的问题在他那并没换来任何慌张和解释。我刚才还想过，他会不会是因为吃醋才找了别的女孩来气我，看来从头到尾都是我一厢情愿了。

我只觉得现在的自己有点可笑，想起徐萱给我发消息好心提醒我的时候，我一遍遍说服自己要相信他的那些时刻。我以为只要两个人相爱，就可以无条件地信任对方。现在看来，真的是我太天真了。

"既然你我都已经互不信任，走到了这一步，何必勉强在一起？"站起来的刹那，胸口的项链扯住了头发，想起净轩温柔地帮我戴项链的那一刻，我猛地将项链扯了下来，脖颈间的疼痛让人清醒，我失态地大吼，"还给你！"

珠子散乱地掉落在桌上、地上，发出清脆的碎裂声，就像我们如今的局面。我用尽全身的力气才能克制住自己，不去看他一片死寂的脸，不去心痛。然后我听到他说了四个字。

"如你所愿。"

好一个如我所愿……

我再也坚持不下去了，冲出咖啡馆的刹那，眼泪到底还是不争气地滚了出来。

两辈子的爱恋，就这样结束了。

这应该是我重生以来度过的最痛苦的一个假期了。

害怕爸妈担心，每天都假装自己没有事，只有晚上躲在自己房间中时才敢用被子蒙住头小声地哭，手机里存着净轩笑的样子、板着脸的样子……每一张的眼里都有可以腻死人的温柔，现在这份温柔却早已不属于我了。

小敏每隔一天都要给我打电话，喊我出去看电影，出去旅游，我统统拒绝了。就连假期结束回帝都，我也是一个人悄悄离开的，只给小敏发了一条信息。

新学期沈然从老家带回了特产，在宿舍一人一份发得很开心。丁晓月和男朋友在宿舍楼下约会，我拖着行李经过的时候，她难得地和我打了招呼。当我走进宿舍，看到坐在床上拿着手机看的陶心瑶，一些回忆不受控制地浮现在脑海中。

梁胤廷送我回来的那天晚上，我回到宿舍后陶心瑶说她的手机没话费了，借我的手机打电话。那天晚上我是最后一个回宿舍的，平日里和她关系不错的也从来不是我……那时候不曾多想的事，如今稍微一想，让人毛骨悚然。

原来只要有人的地方，总会有各式各样没有原则和底线的事情发生。

将行李箱放在门口，我径自走向陶心瑶。

"陶心瑶，你上次为什么向我借电话？"

"怎么了……"果然，她的眼神飘忽不定。

我冷笑一声，看向她的目光似要将她看穿，看清楚她的骨子里到底是一个什么样的人："你什么时候改行做狗仔了。偷发别人照片的事情，也做得那么心安理得。"

陶心瑶脸上僵硬："……我不懂你在说什么。"

"不管你懂不懂，久走夜路必撞鬼，你自己好自为之。"

想说的话说完了，心中却并没有预想中的那么轻松，反而越发觉得这个宿舍气氛压抑得让人心口发闷。我干脆拖了行李箱过来打开，开始从床上收拾东西往箱子里装。

沈然小心翼翼地走过来问："芊凡，你搬东西去哪里？"

我语气僵硬，努力控制着自己不要把不好的情绪施加给无辜的人："和居心叵测的人住在一起，只觉得膈应。我搬出去以后，你自己也好好照顾自己。"

拉着行李箱再次离开了宿舍，外面的风吹散了我心口的焦躁，也渐渐意识到自己刚刚的冲动。但既然已经都出来了，我是绝对不会再回去的。想到自己银行卡上的余额，我仰头看天自嘲地轻笑起来。原来这就是金钱带来的安全感啊……因为有钱，所以不惧怕这个世界会遗弃自己，任性也能够任性到底。

我叶芊凡重活一世，到底还是没有赢得爱情，但是没有爱情有票子也是好的。我的命运到底和上一世已经不一样了，此时此刻的我，哪怕失去了爱情的羽翼，也依旧能够坚强活下去，努力让自己的生活更加丰富！

## 2 & 时间真的会是良药吗

我决定暂时搬到工作室去住，回头再慢慢在学校附近租个房子。

没想到我拖着行李到工作室的时候，袁萧竟然也在。

他看到我身后的箱子，有些诧异："住在这里可不是长久之计。工作室里不仅有我和江誉，就连陆和通也会常常来。我这几天，还是托人帮你找一间屋子吧。"

想起刚认识袁萧的时候，他做事利落，语言简练，完全不像一个才29岁的大哥哥。熟悉之后，才发现他总是喋喋不休，任何小事都要反复提醒。虞小珊见识了他的真面目后，更是开玩笑地叫他袁妈。听到袁萧什么都不问，还主动包揽了帮我找房子的事，我觉得很是暖心。

"袁大哥，那我就先谢谢你了。"

袁萧失笑："一个19岁的女生，过得丝毫不讲究。我看你的少女心，真是用一点少一点。"

我被袁萧这么一说，不由得也低头开始打量自己，一身简单的运动服，鞋带好像两天没有洗了，灰突突的……再想想高中时候拼命减肥，随时都打扮时尚的自己，果然是自暴自弃了吗？好像从开始忙剧本之后，就很少再去锻炼，也很少再买新衣服了。虽然体重并没有再回升，但自己的皮肤确实比以前粗糙了不少，难怪净轩会放弃自己，选择那个青春靓丽的女生……

袁萧连连看了我几眼，叹了口气，只当是自己说话重了，讨好地安慰道："不过你年纪轻轻，有现在的成就，已经很厉害了。"

袁萧很快便帮我找好了房子，六十个平方的小公寓，虽然不大，但设施齐全，交通便利。甚至连房租他都帮我提前预付了半年。为了感谢他，顺便还房租，我特意请袁萧吃了一顿大餐。

大二的课程已经全都选好了，我利用松散的时间将小公寓布置成自己喜欢的样子，也算是开启了新生活吧。这天，抱着电脑窝在沙发上准备继续之前未完成的剧本，只是习惯性地登上QQ，就看到了和净轩两人的情侣头像还有头像旁边的特别关注。

他不是已经和那个女生在一起了吗？为什么还没有取消这些？是不方便还是他们已经不再用QQ这种老人家才使用的软件？或者是他还舍不得……

我在瞎想什么，也许人家干脆换了新的QQ号呢！

光标在取消键上来来去去，我一狠心到底还是点了下去。

"既然已经分手了，又何必留着些念想呢，只会让两个人更加痛苦吧……"我嘴上这么说着，偏偏以前甜蜜的回忆又慢慢浮现。它们像是早在我的大脑里生了根发了芽，再也不是理智可以随便清除和忘记的。

我摇摇头，强迫自己冷静下来。大好的时光沉浸在失恋的沮丧和痛苦中，还不如化悲愤为力量，努力看书，努力写剧本，让自己过得精彩才不负重活一场。

大二第一学期，我给自己定了一个巨大的挑战——提前修完大学的学分，以确保剩下两年多的时间可以自主掌握。期末考试前，我去辅导员的办公室申请考试的时候，辅导员看我的表情，像是见鬼了一样震惊。

在我的再三保证下，辅导员帮忙向校长递交了申请，一场为期三天的考试结束后，我总算顺利获得了校长亲笔签字的同意书，还有297分的成绩单！

至于后来校长竟然特意开了一个讲座，匿名表扬某个为了创业，提前完成了所有课程，并参加测试在300的考卷中拿下297分的高分的学生，也因此这个学生一度成为首都大学的传说的事……我是很久之后才知道的。

获得校长的同意后，我就彻底常驻在工作室和公寓中了。袁萧又给我介绍了几个新案子，虽然都还没有敲定下来，但我还是每个都精心准备了剧本提纲。

这天早上醒来，我习惯性地打开微博，发现微博排行榜上一连几个热搜，都是关于优秀警匪片合集的。热搜下面的评论里大家吵得热火朝天。很多转发的知名博主都感慨内地没有片子可以超越那些经典的警匪片——这样明显引战的观点，可让网友激动坏了。

有的人觉得博主用事实发言，说得有道理，内地的确没有能够当作经典的警匪片；有的人认为应该对内地电视剧有信心，不应该这样妄自菲薄；更有人觉得不管是出自哪里的片子，只要好看就行。

一楼建一楼，一个传一个，到目前为止，竟然有了高达10万的转发量，和27万的评论。

本以为又是三分钟热度的话题，没想到接下来几天，这个话题越发火热。甚至我回学校图书馆借书的时候，还听到很多人在讨论。

"看了最近的热搜没有？"

"当然，博主说得有理有据，在我心里也数不出内地经典的警匪片。反倒是博主盘点的片子，一直陪伴我们长大。"

也是这时，我收到了袁萧的短信。

"你之前写的那些备用剧本里，有警匪题材的吗？"

《孟婆》刚拍完的时候，陆导演一番话点醒了我，当时我灵感很多，确实写了好多不同题材的提纲，其中有两份就是警匪片，给袁萧回信息过去，很快他那边打电话过来，让我早点回工作室开会。

赶到工作室，袁萧正坐在电脑前面查找资料，见我来了，先丢给我一份关于近二十年来优秀警匪片的类型特点的相关总结让我看。

"我今天刚得到消息，光影传媒最近有大动作，想筹拍一部警匪片。光影传媒虽然是老公司，但已经日渐颓势，这次既然做，想必是想打一盘翻身仗。所以在投资和演员方面，想必都是最好的。"

我多少对影视行业有了经验，所以很快明白了袁萧这句话的意思："你的意思是，会有甄选剧本的机会？"

袁萧满意地点点头："照理说，光影既然想拍，想必剧本方面应该早就有了打算。但是这次却有些反常，连甄选剧本的消息，也是突然传出来的。不过，这是个难得的机会，你要好好把握。"

我有些犹豫，过了一会儿没忍住直接问出心中的疑惑："袁大哥,你不介意,我去工作室以外投稿吗？"

袁萧无奈地笑了笑："虽然说得好听，是一个工作室。其实也只不过是两个走投无路的人，努力挖掘的出路罢了。你有着大好青春，我不想在这里掩埋你的才华。"

我并不认同袁萧的话："对于我来说，这里不仅是出路，更像一个温暖的大家庭。"想到第一次知道袁萧，那个时候他还是有名的编剧，但这两年很少看到他的作品出来，我不由得问道，"袁大哥……你以后不想写剧本了吗？"

袁萧叹息一声："先不论我和公司的合同问题还没解决。就是光说最近的自己，倒是对编导更感兴趣了，这也算回归本来的位置吧。"他目露支持，"不用担心我，你还是先把自己的剧本好好整理，过几天送到光影传媒去。"

面对袁萧的支持，我找不到任何说不的理由，只能重重点头，准备开始好好完成剧本来回报他的信任。

★☆★
## 3 & 剧本被选中了

光影传媒很快就在自己的官方网站上公布了征集剧本的具体规定和时间。算算日子，距离交剧本的时间不到仨月。为了保证剧本的质量，我给爸妈打电话申请今年寒假就不回去了，留在帝都专心赶剧本。

小敏考试结束后亲自上门压着我一块去提前过了新年，我送她去机场看着她坐的回S市的飞机起飞后，重新回到公寓里写剧本。既然想创新，就要打破传统的警匪片，出色的就不能仅仅只是男女主角，可以描写众生相。

新年夜，是和袁萧、陆和通一起度过的。

这两个孤独的老男人工作实在太忙了，没有买到回老家的火车票，只能凑在一起互相斗嘴取乐。在我的小公寓里，三个人一块煮了最简单的火锅，一边吃饭一边讨论剧本，后来大家都忘记了吃，每个人抱起电脑，继续噼里啪啦地敲打着，直到午夜时分的烟火升空，才再次唤醒我们对俗世的注意力。

经过三个月加班加点的赶工，我终于在最后一刻，将剧本发送了出去。

点击发送后，我几乎是倒头就睡，睡得昏天黑地。饿醒过来的时候就随便点个外卖解决一下，之后再继续睡。一直睡了三天，我才从长期睡眠不足的状态中解脱出来，舒舒服服地洗了个热水澡，准备出去感受一下春暖花开的帝都。

光影传媒不愧是大公司，办事效率很快。一周后我便收到了剧本通过初选的通知，以及编剧最后面试的时间和地点。

我第一时间将这个好消息报告给袁萧，结果他竟然没头没脑地来了一句："现在，发张自拍给我看看。"

等我把照片发过去之后，袁萧毫不留情地点评了一通："头发都开叉了！脸色暗黄，双眼无神……叶芊凡，面试之前，你需要大改造啊！"

接下来几天，我不断收到袁萧发给我的造型师、发型师甚至美容师的电话号码，他再三叮嘱我让我面试前好好捣鼓一下自己的外在形象……说实话，我内心是抗拒的，我有这么见不得人吗？当年我也是演过戏的人啊！

直到我拿起镜子，直面自己——镜子里，巨大的黑眼圈、惨白的脸色，以及凌乱的衣着发型。顿时让我歇了气，默默地给袁萧发了两个字：遵命！

经过一周多的精心打造，我总算找回了曾经那个青春靓丽的自己。到了面试这天，我拿着重新精修过的剧本，自信满满地来到了光影传媒。

像光影传媒这样的大公司，每天门外都围着不少粉丝，他们都是为了能够有机会围观自己的偶像来的。

我从旁边经过的时候，竟然还有人惊呼——

"这是经纪人还是明星？"

"长得很漂亮，不像经纪人啊。"

看来我现在的状态应该很不错喽！我笑了笑，迅速走进公司。然而我的这份雀跃，在看到会议室其他参与面试的编剧后，瞬间冷却了下来。会议室中清一色都是年龄在三十五岁以上的资深编剧，其中也有不少女性编剧，但她们都穿着干练的套装，不像我——穿了一身淡粉色的连衣裙。有一瞬间我感觉自己好像来错了地方……

很快，我听到被很多人簇拥着的男子冷哼了一声："现在的年轻人，真是不知所谓。"

"应先生到了。"幸好他话刚说完，就有光影传媒的工作人员走了进来。

随着她的话音落下，一个三十几岁，身材伟岸，五官深邃，身上透着上位者的内敛和稳重的男人走了进来。他扫视了全场一遍，然后坐到了面试官的席位上。

工作人员站在他身边，向大家介绍："应先生就是这次片子的投资商，接下来的面试也由应先生亲自考核各位。"

应崇微微颔首："各位老师请坐。应崇是个商人，当然是想投资稳赚不赔的生意。虽然在今天以前，我已经看过剧本大纲，不过还是想听各位老师谈谈自己的剧本。"

虽然他的语气平淡，但我还是从中感受到了巨大的压力。

余光偷瞄到之前对我很是不屑的那位中年人，此时在应崇面前也稍显拘谨。

不过到底是老资格，他是第一个开始介绍自己的剧本的："我这次的剧本讲的是满腹正义感的男主角，在追击罪犯中渐渐挖掘出警局秘密的故事。剧本里的看点，分为三处，一是男主的性格转变，二是警局内应的悬念，三是和罪犯的斗智斗勇。"

在我听来，他的题材有些老旧了，不过胜在设计精妙，情节连贯，矛盾鲜明。我在情节的处理上，有的转折过于生硬，还是不如有经验的编剧们来的老道，看来要学习的地方还有很多啊……

中年男人说完后，又陆续有不少人介绍了自己的作品。

我一边听一边记，渐渐有些入神，还是工作人员提醒，才意识到原来这么快就到自己了。我感激地朝她笑了笑，站起来发言："我的剧本是以女性向为视角。女主角刚从警校毕业，便成了宣传警局的代言人，也理所当然地被当作花瓶。而女主角的善良单纯的气质也吸引了一个跟踪者。在脱险中，好友被神秘人害死。因此女主角性情大变，在三年中刻苦练拳，一心想查明当年的真相……"

应崇只是点头，也同样并未做出评价。

等我们所有人一圈介绍完后，应崇才再次发言："不知道各位老师对自己的剧本有什么要求。应崇能做到的，也会尽力完成。"

我是第一个发言的，我的要求也很直接："希望能够保留原作情节，就算有所改编，也要首先和我交流。在演员方面，能够起用适合剧本的演员。"

说完之后，我才发现其他人还在低头沉思，我也是这时候才明白，或许应崇这么问还有其他用意……而我这样有话直说，显得有些"傻白甜"了。

果然，很快就听到其他的编剧很套路的要求。

"能让笔下的故事呈现在大家面前，已经让人欣慰了，怎么还敢提要求。"

"应先生如果能用上我的剧本，已经是莫大的荣幸了。"

完了完了，没机会了。我怎么就不知道学他们客气一下呢，竟然还第一个把大实话说出来了。

大家说得差不多之后，工作人员再次替应崇说道："其实，之前应先生和导演已经选出了两份剧本。一是蒋老师的剧本《碟中风云》。二是……"她看了我一眼，"叶老师的剧本《铁血警花》。"

那个中年男人，也就是蒋老师再次不屑地朝我看过来："她？她的剧本岂能和我的相提并论。"

之前没点名道姓我就忍了，但是现在，我不想忍。

我直面他不屑的目光："我的确没有蒋老师有经验。只是既然导演和应先生能够选上我，我应该还是有些可取之处。"

应崇这时候竟然也帮我说了两句话："蒋老师少安毋躁。叶老师虽然年纪小，但文笔老练，伏笔精妙，有些地方的构思更是别出心裁。蒋老师看到剧本，就会明白我们的选择了。"

听了应崇的话，蒋中冶再次看向我，目光中又流露出了其他的意味，只听他说道："世风日下，有辱斯文！"他说完走出了会议室，似是放弃了这个机会。

其他没有被选上的编剧早就已经离开了，一时间会议室竟然只剩下我和应崇两人。

我大着胆子看向应崇："应先生，我可以问你一个问题吗？"

应崇挑眉："叶小姐，请说。"

"如果让先生在我和蒋老师的剧本中，认真选择的话，您会选择哪一个？"

应崇没有犹豫："我会选他。稳中求胜是我一贯的作风，而叶小姐的剧本虽然精彩，但在警匪片的历史上却是一次创新。我不敢保证，这份创新到底是钝刀，还是利刃。《碟中风云》不同，我几乎已经可以看到收视率的赢面。"

我能理解应崇的话，他是个商人，商人的选择永远不会被情怀所困扰。但是蒋中冶离开的时候他并没有阻拦，甚至也没有派人去劝说，如果我没有理解错的话……

"尽管如此，可你还是选择了我，这不是自相矛盾吗？"

应崇微微一笑："叶小姐，我是个商人。"

他这句话让我百思不得其解，只有先发消息给袁萧他们，打算回去商量。

回到工作室，袁萧和陆和通都已经在等我了。

陆和通懒洋洋地瘫在沙发上："你在消息上说他的优选是蒋中冶，最后却选了你？"

袁萧面色复杂地看着我，欲言又止。

我不太明白地问："是啊，怎么了？"

"你知道蒋中冶是谁吗？他可是光影传媒中老编剧的翘楚，背后代表的就是光影传媒。"

这句话，与其说陆和通是在和我说，不如说是说给袁萧听的。

袁萧若有所思："就是说应崇不想把主动权交给光影？"

陆和通一副理所当然的样子，像是很理解应崇："当然，如果你是投资商，你会选择一个潜力大的新人一起合作，还是沉睡的巨人呢？如果选择光影，过度依赖他们，在合同的比例上，投资商的占用一定会受限制。选一个没有背景的小新人，何乐而不为？"

我有些无奈地插言："所以我胜在没有后台？"这下我也算是明白了应崇最后那句话到底是什么意思，"难怪应崇老强调自己是个商人……"

陆和通冷笑一声，看着我连连摇头："你还是太单纯了！应崇他还利用了你，以蒋中冶古板传统的性格，用你气走他，这样也不至于得罪光影。学着点吧，这就是老奸巨猾。"

脑海中浮现起才三十几岁的应崇，我下意识地道："也没那么老吧。"

陆和通恨铁不成钢地看着我："才见他几面，你就维护他了。你这小姑娘，不要被这钻石王老五迷昏了头。"

"我才没有好不好！"我义正词严地捍卫自己的清誉！

"言归正传，为了庆祝能够顺利选上剧本。咱们叫上小珊和江誉，一起去吃顿好的吧！刚好，明天有试镜的事也想和他们说。"

陆和通一听这话，顿时不再和我斗嘴："你请？走！"

袁萧贤惠地默默整理好稿子，跟在我和陆和通后面出了门。

## 第六章
## 失恋大过天？不！

扫码每日打卡，
将减肥进行到底！

**大学篇**

　　那些失恋了疯狂工作的人，一度只是我笔下虚构的角色。哪怕他们哭得再惨烈，我也无法感同身受。胖的时候没机会体会这样的撕心裂肺，如今真的置身其中，才发现再多的工作，其实都是无法麻痹自己的。

　　说好的一生一世，突然间就这样被丢在了原地，是我走得太慢，还是你跑得太快？

## 1 & 工作真的可以麻痹自己吗

失恋的这些日子，我整夜整夜的睡不着，只能每天早上用大量的粉底遮盖黑眼圈……今天亦然，我依约来到了光影传媒，依然是那个房间，只不过今天我坐在了评委席上。今天应崇不在，只有定好的导演伍大辉以及几位光影传媒的负责人。无论是导演还是负责人，都岁数不小，幸好我今天特意穿了稍显成熟的衣服，不然我大概会与这个房间格格不入。

"叶编剧真年轻啊。"我坐下后，伍大辉导演看了我一眼。

不知道该说什么，我浅笑着转移话题："伍导演，我们还是先看看人选吧。就刚才这么一点时间，把台词和人设交代给他们，能完成试镜吗？"

伍大辉点点头："速读和表演，是演员的基本功。我倒是不担心男女主角的人选，毕竟这次试镜的有好几位大咖……"

说着他拿出名单给我看，我接过名单看了一眼，竟然在男主角一栏上见到了何易之的名字。而女主角一栏，则写着好几位当红女演员的名字，其中一个我很熟悉——江明熙。

伍大辉很热心地帮我介绍："何易之影帝级别的演技就不说了，上面已经确定了男主角是他。女主角方面，虽然比不上何影帝，但这几位的人气也不弱。"顿了一下，他皱了皱眉头，"反倒是男配和女配方面有些难办。"

想到自己笔下的配角，我有些歉然："实在抱歉，是我把配角写得太变态了。"

伍大辉被我的话逗笑了："光是这幕后 BOSS 配角金雍的人设，就够呛。表面上是追求女主的暖男医生，实际上是跟踪狂，喜欢解剖女体最美的部位，然后吃掉……"

他的面部表情很是丰富："真同情后期剪辑师，既要营造恐怖气氛，又不能太血腥暴力，以免过不了审核。"

我笑了两声："嘿嘿，有创新才有惊喜嘛！"

试镜是从女配角开始的。

在剧本里，女配是警校世家的千金，养成了高傲骄纵的毛病，但好在性子不坏，面对大是大非的问题也能富有正义感。

第一个女演员试演的内容是，作为上司的女主角分配给女配任务时，女配反感的情绪。

看着她脸上微愣的模样，倒是把女配做出了几分可爱，而且善于利用剧情来使角色变得讨喜。

我将自己的意见反馈给伍导演。

"我和你意见相同，不如就选她吧。"

而相比于甄选女配的顺利，选择男配方面就困难多了。要么就是将变态演得一脸猥琐，要么就是端着架子，不能放开演。一直到工作人员报到江誉后，我心中莫名的有几分紧张。

希望江誉这段时间的练习不要浪费了啊！

但江誉却一派淡定，甚至都没有给我一个多余的眼神。他简单地自我介绍后，便迅速进入了角色状态中。江誉神态平静地将餐具摆好。可以清晰地看到，无论是摆放，还是进食，江誉的一举一动都充满着绅士与礼节。

乍一看，无疑是一位社会精英的模样。

然而当他用过餐，擦完嘴后，再一抬头眼中竟充满了疯狂和迷乱。

我下意识地一抖，有些不敢直视江誉的脸了。尽管心中清楚这不过是表演，甚至这个角色还是我亲手创造出来的，但我却害怕地低下头。

伍大辉看着江誉，满意地连连点头，迅速在江誉的名字后面画了个勾。

我偷看到伍大辉写在纸上的评价，在江誉表演结束离开后，悄悄给他报了个信。等到所有的面试结束后，伍大辉和几位负责人一块讨论这次面试的成果："虽然有几位配角不错，但都是新人，在人气和关注度方面自然会吃亏。还是要联系老卢，邀请人气明星来客串啊。"

"只是女主演的人选还没有确定。"伍大辉看了看名单，略显纠结，"论演技江明熙当之无愧。论人气，最近的人气小花——白灵，则是大趋势。"

江明熙作为演技派，无论是技巧还是对剧本的把握都更稳一些。而伍导演口中的白灵……虽然伍导演对她评价不错，但这种显而易见的关系户，我实在喜欢不起来。

"导演，从演技和对人物的塑造上来看，我都更倾向于江明熙。"

我虽然是编剧，但男女主演的位置太过重要，并不是我能够决定的。我说出了自己的意见，之后最终会定谁还是要看导演和公司的协商。

尽管如此，当我在《铁血警花》的片场看到江明熙的时候，还是激动无比。可惜还没有过去和她叙旧，就被导演告知，原本我们都满意的那个女配临时被换成了另一个人——苏瑾。她曾经是《黎明之恋》的主演。

不得不说，她在《黎明之恋》中的演技很不错，也不知道是什么缘分，自己写的两部剧本，她都有参与。在剧组一连几日，我发现这位空降兵态度出奇的谦逊，举动也很体贴，很快就博得了大部分工作人员的好感。反而是江明熙，让我大吃一惊。她每日除了躲在角落里看剧本，就是在房间里看剧本，好像都不和工作人员互动的，真不知道她在娱乐圈这么多年到底是怎么一路走到影后的位置的。

不过这样的江明熙，让我忍不住主动去搭话。

可是，我这么大个人坐在她身边，她竟然完全没有注意到，依旧在全神贯注地看剧本，还时不时地在上面勾勾画画。

我叹息一声："虽然我很开心，你这么认真地对待工作。但能不能理理在旁边的我呀。"

江明熙偏过头看我："叶编剧。"

听到她这么称呼自己，我有点受伤："这么快就和我划清关系了。之前一起拍戏的时候，可不见你这样生分。"

江明熙笑了笑："我很喜欢你的剧本，女主角也是我从没演过的类型。有些担心自己不能够驾驭。"

看着这样的江明熙，我又感动又震惊："果真是戏痴啊。"

这时苏瑾也走了过来，自来熟一样坐在我们旁边："听说我们剧组的编剧年轻漂亮，今天一看，果然如此啊。"

看着苏瑾真诚的表情，听到她如此直白的夸赞，我有些害羞："是大家过奖了，还有，欢迎你的加入！"

我不过和苏瑾说了两句话的工夫，戏痴江明熙就已经再次沉浸到了剧本中。

只是也不知道是不是苏瑾的表现有些出乎意料的好，拍摄进展了一段时间后，江明熙原本的光环竟然有些被苏瑾压下去的意思。江明熙表现得再好大家也觉得理所应当，甚至应该更好才对；而苏瑾丝毫不怯场，并且表现得可圈可点，剧组的人大多对她赞赏有加。就连很少夸人的伍大辉有时候都会情不自禁地点头说不错。

因为一开始没有太多男主角的戏，所以影帝何易之是最后到剧组的。

何易之，今年32岁，曾经两次获得影帝称号，迷妹迷弟遍布大江南北。

我和江誉站在角落里，旁观影帝出现的盛况。

不如借机鞭策鞭策江誉吧。

"看到没有，这就是明星的力量，光是片场外面等他的人就好几百人。"

江誉甩了甩手中的剧本："只怕我演了这个变态后，粉丝都会绕道走。"

我扑哧笑出声，安慰他："别这样妄自菲薄！你一定能将变态演得让人又恨又爱。哦，对了，晚上就要拍跟踪的戏份了，你可以的。"

江誉："……我一点都没有被你安慰到。"

何易之进组后，男女主角的对手戏正式拉开了序幕。

这天拍摄的是女主角楚怀和男主角席伟的第一次过招。从上午起，江明熙就已经跃跃欲试，注意力高得惊人，浑身都是战斗欲。想来何易之的演技是公认的最棒，所以她才会这样想挑战吧！被江明熙感染，我都开始跟着紧张了。

伴随着导演一声"action！"

江明熙迅速进入状态，只见她看着眼前迟到的人，皱眉，语气铿锵有力："席伟！"

而何易之完全将席伟此时该有的懒散表现得淋漓尽致，甚至连声音里都是戏。一连几条，江明熙和何易之的对手戏都是一条过。

片场不断地响起伍大辉带着笑意的声音。

"卡"。

"很好,下一幕"。

但是随着剧情的深入,江明熙渐渐变得有些力不从心起来,尤其是她原本自己设想好的情绪,经常会被实力强大的何易之带动而忘记。动作戏的比重也迅速增加,这种情况下,坚持不用替身的江明熙,渐渐没办法再保持一条过的好成绩了。

一开始,大家都敬佩她的敬业。但很快,随着高难度的动作戏的增加,江明熙 NG 的次数明显增多。现在又是夏天,天气炎热,很多工作人员渐渐有了情绪,一些小声的抱怨频频被我听到。

"都 NG 多少次了……""还评她是小花旦里面演技最好的,我看就连苏小姐这个新人,都比她表现更好。"

议论的声音越来越多,江明熙不得不暂时停止拍摄。

看着尴尬站在现场、手足无措的江明熙,我有些心疼,不禁想给她出主意。

"如果你不想用替身的话,应该重新找一个专业指导动作戏的老师。或者我请导演再给你安排一个教练。"

江明熙有些纠结地看着我:"……如果可以的话,我想亲眼看看军校的训练。剧本里面提到女主的转变,是从进入军校开始的。"

面对江明熙诚恳的请求,我说不出拒绝的话。

★☆
## 2 & 换人风波

剧组的工作节奏很快,工作人员不分昼夜地辛苦,我在亲身体会后已经完全能够理解。但我万万没想到,还不等我找好理由和导演商量让江明熙去军校培训,就接到了导演的电话。

"叶编剧,投资商说要换女主角,我先给你通个信。"

换人?

除了江明熙，我实在想不出还有另一个人适合这个角色。

压下心中的惊讶，我问导演："投资商想换谁？"

伍大辉在那边笑了两声："这个人你也知道，就是那个演配角的苏瑾。"

苏瑾？想到苏瑾自从进剧组后的好人缘，还有她可圈可点的演技，目前看来确实比江明熙受欢迎。但是……苏瑾的长相过于柔了些，整体的气质也不如江明熙沉稳，投资商突然间要换女主角，也不知道这后面到底有什么不为人知的交易。想到那个认真看剧本、想要去军校体验的江明熙，我还是想再为她争取一下。

"伍导演，江明熙有问题吗？"

"江小姐坚持不要替身，已经耽误了剧组进度。"电话那边伍大辉明显顿了顿，语气也低了几分，"苏小姐演技不错，而且她的家世……"

虽然导演没有明说，但我也明白了恐怕导演心中也是接受了投资商的意见的。挂断电话后，心中不由得想起了自己的第一份剧本《黎明之恋》以及和秦语之间的纠葛。会不会，这一次江明熙也会成为当时的自己？虽然她比自己要出名得多，早已经是受到肯定的影后，但真心付出努力的东西最终被别人拿走……那种感觉，无论是什么人，都一样会痛苦吧！

我控制不住自己的脚步，当大脑清醒过来的时候，人已经在应崇公司的停车场，并拦住了坐在车里的应崇。

面对司机一脸防备的目光，我咬咬牙，硬着头皮走到车窗旁边："应先生好。"

应崇见到我，面上露出几分诧异。

"叶小姐，好久不见。"

"应先生，您时间宝贵，我就直说了。关于更换女主角，我并不赞同。江明熙的演技，大家有目共睹，并不是苏瑾近期通过努力就可以赶上来的。虽然最近几天，她有些急躁，不过也只是为了让电视剧拍得更好。我相信，再给她几天时间，一定会把耽搁的进度补回来的。这样尽职尽责的演员，如果遭受这样的待遇，该多让人寒心啊。"

"叶小姐可知，不少工作人员知道要换女主角时，脸上的庆幸。"应崇笑了笑，声音里带着我听不懂的意思，他的目光很犀利，抛给我问题的时候明明和风细雨，但我却能够感觉到背后的雷霆之力。

开弓没有回头箭，既然我已经迈出了第一步，没理由在第二步的时候退缩。

直视应崇的目光，我据理力争："江明熙在人际关系方面，的确不如苏瑾。拍好戏本来就是每个工作人员的职责，如果因为觉得苏瑾好相处，工作会更容易，算不算一种偷懒心理呢，该反思的不应该是他们吗？应先生，或许您该找一个更加合格的拍摄团队。"

应崇笑了，像是听到了什么有趣的事："强词夺理，这倒成了我的不是了。"

见他并未生气，我的胆子大了几分："您也知道，从甄选剧本初始，我就说了，我一定要选合适的演员。江明熙就是那个能把剧本演活的人。而苏瑾本来就是空降兵，现在还突然要她挑大梁，演女主角，我怎么能坐视不理。到时候，我一难过，把剧本胡乱倒腾，电视剧想拍好，就更难了。您是个商人，当然会选择最大的利益，不是吗？"

应崇目光沉沉地看着我："没想到叶编剧年纪轻轻，胆子倒是很大。第一次有人敢威胁应某人。"

我被他看得心怦怦直跳："冤枉啊，我哪儿敢。倒是苏瑾想通过家世来逼应先生决定。这样仗势欺人，太可怕了。想来应先生面对权势，一定会坚持己见，不卑不亢的。"

应崇目光微闪，一语中的："我怎么觉得这苏瑾像是得罪过你？"

想到《黎明之恋》，如果她演了我不能署名的电视剧也算得罪的话……压下心里的杂念，我摇摇头，坦然地回道："苏小姐并没有得罪我，我做的一切都是为了剧组。"

"我知道了，叶小姐的话我会好好考虑的。"

见他说话时面色认真，估计也不会糊弄我。既然应先生答应好好考虑，那么江明熙就还有机会，我拍马屁道："在应先生的英明带领下，相信电视剧一定能够取得好成绩。"

目送应崇的车离开后，我迅速拨通了江明熙的电话，不管应崇最后的决定是什么，在没有最终通知前，江明熙就还是女主角，只要她还是一天，我就要帮助她提高演技，重整旗鼓，让所有人都说不出反驳的话。

江明熙那边很快便接电话了："叶编剧？"

我一边往停车场外走一边问她:"想不想全剧组的人都对你赞叹有加?"

江明熙沉默了一会儿,最后轻轻"嗯"了一声。

想到之前拍摄《孟婆》的时候,袁萧专门订了饭车犒劳大家,我决定将袁萧的好作风传播开来:"那就听我的——第一,让你的经纪人联系好吃的饭车,隔几天就请来剧组一次,犒劳工作人员;第二,今天带着剧本来我家,我给你讲讲剧本中的事。"

江明熙那边久久没有回音,就在我怀疑是不是断线的时候,才听到她沙哑地回了一句:"好!谢谢你!"

伍导演的电话要比江明熙来得快。

"叶编剧,投资商那边又有了新决定,会继续用江明熙。"

"真的吗?谢谢导演了。"

知道江明熙可以继续出演的时候,心中竟然有一种像是自己可以继续演下去的喜悦。不过旋即我又想到之前为了帮江明熙争取到去军校参观的时间而想到的借口,连忙对伍导演一并说了:"伍导演,最近有几场江明熙的戏,我突然有了更好的想法,您看能不能往后延几天,等我改完本子再继续,先拍其他的?"

伍大辉爽快地同意了。

江明熙过来后,我并未提换女主角的事,只告诉她去军校参观的事搞定了,明天就出发,为期三天。这一晚,我对着剧本给江明熙解释自己创作女主角的时候都有什么样的想法,将女主角的外在性格和内心心理变化都一一解释给江明熙听。后来时间太晚了,干脆留江明熙在家中休息,而我和江明熙的关系,也因此便得熟稔起来。

第二天,拿着袁萧帮忙搞到的介绍信,我陪江明熙一块到了帝都某军校。

还未入内,就见到白日里训练的军队在校内的跑道上慢跑。明明只隔着一道门,却感觉校内和校外是两个世界,气氛完全不同。早已经联系过的教官出来接我们,我将行李箱交给江明熙,接下来的三天只有她自己留在军校学习,是否有用全看她的领悟了。

"明熙,加油!"

江明熙朝我挥挥手，跟着教官一块进了学校。

她走在教官身后。无论是容貌还是身材，走在大街上都会惹人注目的她，在军校里却没有成为大家关注的焦点。

我心中感慨不已，一直到江明熙拐进我看不到的地方，这才转身准备离开。岂料，我刚转身就感觉到一道炙热的目光，抬头看过去，就见到站在两米远处的梁胤廷。他穿着军装，身后还跟着两个同伴。明明他只是站在那里什么都没做，偏偏我却心中一惊，下意识地后退了一步。

梁胤廷朝我走过来："你来找我的？"

"我——"

"不用回答，我知道一定不是。"

梁胤廷轻笑一声。

他的笑里包含了太多难言的东西，再也不像少年时期那样张扬了。原来时间真的可以将一段关系磨灭得不成样子，什么时候我和他变得这么生疏了？

"你——"

我还想再说什么，梁胤廷摆摆手，叫住了经过的小兵："你去把我的车开出来。"

小兵离开后，梁胤廷看向我："还是老规矩，让我送你回学校吧。"

明明是想拒绝的，但眼前梁胤廷的笑，却让我心里阵阵难过，最后什么也没说。很快车就开出来了，梁胤廷打开车门朝我招手："还不快上车。"

一路无话，直到车子缓缓驶进首都大学的校园中，车速放缓，梁胤廷转过头来看向我。

"你和他还好吗？"

不知道他为什么突然这么问，但提到净轩，我心中黯然，望向窗外不想让他看到自己的情绪。

"分手了。"

"总有更好的，比如眼前的我。"他声音里有笑意。

我摇摇头，胸口闷闷的，不愿意听梁胤廷开玩笑。

"梁胤廷，你看我虽然现在若无其事的工作，吃饭，但总觉得心里有一块重要的东西，被硬生生地挖去了。这种伤口，尽管不至于丢去性命，但它一直流着血，不能碰，也不能愈合……"

说完这些，我们都沉默了。

车子不知何时已经停到了宿舍外，我准备下车，却被梁胤廷从后面抱住。

"你知道的，我已经听够了拒绝，你什么时候才能说点让人心情愉悦的。"

握着门把手的胳膊往后推搡抱着自己的人，但梁胤廷的力气太大，我挣扎了半天却没动他分毫。我觉得自己一定是一个人太久了，所以才会在这个温暖的怀抱中有一瞬间的迷失，不自觉地转过身靠在他的胸前，红了眼眶。

梁胤廷紧紧搂着我，目光却看向后视镜。我不知道他在看什么，但突然有些不安。

我推开他："不好意思，我失态了。"

梁胤廷苦笑："虽然我厚着脸皮，不择手段，但如果能得到你的一点喜欢，我大致也是愿意的。"

他松开了手，目光有几分我看不懂的复杂，认真而执着。我没办法回应他，只能趁机逃下车，试图忘记刚刚发生的一切。

爱情，有时候想想真是可怕，它可以让一个人变得不像自己，可以抽走一个人全身的力量，却也可以让一个人突然间变得强大。

三天，偷个懒，看几集电视剧，出去约会逛街，一眨眼也就过去了。但三天对于江明熙来说，已经足够脱胎换骨了。

如果说以前的她是一把宝剑，那现在的她就是削铁如泥的利刃。举手投足间，都将属于女主角楚怀的气质演绎得淋漓尽致。就连原本属意苏瑾的伍导演，见到现在的江明熙，也不得不说声好。不仅在表演方面，就是连武术动作方面，也表现得可圈可点。如今江明熙和何易之对戏，不再是被压制的状态，而是各自散发着自己的光彩。

之前换女主角的消息也不知道是谁传出去的，接连几天剧组不少年轻的工作人员看到苏瑾的时候，都会偷偷八卦几句。不过苏瑾真的是个心理素质很好的演员，她的脸上没有丝毫别扭和委屈，反而演技愈发精进。

看到两个女演员同时演技大增，身为编剧我心中很是骄傲……唔，如果今天这场拍摄没有袁柯出来嫌弃我的话，我会继续骄傲很多天的！

今天的拍摄地是酒吧，拍的是剧本里的其中一个案件。里面讲的是一个叫作安辰的变态，经常在不同的酒吧，搭讪美女。两人成为亲密恋人后，再将她们囚禁，折磨至死。

而这次邀请扮演安辰的明星，正是见过几次面的袁柯。

趁着大家准备的功夫，我蹭到江明熙身边偷偷问她："袁柯是你邀请的？"

江明熙摇头："我和他不熟。只有之前一起拍《花色情缘》的那次合作过。"

结果还不等我问下一句，袁柯就从后面将我们俩同时揽住。江明熙丝毫不给面子地将肩膀一避，袁柯皱眉惨兮兮地望着江明熙："不要这么残忍嘛，小晴！"

江明熙僵着脸："不要叫我之前的角色名。"

袁柯满怀希望地看着我："小陆眠，你一定不会学她这样无情无义吧。"

我强忍着笑，挑眉反驳："那可说不准。"

看着袁柯一脸耍宝，故作难过地捂住胸口，我没忍住，笑出了声。

不得不说袁柯虽然看起来是小鲜肉一枚，但其实演技不赖。剧本里的安辰是个性情不定的男子，高兴时温柔浪漫，因此有些女生就算被囚禁，也对他心怀爱意。不高兴时，就成了暴虐的男人，折磨女生的手法层出不穷。而为了查案，这次女主角扮成酒吧的客人，吸引安辰的现身。

上妆后的袁柯，明明刚刚还和我们眉开眼笑地耍宝，待走到吧台后面成为酒吧老板后，瞬间气质大变。

伴随着准备就绪的江明熙出现，两人都先后进入到状态中。

或许是之前两人合作时已形成了默契，也或者因为两人的演技高超，所以这场拍摄完全是一条便过，听着伍大辉满意地喊卡，我心中忍不住为江明熙叫好。

待袁柯穿着戏服朝我再次走过来的时候，我颇为认真地看着还带着几分"江辰气质"的袁柯："袁柯，我突然觉得，你可以考虑走反派路线。"

袁柯挑眉，似乎饶有兴致："那小陆眠也考虑考虑，给我配个像你一样好看的CP？"

我看了他一眼："我真的好看的话……之前在学校怎么不见你和我叙旧？"

袁柯轻笑："那一定是你穿得太土，我都认不出来。"

看着面前笑得志得意满的家伙，突然好想给袁萧打电话让他过来教训自己的表弟啊……

《铁血警花》赶在暑假到来之前拍摄成功，因为剧组制作手笔大，不像之前的《孟婆》资金匮乏，所以《铁血警花》的后期制作效率也非常高，按照定好的计划，《铁血警花》将在暑假黄金档上线。

剧组杀青后，全剧组的人聚在一起吃了一顿散伙饭。

原本准备偷溜的江明熙也被拉着一块参加了聚餐，我觉得自己颇有几分老妈子的潜质，苦口婆心地劝说江明熙不能太不合群，偶尔也要和大家聚一聚。结果江明熙人倒是去了，但在饭桌上说的话一共没超过十句……

《铁血警花》进入后期制作的同时，铺天盖地的广告宣传也随之而来。无论是城市中央的大屏幕上，还是人群聚集的公交站，都是《铁血警花》即将播出的消息。

正式播出后，不过五天《铁血警花》就刷新了橙光TV站播放量，还刷新了近几年来橙光卫视的单集收视率。在播放方面更屡创佳绩，在观众口中也是好评不断。虽然有部分专家认为，电视剧用血腥暴力的方式，来引起观众的注意，长此以往，可能会对青少年产生误导。

不过，有争议才会有关注。稳步上升的收视率，是最好的证明——《铁血警花》的收视率赶超同一时间的栏目三个百分点，市场份额达到了百分之十八。

参加完《铁血警花》的庆功宴，我拒绝了伍导演等人新一轮聚会的邀请，准备回公寓大扫除。最近一直忙着准备新剧本，也没有时间打扫，想想自己堆在厨房两天没洗的盘子，真的是自己都从心里嫌弃自己了。

回S市的票早就定好了，归期也早就告诉爸妈了。剩下的几天，我准备好好放松一下，顺便去商场给徐萱她们选几样礼物。不料，悠闲的日子还未开始，一通陌生的电话，让我原本松懈下来的心再次紧绷着提到了嗓子眼。

**大学篇**

扫码看番外小剧场，
都是田珍惹的祸

**第七章**
**这该死的误会**

犯傻的那个人一直是我。

在你坚决地留在原地等待的这些日子，我愚笨地自我折磨着，故作倔强一定要拾起那没有必要的尊严，如果不是你，还有谁能够继续这样包容我？

## ★ 1 & 原来你没离开

"叶女士？"

"你好，哪位？"

"这里是S市的人民医院。方芸患者亲属的电话打不通，所以才查资料打到您这里。方便的话，赶快来医院一趟。"

医院！妈妈！

我顿时慌了神，想起上一世妈妈去世前在医院的那些日子，想起隔着电话被告知妈妈离开自己的消息，那些回忆曾经是我多年的噩梦，如今再次如潮水一般拍打着朝我袭来。

"我妈她怎么了？"

电话那边犹豫了一会儿说道："一时半会儿说不清楚，你还是快来医院吧。"

挂断电话后，我赶紧给爸爸打电话："爸，妈怎么了？你怎么什么都没和我说！"

"哎，芊凡啊……"

听到爸爸的叹息声，我却依旧没办法冷静下来："如果不是医生打电话给我，你们还想瞒我多久？"

"芊凡，你别着急。多亏了你朋友的照顾，你妈现在没什么大碍。"

"我这就订票回去，爸你在医院好好照顾妈。"爸爸的声音虽然不怎么精神，但并不像我这般紧张，我心中半信半疑，来不及问到底是哪个朋友，也忘记了去想医院电话中的漏洞，此时我完全被上一世失去母亲时刻骨的痛楚淹没，只想快些回去。

这是我第一次进S市的医院，上一世家里经济拮据，父母最后都是在小县城的医院里被宣告抢救无效的。

踏上S市医院陌生的走廊，闻着熟悉的消毒水味，我心中越发恐慌。妈妈的病房在哪里？她真的还好吗？爸爸没有骗我吧？

为什么医院的走廊这么长，好像总也走不到尽头？

我着急地红了眼眶，最后还是旁边经过的小护士好心给我带路，当我推开门冲进病房的时候，第一眼看到的却不是妈妈，而是站在病床旁边的净轩。他正递给妈妈一颗削好的苹果。妈妈虽然脸色有些发白，但气色还不错。

压下心中其他的情绪，我上前两步："妈！"

"这丫头，怎么这么早就回来了。都是我身体不争气——"

我打断妈妈的话："妈，你说什么呢，你生病了我恨不得立马飞回来在你身边陪着你。到底是什么病啊？没事吧？"

"放心，都是些老毛病了。再说，有小厉照顾着，我这病都快好一大半了。"

原本还可以借着急妈妈的病假装忽略身边的人，偏偏不知情的妈妈却主动提起他，我心情复杂地朝净轩看过去。

整整一年没见了吧，自从去年暑假分手后，我逼迫自己不再去窥探他的生活，逼迫自己忘记他，一次次将自己埋在剧本里、扔进工作中……可是现在只一眼，我就看出他瘦了，面色有些黄，本就冷肃的气质更甚，变得越发难以让人接近了。

他为什么会瘦了？难道和那个女生在一起不幸福吗？还是最近太忙了又没有好好照顾自己？心头涌现出了很多可能，但很快这些想法就被我深深地压了下去。我已经不是他的女朋友了，现在的自己没有任何理由去关心他……更何况自从我进来到现在，他都没有分毫诧异，只目不斜视地检查妈妈的病历，声音平淡地下医嘱，丝毫没有想和我说话的意思。

"阿姨患的是细菌性肺炎，是由病菌侵入而造成的疾病。因此会引起血压降低、咳嗽、胸痛等症状。如若长期复发，甚至会引起肺癌。"

听着净轩没有分毫起伏的声音，我胸口闷闷的，看来是真的和自己划清界限了啊！

但很快，我捕捉到了他话里的信息，肺癌！上一世妈妈就是因为过劳导致肺癌去世的！原本以为这一世一切都会不一样，但现在……

我声音发涩："妈，您是不是又去工作了？"

看着妈妈心虚的目光，我长叹一声，握着妈妈的手："我都说了多少遍了，您身体不好，好好在家休息，赚钱的事情交给我。您就不能让我出门在外……少担点心……"

"这不是在家闲着也是闲着嘛。能给你减轻一点负担，也是好的。"妈妈弱弱地反驳，听在我心中只觉得难过。

"妈，您就不能为我和我爸想想，如果您生病了，我们怎么办啊。"

"我知道了，我知道了。以后我都待在家里，吃了睡，睡了吃。"

听到妈妈赌气的声音，我松了一口气，无论如何，只要妈妈不再偷偷出去工作，安心养好身体，就算她真的和我生气，我也愿意。

"目前阿姨的身体只需要多休养就能慢慢恢复，她的肺炎不严重，你们也不用太担心。"

厉净轩在病历上添加了患者新的情况后，又叮嘱了两句，并未看我，径自转身离开了。

待厉净轩离开后，妈妈拉着我的手，小声对我说："芊凡啊，小厉是个好孩子，这次多亏了他，回头你要好好谢谢他知不知道？"

我盯着旁边的水杯不敢去看妈妈的眼睛，囫囵点了点头："嗯知道了，我会好好感谢他的。"说完我突然想到净轩他念的医大应该还要过两年才能进入实习，为什么他现在就来医院了？

我试探着问妈妈："那个……他怎么来医院了？"

妈妈并未听出我语气里的心虚，将自己知道的讲给我听："小厉啊，是蒋医生的儿子。据说这次来医院，是跟着一起实习的。"

以前就听他说过妈妈是医生，没想到竟然会是S市人民医院的医生，怪不得他想要做医生，原来是家庭熏陶。

接下来我一直留在病房里陪妈妈聊天，把自己在首都这一年的事讲给妈妈听。当妈妈听说最近小护士们经常讨论的《铁血警花》的编剧竟然是她的女儿我的时候，激动地一下子坐了起来，把我吓了一跳。

"芊凡，你真是……真是妈的好女儿，妈妈能有你这样的女儿，就算是现在就去死也值了。"

"妈，你胡说什么呢！"我瞪大眼睛。

"601号床的来交一下医药费。"小护士在门口喊人，我连忙让妈妈躺下休息，拿起包跟着护士去交费去了。收费的护士帮忙查完，语气带着艳羡地问我："你和厉医生认识吗？之前你妈妈的住院费都是他代缴的呢。"

什么？我一直以为他只是帮忙照顾妈妈，为什么住院费也……面对护士好奇的目光，我摇摇头："以前是高中同学，也是好久不见了。"

听到我的话，护士脸上明显松了一口气，目光中多了几分喜色。我很清楚她眼里的亮光是什么意思，上一世我每每想到净轩的时候，眼睛里的光要比她的更亮。

交完费，我转身离开，走出去没两步，就听到护士对进去的另一个小护士说道。

"打听清楚了，只是高中同学而已……嘿嘿，现在就等厉帅哥早点来我们医院上班，就算吃不到，能养眼也是极好的。"

果然无论什么时候，净轩都不缺少追求者。曾经二百多斤的我，应该是他那些仰慕者中最丑的一个了吧。重来一次，有机会和他在一起，做了他两年多的女朋友，享受过他的关心，听过他那些醉人的情话……我应该知足的不是吗？说起来，这一世，我也算得上是他的初恋了吧！

这样想，还有些得意是怎么回事？

我自嘲着回病房，路上经过少儿科，半开的公共病房里，不用刻意去看，目光已经自动落到了在里面为小朋友量体温的净轩身上。他的侧脸在阳光下依旧那么完美。

我听到小朋友朝他撒娇："哥哥，今天给我讲美人鱼的故事吧。"

又听到净轩温和的声音在哄小朋友："你先乖乖吃药，我就给你讲。"

我控制不住自己的脚步，就站在门口痴痴地看着他坐在小朋友床边给她讲故事，轻柔的声音传到外面，原本已经死去的心像是得到了滋润。我沉浸在他温柔的声音中，甚至他的声音不知何时停了，人已经走了出来，我才后知后觉地发现。

净轩只是在经过的时候顿了一下，不等我想好用什么表情面对他，他便已经迈步越过我往前走去了。

看着他的背影，我下意识地追了上去："厉净轩……谢谢你照顾我妈……"

"嗯。"他只是脚步一顿，并未回头。

厉净轩的冷淡让我原本那些来不及理清的念头重新冷却了下来。冷静之后的我，自己唾弃着自己。到底在想些什么？他已经有女朋友了，分手也是自己提的，现在那些不愿意承认的、不愿意直视的希望是不是太过可笑了呢？

一连几日我都没有再去找他，欠他的医药费也拜托收费的护士转交给他。出院这天，我刚扶着妈妈上了出租车，电话铃声便突兀地响了起来，拿出手机看着上面陌生的号码，我犹豫了一下才接了起来。

"喂，你好。"

"是芊凡姐吗？我是田珍，我有一些事想和你说。"

田珍？我有认识叫田珍的朋友吗？绞尽脑汁也没有想起来，这个名字无论是前世还是这一世，我都没有印象。但她用的是S市的号码，那有几分耳熟的声音……最后，我心中浮起的唯一的猜测便是她就是那个和自己有过两面之缘，厉净轩现在的女朋友。

她找我做什么？是要警告我离净轩远点吗？呵，不管心中有多少期待，人与人总是不同的，最起码的道德底线我还是有的，她又何必多此一举呢？难道不会觉得对她自己也是一种讽刺吗？当初插足的人……一直都是她不是吗？

"芊凡姐，就在上次的那家咖啡店，我有很重要的事要告诉你，如果你不来一定会后悔的！"

田珍的声音很急切，我甚至听出了几分恳求的意味，我不禁疑惑她这次到底有什么目的。送妈妈回家的路上刚好经过那家咖啡店，我不由自主地喊了司机师傅停车。

"妈妈，我有点事要去见一个朋友，你先回去吧，爸爸肯定早就在楼下等你了！"

缓步走进咖啡店，还是一年前的模样，只不过物是人非，再走进这里，心中的那些疼痛早已因为时间而淡去。还不等我去寻找对方，一个穿红衣服的女生突然从里面冲了过来，一把抱住我。

我被吓了一跳，想要挣脱开她的热情拥抱："你做什么？"

田珍虽然被我推开了，但依旧抓着我的手不放："芊凡姐啊，我的亲姐。我错了，我真的错了。"

看着她明显在假哭的模样，我很是不能理解："如果你是说不该破坏我和厉净轩的关系……"

"不！不是！"田珍突然拔高了音调，"芊凡姐，你误会了，我和厉大哥不是那种关系！"

……

田珍坦白完后，可怜兮兮地看着我，忐忑的模样好不可怜。但我此时却被愤怒笼罩，瞪着她极力压下心中的愤怒："既然如此，之前在厕所，你为什么要说自己是净轩的女朋友！"

田珍支支吾吾了半天："因为我看恋爱手册上说，出现情敌……会使人产生危机感，从而达到感情升温。我只是想帮净轩哥把你留下来。"

我轻笑一声，心中说不上是开心还是难过，只觉得人生如戏这四个字真是现实的可怕："所以从始至终，都是我误会他了？"

田珍连连点头："是啊是啊。自从我知道你们真的分手了，我就每天寝食难安的。但是……又不敢说给净轩哥……我会被他嫌弃死的！昨天知道你回到Ｓ市了，就连忙偷偷记下了你的手机号，你们快和好吧。"

和好？想起最近在医院里净轩对自己的态度，那么冷淡，如同路人。甚至还不如上一世那个不怎么熟悉的老同学的情谊。

"和好？他应该已经不喜欢我了吧……不过，你以后还是少添乱，不要随意插手别人的感情。"

田珍听我松口，顿时脸上恢复了神采，甚至干脆直接坐到了我身边，并掏出了一本书："芊凡姐，小的这有一本爱情秘籍，说不定对您老有用。"

## 2 & 我们和好吧

从未想过真的会和厉净轩老死不相往来。他是占据了我全部爱情的那个人，从暗恋到初恋，跨越两次生命。

分手有冲动，更有爱情中不可避免出现的矛盾。只不过比起那些分分合合的情侣，我和净轩更决绝几分，都没有给对方留下缓冲的机会，也都不曾再勇敢迈出寻求原谅的那一步。

如今想来，我误会他和田珍在一起的时候，心中的那些痛不欲生，是不是和他误会我和梁胤廷的时候是一样的？分手那天，为什么那么冲动？为什么不曾好好解释和梁胤廷的关系呢？如今净轩对我这么冷淡，是不是真的以为我和梁胤廷……

知道真相后，原本心里的那些坚定的防线突然间坍塌一片。

陪老妈回医院复查的时候，再次见到净轩，面对他冷冰冰的态度，我满脑子想的都是如何让他再重新对我笑，重新牵我的手，重新在一起。心中那个声音叫嚣得越来越厉害，我不受控制地翻开田珍送我的那本书，把一条条恋爱的小计策全都装进了脑子里。

接连几次，净轩都神色如常的帮妈妈做检查，记录病情。

"阿姨，如果没什么其他症状的话，我就走了。"

"没有了，小厉这段日子太辛苦你了！"

老妈笑着和净轩道别，眼看那抹魂牵梦萦的身影要再次消失在门口。那些熟记于心的计策猛然乍现，我没忍住喊住了他："等一下！我有问题——"

苦肉计！

不敢看净轩平静无波的眼睛，我低着头悄悄掐了自己一把："最近我老是胃疼……"

净轩清澈的双眼微闪："胃在左边。"

我又尴尬又着急，连忙将手换了个位置，可怜兮兮地呻吟："疼……"

可是没等净轩开口，我就被老妈一把抱住："哪里疼，你怎么不早说，让你爸带你去看看！"

面对紧张得快要哭了的老妈，我瞬间演不下去了，连忙安抚她："我是说，我有时候胃痛，现在不痛了，身体棒棒的……"

余光看到净轩毫不犹豫地推门离开，我感觉心中在流泪，无奈又悲伤。不由得有些质疑田珍的这本破书，一点都不管用啊！

好不容易安抚好老妈，我借口出去上厕所，满走廊寻找净轩的身影。很快，在儿童科那个熟悉的病房又见到了净轩。我进去的时候，他只是平静地看了一眼，便又重新投入到了自己的工作中。

而我只往里走了两步，就被小妹妹狠狠地瞪了一眼，她拉着厉净轩的胳膊撒娇："哥哥，你叫这个阿姨出去。"

两辈子加起来我的心理年纪也算得上是"德高望重"了，但是现在被一个小孩子直截了当地嫌弃，我的脸皮还是疼得烧了起来。

深呼吸了两下，我朝小妹妹笑了笑："小妹妹，叫我姐姐的话，我就给你棒棒糖吃哦。"

不料小姑娘吸了吸口水，很快扭过头去拒绝："哼，我才不吃你的糖。妈妈说，你们这些女生都喜欢这样的帅哥哥。我不要你们喜欢哥哥，哥哥是我的，等我长大了就嫁给他。"

我下意识地去看净轩，却见他微皱着眉头，避过了我的目光。

一时间我只觉得有些尴尬，好像在这里站着真的有些多余。原本心中准备好的那些话，也都忘得一干二净。面对小朋友戒备的目光，我不得不干笑着转身离开。

扶着妈妈离开医院的路上，我心中失落地想着，和净轩是不是就只能这样了？应该再没有机会重新开始了吧，毕竟我做了那么多冲动又错误的事。

"芊凡！芊凡！"

妈妈连着喊了我好几声，我才从自己的情绪中回过神来。面对妈妈关心的目光，我有些不好意思地低着头："妈，我就是突然觉得好饿，很想吃你做的红烧肉，一时想入神了。"

"不就是红烧肉吗？这有什么，明天妈妈就给你做！一会儿回家了你就和你爸爸去买菜，我和小厉都说好了，让他明天来家里吃饭，这次生病多亏了小厉，明天要好好感谢他才是！"

明天？请净轩吃饭？还是来家里？

我脸上一阵红一阵白："妈，你什么时候和他说的？我怎么不知道？"

"难道你妈我做什么事都要和你报备吗？"

想到明天净轩要来家里吃饭，我整个下午都处于忐忑之中。陪老爸出去买菜的时候，更是闹了不少笑话，后来老爸回家非常不够意思地讲给老妈听。我红着脸吃了晚饭躲进自己的房间里，一会儿忍不住翻以前的照片，一会儿又忍不住去看田珍给的恋爱秘籍。躺在床上的时候，一遍遍翻出他的电话号码，却没有勇气拨出去。

明天，他真的会来吗？

我是不是还有机会向他道歉？

天还没大亮我就被老妈喊了起来："芊凡，你收拾一下房间，多切点水果冰起来，现在天气这么热，小厉一会儿到了可以解暑！"

整个上午，我被老妈使唤得团团转，切完水果又去买饮料，买了饮料又让我去将她给小厉织的围巾包起来……我这个前女友都没有给他送过围巾，老妈你竟然送了，真的好吗？后来，心中的紧张倒是在忙碌中消去了不少，但门铃声一响起，我又紧张起来。

"芊凡快去开门。"

我认命地走过去开门。

今天净轩穿了浅色的短袖衬衫，长裤是以前我熟悉的那件，只不过因为他消瘦了下来，裤子也松了很多。饶是这般，他站在门口，依旧长风玉立，像是一块泛着冷意又沁人心脾的玉，让我的心不受控制地扑通乱跳。

净轩手中提满了礼物，像是看出了我目光中的疑惑，他淡声解释："送给阿姨和伯父的。"

给爸妈的啊！若是我们没有分手，会不会今日他也会来吃饭，带来的礼物是见岳父岳母的？压下心中升起的怅然，我故意问他："我呢？没有送给我的吗？"

净轩没回话，目光复杂地看着我。

难道恋爱秘籍奏效了？

那再来点猛药！

我轻轻抓住他的衣袖，半开玩笑半认真地说："实在没有准备我的，就把你自己送给我吧！"

厉净轩愣神了一瞬，手中的东西已经扑通一声坠地。

不等我再接再厉，身后突然传来老妈的喊声："芊凡，在说什么呢，怎么还不带小厉进来吃饭。"

我欲哭无泪，只觉得再这样下去，她女儿恐怕一辈子都没办法哄回男朋友了！

净轩一进来就被老妈拉着做到了饭桌前："等着，马上就开饭了！"

我认命地将礼物收起来，乖乖地去厨房帮忙端菜，一直到一家人全都坐下来后，才又有机会细细打量净轩。昨天看到他的时候，还有青青的胡茬，今天是特意刮过了吧！是为了我吗？饭桌上老妈热情地给净轩夹菜，而我却全程都在想恋爱秘籍上说的美人计……

偶尔大胆一次，应该也没什么吧！

我做着心理建设，从拖鞋里面悄悄把脚拿出来，然后伸进了净轩的拖鞋里面……察觉到净轩身体突然僵硬，我无辜地望着他，又动了动，把脚更往里面伸了伸。

厉净轩："咳咳咳……"

感受到净轩看过来的目光，我知道他在让我拿开，但我故意装作看不懂，憋着笑看着净轩的耳根渐渐泛红了起来。

不明所以的老妈只当净轩呛到了，伸手倒水给他："看看，呛得耳朵都红了。"

吃完饭，老妈兴致勃勃地拉着净轩去客厅聊天，我这才认命地收回脚，老老实实地收拾桌子。没想到我刚抱了碗去厨房，就感觉到一抹高大的身影出现在身后。

"你进来干什么？"我好奇地看他，转念又想让他留在自己身边，干脆一本正经地指着碗筷道，"来得正好，我来洗碗，你来清。"

净轩挽了袖子，声音一派平静："我来洗，你来擦。"

我点点头没有再反驳，将旁边的围裙拿起，想帮他把围裙套上，但他实在太高了，也不知道是不是在我不曾参与的这一年又长个子了，我有些哀怨地撇撇嘴，望着他："太高了，蹲下来一点。"

净轩沉默地看着我，到底还是将头微微低下。我帮他套好后，又绕到他的身后，开始系带子。一年的时间，再次和净轩近距离接触，我突然有些紧张，尤其是感受到他身上熟悉的味道，我系带子的手不由得颤抖着，一点力气也使不上。

直到净轩温热的手握住我的手，我心中一惊，张了张嘴却发不出声音。

厉净轩："我教你。"

他真的握着我的手，慢慢地将带子系好。只是系完之后，我和他都没有松开手……我鼓起勇气直接将头靠在他的背上："净轩，我错了！之前，我在KTV看见你扶着田珍回家，我以为她真的是你的女朋友。所以，我才会向你提出分手，我和梁胤廷没有什么……"

净轩依旧保持那个姿势，久久没有开口。看来他是真的对我失望了。来我家吃饭也只是因为他是个温柔又不懂得拒绝的人吧。我想抽回手，却被他拉入怀中。

"你还想去哪儿？"

感受着熟悉又思念的心跳声，我小心翼翼地看着他问："你不生气了吗？"

"生气。"

我正要开口解释，他修长的手点在我的唇上，目光深情地望着我："我是生自己的气，怎么没有问清楚，怎么没有向你解释，怎么不牢牢抓住你，不让你离开。"

我眼眶发热，紧紧抱住他："净轩，我们以后都不吵架了，好不好？特别是那天听你说到如你所愿，那几个字的时候，我觉得心都要痛死了。在分开的这段时间里，我好想你。"

终于，我在净轩的眼中看到了渐渐浮起的笑意："好，不吵架了。"

他抱住我的双臂更紧了几分："我更想你。"

在他俯下身的刹那，我配合着踮起脚尖，思念的吻如期而至，极尽温柔。细腻湿润的吻，让我的身体不再受理智支配，一寸寸软了下来。靠在厉净轩的怀里微微喘气，清楚地听到两个人的心跳，感受着他在背后的轻抚。

若不是老妈来找人，我真想就让时间永远停在这一刻。

没办法单独在一块，没多久净轩就告辞离开了。这次我主动请缨去送人，出了家门，我毫不犹豫地拉住净轩的手，抱着他的胳膊，陪着他一路走出小区："真不知道你给爸妈下了什么迷药，他们可不是轻易邀请别人来家里玩的人。"

净轩紧紧握着我的手："要是有迷药，也是要迷倒你。"

我摇摇头，认真地望着他："不用迷药，我照样还是心里只有你啊。"

和净轩和好后，原来那些无眠的黑夜，那些心碎的情绪全都被我尘封了起来。时间不多的假期，我恨不得每天都跑出去和净轩待在一起。偏偏他在医院实习，每天都有很多事要忙。想到净轩消瘦的身影，我干脆每天亲手做饭带给他吃。他上班的时候，我就抱着电脑在医院空闲的地方敲剧本，下班了两个人就去约会，恨不得将错过的一年全都补回来。

偏偏美好的东西总是稍纵即逝，《铁血警花》在全国的反响强烈，甚至火的已经不是电视剧、演员，就连主题曲和插曲，甚至是电视剧的导演和编剧都备受瞩目。

袁柯那个家伙竟然还拉了一个群，把我、江明熙、袁萧、江誉、何易之拉了进来。然后每天都能看到袁柯在里面耍宝……唯一让我欣慰的是，这个家伙还算懂事，并没有拉苏瑾。虽然不知道他是怎么想的，但没有苏瑾的群，确实让大家轻松不少。

我也是这个时候接到了袁萧的电话。

"听说好几部原本要上线的电视剧，因为'铁血警花'都延后上线了。你这次干得不错。"

听到袁萧的赞赏，我很开心，偏偏他下一句却像是在我头顶浇了一盆凉水。

"新的案子已经找上门了，甚至还有很多节目想要采访你这个编剧，我看差不多也快要开学了，你早点回首都吧。"

面对袁萧的好意催促，我没办法说拒绝，只能越发珍惜和净轩最后在一起的日子。

到了分别的那天，我紧紧抱着他。

"一定要按时吃饭，不许再瘦下去了！"

"我有空了就回来看你，每天都要给我打电话，我不嫌烦的，你要是不打电话，我就一直等着。"

"还有，我爱你，以后有什么事直接问我，不许闷在心中！"

## 3 & 就这样火了？

我从未想过《铁血警花》竟然会火到这种地步。

作为编剧，除了那些大咖级别的，一般不都是默默拿钱，在圈内混个眼熟的定位吗？为什么我回首都刚走出机场，就有狗仔朝我狂奔过来，还问了一堆令我措手不及的问题？我、我一直以为自己是个小透明的啊，他们到底是怎么扒出我这么多私人信息的？

"叶小姐，听说你这学期才刚刚上大三，这是真的吗？"

"你大二的时候就搬出了学校，是因为和舍友关系不和吗？"

"《铁血警花》的剧本，是你一个人单独完成的吗？"

面对狗仔们汹涌的攻势，我只能连连后退，幸好机场的安保工作很到位，很快有工作人员带人过来，暂时将我带去了休息室。暂时躲开了狗仔，我迫不得已只能给袁萧打电话求助。

袁萧在电话那边听说了我的窘境，很不给面子地哈哈大笑："芊凡，早就告诉你了《铁血警花》很火，你怎么不走心呢！等着吧，我现在开车过去接你。"

我默默地思量着袁萧话里的意思，难道《铁血警花》很火这六个字背后还暗示了编剧会在机场被狗仔堵吗？这是什么圈内规则？我年纪小不知道啊！

坐上车后，袁萧一边开车一边语重心长地给我讲解那些我从来没听过的圈内规则，听得我连连翻白眼。

"对了，你是直接回公寓，还是先回学校啊？"

"先回学校，这几天迎新呢，秘书处有些工作，学姐喊我回去帮忙。"

想到今年就要毕业的欧青学姐，还有她提议想要我接手秘书处，被我拒绝的事，心中不免有些愧疚。希望欧青学姐看在我给她带了很多S市的好吃的的份上，原谅我吧！毕竟光写剧本和谈恋爱，我都已经觉得时间不够用了。

回学校的路上，我想起袁萧在公司和张总监之间的斗争，忍不住关心他道："袁大哥，你在公司的合约是不是快到期了？"

"不到一年了，等我恢复自由了，咱们的工作室就能正式挂牌成立了。"

我心中默默算了算时间，等袁萧和公司的合约到期后，自己差不多也就进入大四的实习阶段了，这个时候成立工作室，还是很靠谱的一件事。这是不是也标志着我的事业版图的第一块拼图即将完成？

袁萧只将车开到门口："听说你又和男朋友和好了，避免再给你带去乱七八糟的八卦，我就不开进去了，你自己下去没事吧？"

"在门口就很好了，今天还要感谢袁大哥你去接我，不然我估计要在机场躲一天了。"

和袁萧告别后，我拉着行李箱走进学校。

时隔一个多月，再次回到校园中，时间已经从盛夏步入了深秋。学校的走廊和偌大的广场上，是人山人海的新生。我没有回宿舍，直接在广场上找到了秘书处的迎新位置，挽起袖子帮忙。

我万万没想到的是，到秘书处不过半个小时，竟然会引起一场不小的轰动。

"哎，我刚在秘书处好像看到《铁血警花》的编剧叶芊凡了！"

"真的假的？叶芊凡怎么会在首都大学？"

"你没看今天的八卦吗？叶芊凡就是首都大学的学生，而且今年才上大三！是咱们的学姐呢！"

面对拿着精美《铁血警花》手办找我签字的学妹，我想要否认自己是叶芊凡的话怎么也说不出口。欧青学姐在旁边笑话我，对于我是编剧的事，其实她也是在八卦上知道的，不过她给我打电话的时候，我已经老实交代了。

"看你以后还瞒着我们悄悄出名不！该！"欧青学姐吐槽了我一句，不仅不帮我挡人，还笑眯眯地对小学妹们说，"看到了吧，叶芊凡就是从我们秘书处走出去的，秘书处是人才汇集的宝地，今天我们专门请她回来，就是给你们签名，做现身说法的！"

落井下石就算了，还借我的名给秘书处打广告。

说好的秘书处是首都大学最高冷的学生社团的呢！

坐在桌子边上整整签了一个多小时，我也是蛮佩服这些追星的小学妹的，有好几个羞答答地拿着精心准备的笔记本来排队要签名。但并不是想让我签字，而是问我可不可以看在同校情的份上，找袁柯签字、找江誉签字、找何易之签字……

总算签完了，我哀怨地看着欧青学姐，正准备宰她一顿，让她请我出去吃大餐。不想，见到沈然面上带着几分尴尬的笑，从后面走过来。

"芊凡，你回来啦。我听说秘书处这里有大编剧在，我猜想应该是你呢。"

看到许久不见的沈然，我心中百感交集，其实沈然和我倒是没什么大的矛盾，只是看到她便想起宿舍里的其他两人，尤其是陶心瑶。如果没有她居心不良给净轩发照片，我们也许也不至于会分手一年，互相痛苦。我知道陶心瑶的心思，不过是女人的嫉妒作祟罢了，她得不到的东西，自然也不希望别人得到。

"沈然，好久不见，你是不是又瘦了！"

沈然面上一黯，拉着我到旁边说话："芊凡，你从宿舍搬走后，消失了快一年了，后来我才知道原来那个297分的神秘学霸就是你——"沈然说着有几分激动，"想想学霸竟然就在我们身边，我都没发现，后来你走了，我很想你……晓月和心瑶她们也很想你。"

我心中冷笑，沈然想我，我倒是相信。但是陶心瑶和丁晓月……我真的想象不出来她们会想我。看沈然说完最后那句话不自然地低下头就知道，肯定是她在为她们说好话呢。

我拉着沈然的手笑了笑："沈然，你说的我都知道了。你要是想我了，可以到我住的地方去找我啊，有空咱们也可以一块出去吃饭。至于陶心瑶，还是算了吧。"

沈然还欲再劝我，我打断了她的话："沈然，我知道你是为我好，但有时候人与人的缘分是很奇特的,不适合做朋友的又何必强求呢？时间这么宝贵，人生中有那么多需要去努力的事，何必浪费在永远做不成朋友的人身上呢？"

不知道是我的话说得重了,还是沈然想到了什么,她脸上的表情不断变换着,最后深吸了一口气,朝我笑着说道:"芊凡,我知道了。你不喜欢我就不说了。不过说好了,有空了就一块出来聚聚哦!"

我重重地点头,对于这个在大学第一个认识的朋友,我还是很珍惜的。

话别沈然后,我和欧青学姐一块吃了饭,把从S市带的特产"恭敬"地呈给她老人家后,我便拉着行李被打发回住的地方了。

在袁萧的建议下,我征求了应崇和伍导演的意见,决定将《铁血警花》送去参加金鼎奖。为此,我又重新将《铁血警花》的剧本重新整理了一遍,力求和电视剧中呈现出来的一致。

国庆过后,便是一年一度的金鼎奖开幕晚会。

作为参加晚会的嘉宾,看着请柬上写着可以携伴参加的备注,我可怜兮兮地给净轩打电话。令我惊喜的是,国庆没有休假的净轩,本就为了来看我特意调休了假期。

看着开车到楼下的净轩,我觉得好像自从和净轩重新开始后,好运就一直萦绕着我,都要把我宠上天了。

不顾形象地冲过去搂住刚刚下车的帅哥:"净轩,你真好。"

净轩宠溺地望着我,我的心脏扑通扑通乱跳,明明已经在一起很久了,还是会被他看得脸红心跳。看来无论是哪一世的我,都注定要栽在这个叫厉净轩的帅哥身上啊。

"吃饭了吗?"厉净轩轻声问,握着我的手一块上楼。

说起来这还是净轩第一次来我租住的公寓,我带着净轩上楼的时候,老实交代公寓的由来以及和袁大哥的关系。我敏锐地察觉到,我说起袁大哥的时候,净轩的气息窒了窒。

我拉着他的手指天发誓:"净轩,袁大哥就像是我的大哥哥一样,而且房租的钱我也早就还给他了,我们在一块也只是讨论剧本——"

"我相信你。"净轩打断我的话,叹了口气,"虽然还是嫉妒,但谁叫我这个男朋友不能在你身边随时照顾你呢。如果他能够帮我照顾你,哪怕是嫉妒,我也会藏好的。"

"净轩,像你这么'大度'的男朋友,全世界可能只我手里这一款了,你不嫉妒，我却要嫉妒你身边那群白衣小天使们啊！"

我可是没忘记那些觊觎我家净轩的小护士们，当时和净轩分手了，心里难过也只能忍着，现在不一样了，重新上位，我又有了可以吃醋的权利了！

净轩失笑，揉了揉我的头。

"好了，还是带我进去看看你的小屋吧！"

我带着净轩在我的单身小屋参观了一遍："我保证，我的单身小屋除了我家净轩之外，没有其他男人单独在这里停留超过半个小时！不光是我，就连我的小屋的贞洁，都是我家男朋友的！"

净轩被我的耍宝逗笑，无奈地望着我。

我嘻嘻笑着，想要亲自下厨给净轩露一手。结果天然气不知道什么时候用光了，最近太忙又忘记了交费。

没办法，只能一块出去吃喽。

吃饭的时候我讨好地望着净轩："今晚是金鼎奖开幕晚会，请柬上说需要携伴参加，净轩，你作为男朋友，一定会去的对不对！"

"好。"净轩答应得很干脆。

我知道净轩一向对这些事情没有什么兴趣，可他还是想也不想就答应我了。我兴奋得想要站起来跳上几圈，残存的理智告诉我这样做是会被赶出去的。

吃完饭，我拉着净轩一块去选礼服，原本对于买衣服打扮这种事我一向是兴致缺缺的，但有了净轩突然觉得不一样起来，选好一件衣服试穿了让净轩看，尤其是当看到他眼中的惊艳后，我心中雀跃万分，恨不得一直这样试下去。

拉着净轩的手经过卖饰品的柜台时，我猛地想起来去年买得那对戒指。想到被我放在床头柜最底下，已经和灰尘做伴了一年的对戒，我忍不住拉着净轩的手准备快点回家，赶快把戒指送出去。

晚上，净轩开车带我到了金鼎奖开幕晚会会场。

我穿了一件简单利落的小洋装，不出彩但足够庄重。净轩穿着深蓝色的西装，未系领带，成熟中又带了几分年轻的气息。看着会场门外围着的粉丝和记者，我突然有些后悔拉着净轩过来了，他这么帅，会不会被更多的人觊觎？

与净轩十指交握的同时感觉到彼此中指上的戒指，我的心稍微安定了几分。

人是我的，谁抢都不行！

果然不出我所料，我和净轩还未走进门口，就被记者拦住："叶编剧，请问你身边这位帅哥是要出道的新人吗？"

"好帅啊，和袁柯大大有一比，虽然还不知道演技如何，但光是身材和脸就完美的不像话啊！"

我无奈地看了净轩一眼，小声抱怨，谁叫你长这么帅的，身为女朋友我压力很大啊。

面对记者，我只微笑不回答，拉着净轩迅速进了会场。

我和净轩进去后，很快见到了和伍导演等人站在一块聊天的袁萧。

"袁大哥！"我拉着净轩过去打招呼，"袁大哥，伍导演，这是我男朋友厉净轩。"

袁萧目光微闪，将厉净轩从头看到脚："啧啧，我一直好奇是什么样的人物把芊凡迷得神魂颠倒，现在算是明白了，如果我是女生，估计也会拜倒在你的西装裤下！"

袁大哥，第一次见面时那个敬业又严肃的你呢？难道你是被袁柯附身了吗？为什么会说他才会说的话！

伍导演看到净轩眼前一亮："厉先生是做什么的？不知道有没有兴趣涉足影视圈啊？我手上最近有部新剧，男主角的气质和厉先生的气质简直一模一样，如果厉先生有兴趣的话，不如来试试。"

他说着竟然还掏了名片给净轩。厉净轩礼貌地接过了名片，客气而疏离："谢谢。"

几个人在一块寒暄了几句后，我便拉着净轩坐到了位置上，说着悄悄话，安静地等着看颁奖。

净轩低声问我："紧不紧张？"

我摇摇头，又不怀好意地抬头看着他："如果你不在，说不定我会紧张。但你在这，我反倒不在意得奖不得奖了，只觉得是在和你约会呢。"

净轩看着我，沉默了好久才面带纠结地说："芊凡，你什么时候学得油嘴滑舌了？"

什么油嘴滑舌，我这明明是有感而发，真情实感！

很快主持人上台，颁奖典礼开始。

原本言笑晏晏的酒会，突然安静了下来，我看到很多坐在前面的大腕，也都认真地看着台上，等着主持人公布获奖名单。最先公布的是这一年度的电影获奖名单及演员。其中何易之凭借其开年的贺岁电影，再次夺下金鼎奖影帝的宝座；大概过了一个小时，才到电视剧的奖项。

嘴上说着不紧张，真的到了眼前，我还是有些紧张了起来。

净轩像是知道我的心理，悄悄握住了我的手，给我力量。

"今年金鼎奖最佳电视剧奖是——《铁血警花》！"

当主持人说出《铁血警花》这四个字的时候，我激动地失声了，想要欢呼，但却喊不出声音来。伍导演和应先生都在会场，由应先生上台领奖。剧组的主演们都站了起来互相道贺，我跟着傻傻地站起来，一直到应先生从旁边经过，轻轻抱了我一下，我才笑出声来。

江明熙凭借《铁血警花》顺利获得了最佳女演员奖。

电视剧的奖项公布完后，才是导演、编剧的奖项。

因为之前的两项大奖已经足够让人激动，所以当主持人宣布金鼎奖最佳电视剧编剧奖，并喊出了我的名字的时候，我只以为是自己的错觉，并未当真。

"芊凡，你获奖了。"

还是净轩在旁边笑着提醒我，我不可置信地站起来，在净轩鼓励的目光中，一步步走上台。

一直到主持人将奖杯递到我的手上，我才真切地意识到，我真的获奖了！

站在台上，即兴说了几句获奖感言，往台下看的时候，我的目光搜索着净轩、袁萧、江明熙……这些熟悉的朋友。我今年的成就，离不开他们的帮助和支持。

之后，我看到了坐在第一排的秦语。

她看向我的目光复杂而冰凉，许是感觉到了我的目光，她竟然朝我笑了起来，只不过她唇角的笑，我怎么看怎么觉得带着嘲讽和警告。

因为获奖而升起的喜悦咯噔一下冷却了下去。

面对秦语，我心中那股不甘再次浮现出来，不过是一次得奖，距离和秦语站在同一个位置，夺回属于自己的作品还远得很啊。

颁奖典礼结束后，应先生邀请伍导演和剧组的人出去庆功。我想和净轩单独庆祝，有些不好意思地拒绝了应先生的邀请。也不知道净轩是什么时候帮我交的燃气费，明明整个下午我都和他在一起的。我们一块做了消夜，坐在一起分享一块牛排，静谧的灯光，让我觉得很温暖。

吃完饭，拉着净轩窝在沙发上，想到他只能在首都待两天，心中不免失落了起来。

"要是每一天都可以这样该多好。"

我抱着净轩的胳膊，靠在他的肩上不愿意起来。

**第八章**
**因为有你，我不惧风雨**

扫码每日打卡，
将减肥进行到底！

大学篇

  这才是爱情的力量。

  它让人不畏风雨，也不被繁华迷眼。当凶猛的流言接踵而至的时候，我想到的不是自己的名声，而是他会不会误会？当听到他淡定而宠溺的言语，感受到他的无限包容，即便眼前是万丈悬崖，也可以轻松越过。

## 1 & 名人是非多

两天，明明变换成秒有 172800 秒，可以听 172800 次以上的心跳声。为什么我会觉得过得比一个小时还要快？送净轩下楼，目送他开车离开，我依依不舍，我都还没有抱够呢，就要再次分别了。

净轩走后，我好几天都提不起精神，感觉自己的心也跟着净轩一块走了。还是后来接到出版社的电话，说想要和我合作出版《铁血警花》的小说，我才勉强恢复了几分精神，开始投入到《铁血警花》的小说创作中。

小说的创作不同于剧本，可以用大量的叙述性文字表现场景和人物的心理状态。在我看来，先出影视剧再出小说，小说便可以进一步展现电视剧中没办法展现的一些心理活动和虚构的场景情况，无异于是对剧本的高度艺术加工，也是对自我的一次挑战。说起来，重生后我开始写东西便是走的剧本的路子，还真是好多年没有写小说了，也不知道能不能写好。

学校没有什么任务，暂时也没有新剧本，我干脆在公寓里没日没夜地写小说。

如果不是袁萧气急败坏地打电话给我，或许我要很久之后才知道网上关于我的那些翻天覆地的消息。

"芊凡，你最近在做什么？微博上@你也不见你回应，难不成你真被应先生包养了？"

"袁大哥，你明知道我是'有夫之妇'，还说这种话！"我只当袁萧是在开玩笑，并未多想。

袁萧在那边叹气，恨铁不成钢地让我去看微博上的消息。

"看到了没，这几天你一直雄霸微博热搜榜第一，铺天盖地都是你被应先生包养的消息。"说着他顿了顿，"前几天我还当你沉得住气，没想到这都快两周了，也不见你出来辟谣，应先生那边也没有动静。我说，你们俩不会真的——"

我已经看到微博上那些奇奇怪怪的八卦了，看着那些模糊的照片，能认出来的背景是我完全陌生，去都没去过的地方，到底是怎么拍出我的？

"袁大哥，我最近一直忙着写稿子，都没有时间上网，所以一直没看到。"

说到这，我猛地想起来最近我每天不上网并不知道这些，但每天晚上还是会定时和净轩打电话或视频，他这几天也没有什么变化，也不知道他有没有看到这些消息……唉，我真的是又忙糊涂了。

"袁大哥，我先不和你说了，我要先给我男朋友打个电话！"

等着净轩接电话的几秒钟时间，我心中忐忑又紧张，当终于听到那边熟悉的声音，我的心也跟着悬到了嗓子眼。

"芊凡？"

"净轩，你最近有没有逛微博？微博上面说的那些我和应先生的事，都是假的，你不要相信！"

我急匆匆地表明自己的清白。

净轩在那边轻笑了两声："傻丫头。我们每天视频，你一天做了些什么我都知道。我看你每天顶着黑眼圈，睡衣两周都没换过了，就知道你肯定又在赶稿子，微博上的事也是今天才知道的吧！"

我嗯了一声，把袁萧给我打电话问我的事告诉了他。

净轩在那边安慰我："你也别太在意，我相信你没有就够了。"

我被净轩感动得一塌涂地，又和他腻歪着说了几句，约好了晚上再打电话。挂了电话，我才想起来净轩之前说的那句——睡衣都两周没换过了！我顿时脸上又红又白，我、我睡衣两周没换的事，为什么净轩会知道的那么清楚，难道我的睡衣很脏了吗？

很快，袁萧的电话又打了过来，语气带着调侃："没良心的小丫头，哄好男朋友了？"

我这会儿才觉得有些不好意思："袁大哥，我错了，我也是太着急了，你也知道我家净轩很抢手的，我要是不看紧点——"

"好了好了！别秀恩爱了！我打电话就是告诉你，这次传你和应先生八卦的幕后团队已经查出来了，是光影传媒的秦语和她的私人记者圈子做的。你和秦语之前——"

袁萧点到为止，我却感觉背后一阵发凉。

明明是她先抢走了我的剧本，现在竟然又用这样的手段来陷害我，真是人不可貌相。上一世那个我崇拜的美女编剧原来骨子里竟是蛇蝎美人。

谢过袁萧后，我思索再三，不知道是该和秦语谈判，还是也请微博大V，找团队辟谣。就在我一筹莫展的时候，应崇竟然给我打电话了，他要约我见面。

这种时候作为绯闻的当事人见面，会不会不太好？我心中有些担心，但转念一想，我并没有做那些事，为什么要避而不见呢，那岂不是心虚了？两个想法在脑子里打架，最后第二个念头战胜了第一个，我问了地点，如期赴约。

应崇不愧是多年的商人，手段了得。他并未约咖啡厅或西餐厅，而是选了他公司楼下的茶馆。那家茶馆很出名，我早就听说过，不少在楼上签约、会面的明星大腕大多数都会顺便和老总、朋友在茶馆里坐一坐，交流感情。应崇选了这样一个地方，既是变相的否认谣言，也是以光明磊落的态度告诉大家，我们是清白的。

只是……想到因为我，害得应先生平白被诬陷，我心中不免有些忐忑。

袁萧可以查出来的事，想必应先生也早就查出来了吧。他一直等到今天才找我，也不知道是怎么想的。

我到茶馆的时候，应崇已经到了。

被服务员引着进了半封闭的包厢，我没有马上坐下，而是认真地朝他鞠了一躬，向他表达我的歉意："应先生，最近的事非常抱歉，都是我连累了你。"

应崇轻笑出声："一见面就这么大礼，叶编剧，你吓到我了。"

我猜不准应崇是在开玩笑还是话里有话，哪怕坐下来了也心中七上八下的。

应崇给我倒了一杯茶："芊凡，我可以这样叫你吗？"

虽然感觉有些奇怪，但这种时候，我暂时没有胆量拒绝，只笑笑默认了。

应崇看着我认真地说道："芊凡，你在我面前好像很紧张，和我说话的语气，让我觉得我是六七十岁的顽固老头子……其实我只大你八岁，应该还不算老人家吧。"

我不明白应崇铺垫这么多是想说什么，只能拍马屁："应总您说笑了，我是尊敬您，所以才——"

"芊凡，"应崇打断我的话，"我不需要你尊敬我。撇开我的工作身份，难道你就不能把我当作是你的追求者中的一个吗？"

他、他说什么？追求者？

我愣在那里，呆呆地看着应崇，说不上话来。

应崇自嘲一笑："芊凡，你是高兴地说不出话来，还是被我吓到了？"

我在自己的大腿上狠狠地掐了一把，总算回过神来。

"应先生，您别开玩笑了。您知道的，我已经有男朋友了。我们是高中同学，但说起来，我从初中的时候就暗恋他了——"我没有说下去，有些害羞地低下了头，不敢再看应崇的目光。

"这就是你们故事里常说的没有在对的时间遇到对的人吧！"他并未过多纠缠，反而轻笑了一声，"芊凡，我是一个商人，商人的准则是不犹豫、最快下手，没想到我发现自己的心意后就来表白，却还是晚了一步。"

我抱歉地看向他，不知道该说什么好。

说实话，前一世自己是二百多斤的大胖子，从来都没机会体会被人追求的感觉；这一世疯狂减肥，后来如愿和净轩走到一起，哪怕中途遇到了梁胤廷，面对他猛烈的表白，我也没有像今日这般忐忑，完全没有被表白的惊喜，反而心中很忧愁。

"好了，你就当我刚刚什么都没说。"他从手边的公文包里取出了一份文件交给我："这次的事，是光影传媒的秦语在后面操作，我之前和秦语有过合作，还算过得去，这样看来应该是你和秦语有什么私怨？"

应崇的调查要比袁萧的更清楚，甚至上面标明了每天几点是由谁在微博上第一时间推送八卦，而秦语又是在什么时候和对方交易，用哪个账号打款。我草草翻了一遍，其实对于秦语到底是怎么做的我并不关心，我在意的是秦语的行为。

将文件还给应崇，我认真地看向应崇："应先生，真的谢谢您帮忙调查。秦语确实和我有些私人恩怨，我很抱歉因为我的事连累您。"

"娱乐圈这种事很常见，芊凡，我很欣赏你，如果你不知道该怎么做，我可以帮你。"

我感激应崇此时说的每一句话，但我决定用自己的力量打败秦语。

"应先生，我先谢谢您了。但是这件事我已经想好怎么做了。至于秦语，那是我和她的私人恩怨，我会努力让自己变得更强大，去化解从前的恩怨的。"

应崇啧啧两声："真是想不到啊，芊凡，没想到你年纪轻轻，但却没有大多数年轻人都有的浮躁。说实话，和你相处得越久，我越嫉妒你男朋友。"

"那是应先生您的厚爱，其实我有很多缺点的。"

应崇很有绅士风度，听出我的敷衍后便不再多言。离开的时候，他最后叮嘱我："若是遇到什么难题，随时可以找我。芊凡，我想就算现在做不成你的男朋友，但做朋友总是可以的吧。"

"能和应先生做朋友，是我的荣幸。"

我起身帮忙开门，跟在应崇身后离开茶馆。

我们就在茶馆门口，大大方方地挥手再见。在我转身的那一刻，甚至能够感觉到潜伏在附近的狗仔按动快门时传过来的闪光灯的光线，但我昂首挺胸，面上没有半分心虚，目不斜视地离开了。

果然，我和应崇见面的事被迅速传到了微博上，又引发了一波火热的讨论。面对网上热火朝天的议论，我除了给净轩打电话解释了一遍外，没有对任何人或者在网上进行任何解释。在我看来，这些不攻自破的流言，时间久了真相自然就会浮出水面了。

关于我被应崇包养的话题，在微博上又被扒了一周左右的时间，渐渐有仗义执言的网友开始分析事情的前后经过，这些真知灼见的帖子被好几个大V转载。

之后，江明熙、江誉都先后在微博上为我喊冤，江明熙竟然发了一张我和净轩在晚会上手牵手的合照，虽然照片上净轩只露出侧脸，但依旧迷倒了一片。江明熙一如既往的简单直接，配文道：叶编剧正牌男友在这看着你们呢！

一时间，话题瞬间变成了花痴团们想要扒出净轩的身份，我的微博差点被追问净轩身份的私信挤爆！

不过幸好，这场不小的风波算是过去了。

我除了转载江明熙的微博图文,并秀了一把恩爱外,便再没有在微博上发表其他言论了。

重新进入闭关状态,到了大三第一学期末,《铁血警花》的小说终于出版了。预售阶段,因为有之前电视剧打好的基础,再加上出版社精装版的设计和限量发行,使《铁血警花》的小说一下子兼具了阅读和收藏的价值。第一次印发的十万册竟然在预售阶段就被抢光了。

出版社紧急加印,但为了保证第一版的收藏价值,加印版相对简单了一些,价位也更大众,饶是如此,订购的数量也依旧惊人。跟进《铁血警花》的编辑是业内经验丰富的前辈,他建议我迎合目前市场的潮流,趁热打铁在新年前夕选择几个城市举办签售会。

我征询了净轩还有袁大哥他们的意见,最后和编辑敲定了五个城市,准备在寒假期间进行签售。

当然,我也有一点小私心啦,寒假期间净轩的假期相对多一些,我和编辑敲定的时间里,正好有两处可以和净轩的假期重叠,这样我们就可以顺便在签售的城市来场浪漫约会了。

★ ☆
## 2 & 有才华的人不应该被埋没

《铁血警花》签售会的最后一站是 S 市。

这里对于我来说不仅仅是我的家乡,更重要的是前一世我所有的失意和磨难也是在 S 市经历的。S 市对我的意义非常重大,更不用说在 S 市签售,爸妈还可以来围观一下,给我捧捧场。

为期三天的签售会一直顺顺当当,直到最后一天,到了签售场地后才发现,这里还有一场临时加进去的《绝色王妃》的作者花自飘零的新书签售。场地负责人一直在和我们道歉,只说因为花自飘零是老客户,她又接了秦语编剧的新剧本改编作品,为了赶档期不得不临时插进来,甚至秦语编剧还亲自来给花自飘零助阵来了。

花自飘零这个作者我是知道的,还在高中的时候,由秦语作为主编剧创作的《绝色王妃》的小说版就是出自花自飘零之手,她好像是秦语的御用写手,秦语很多有名的电视剧的小说版都由她主笔。我看到过照片上的花自飘零,是一个皮肤白净、看起来很温柔的女人。

签售会开始后,场面渐渐尴尬了起来。

原来花自飘零的新书因为是临时插进来的,而且这次小说版比电视剧先出来,所以知道的人很少。再加上很多读者都是为了《铁血警花》而来,所以我这边读者长队排得很长,而旁边的花自飘零桌前只有零星的几个人,而且大多数手上还拿着《铁血警花》的签名版,到她那不过是顺便蹭个签名。

等到中途休息的时候,我过去和花自飘零打招呼,发现她面色很憔悴。

"你没事吧?"我递给她一杯热水,有些担心。

花自飘零朝我勉强一笑:"没事,谢谢。"

她的手机响了起来,我瞥了一眼,是个没有备注的号码,而花自飘零的脸色在看到这个号码后,越发苍白了起来,她没有接电话,而是转身拐进了后面的会议室。她进去的时候,身体晃了两下,不知道是虚弱无力还是生病了。

我犹豫着要不要跟过去,但理智告诉我不要多管闲事。我去了一趟厕所回来的时候,还是没忍住绕了个远路,从她进去的那间会议室经过了一下。门是虚掩着的,有一条小缝。我从旁边经过的时候,正好听到里面传来秦语压低了的批评声。

"你脑子是进水了吗?我什么时候说过你可以先出版小说了?在我没有改编好剧本,拍完电视剧前,不许你私自出版,你现在是翅膀硬了想单飞吗?"

"秦姐,当年《绝色王妃》明明是我先写了小说,你不经我的同意就改编了剧本去拍电视剧!这些年,我帮你写的东西还少吗?我已经34岁了,我也想功成名就,我出版自己的东西难道也要经过你的允许吗?"

"你想功成名就?你以为写几本还算新颖的小说就能功成名就吗?如果没有我高价位买断你的作品,不等你功成名就,你就已经穷困潦倒了!这次的事难道你看不出来吗?没有我,你一本书也卖不出去!"

秦语嚣张而没有底线的话,令人作呕。

我极力控制住自己,才没有冲进去帮花自飘零一块和她据理力争。真是没想到，原来所谓的天才编剧秦语，不过是金玉其外败絮其中，就连成名作也是剽窃的别人的故事。

心事重重地回到桌边，后半场签售，我有些心不在焉，好几次险些写错了名字。

编辑以为我是签得太多累了，体贴地问我需不需要再休息一会儿，我摇摇头，重新打起精神一直坚持到了签售结束。

而花自飘零的摊位上，再没有人回来。等我们签完后，负责人带人率先收走了她那边的桌子和书。

"也不知道怎么回事，秦语编剧和她吵了一架，两人怒气冲冲地走了。"

我趁机和负责人聊天："花自飘零难道是咱们 S 市的人？"

负责人嘿嘿一笑，一脸八卦，神秘兮兮地和我说："叶编剧，这你就不知道了吧！花自飘零在咱们 S 市挺出名的，就是这名声不是太……"

从负责人口中，我知道了花自飘零的一些真实情况。

原来她是在孤儿院长大的孩子，成年后一度为了生存出入夜店酒吧，后来认识了现在的老公，二十一岁便结婚做了家庭主妇。一开始她老公收入不菲，婚姻幸福，花自飘零只在贴吧等地方写一点小故事，自娱自乐。后来老公做生意失败，又沉迷于赌博，家庭一度陷入危机，就在花自飘零走投无路的时候，也不知道是什么运气，和当时凭借《绝色王妃》一炮走红的秦语编剧有了合作，竟然被秦语编剧授权执笔《绝色王妃》的小说版，从而大赚了一笔，不仅填补了丈夫的赌债，还能恢复以往的生活。后来花自飘零凡是写秦语编剧的新剧，都会在他这里做签售会，所以负责人和花自飘零还算熟悉。

负责人所说的花自飘零家中的事应该没多大出入。只不过关于秦语的部分却和我看到的截然不同。我想到之前听到的真相，只觉得无比讽刺。

我心中突然冒出一个念头，倘若能够说服花自飘零，和我一块做证秦语一直以来其实是盗用了别人的故事，说不定可以更快更具说服力地揭穿她的真面目。

签售会结束后，我留在 S 市和净轩，还有爸妈一块过年。

正好我也准备趁着在 S 市的这段时间，看看能不能说服花自飘零。我把自己的想法告诉了净轩，没想到他竟然专门到签售场地去找负责人，称自己是花自飘零的读者，从外地过来想要见花自飘零一面，帮我拿到了花自飘零的电话。

看着他要到的电话号码，我忍不住调侃净轩："净轩，没想到你的魅力竟然已经辐射到同性了，看来以后我还要操心你和男人接触啊！"

净轩给我的回复是一记缠绵的深吻，直吻得我浑身无力，脸红心跳。

冒充花自飘零的读者给她打了电话，约好时间地点后，净轩特意抽了时间陪我一块过去，他坐在了隔壁的桌子上等我。花自飘零迟到了十几分钟，出现的时候，脸色比上次见到的还要苍白，头发也乱糟糟的，看起来整个人憔悴无比。

"你好。"我站起来和她打招呼，"请坐吧。"

花自飘零很快就认出了我，她狐疑地坐下，对我的戒备很深。

我想了想，还是决定直接切入正题："很抱歉打电话的时候骗了你，但请你相信，虽然不是你的忠实读者，但《绝色王妃》那个故事我真的很喜欢，我很佩服你！"

如果说我现在的成就是建立在比别人多了前一世的经验，走了不少捷径得到的。那么花自飘零则是真的有天赋，哪怕她被秦语"雪藏"了这么多年，生活不尽如人意，但她的创作力和灵感依旧很旺盛。我甚至看了她新推出的小说，依旧是让人念念不忘的故事，无论是题材还是文笔都很老练。

花自飘零的脸色很苍白，看起来精神不太好。她的声音有些沙哑，低低地问我："你找我到底有什么事？"

我叹息一声，反问她："你看过《黎明之恋》吗？"

花自飘零点点头，狐疑地看着我，旋即像是明白了什么，目光中闪过一抹诧异。

我点头肯定了她的想法："你猜得没错，《黎明之恋》原本是我寄去光影传媒的投稿剧本，也是我写的第一本剧本。结果被秦语盗用不说，还被她先声夺人，我根本没办法讨说法。"

花自飘零有些苦涩地轻笑，带着嘲讽和无奈："你和我说这些，是什么意思？"

我认真地看着她："那天签售会的时候，我不小心听到了你们的谈话，你和秦语之间的事，我知道了个大概。所以我想拜托你和我一块揭露秦语的阴谋，为属于我们的作品讨一个公道。"

花自飘零几乎是马上摇头："没用的，我、我收了她的钱，哪怕那些东西是我写的，我也没有版权了。"

我并未放弃，而是继续劝说她道："你们之间是钱货两清，但并没有合同规定。你难道愿意一辈子都将作品让给她吗？更何况，你应该也清楚，你的作品很具有改编价值，如果是自己拥有版权，你获得的收入一定能比秦语给你的多。"

花自飘零还是摇头，她是在拒绝我，但更多的像是在拒绝自己："不、不行。这件事……以后再说吧，如果我考虑好了，再给你打电话。"

花自飘零离开得很快，颇有几分落荒而逃的意味，让我很迷惑，不明白她为什么会这样。

她走后，净轩从隔壁桌子走过来，安慰我说："她一定会想通的。"

我笑了笑，抓着净轩的手："我没事，她答应更好，若是不答应，大不了我再继续努力就是了。总有一天，我要站在比秦语更高的位置，揭露她的恶行！"

净轩看着我，眉眼间温柔得要把我吸进去："我女朋友这么厉害，肯定很快就能揭穿那个老巫婆的真面目。"

我得意地笑，蹭过去坐到净轩身边抱着他的胳膊一脸满足："我男朋友这么相信我，我肯定不能让他失望啊！"

★☆★
## 3 & 又见程夕夕

寒假结束后，我刚回到首都，就听到了一个好消息。

原本就快解约的袁萧，因为张总监年前升职，再加上两人矛盾加剧，他以被张总监辞退的姿态离开了公司，甚至还获得了不菲的补偿。也不知道那位张总监是怎么想的，竟然连四个月都忍不下去了，宁可花大钱辞退他，也不愿意再让袁萧待下去。他可能一辈子也想不到，离开公司恰恰是袁萧一直以来的心愿，他可谓是帮了我们一个大忙。

袁萧恢复了自由身，我和袁萧以及陆和通的公司算是正式成立了。虽然只有三个人，外加一个签约加盟的演员江誉，但也算是迈出了事业版图上重要的一步。公司成立后，袁萧和陆和通难得意见一致地做出了新的项目规划，而我则按照他们的策划要求开始创作新的剧本。

这次不同于《孟婆》，那个时候我们赞助经费少得可怜。因为先后有《孟婆》《铁血警花》两部成功的作品，所以这次剧本的提纲刚刚完成，袁萧就放出风声吸收投资。

应崇算是第一个联系袁萧的，给出的资金竟然高达两千万。袁萧和陆和通这次的计划是想突破国内原本的影视剧创作模式，模仿美剧、英剧随拍随改的创作方式，所以面对应崇抛出的橄榄枝，他们并没有过度兴奋，而是一脸严肃地拿着策划案去找应崇谈判了。

之后听袁萧说，因为这次的项目风险很大，所以应崇依旧投资两千万，但从单一的投资商改为其一，同意袁萧提出的再吸收两到三个投资方的意见。很快之前合作《孟婆》的 TV 网站联系袁萧准备投资。

我这边前五集的剧本，和陆和通沟通修改完后，袁萧那边的投资方也已经确定。接下来就进入了紧张的海选演员的阶段，这一次，也不同于《孟婆》的时候要亲自出去找演员，海选演员的告示在微博和网站发布后，公司每天都接到咨询电话。

为期一周的海选，第一天就来了百来号人。

袁萧新招的实习生满头大汗地来来回回带面试的演员进来，休息的间隙，我忍不住吐槽袁萧太会精打细算，就连实习生也不多招几个，这一周下来，估计要把她累坏了。

陆和通在旁边啧啧嘲讽：“袁萧这点在大学就出了名的，我和你说——”

"三位老大，63 号面试者到了。"实习生打断了陆和通的话，无心之下解救了旁边板着脸的袁萧。

我强忍着笑将注意力重新放回工作上，在 63 号走进来并自我介绍的刹那，我猛地瞪大了眼睛，不知道的人恐怕会以为我见了鬼。

"各位面试老师好，我是63号，程夕夕。"

程夕夕就站在我面前。她比高中的时候要高一些，身材依旧消瘦，气质依旧清淡温柔，如果不是知道她做过的那些事，我觉得哪怕是现在的自己，也依旧会被她骗过去吧。

程夕夕显然也看到了我，她的目光猛地收缩，眉宇间闪过几分戾气，旋即她冷笑着道："呵呵，看来我今天来错地方了。"

陆和通和袁萧并不知道我和程夕夕之间的恩怨，一脸迷惑地看着程夕夕利落潇洒地转身离开。

程夕夕走出去之后，我才无奈地摊摊手，简单说了下我和程夕夕的关系。

陆和通轻哼："都说女人事多，这话果然没骗我。"

袁萧带着几分调侃和无奈地问我："是不是你太优秀了，所以但凡女人都会嫉妒你？"

我使劲摇头："袁大哥你想太多了，只有对自己不自信的人才会通过嫉妒别人来填补内心的空虚。你看我家小敏，不管我是二百斤的胖子，还是如今瘦成闪电又成功的女神，在她心里我都是那个好闺蜜。"

说到小敏，我便忍不住要吐槽她。这丫头也不知道怎么想的，大三竟然瞒着我休学了一年，和宋宏斌一块手拉手环游世界去了。我也是这时候才知道原来宋宏斌自从上大学后就开始工作，是为了存钱出去玩！虽然这俩人经济实力不菲，但一言不合就玩消失，出去环游世界不带闺蜜，这样真的合适吗？

我和净轩还没有去过呢！

忙碌的海选，在我对小敏碎碎念的怨念中结束。

男主角自然是江誉无疑，倒是女主角我们还没有确定。本来想先海选看看有没有什么惊艳的新人，结果一通下来，我们几个人都有些失望。而江明熙最近在赶拍电影，根本挪不开档期。

袁萧一锤定音，让我去诱骗虞小珊再次出山。

说起这个不靠谱的姑娘，我也是蛮心塞的。

她一开始演戏便是为了接近心中的小鲜肉，演完《孟婆》后，手中有了钱，大多数时间都是去赶小鲜肉的演唱会或者见面会，之前《铁血警花》中一个很适合她的配角她都没有参加。现在让我去说服她回到剧组，和小鲜肉隔绝几个月，我真的觉得自己技能不够啊！

后来，我们和虞小珊软磨硬泡了许久，直到我答应她如果她接这部剧，我就视情况在后面专门为小鲜肉设定一个角色，给她和小鲜肉制造对手戏的机会，她这才屁颠屁颠地回来了。

我们这边刚敲定好演员，网上就又因为秦语要发布新剧而热火朝天地讨论开来。

秦语新剧的发布海报上，程夕夕的定妆照直接排在了女主角的后面。我看了看秦语新剧的介绍，正是花自飘零之前签售的那本书的梗概，而程夕夕在里面扮演的角色，是书中一个很重要的女配角，戏份和女主角比少不了多少。秦语像是很满意程夕夕，电视剧还在拍摄阶段，就一直在帮程夕夕炒热度。小半个月的时间，程夕夕凭借清雅出尘的外貌，很快获得了一众宅男的喜爱，有了不少基础粉。

也不知道程夕夕是怎么和秦语走到一块去的，这两个人在一块，总觉得又要有风波发生。

秦语的新剧推出，也让我间接知道了花自飘零考虑的结果。她到底还是选择了继续做秦语的幕后写手。我不明白她明明有足够的能力，为什么不愿意揭穿秦语，自立门户呢？

没多久我的疑惑就解开了。

这多亏了净轩，他在医院碰上了花自飘零，因为知道我一直在等她的回复，所以特意找小护士问了花自飘零来医院做什么，这才知道花自飘零的丈夫因赌债被人打了，据说受得伤很严重，已经在医院住了两周了。

"净轩，你真是世界第一好男朋友！无时无刻不记得我的事情。我好感动！"我激动得抱着电话在床上滚来滚去，"好想现在就回到你身边，紧紧地抱住你！"

"芊凡，克制点。"净轩在那边给我泼冷水。

"面对帅气无比、魅力无限的男朋友，若是我还能克制得住，那还怎么证明我对你的爱呢！"我已经越来越厚脸皮了。

"咳咳……我还有事，先挂了。"净轩落荒而逃。

有了净轩提供的消息，我又拜托袁萧帮忙调查了一下花自飘零最近的收入，这才知道秦语给了她一百万，再次买走了她新书的版权和署名权。虽然心中失落，但我能理解花自飘零生活中的难题，对于她的选择，我只能接受，不能站在道德高地去评价她的做法是否正确。

为今之计，想要打败秦语，避免她和程夕夕再搞出什么阴谋诡计，我只能让自己的作品更完美，将最好的作品呈献给观众。

有陆和通坐镇，虽然周播加边播边改的模式一开始很多观众不习惯，但随着剧情的深入和主要角色形象的立体化，新剧逐渐收获了大批粉丝。

最初我们还担心走势会"烂"下去，没想到在播到第四集的时候，猛地蹿红起来。

这部剧从六月中旬开始播放，一直到七月底播完。虽然周播拉长了时间，但短短两个月的拍摄，无论是定场地还是演员的档期和角色的性格变化都很难把控。说起来，这次的新剧是对所有人的一次新考验。而这期间，秦语的新剧则是沿用传统的电视剧制作方式，在紧锣密鼓的拍摄过程中，宣传也铺天盖地。

我们的新剧播出一半的时候，秦语的新剧才正式上线，并且时段直接定在了暑期黄金档期间。

秦语的口碑是老招牌，她的新剧上线隔日，我们的剧新更新的两集险些创下史上最低点击率的记录。幸好口碑只是一时的，故事的内容和演员的演技才是留住观众的硬件。

待到两部剧同时完结后，网络大数据统计出来的结果，让我心中激动不已。

我们的剧，总点击量和单集最高点击量都远远超过秦语的新剧。而我们在拍摄方式上的大胆创新，更成为微博上被人津津乐道的话题，一时间，我们这个刚成立的小公司，也跟着身价暴涨。

"这次咱们这部剧拍完，感觉我的寿命都一下子短了几年！"陆和通顶着一头乱发窝在袁萧办公室的沙发上感叹，"来来回回上下起伏，峰回路转得让人眼花缭乱……"

我坐在旁边看袁萧整理的数据，心里被陆和通的胡言乱语逗得想笑，又怕招惹了他被他损，差点憋出内伤来。还什么峰回路转、眼花缭乱，我怎么听着这些成语用在这都不太对呢！

"最近我要出国一趟，芊凡你那边有灵感随时写，等我回来后咱们再讨论新案子。"袁萧并未说自己要出国做什么，按照我的揣测，他离职后就着手经营我们的新公司，如今首战大捷，怎么想都觉得这家伙应该是想到国外度假去。

袁萧走后，我和陆和通有默契地也跟着给自己放了假。

我打包好行李，就这样迫不及待地回S市见男友了。

★ ☆ ★ ☆
## 4 & 真相永远不会晚

难得悠闲的假期，我背着几本书和笔记本，窝在净轩的办公室里躲清闲。碰上医院不忙的时候，就和净轩一块到附近的甜品店选块蛋糕，再一块去电影院刷一场电影。若是碰上净轩忙得抽不开身，我便化身贤惠女友，赶在用餐高峰前去打饭，然后监督他尽量按时吃饭。

我和净轩的事，在爸妈那里小小的暗示了一下。老妈有些明白了，但因为我每天早出晚归，一直抓不到我拷问；老爸反应就有些慢了，只当我们同学关系好。

有一次我出去买饭的时候绕了远路，碰巧经过一家书店。书店畅销书位上摆着的正是《铁血警花》，不过我很快便被旁边的几本书吸引，因为这几本书的作者署名都是花自飘零。走进书店，我将可以找到的花自飘零的书各买了一本，这些书名都很陌生，但在书的文案上却都标注了是改编自秦语的xxx电视剧。

等我把花自飘零的这些作品看完后，心中对她又敬佩又遗憾。

每个故事都有与众不同的世界观和对现实的影射，甚至很多地方，在秦语的电视剧中是没有表现出来的。更不用说她自成一派的文风，哪怕将那些故事分散开来，只去读其中一段，也能认出作者是谁。

这样的天才，却被秦语埋没了近十年，真是可怕。

我对着花自飘零的书晃神了很久，自己也说不清到底是沉浸在她书中的故事里，还是沉浸在她的那些经历中。净轩看出了我的心事，他将书从我面前推开，拉着我的手问我："还在想花自飘零的事？"

"净轩，我心里闷闷的，花自飘零她是个天才，这些作品，哪一部都值得珍藏，偏偏——"

"芊凡，有件事……因为一直没有确切的消息，所以我没有告诉你。"

我狐疑地看向他，不知道净轩要说的是什么事。

很快，当净轩将事情的始末告诉我之后，我只剩下震惊，呆呆地望着他，不知道现在是应该扑过去抱住他，还是兴奋地尖叫。

原来在我忙着赶《铁血警花》的稿子，还未知道微博上传应崇和我的事的时候，从网上看到我的负面消息的净轩便联系了袁萧。袁萧之所以会查到秦语，也是在净轩的拜托和帮助下，才会那么迅速。之后，净轩不让袁萧将这些事告诉我，自己却一直在暗中调查秦语。

也是知道花自飘零的丈夫出事后，净轩找人查到花自飘零丈夫被打以及欠赌债的事，他猜测背后可能还有其他阴谋，再三调查后线索竟然指向首都。净轩原本是拜托首都的朋友帮忙继续调查，不知为何，梁胤廷竟然知道了这件事。梁胤廷在首都的势力不小，掌握了主动权，如今调查结果已经出来了，但他并未痛快交给净轩，反而让我亲自去找他要。这也是净轩一直犹豫没有告诉我的原因。

说完这些，净轩面上多了几分不悦，紧抿着唇对我说道："我知道他是什么意思。原本想再找人帮忙继续去查，只是会耽误时间，现在看你为了她的事魂不守舍，我突然觉得自己好像做错了。"

我知道净轩心里对梁胤廷的介意，要远比袁大哥和应崇多得多。

紧紧握住净轩的手，我只觉得胸口闷闷的，不知道是为净轩私下里默默为我做的这些事，还是因为净轩的醋意："净轩，你怎么这么傻！既然能够查到，再等等又何妨。净轩，你不愿意我去见他，我就不去！"

花自飘零的事虽然一直堵在心中，但之前是因为苦于没有办法。既然净轩说花自飘零的丈夫欠赌债受伤很可能另有隐情，只要有迹可循，靠我们自己也能够查出真相。

"芊凡，你去吧。"净轩看着我，突然开口，面上多了几分释然，"之前是我太在意他了,现在我已经想明白了,如果一直拦着不让你见他,或许有一日才会真的……"

"会什么!什么都不会!"我瞪他,气他不相信自己,"净轩,我在第一次看到你的时候,就被你迷住了,无论是上辈子,这辈子,还是下辈子,我都只喜欢你!"

净轩深深看着我,叹息一声,捧着我的脸,缓缓低下头。我能感受到他身上清新的气息扑面而来,紧接着唇上一热,我大胆回应着他的轻啄,最后整个人都赖在他怀里不愿意松开。

到底还是提前几天回首都了,净轩再三强调让我去找梁胤廷拿调查结果,早点解决秦语的事。

时隔近一年未见,我在餐厅等梁胤廷的时候,心中多少有些紧张。时间一分一秒过去,梁胤廷是踩着点到的,他推门径自朝我坐的位置走过来,唇角挂着招牌式的笑意,但我看过去的时候,却分明从他的眼中看到了几分怒意和无奈。梁胤廷像是在和谁发脾气,猛地拉开椅子,坐在我对面,目光直直地盯着我。

我被他盯得心里发毛:"梁胤廷,好、好久不见。"

梁胤廷轻笑一声,语气有几分阴沉:"呵呵,又回到他的怀抱了,你应该是一点都不想见到我吧。"

我有些心虚,虽然知道见色忘友不是好行为,但上一次和净轩分手,或多或少和他有关,我不得不心中戒备,可梁胤廷却又不是别人,他是前世对我施以援手,给过我最后善意的人。这一世,他更对我多有帮助,甚至高中的那段时光里,我也曾因为他的那些大胆而炙热的话而脸红心跳……

"我是和净轩和好了,但也并没有不想见你,只是觉得大家都很忙,所以——"

梁胤廷打断我的话:"叶芊凡,难道你不知道自己心虚的时候就喜欢解释吗?"

我哪有?我怎么不知道?

他掏出手机,在相册中翻找了一下然后推给我看:"这就是你要的证据。"

只见相册最开始是花自飘零的老公在赌场赌博的照片,他周围围着的人中,有三个人,频繁地出现在后面的照片中。再之后,依旧是这三个人,在首都的某个胡同里,从秦语手中一人接过了一个信封,信封鼓鼓的,里面很有可能是钱。

"这——"

"这什么?不要告诉我这么明显了你还看不懂。"梁胤廷收回手机,"这个秦语可比高中时候你们班那个程夕夕厉害多了。你知道花自飘零的老公为什么会染上赌瘾吗?"

"不会是秦语专门找人设的陷阱吧!"我心中一阵阵发寒,如果真的是这样,追溯到十年前,那时候的秦语也不过才二十出头吧。那般年纪,便已经做这样的事,那么这些年来,她真的只对花自飘零一个人这样做了吗?

"一开始是他自己想要翻本,有侥幸心理。五年前,花自飘零想要摆脱秦语,秦语专门找人调查了她,之后那些越来越大的赌注,都是秦语暗中操控的。包括最近这一次豪赌和重伤,也都是秦语自编自导的好戏。"梁胤廷说完,若有所思地看着我,"叶芊凡,你怎么总是遇到乱七八糟的女人呢?"

许是我天生运道不好,注定要碰上这些小人吧!

虽然我心中愤愤不平地一直在吐槽,却不好将这样的话直接说出来,只能感慨道:"不过是比别人倒霉一点罢了,哪有你说的那么严重。"

梁胤廷轻哼一声,挑眉问我:"还有一件事,也和秦语有关,你要不要听?"

"什么事?"

梁胤廷轻笑一声,突然朝我招招手:"你过来让我亲一下,我就告诉你。"

"……"我只觉得这家伙又在开玩笑,瞪了他一眼,装作没听到。不料梁胤廷竟然自己起身走到我身边将我拉了起来,"叶芊凡,你真是没良心的女人。"

在我猝不及防的时候,额头突然一热,梁胤廷这个家伙竟然偷袭!

我猛地推开他:"梁胤廷,你过分了!"

梁胤廷的目光带着几分狠意,他直勾勾地看着我:"过分吗?我现在只后悔当初没有做更过分的事,而错过了你!"

他的话让我心中又惊又乱,一时不知道该如何回答。

气氛凝固了下来,我能够感受到梁胤廷的目光,但却不愿意去看他,只低着头看着自己的裤子发呆。越发觉得梁胤廷今日有些奇怪，不仅情绪一阵晴一阵阴，做的事也完全不像他以前的作风。这家伙不会是遇到什么事了吧？我正在心中酝酿着应该怎么关心他一番，却突然听到梁胤廷一声长叹。

"叶芊凡，我要走了。"

我迅速抬头看向他，心中却想起了高中那一次，高考结束后他接连消失了好几日，再接到他的电话，却是人已经到了机场，不仅未说去哪里，做什么，也不曾说何时再见。哪怕是朋友，也没有人如他这般走得潇洒。现在，他又说要走了，这一次又要去哪儿？

心中原本那些乱七八糟的情绪都被他这句话砸得无影无踪，我只觉得自己的嗓子突然干涩了起来："你、你要去哪儿？"

梁胤廷单手转动着桌上的水杯，漫不经心地道："参加了一项国际任务，要到国外待个三五年。"他顿了顿，突然看向我，面上原本带着的那点无奈和气愤尽数变成了担心和不舍，"叶芊凡，你说人会不会真的有前世今生？"

我被他的话问得心中一窒，有些不确定地看着他："为什么这么问？"

梁胤廷的眼中是我没办法回应和承受的深情，他略喑哑的声音传进我的耳中："总觉得像是上辈子就认识你一样，见到你的第一面，就想好好保护你，偏偏遇见你时并不是我人生最好的时候，没办法给你承诺，只能眼睁睁看你被别人拐走，现在想想，真是不甘心啊！"

什么被别人拐走，明明是我把净轩拐走的。

我这么想着却笑不出来，眼眶不争气地湿润了："你这人怎么这么讨厌，每次都走得这么突然——"

梁胤廷突然抓住我的手，紧紧地握住："叶芊凡，你看着我。"他手上的力道很大，执拗得逼我看向他。

我看到他泛红的眼中倒映着的自己，原本想要挣扎着抽出来的手，突然没有了力气。

梁胤廷一字一顿地说："叶芊凡，你身边这么多想要害你的人，我是真的不放心就这么走了。厉净轩那个家伙，除了长得好看之外，他根本没有保护好你！"

"净轩他对我很好，男朋友是互相喜欢对方，陪伴对方的，并不是用来保护我的！我自己会保护自己！"

梁胤廷瞪我："你看看你，到现在还被他迷得七荤八素的。可惜……现在说什么都晚了。我能够给你的最后的礼物大概也只有这个了吧。"

说着他拿出一份文件给我。

文件上清楚地罗列了秦语凭借《绝色王妃》成名后，这些年来先后控制的写手和各种暗箱操作的证据。这上面不仅有关于花自飘零的丈夫被秦语设计陷入赌博之中的证据，还有另外好几个写手被利用和牵制的真相。秦语这样的人做事一向严密，而梁胤廷能拿到这份文件，无论是花费的力气还是他背后的势力，都不容小觑吧。

我心情复杂地看向梁胤廷："这么重要的证据，你一定费了不少功夫吧。"

梁胤廷只看着我："叶芊凡，以后保护好自己，不要傻傻地相信别人。还有……我没有认输，只是先离开几年，若是我再回来的时候，厉净轩对你不好，那时候我一定会从他手中将你抢回来的，再不放你离开！"

我没有说话，只望着他，心中有感激也有无奈。喜欢一个人的感觉是上天注定的，不是另一个人对你好便能被感动从而改变内心的喜欢的。对于梁胤廷，我心中既感激又愧疚，尤其是在知道他又要离开后，分别的不舍也变成了新愁，越发让人多愁善感。

梁胤廷走的时候没有再告诉我，我是两个月之后收到他从国外寄来的明信片，才知道他早已经悄然离开了。

## 第九章
## 从未想过的完美人生

扫码看番外小剧场
袁柯请我上综艺

**大学篇**

　　有时候梦想坚持了也不一定能有收获，但如果不去尝试，就肯定会失败。

　　我从不敢高估自己的能力，唯一可以做的就是把曾经那些气馁、认输的心思全都放到死命坚持中。

　　因为坚持，我再次改变了命运。

## ★
## 1 & 我真的站到了和她一般的高度

和梁胤廷见过之后，我又专门去找花自飘零，给她看我拿到的证据。花自飘零比上一次见面时还要憔悴，黑眼圈很重，说话时声音沙哑。

"我给你看这些，确实有自己的私心，因为秦语曾经强行霸占我的作品，我想要揭穿她。但我也是真心为你的遭遇感到难过，你的作品我都认真看过了，每个故事中都有你自己想要表达的东西，但那些东西秦语在电视剧中大多都没有呈现出来，她是在糟蹋你的作品！"

花自飘零拿着证据的手一直在抖，像是在极力克制心中的怒气，但又控制不住地哭出了声："我以为……她不过是有钱而已，我本来也没有在乎钱多钱少、有名没名，可是她怎么能、怎么能……"她说着说着泣不成声。

这一次，花自飘零没有犹豫，冷静下来后，她坚定地答应了我的提议。

而证据中的其中两人，她在和秦语合作的时候见过他们，她将对方的联系方式给了我。回首都后，我将手中的证据交给袁萧，并在他的帮助下，先后和其他几个秦语的幕后写手见面，从他们手上取得了指认秦语的证据。

万事俱备，如今只需要将这些证据公布出去，秦语的那些违背原则和道德的行为便能被大众所知。无论是我还是花自飘零，我们这些辛辛苦苦的创作者，终于可以底气十足地维护我们的权益了。

对于秦语背后做的这些事，陆和通是最后知道的，他连连咂舌："以前只觉得那个女人有些手段，没想到背后竟然做了这么多坏事！"

袁萧则皱了好几日的眉头，最后给我提议道："秦语背后是时代影业，你想要揭穿她，就不可避免地会影响时代影业的股价。这样的话，你要面对的，很可能是整个时代影业。这件事最好是找应先生帮忙，和他合作。"

袁萧这么说，我便明白了，这又是商人的思维。

联合应崇，他可以做更多的准备，以公司的力量打击时代影业，同时也是对应崇公司的一种帮助。而我借助应崇的支持，也可以避免成为时代影业的眼中钉。

果然，我拿着证据找应崇帮忙，他也诧异秦语的行为，并很快明白了我的意思。应崇看我的目光有些深："芊凡，你能来找我帮忙，我很开心。不过……这些应该是袁萧教你的吧。"

"应先生您慧眼如炬，确实是袁大哥告诉我的。我人微言轻，这件事如果没有应先生帮忙，只凭这些证据，不仅没有什么用，恐怕还可能会引火上身。"

应崇看过证据后只沉吟了一会儿，便已经想出了完整的方案："我安排你和那些作者上一周后最新的那期xxx综艺节目。这档综艺节目的宗旨本身也是揭露娱乐圈的真相，一举两得。"

我略想了一下，觉得这个主意可行。

应崇的安排很细致，甚至把邀请那些作者的事也包揽了过去："几位作者我会派助理亲自去交接，你不用担心了，自己做好准备就好了。"

我知道除了这些，应崇肯定还有公司上的应对策略要研究，见他交代得差不多了，便主动提出告辞。

临走之前，应崇喊住我，他目光中带着笑意："芊凡，之前我问你的事，只要我一天未结婚，便一直对你有效，如果有一天你改变主意了，随时来找我。"

我先是疑惑，随即明白过来，他竟然指的是那次'表白'，我装作没有听懂，干笑着退出了应崇的办公室。

没有任何一周，比这周更漫长，更让人紧张。

若非万不得已，我从心底不愿意在这样公开的节目中去揭露另一个人的隐私。但偏偏，在第一次和秦语见面的时候，就注定了这一天终要到来。

到了参加节目的前一晚，我紧张地睡不着，抱着电话和净轩聊天。

"净轩，我这么做真的对吗？三毛说，如果被狗咬了，她不会去回咬它，只会拿棍子去打它。我现在的做法，到底是回咬了她，还是拿棍子去打她？"

"是她先做了错事，这些事虽然巧妙地逃脱了法律的制约，但她作为公众人物，就应该接受公众的评判，你只是向他们公布证据，做得并没有错。"

在净轩的安慰下，我勉强眯了一会儿。

结果早上醒来后，却多了一双大大的黑眼圈，涂了不少粉底才盖住。

袁萧专程开车来接我："你可是我们公司的重点保护对象，去录制节目，我这个老板怎么着也要亲自护送你啊。"

我又感动又愧疚："袁大哥，我这么做会不会连累咱们公司啊？"

袁萧严肃地想了想："应该是会，怎么？难道你要改变主意？"

我摇摇头，但心里还是七上八下的。一直到坐到台上，节目录制开始，才总算冷静下来。

主持人事先已经知道得七七八八，节目开始后先闲聊了一些其他的八卦热身，很快他便切入了这次的正题中。

"叶编剧，最近我们拿到一份特殊的证据，上面显示前两年秦语编剧推出的电视剧《黎明之恋》其实是盗用的你的作品，这件事是真是假？"

虽然已经时隔很久，但提到《黎明之恋》，我还是没法好好收敛情绪。幸好，今天本来就是揭露秦语，不需要为她遮掩。心中多了几分难过，语气也有些失落，我面向镜头："不错，《黎明之恋》原本是我投稿到时代影业的作品，之后一直没有收到消息，后来我去时代影业问，秦语编剧的助理当时正神色慌张地将我的原稿装进档案袋里。因为我的原稿上有我随笔涂鸦的'叶'字，所以我一眼便认了出来。"

"也就是说后来秦语编剧在新剧发布的时候提到的弄丢原稿不过是借口了？"主持人的问题很犀利。

"是的。当时我认出了原稿，那位助理悄悄发信息向秦语请示。后来我被带去见到了秦语，她让我开价，要将我的剧本买下来。但我没有接受，当时她威胁了我几句，但还是让我将原稿拿走了。也是过了一段时间后，我才知道，原来她早就让助理复印了一份。"

主持人按照准备好的大致意思感慨了一番，之后又继续爆料。

"今天我们的节目中不仅请到了叶编剧，还请到了秦语编剧的御用小说改编作者花自飘零，以及其他几位作者。"

花自飘零和另外那几个作者逐一上台。

在主持人的引导下，按照制定好的计划，几个人先后揭露了和秦语的交易。

而关于秦语在他们背后做的那些让他们陷入困境，不得不接受她的金钱协议的事的证据，则被主持人留到了最后——"今天请大家聚在一起，最主要的其实是节目组收到一份证据，这份证据不管是我自己，还是节目组的工作人员看到的时候，都非常震惊。因为上面清楚地记录了编剧秦语，这些年先后买通社会人士威逼利诱花自飘零及各位作者的家人、朋友，之后再以救世主的身份出现，买走他们的作品的详细资料。"

镜头转向大屏幕，上面展示了放大后的相关证据。

看着那些早已不陌生的证据，心中还是忍不住阵阵发凉。上一世自己沉浸在体重的阴影中，沉浸在父母去世后的悲伤中，那些也不过是生存上的困境，和万千的穷人没有什么区别。虽然也会精神焦虑得失眠、难过，但其实并未真正体会过这些复杂的利益纠葛。

是秦语，给我上了真实的一课。她告诉我这个社会真的光怪陆离，就是有人明明已经很有钱了，却还是想要为了金钱和名利去不择手段。

这档节目不出意料在微博、网站等各大平台大火。

关于秦语的讨论，差点挤爆了服务器。在度娘上搜索秦语二字，可以出来数十页跟风而至的新闻，有些是捕风捉影的落井下石，也有一些是真实的关于秦语的其他八卦。

很快，关于时代影业在背后支持秦语的很多运营内幕也被揭露了出来。

这一波揭露不仅深挖了时代影业高层的权益纷争，更重要的是还有很多明星大腕纷纷转载力挺。不用想也知道，这肯定是应崇的手笔。

果然，时代影业的股价迅速大跌。

说实话，刚接到秦语邀约的电话时，我是有些诧异的。已经到了这个局面，我不知道秦语还能找我说什么。不过在赴约前看到微博上突然登上热搜的关于时代影业最新贺岁大片女主角人选是程夕夕的消息后，我心中明白了大半。

怎么就把程夕夕忘记了呢？

秦语说了一个在首都商厦顶层咖啡厅的地址，她比我先到一步，自顾点了一杯咖啡，姿态优雅，一点也不像是被曝光后走投无路的样子。

"坐吧。"秦语声音淡淡的，看向我的目光暗藏冷意。

我在她对面坐下，前来点单的服务员还未开口就被我拒绝了："不用了，我坐一下就走。"说完看向秦语，"说吧，到底有什么事是电话上不能说的。"

秦语冷笑一声，将一沓照片摔在我面前："你还是太年轻，做事总喜欢不留余地。看到这些，不知道你会不会后悔之前做的那些事太冲动！"

我伸手随便抽了一张照片，上面的人我很熟悉。正是高中时被程夕夕放在校园论坛上的照片，用脚趾头也能想到，这些照片定是程夕夕给她的。真是没想到，这么多年过去了，程夕夕的手段却一点都没进步。

如今我已经明白自己曾经之所以会胖，是因为饮食不科学导致的。我只是坚持锻炼，控制饮食就有了现在的新面貌。我早已不再是前世那个过度在意自己的胖，自卑又敏感的叶芊凡。我的内心已经足够强大，可以接受曾经不完美的自己，不管是丑小鸭还是天鹅，都是人生的一个阶段，只有灵魂的纯粹才能永恒不变。

将照片推了回去，我满不在乎地看着秦语："如果你是想用这些威胁我的话，很遗憾，没用的。"

秦语不相信地瞪我。

我耸耸肩，突然觉得如今被逼得走投无路的秦语，有些乱投医了。

"这是程夕夕给你的吧。她给你的时候，难道没告诉你这一招她在高中的时候也曾用过？那个时候我没有被她打败，你凭什么觉得换成你就可以靠着这些照片威胁我？"说完我没有任何犹豫，起身离开。

不管接下来秦语会怎么用这些照片，我都不畏惧。照片上那个胖胖的女孩，也是叶芊凡的一部分，并不值得羞耻。以前的我还参不透这些，但如今，我早已明白。

翌日，微博热搜上果然被我的那些照片占据。

网友们评论激烈，很多颜控都大呼被我骗了，我的微博粉丝一上午掉了十几万的粉，也有一些专业黑粉转而来关注我，在底下骂得热火朝天。我看了一会儿，倒是感觉不像在看自己的事，反而有一种置身事外看戏的错觉。

没来得及提前和净轩报备，热搜一出来，净轩就打电话过来了。

"芊凡，那些照片怎么又——"

我打断净轩的话，装作可怜兮兮地问他："净轩，总是看到我当年胖到吓人的样子，你会不会不喜欢我了！"

净轩那边沉默了半晌。

就在我猜测是自己玩笑开过了，还是净轩真的不喜欢以前的我又不好意思说而心中失落的时候，却听到净轩叹息一声："初中毕业的时候，那个调戏我的人，其实就是你吧。"

他的语气里带着几分不甘和懊恼。我扑哧一声笑了出来，没想到净轩竟然还记得！

当时自己刚刚重生回来，又遇到了前世暗恋那么多年的男神，哪怕是小版的，在大龄灵魂的支配下，还是没忍住伸出了磨爪啊！

我故意哼了一声："对啊，就是本姑娘！当时本姑娘就告诉你了，我是你未来老婆！你说我是不是有先见之明。"

"芊凡，你之前不是一直问我是什么时候喜欢你的吗？"

净轩为什么突然说这个？不过我倒是真的一直很好奇，见他有要坦白的意思，我连忙追问下去："是啊，人家问了你好久，可是你一直不说。"

净轩轻咳两声："其实……被你调戏的时候我就……后来开学的时候见到你，总觉得你眼熟。再后来看到那些照片，其实我很开心。开心原来你一直在我身边，让我心动的一直以来都是你。"

过了好久，我们耳边还在不断地回响着净轩的话。这应该是我这两辈子听到的最美的情话了吧，比我爱你更让人心动。

"净轩——"我喊了他一声，却又不知道该说什么，隔着手机听着他那边传来的静静的呼吸声，内心前所未有的平静和幸福。

净轩的表白，让我恨不得沉浸在这腻死人的甜蜜之中，永远都不要醒过来才好。偏偏身边的朋友都关心地打电话想要安慰我，我的美梦也被迅速打断。

当微博上传出了用我的胖图做的表情包后，一直沉默的袁萧也不淡定了。他打电话将我劈头盖脸地骂了一顿："你是不是傻，别人都这么欺负你了，难道你不会还击吗？"

我知道袁萧是关心我，但我现在真的一点都不介意这些。

现在不就是全民娱乐的年代吗？如果我能够博大家一笑，我就权当是在做公益就好了啊。我开玩笑地和袁萧说："袁大哥，你这么一说倒是提醒我了，你说我要不要跟那些制作我表情包的人要版权费啊？这样把钱捐到山区，也算是善事一件呢。"

袁萧无语长叹："有人跟我说过，一个女人如果连她自己的脸都不在乎了，那她就真的是无敌了！"

听着袁萧话里的反意，我怪笑两声，然后八卦地问他："袁大哥，这句话的调调我听着蛮熟悉的，你说的那个人，不会是你表弟吧！"

## 2 & 有惊无险

我以为给别人留一线生机，也是给自己留一分余地。

但现在看来很明显我又自以为是了。

半个小时前。

我接到老师的电话，通知我回学校取几份毕业论文的资料，我便马上出门了。熟悉的号码、熟悉的声音，让我完全没有往危险的方面去想。但当我从出租车上下来，刚走到学校门口——一辆没有车牌的房车从旁边冲了出来，几个戴着口罩的家伙不费一点力气地将我拉进了车里。

我奋力挣扎，但毫无作用。看到后视镜反射过来的那个坐在副驾驶上的熟悉身影，让我瞬间冷静了下来。

秦语！

又是她。

原本慌乱害怕的情绪在看到她的刹那，变得异常冷静。甚至我的大脑第一时间指挥着我的双手，假借挣扎的样子，拨通了净轩的电话，并且把它塞进了内衣里。

"秦语，你用程夕夕给你的照片在网上抹黑我还不够，现在这是又要绑架我吗？"

"闭嘴！"

秦语瞪了我一眼，她的脸色灰白，再不是我第一次见到的那个干练优雅的人生赢家。

我轻笑了两声，继续激怒她："我为什么要听你的？你不过是个只能抄袭别人创意的失败者！"

想不到的是秦语的耐性倒是出奇得好，她只是冷笑，不再搭理我。

"再快点，拐进去！"

秦语指挥着司机往已经被规划为拆迁区的建筑群开去。

"秦语，你到底要干什么？带我来这片废弃了十几年的拆迁地，难不成你还想杀人灭口吗？"

我实在不知道这里的具体名字，只能将看到的、了解到的一切信息悄悄讲给净轩听。他可一定要快点来救他的女朋友我啊！

"杀你？"秦语冷笑，"我不杀你，但我要毁掉你最重要的东西。"

车子缓缓停了下来，秦语率先下车。几个戴着口罩的男人，将我拎了下去。

秦语目光阴恻恻地看着我："听说你最在乎的就是你的男朋友？"

她围着我转了一圈，用手指挑着我的下巴，她的目光像是把我当成了待估的商品："叶芊凡，我看你的样子，应该还没有和男朋友……不知道一会儿等你享受完，你男朋友还愿不愿意再要你？"

"你——"

我从未想过秦语的心，竟然黑到了这种程度。

难怪她能够和程夕夕"一见如故"，她分明就是程夕夕的升级版！

"秦语，你做尽恶事，难道晚上睡觉的时候，都不会害怕吗？"我挣扎着，想要寻觅逃跑的机会，可惜四五个男人走在我的前后左右，一点机会都没有。

"害怕？知道你就要完蛋了，我应该做梦都会笑醒吧，哈哈哈……"

"秦语！"

我已经想要破口大骂了，但我喊完才意识到好像还有另一道声音传来。

那些穿着制服的警察将我们重重包围的刹那，我终于忍不住大哭了起来。

"幸好——"

挟持我的人很快就被警察制服了，和警察一块赶来的是袁大哥和陆导演。

"小丫头，你没事吧。"

袁萧在旁边和警察沟通，陆和通走过来，难得好心地递给我纸巾。

"好了，别哭了，你是不是还和男朋友打着电话呢，他可是在赶来的路上了，你是不是要和他说一下？"

听着陆和通的声音，我渐渐冷静了下来。

去拿手机的时候才想到自己之前将手机塞进了……有些尴尬地转身，面向没人的方向迅速将手机掏了出来，果然和净轩的通话一直没有断。

"净轩，我没事了。"

"乖，回家等我，我一会儿就到。"

虽然只是简单的一句话，在我听来却包裹着无限的安全感。仿佛他就在身边，一直守护着我。

也许大四这一年注定风风雨雨，但只要勇敢捍卫自己的理想，坚守原则，无论多大的风浪总会有雨过天晴的那一日。

最后一次在网上见到关于秦语的消息，是媒体铺天盖地的报道——秦语因为涉嫌绑架被捕入狱，时代影业为了稳住公司股价，毫不犹豫地发布了辞退秦语并追究秦语责任的公告。

这些事我只看了一次，后来便再也没有关注了。无论她是从此在我的生命中完全消失，还是哪一日又会再次出现，我都不会再惧怕。因为不再惧怕，所以也没有必要再去时时关注。

伴随着秦语的离开，时代影业后来又发过一条声明，是关于新年贺岁档大电影更换女主角的消息，上面称新晋人气女星程夕夕因私人原因没办法参与电影的拍摄，电影女主角将重新海选。

看到这条消息的时候，我刚刚踏上S市的土地。

## 3 & 我们的 Happy ending

大四的寒假开始得比较早，课程学完了，放假的时间一般都是自己把握。

我早就接到了徐萱的电话，说是眨眼大学四年就要过去了，除了之前聚过一次，已经好久未见，让我今年寒假务必回来参加聚会。

提到徐萱，我便忍不住要继续吐槽小敏这个不靠谱的闺蜜，她和宋宏斌环球旅行了一年，竟然意犹未尽，在巴黎双双申请了当地的学院，小敏凭借舞蹈功底，第一次就顺利申请到了那里的艺术学院。反倒是宋宏斌成绩不太好，在小敏的督促下，一直努力了三次，才终于被当时一所商学院录取。

两个人竟然就这样惊天动地地在巴黎读起了研究生。

要不是这次徐萱提议要同学聚会，我锲而不舍地给小敏打QQ电话。可能等到这俩人学成回国，我才能知道消息。

"小敏！你是不是在国外乐不思蜀了啊，你走了快两年了，平时不跟我打电话视频我也就不说什么了，现在你们俩一块在国外读研的事竟然也不主动交代，你是怎么想的，你自己说！"

小敏在那边咯咯笑："哎呀我的大编剧，你就别生气了。还不是因为你太忙，我不敢打扰你啊。而且你在国内发生的那些事我都知道，但我远在国外又帮不了你，心中又难过又失落，所以才一直不敢和你联系嘛！"

我哼哼两声，心里哪里会真的怪她："小敏，徐萱叫大家过年的时候一块聚聚呢，你和宋宏斌有时间回来吗？"

"啊——徐萱那个家伙又要聚会？她怎么能趁本宫不在的时候对本宫的女人下手呢！"小敏这么说，我便明白了，她大概是没时间回来了。果然，下一秒小敏便可怜兮兮地告罪，"芊凡，小凡凡……真的对不起啊，这段时间我正在准备一项国际舞蹈大赛，真的没时间回去。要不我让宋宏斌代表我回去吧！"

我连忙拒绝："还是别了，万一你男朋友回来被哪个年轻的小妖精拐跑了，那就是我的罪过了！"

小敏冷哼一声："他敢！"

我和小敏又兴致勃勃地聊了一会儿各自的生活，这才依依不舍地挂了电话。

真是想不到，当初上学的时候对学习最没天分的小敏竟然跑到巴黎去读研究生了，就连宋宏斌也是留学生了！想我重活一世，堂堂学霸级别的人物……竟然早早步入社会，混到了阿姨的级别，真是悲喜交加啊！

聚会的日子定在了除夕夜的前一晚，地点竟然是鸿都酒店。

想起上一世那场阔别十年的聚会，也是徐萱通知我去参加的，地点也是鸿都酒店。我心里百感交集。不知道是不是有些命运的轨迹，兜兜转转总会有几分相似。

这晚，我和净轩十指交握，从停车场走出来，缓步走向鸿都酒店的大门。我刻意放缓了脚步，放眼张望酒店四周林立的高楼，还有酒店对面川流不息的车辆。好熟悉的场景，就好像这个时刻、这个夜晚，和上一世的那个夜晚、那个时刻重叠到了一起。

不同的大概便是上一世的我除了一堆肥肉，孑然一身，和这般豪华的场地格格不入，而净轩也是我只敢藏在心底的旖旎的梦；如今，鸿都酒店这样的场合对我来说早就不算什么了，那堆让我自卑了许多年的肥肉也早已不见，而净轩……我低头看着被净轩握着的手，心中溢满了幸福。净轩他，这一世就在我身边，不仅是我的好朋友、男朋友，以后还会是我的未婚夫、丈夫，是要和我长长久久走下去，一直到我们都长满白头发也要在一起的那个人。

"芊凡？"净轩低头有些担心地轻喊我。

我从迷离而惆怅的情绪中回过神来，朝他笑了笑："咱们进去吧！"

净轩点点头，越发握紧了我的手。

包厢里到了不少人，而我和净轩的出现，引得大家连连咂舌。大家你一眼他一语，都在调侃我们两个人的事。徐萱竟然还带人将我们围住，叫嚣着要让我们爆点猛料才放过我们。

我被闹得脸红心跳的，有些无措地靠在净轩身边。

倒是净轩，一向冷静的性子，今天也不知道怎么了，竟然没有生气，反而好脾气地问："什么叫猛料？"

这边闹了好一会儿，徐萱才算勉强放过了我们。但我从她的眼神中看出一些狡黠，想必一会儿饭桌上还有后招等着我们呢。

我被徐萱拉着去见那些女同学，净轩也被肖凡他们拉走了。一圈转下来，我意外地发现闵逸身边竟然跟着一个大眼睛齐刘海的妹子。

"那个美女是谁啊？"我悄悄问徐萱。

"她啊，闵逸的追求者，你别看她柔柔弱弱的，据说缠人的手段特别厉害，不然闵逸怎么会带她来这里。"徐萱将她那里的第一手八卦告诉我。

我看着那个女生剥了橘子给闵逸吃，而闵逸脸上红红的，一直半低着头，却又没有拒绝对方。

真好！

看一眼身边笑眯眯的徐萱，若是告诉前世的我，有一天她也能和大小姐徐萱站在一块互相八卦，成为好朋友，恐怕那时的自己是绝对不会相信的吧。

"芊凡？"

一道有些熟悉又带了几分小心翼翼的声音打断了我的感慨。

我转过身去，便看到一张熟悉的脸。

是陈源！那个高一刚入学的时候到宿舍通知我要做新生代表的学姐。没想到会在这里遇到她。

"学姐好，好久不见了。"我笑着和她打招呼。

陈源的脸上有几分尴尬，她支支吾吾想要说什么，还未说出口，又有一个高高大大穿着西装的男人挤了过来："芊凡！"

男人的五官，我看着很是熟悉，但一时却想不起来他是谁。

陈源见状提醒了我一句："芊凡，你忘啦？他是许天阳啊！"

许天阳？我的脑海中浮现出当年那个青涩的阳光男生，再看看面前这个西装革履的男人……真的变化好大啊！

"芊凡，高中时候的事，对不起！"陈源到底把心中纠结多年的话说了出来，她的声音带着几分歉疚。

"芊凡，我也对不起你！当时的我不配喜欢你，我太傻了！"许天阳也跟着道歉，倒是比陈源来得洒脱，甚至说完后他又说了一句，"现在我已经明白了，我要重新追求你！"

我看到陈源看向许天阳的目光中有失落，但她很快便隐藏了起来。

对于高中时候的事，在我看来虽然有过失落，但这一世的高中岁月，我从未觉得遗憾。陈源当初的选择也无可厚非，若是前世的自己遇到这样的事，未必就比她做得好。

"学姐，你说什么呢，以前的事早就过去了，我没有放在心上，你也别再抱歉了。"说着我又看向许天阳，朝他抱歉地笑笑，"许学长，你可能不知道，我早就有男朋友了，哪怕是当年，我也已经有喜欢的人了。"

我说话的同时，净轩已经走过来，自我身后轻轻搂住了我。

默契地靠在他怀里，这种时候我是完全不介意秀恩爱来拒绝这个善良的孩子的。珍惜眼前人啊，我不是你的良人，你身边的这位黯然情伤的学姐才是呢。

寒暄过后，在徐萱的张罗下大家都围着桌子落座。

作为聚会的发起人，徐萱当仁不让第一个发表了几句即兴感言。就在男生们都跃跃欲试想要开始拼酒的时候，徐萱突然瞥了我一眼，清了清嗓子说道："今天咱们在座的有一位同学，要送给叶芊凡同学一份礼物。"

突然被点名，我惊讶地看过去，不知道徐萱葫芦里卖的什么药。

徐萱却并未看我，而是朝站在门边的服务员吹了个口哨，很快有人从外面推着一个巨大的礼盒走进来。礼盒上系着粉红色的蝴蝶结。

我心中怀疑这是徐萱要恶搞我，一直坐在位置上未动。反倒是坐在身边的净轩，突然站起了起来。

"净轩？"我被净轩的动作吓了一跳，完全云里雾里，不明白到底是怎么回事。

"芊凡，去把礼物拆开。"他温柔地看着我，眼中的深情熟悉又醉人。

这竟然是净轩送给我的礼物？

我有些回不过神来。今天既不是我的生日，也不是我们的纪念日，他好端端的怎么突然送我礼物？更重要的是——净轩的性格怎么想都不像是会在这种公开场合做这种高调事情的人。

心中越来越没底，一会儿是对礼物的期待，一会儿又觉得净轩的举动很是反常。

只几步路的距离，我却越靠近，心脏跳动得越厉害，终于走到了礼盒前面，我伸手去拉上面的蝴蝶结，粉红色的丝带滑落到地上。与此同时，礼盒的盖子被一股力量从里面往上推开去。

我被吓了一跳，后退两步，直直地盯着礼盒。

"呼呼，闷死本姑娘了！"小敏活力十足的声音从盒子里传出来。我心中一室，上前一步推开礼盒的盖子，小敏噌地站起来一把将我抱住，"芊凡，看到我有没有很惊喜！"

"小敏？你不是说不能——"我的话卡在嘴里，这时候还有什么不明白的！这个死丫头肯定是瞒着我悄悄和净轩商量好了。

"小敏，你到底是谁的闺蜜啊！"我紧紧地抱着她，惊喜之余忍不住抱怨她。

小敏咯咯咯乱笑，她从礼盒中出来。我这才看到小敏竟然穿了淡粉色的礼服，手上还握着一个精致的盒子。我狐疑地看着她，小敏却目不斜视地走向净轩，将手中的盒子交给他："喏，我的任务已经完成了，接下来就看你的了！"

净轩接过盒子："谢谢。"

小敏翻翻白眼："不客气，只要你以后好好对芊凡，我就放心了！"

我的心情渐渐平复下来，也终于发现包厢里的异样。徐萱和那些同学们全都不见了，包厢里的灯光也突然黯淡了下来，小敏将盒子交给净轩后，没有转身过来抱着我叙旧，反而朝着包厢的后门走去。

"小敏——"

我上前两步想要追上她，又被这突然变换的情形弄得有些怀疑，自己到底是在做梦还是处于现实中。

"芊凡。"净轩拉住我的手。

我顿住脚步，狐疑地望着他："净轩，你知道徐萱她们都去哪里了吗？是不是有什么特别的活动啊？"

净轩强忍着笑意，认真地点点头："确实有特别的活动。"

我听得越发迷惑，总觉得净轩的话有些意味深长。

很快，当净轩单膝跪在我面前，将那不知何时拆开的盒子打开来举在我眼前的时候，我终于明白了过来。盒子里是一枚别致而闪亮的钻戒，上面的图案，我曾经在净轩高中的笔记本上看到过很多次，就在本子的角落里，那时候我问过好几次这个图案是什么意思，净轩都只说是随手画的。如今在戒指上看到这个图案，我才终于明白，原来那时候净轩便已经设计好了自己的求婚戒指。

"净轩——"眼泪不争气地流下来，原本最被我唾弃的言情桥段，当真实经历的时候，才终于明白为什么那么多的女生会在被求婚的时候落泪，因为心中被幸福填满，幸福来得太突然，笑容已经无法表达此时的心情，泪水也变成了最自然的真情流露。

净轩仰头，浅笑着看着我。

"芊凡，你愿意嫁给我吗？"

"哪怕我没有足够强大可以让你一生无忧，哪怕我也会吃醋嫉妒，哪怕我有时候会慢你一步拖你后腿……这样的我，你愿意继续爱下去吗？"

我不断点头。

净轩，在我心中，你从来是最强大的，是你的爱给了我足够坚强的勇气。无论你吃醋还是嫉妒，我都只会因为你对我的爱而感到开心，你也从来没有慢我一步，如果没有你，便没有今日的叶芊凡。

"我愿意！愿意！"我伸手给他，看着净轩温柔地将戒指戴在我的手上。

这一刻，所有的忐忑和不安都消散了，我心中只剩下对未来生活的美好期待。

净轩牵着我的手起身，将我拉进怀中。我下意识地仰头看向他，被净轩浅笑着一吻。包厢里慢慢响起了轻柔的音乐，我下意识地跟随着净轩的脚步起舞。

包厢后门外，一堆看傻了眼的孩子们正议论不断。

小敏和徐萱挽着胳膊站在视野最佳的地方，小敏唏嘘不已："我怎么有种嫁女儿的感觉呢？"

徐萱依旧一副看不惯她的模样，轻哼道："你这是嫉妒吧！你们家宋宏斌怎么没跟你回来？我听说最近有个热情的外国少妇一直在猛烈地追求他？"

小敏撇撇嘴，自信满满："就是十个少妇来我也不怕，宋宏斌他逃不出本宫的五指山。"

这一晚，鸿都酒店六楼的包厢里，灯光忽明忽暗，时不时可以听到从窗边传来的笑闹声。

一群青春犹在的老同学，共同见证着一场独特的求婚和订婚仪式。

有祝福也有艳羡，还有人失意饮醉。

夜深人静相拥别离后，我静静地靠在净轩的肩上，只觉得到了这一刻，这场重生像是圆满了一般，心中原本的那些细小的不甘和迷惑都消失不见了。走去停车场的路上，我拉住净轩的手，傻傻地仰望夜空，被整座城市的灯光映衬下的夜空，越发璀璨。

真的感谢命运，感谢缘分，感谢你愿意隔着两世，等我慢慢来到你身边。

## 【番外】

扫码加入『胖友圈』，和万千读者一起瘦身逆袭！看男神番外，揭秘不为人知的男神的恋爱心情。

### 孤独的冰山男神

天才总是寂寞的。

少年时期的厉净轩，总是觉得人生无趣。那些看上一眼就会的练习题，在别人眼里可怕的背诵章节，于他来讲不过是阅读一次就可以烙印在心中，普通的不能在普通的东西。学习之外的运动，他也兴致缺缺，在母上的逼迫下每天早上坚持跑步，也不过是另一项为了避免麻烦去完成的任务而已。

为什么要来到这个世界呢？为什么要一天天生活下去呢？人生的意义到底在哪里？没有人回答这些问题，后来厉净轩将自己内心这些枯燥、无趣归结于孤独。这种过分清醒的孤独，让他的喜怒哀乐也随之变慢了节奏，最后一点点化为别人口中的冰山男神。

直到中考结束的那个夏天，一连接到奶奶数十个夺命连环call，厉净轩不得不收拾行李，坐上了回小城的列车。列车到达的时候，正是夏日午后，一天中最安静清幽的时刻。鬼使神差地，厉净轩没有像往常一样打车直接去奶奶家中，反而绕了远路，想要去看一眼自己很小很小的时候，曾经去过一次的那座小桥。

命运的齿轮就这样悄悄开启。

当厉净轩终于在迷路 N 次后找到那座桥的时候，一道清脆、带着浓浓惊讶又有几分忐忑的声音，在他的身后响起。按照厉净轩的冰山属性，他是不会回头的，但心中却有一股莫名的力量驱使着他回头。

于是，下一秒，一个圆滚滚、胖嘟嘟，脸上还挂着几颗红通通的青春痘的女孩子，倒映在了厉净轩的眼中。

她脸上的笑容，是厉净轩从来不曾有过的。

"是你！"

"厉净轩！"

自己什么时候认识过这样有活力的女生吗？厉净轩在心中迅速搜索着，但没有一个人符合。又是那股莫名的力量驱使着他反问道："你是谁？"

女生眨了眨眼，不过一瞬间的工夫，脸上的表情却异常丰富，最后她竟然伸出手来，在厉净轩的脸上抓了一把，然后一副色眯眯的样子，呵呵笑道："我啊，是你未来的老婆！"

如果说厉净轩以前的心是一潭死水，那么这一刻，女生的话，就像是一块巨大的石头，被人狠狠地从特别高的地方抛了下来，将整潭死水都砸活了。他的心脏扑通扑通剧烈地跳动，耳根子也开始发热。

这种身体上传来的古怪的感觉让厉净轩十分窘迫，他飞快地后退，然后转身，行动敏捷地逃跑了，甚至忘记了自己还没有来得及好好欣赏这座小桥。

但后面女生咯咯咯的笑声，欢快地、如影随形地跟着他，哪怕他一口气跑回了奶奶家，耳边依旧还有这咯咯咯的笑声。

奶奶坐在对面，一脸八卦地看着厉净轩。

"乖孙，你的脸怎么这么红啊？"

厉净轩下意识地伸手去捂脸，他的这一动作，越发激起了老顽童奶奶的好奇心，追着问个不停。

厉净轩匆匆扒了两口饭便逃也似的回了房间。可是……一向作息时间精准的厉净轩，却再一次打破了自己过往的生活规律，他竟然失眠了！只要一闭上眼，女生那咯咯咯清脆的笑声，便在他的脑海里越来越清晰，让他有一种想要再见她一次的冲动。但为什么会有这样的冲动呢？

第二天早上吃早餐的时候，顶着两个黑眼圈的厉净轩依旧没有想明白。

这种第一次自己无法解释、掌控的感觉，厉净轩觉得很新奇，甚至让他原本那种对生命的孤独、枯燥的情绪也消散了不少。

难得的，在奶奶家的这个假期，他没有每天窝在房间里以半天一本的速度看书，反而每天都要找理由说服自己再去那个桥边一次。只是，一直到开学离开，厉净轩都没有在桥边再遇到那个特别的女生。

图书在版编目(CIP)数据

重生之胖妞逆袭 / 请为我驻足原著；蓝宫调改编.
—武汉：长江出版社，2019.2
ISBN 978-7-5492-6316-5

Ⅰ.①重… Ⅱ.①请… ②蓝… Ⅲ.①长篇小说－中国－当代 Ⅳ.①I247.5

中国版本图书馆CIP数据核字(2019)第035176号

重生之胖妞逆袭 ／ 请为我驻足 原著 蓝宫调 改编

| 出　　版 | 长江出版社 |
|---|---|
| | （武汉市解放大道1863号） |
| 选题策划 | 邹石川　李诗琦 |
| 市场发行 | 长江出版社发行部 |
| 网　　址 | http://www.cjpress.com.cn |
| 责任编辑 | 陈　辉　江　南 |
| 特约编辑 | 杨　圆　栾宇昂 |
| 封面绘画 | cheche |
| 装帧设计 | 汪　雪　彭　微 |
| 印　　刷 | 中印南方印刷有限公司 |
| 版　　次 | 2019年2月第1版 |
| 印　　次 | 2019年4月第1次印刷 |
| 开　　本 | 787mm×1092mm　1/16 |
| 印　　张 | 20　4页彩页 |
| 字　　数 | 315千字 |
| 书　　号 | ISBN 978-7-5492-6316-5 |
| 定　　价 | 39.80元 |

版权所有　盗版必究（举报电话：027-82926804）
（如发现印装质量问题,请寄本社调换,电话 027-82926804）